W0389174

Harper Collins

Umwelthinweis:
Dieses Buch wurde auf chlor- und säurefreiem Papier gedruckt.

Tanja Noy

Zarenblut

Thriller

Harper Collins

HarperCollins®
Band 100014
1. Auflage: März 2016

HarperCollins® Bücher
erscheinen in der HarperCollins Germany GmbH,
Valentinskamp 24, 20354 Hamburg
Geschäftsführer: Thomas Beckmann

Deutsche Originalausgabe

Konzeption/Reihengestaltung: fredebold&partner GmbH, Köln
Umschlaggestaltung: büropecher, Köln
Redaktion: Thorben Buttke
Titelabbildung: Thinkstock / Getty Images, München / Steven Wynn
Autorenfoto: Harlequin Enterprises S.A., Schweiz
Satz: GGP Media GmbH, Pößneck
Druck und Bindearbeiten: GGP Media GmbH, Pößneck
Printed in Germany
Dieses Buch wurde auf FSC®-zertifiziertem Papier gedruckt.
ISBN 978-3-95967-019-7

www.harpercollins.de

Für Katja.
Immer.

PROLOG

November 1989
Mainz

Als Max Laurus sich das letzte Mal von dem alten Mann verabschiedet hatte, hatte er keinen Moment daran gedacht, dass er nicht noch einmal dazu kommen könnte, mit ihm zu sprechen. Er zog die Schultern hoch und steckte die Hände in die Taschen seiner Jacke. Schon die ganze Zeit hatte er ein sonderbares Gefühl. So, als ob irgendetwas Ungutes bevorstand. Etwas *wirklich* Ungutes.

Der Wind schlug ihm kühl entgegen, während er auf das Haus zuging.

In der ersten Zeit ihrer Freundschaft war der alte Mann noch freundlich gewesen. Nicht besonders redselig, er hatte sich stets nur auf das Wesentliche beschränkt, aber er war immer nett gewesen. Ab und zu ein kurzes, aufmunterndes Lächeln, mehr nicht. Sie hatten sich auch ohne viele Worte verstanden.

Dann aber hatte der alte Mann plötzlich angefangen, sich zu verändern. Immer häufiger hatte er ungeduldig die Stimme erhoben, wenn Max seine Worte nicht sofort verstand. Vor allem in letzter Zeit. Er lebte immer mehr in seiner eigenen Welt, war immer öfter in Gedanken versunken. Aber er war nie gemein. Er wurde auch nie wirklich wütend. Und er war nicht nachtragend. Doch wenn eine Frage zu einem besonders ungünstigen Zeitpunkt gestellt wurde, dann bekam er diesen Ausdruck im Gesicht …

Max seufzte leise und hob den Kopf. Links und rechts des Weges war der Wald schwarz, nackte Bäume zeichneten sich vor dem dunklen Himmel ab und wogten im Wind. In der Ferne bellte ein Hund. Dann fiel ihm ein heller Lieferwagen auf, der ein paar Meter entfernt an der Straße parkte. Er blieb stehen und musterte das Auto genauer: Die Scheiben waren verspiegelt, das Nummernschild nicht zu erkennen. Und doch bildete er sich ein, den Wagen vor ein paar Tagen schon einmal gesehen zu haben. Er erinnerte sich nur nicht mehr daran, wo das gewesen war.

Vielleicht war es aber auch nur Einbildung. Max setzte sich wieder in Bewegung, und gleich darauf erreichte er das Haus des alten Mannes.

Auf dem Boden entdeckte er etwas Glänzendes. Er stutzte, hob es auf und stellte fest, dass es sich um ein Bonbonpapier handelte. Es roch süß, irgendwie außergewöhnlich.

Als Max sich wieder aufrichtete und zum Fenster sah, verschlug es ihm den Atem.

Max Laurus war zwar erst achtzehn Jahre alt, aber er hatte schon immer schlechte Augen gehabt. Jetzt schob er seine Brille auf der Nase etwas höher und starrte noch einmal durch das Fenster.

Er verstand nicht sogleich, was er da sah. Dann jedoch bohrte sich die Erkenntnis, das Verstehen wie eine glühende Nadel in sein Bewusstsein.

Max blinzelte, schluckte. Sein Herz begann zu rasen.

Durch das Fenster sah er, dass der alte Mann in der Mitte des Wohnzimmers auf einem Stuhl festgebunden war. Sein Gesicht war voller Blut und seine Miene von Schmerzen gezeichnet. Ein Auge war zugeschwollen. Sein Bauch hob und senkte sich mit jedem gequälten Atemzug.

Ihm gegenüber stand eine Gestalt, ein Mann, der aussah wie ein Geist. Die Haare waren schneeweiß, und seinem Gesicht fehlte jegliche Farbe. Es schien vollkommen blutleer zu sein. In der Hand hielt er ein Schwert mit einer glänzenden Klinge.

Max konnte die Worte nicht verstehen, glaubte aber, sie von den Lippen des merkwürdigen Mannes ablesen zu können.

„Wo ist der Schlüssel?“

Mit dem gesunden Auge starrte der alte Mann auf ein Kreuz an der Wand und antwortete so etwas wie: *„Ihr werdet ihn nicht finden.“*

„Weißt du, wer wir sind?“

Nicken.

„Sag es.“

„Ihr seid die Kraniche.“

„Dann weißt du auch, dass du das hier nicht überleben wirst, nicht wahr?“

Wieder ein Nicken.

„Dann mach es dir doch nicht noch schwerer. Sag, wo er ist, und es wird ganz schnell gehen. Ich verspreche es dir.“

Der alte Mann begann leise zu beten: *„Vater unser, der du bist im Himmel …“*

„Meinetwegen. Du hast es so gewollt.“

Der Weißhaarige legte die Spitze des Schwertes an den Hals des alten Mannes, und dann, in einer einzigen fließenden Bewegung, wurde ihm der Kopf von der Kehle getrennt.

Ein, zwei, drei Sekunden lang war Max völlig gelähmt. Die Scheibe, durch die er starrte, verwandelte sich in eine Wolke aus einer Million kleiner Kristalle. Er schrie nicht, obwohl der Schrei ihm in der Kehle steckte. Aber er bewegte sich auch nicht. In diesem Moment war er davon überzeugt, dass er sich nie wieder würde bewegen können. Er war durchdrungen von Schock und Angst. Lediglich in seinem Gehirn arbeitete es. Ein regelrechter Sturm stob durch seinen Kopf.

Der alte Mann war tot.

Geköpft.

Geköpft!

In der nächsten Sekunde wandte der farblose Mann den Blick in Richtung Fenster, und Max schrak zusammen.

Sie sahen sich direkt in die Augen. Und jetzt, endlich, machte etwas in Max' Kopf „klick", und er begann zu laufen.

Er hatte soeben einen kurzen Einblick in die Hölle bekommen, und dieser Hölle, das wusste er, würde auch er nicht lebend entkommen. Sie würden auch ihn schon sehr bald in ihren Klauen haben.

Und deshalb rannte Max jetzt.

Und rannte und rannte.

Und drehte sich nicht mehr um.

Zwanzig Minuten später stand er zitternd in einer Telefonzelle, hielt den Telefonhörer an die Wange gepresst und wählte aus dem Gedächtnis eine lange Reihe von Zahlen. Während kurz darauf der Wählton in seinem Ohr dröhnte, glühten die Gedanken in seinem Kopf wie heiße Nadeln. Der Schmerz war fast unerträglich. Verzweifelt versuchte er, klar zu denken, aber er verspürte nichts als fürchterliche Angst.

Sie lassen niemanden davonkommen, dachte er. *Sie sind nicht erfüllt von grenzenloser, göttlicher Liebe, im Gegenteil, sie sind die Teufel, von denen der alte Mann immer erzählt und vor denen er gewarnt hat.*

Schweiß rann über Max' Gesicht, tropfte von seiner Nasenspitze und ließ den Hörer in seiner Hand glitschig werden. Er blinzelte, während es am anderen Ende klingelte. Und noch einmal klingelte. Und zum dritten Mal. Und zum vierten Mal, bevor endlich abgenommen wurde.

„Was ist passiert?"

Es wurden keine Begrüßungsworte ausgetauscht. Es würden auch keine Namen fallen. So war es viele Male einstudiert worden.

„Er ist tot. Sie haben ihm mit einem Schwert den Kopf …“ Max brach ab, hatte das Gefühl, zu fallen. Ein endloser Fall, schwindelerregend und ohne Ende.

Am anderen Ende herrschte ein paar Sekunden lang Schweigen. Dann: „Somit ist es jetzt deine Aufgabe.“

„Aber ich … Ich bin doch nur …“ Verzweifelt zwang Max sich dazu, zu denken, gegen die Panik anzukämpfen. „Wie soll ich das anstellen?“

„Du weißt, was zu tun ist, du bist der Richtige.“

Die Worte verstärkten die Anspannung in Max nur noch zusätzlich. „Sie wissen selbst, dass das nicht stimmt. Und wer sagt mir überhaupt, dass sie mich finden wird? Dass sie überlebt? Und dass *ich* überlebe.“

Wieder rauschte einen Moment lang das Schweigen in der Leitung, als der Angerufene offenbar über das Gesagte nachdachte. Dann: „Niemand.“

„Das erfüllt mich nicht gerade mit Zuversicht.“

„Sie wird geleitet werden. Pastor Jordan ist ein guter Lehrer. Ihr verstorbener Vater hat ihn wegen genau dieser Qualitäten dafür ausgewählt.“

„Aber wie soll sie mich finden?“

„Wie ich gerade sagte, sie wird geleitet werden.“

„Sie kann dabei *sterben*. Wir können *alle* dabei sterben.“

„Ja. Aber wir haben keine andere Wahl. Ich weiß es, und du weißt es auch. Möge Gott mit dir sein.“

Einen Moment später war die Leitung tot.

Ganz langsam legte Max den Hörer auf die Gabel zurück und verließ die Telefonzelle. Er spürte, wie schon wieder Übelkeit in ihm aufstieg. „Keine Wahl“, sagte er leise, rang nach Luft und verharrte in der Bewegung. Dann wirbelte er herum und starrte gebannt den farblosen Mann an, der langsam näher kam. War das wirklich ein Mensch? Max blinzelte. Es musste ein Mensch sein, aber er sah nicht so aus. Kälte kroch sein Rückgrat hinauf, als er in die kalten, durchsichtigen Augen blickte. Nein, das war kein Mensch, das war ein Dämon. Ein Dämon mit einem blutigen Schwert in der Hand.

Genau in dem Moment, in dem Max sich in Bewegung setzte, um davonzulaufen, durchbrach die lange Klinge des Schwertes die Dunkelheit und verfehlte seinen Hals nur um Haaresbreite.

Gott im Himmel, hilf mir!

Max rannte, und die bleiche Gestalt folgte ihm, jedoch ohne Eile. „Du kannst mir nicht entkommen! Das weißt du doch."

Todesangst pulsierte schmerzhaft durch Max' Adern.

„Du weißt, wo der Schlüssel ist, nicht wahr?" Als würde er es ihm direkt ins Ohr flüstern. „Und du weißt, dass wir ihn haben wollen."

Weiter!

In Max' Kopf pochte es, sein Atem ging rasselnd. Gab es hier noch mehr, die auf ihn warteten?

Dort drüben! Eine Bewegung!

Kaltes Entsetzen presste Max die Luft aus den Lungen, aber er wollte auch nicht aufgeben und sich dem Unabwendbaren fügen, also rannte er in die andere Richtung. Er stolperte und fiel, schrammte sich das Gesicht auf, verlor die Brille, suchte sie verzweifelt mit den Händen, fand sie, stand wieder auf und rannte weiter. Sein Herzschlag dröhnte wie eine Glocke. Plötzlich wusste er nicht mehr, wo er war. Schatten verwandelten sich in Bäume und Bäume in Schatten.

Max stolperte erneut und fiel hin. Ein heftiger Schmerz fuhr in seinen linken Arm. Mit dem gesunden Arm hielt er ihn fest und rannte weiter.

Mit letzter Kraft erreichte er die Hauptstraße, schluchzend vor Todesangst.

Er sah die Scheinwerfer eines Autos auf sich zukommen. Hell und gleißend.

Ohne noch einmal darüber nachzudenken, warf Max sich auf die Straße.

Hannover

Langsam ließ Walter Wendt sich in seinen Sessel sinken. Dann legte er die Kassette in seinen Schoß und faltete die Hände darüber. Er zerbrach sich den Kopf, wie er die ihm übertragene Aufgabe lösen sollte, eine Aufgabe, für deren Lösung er eigentlich gar nicht die Mittel besaß. Vermutlich auch nicht den Verstand. Er war doch nur ein einfacher Mann.

Nachdenklich starrte er aus dem Fenster.

Es gab keine Alternative, das wusste er. Dies war seine Aufgabe auf Erden.

Man hatte ihm gesagt, dass die Kassette alles enthalte, was *sie* irgendwann bräuchte, um die Gegner ein für alle Mal zu besiegen.

Wendt sah auf den silbernen Kasten hinab, betrachtete die eingravierten Zeichen und Symbole, deren Bedeutung niemand verstand, der die Sprache nicht kannte. Er selbst verstand sie auch nicht. Aber er wusste, dass *sie* alles verstehen würde, wenn die Zeit gekommen war.

Wenn die Zeit gekommen war.

Wendt seufzte leise. Die Aufgabe würde alles von ihm fordern, und er hoffte von ganzem Herzen, dass er den Mut und die Kraft finden würde, bis zum Ende durchzuhalten.

Während er seine eigenen Augen betrachtete, die sich im Fenster spiegelten, nickte er leicht.

Dann erhob er sich wieder und machte sich daran, die Kassette vor den Feinden zu verstecken. So, wie es ihm aufgetragen worden war.

Wittenrode

Nach dem Abendbrot und dem Gebet, wenn die Kinder des Waisenhauses in ihren Betten lagen und eingeschlafen waren, wenn endlich alles still war, dann saßen sie in Pastor Jordans Büro. Er trug selbst zu dieser späten Stunde immer noch seinen schwarzen Anzug, und vor ihm auf dem Tisch lag ein ebenso schwarzes Notizbuch.

„Erzählen Sie mir von ihm", bat Julia, während feine Staubteilchen wie aufgewirbelter Goldstaub in der Luft schimmerten. „Erzählen Sie mir von meinem Vater."

Jordan sah sie einen Moment lang an, dann sagte er mit ruhiger und ernster Stimme: „Er war ein guter Mann. Ein tapferer Mann."

„Ein Held."

„Ja. Ein Held, der sich vor keinem Kampf scheute."

Julias Augen schimmerten im dämmrigen Licht. „Er hatte keine Angst."

„Oh doch", sagte Pastor Jordan. „Er hatte Angst. Aber man kann auch ein Held sein, obwohl man Angst hat. Vielleicht gerade dann. Verstehst du, was ich meine?"

„Dass man weitermacht, auch wenn man Angst hat?"

„Richtig. Und genau das hat dein Vater getan. Er tat, was er für richtig hielt, obwohl er sehr viel Angst hatte. Und das macht ihn zu einem wahren Helden."

Für einen kurzen Moment sah Julia aus dem Fenster, suchte nach den Sternen am Himmel, die kaum zu sehen waren. Dann wandte sie sich Jordan wieder zu. „Er hat gesagt, dass ich ein Engel bin. Ein guter Engel.“

„Oh ja, das bist du“, antwortete Jordan. „Du bist ein guter Engel. Dein Vater hat dich sehr geliebt, und deshalb tat er das Tapferste, was es gibt. Und er tat es für dich.“

„Und was war das?“

„Das wirst du erfahren, wenn du etwas älter bist.“

Es war Julia anzusehen, dass sie mit dieser Antwort nicht zufrieden war, und so fügte Jordan hinzu: „Was wir hier tun, ist ein Geschenk deines Vaters an dich. Was du später damit machen wirst, ist dein Gegengeschenk an ihn.“

„Das verstehe ich nicht.“

„Ein Jegliches hat seine Zeit, Julia. Und alles Vorhaben unter dem Himmel hat seine Stunde. Es ist noch nicht so weit, aber wenn es so weit ist, wirst du vorbereitet sein.“

„Aber …“

„Lass uns anfangen.“ Jordan schlug das Notizbuch auf.

Auf den ersten Seiten war die einst schwarze Tinte im Laufe der Jahre zu einem trüben Braun verblasst, und es war eine schwierige Aufgabe, die Kreise, Striche, Kreuze und Punkte zu erkennen. Die Schrift war krakelig und völlig fremd, geschrieben in einer Sprache, die man nicht in der Schule lernte. Nicht Griechisch, nicht Hebräisch, nicht Arabisch.

Es war schwer, sich alles zu merken. „Warum müssen die anderen Kinder das nicht lernen?“, fragte Julia. „Warum nur ich?“

Jordan war einen Moment lang verblüfft. Nicht über die Frage selbst, die stellte sie fast jeden Abend, nein, er war überrascht über den Tonfall ihrer Stimme.

„Weil es wichtig ist“, sagte er. „Das habe ich dir doch gerade erklärt. Es ist sehr wichtig für das, was noch kommen wird.“ Seine Augen machten klar, dass er mehr dazu nicht sagen würde, und so lernten sie wieder, wie sie es jeden Abend taten.

Schließlich kamen sie zu den Symbolen.

„Weißt du, was das hier bedeutet?“, fragte Jordan und deutete auf einen Kreis in einem zweiten Kreis.

Julia nickte. „Es bedeutet *Licht*.“

„Richtig. Es ist das Zeichen der Engel.“

Und so ging es weiter, Symbol für Symbol. Und es waren nicht wenige, die es zu lernen galt.

„Die Wahrheit verbirgt sich im Rätsel.“ Das sagte Jordan oft. „Sie ist nie das, was sie vorgibt zu sein. Deshalb müssen wir lernen, sie zu erkennen und zu entziffern. Verlasse dich niemals nur auf deine Augen. Du musst hiermit sehen.“ Er deutete zuerst auf seine Stirn und dann auf sein Herz. „Wenn du das tust, wirst du die Wahrheit erkennen. Du wirst sie *sehen.*“ Er beugte sich etwas vor und sah Julia tief in die Augen. „Das darfst du niemals vergessen, hast du das verstanden?“

Sie nickte langsam.

„Du musst immer genau hinsehen“, fügte Jordan ernst hinzu. „Versprichst du mir das?“

Sie nickte noch einmal, und dann entließ er sie.

Bis zum nächsten Abend.

TEIL 1

1. KAPITEL

Der Mensch ist des Menschen Hölle

20. Dezember 2010
18:25 Uhr
Mainz

Der Winter zeigte dem Land sein bissigstes, unschönstes, strengstes Gesicht. Die eisige Kälte ging den Menschen durch Mark und Bein und führte dazu, dass die Ladenbesitzer eine Stunde früher als üblich schlossen und in den Kneipen dreimal so viel Glühwein und Feuerzangenbowle serviert wurde wie an normalen Dezembertagen.

Ein Nachrichtensprecher im Radio hatte es vor wenigen Minuten ein „Weltuntergangsszenario“ genannt.

„Diese Schneemassen werden uns auch noch die nächsten Tage zu schaffen machen, es werden weitere zwanzig Zentimeter Neuschnee erwartet, was keine guten Nachrichten für diejenigen sind, die irgendwie nach Hause kommen müssen, um die Weihnachtsfeiertage im Kreise ihrer Lieben zu verbringen.“

Und damit hatte er recht. Der Wind war längst zu einem erbarmungslosen, unberechenbaren Sturm geworden und die Temperatur bis unter den Gefrierpunkt gesunken. Der Schnee lag mehrere Zentimeter hoch und hing gleichzeitig wie ein weißer Spitzenvorhang in der Luft. Eine weiße Masse, wie ein gähnender Schlund, der alles verschlang.

Im Zimmer der billigen Pension war das Licht gedämpft. Während Julia aus dem Fenster sah, hätte sie nie geahnt, wohin diese Geschichte sie in den nächsten Tagen noch führen würde. Niemals. Nicht in ihren kühnsten Träumen.

Eva, die erschöpft auf der zerschlissenen Couch saß und deren rote Locken noch unbändiger als sonst in alle Himmelsrichtungen von ihrem Kopf abstanden, fragte: „Warum mussten wir eigentlich ausgerechnet einen derartigen Schrotthaufen von Auto klauen? Die Sprungfedern im Sitz haben Löcher in meinen Hintern gebohrt wie in einen Schweizer Käse. Ich weiß noch nicht einmal, was das für eine Marke ist, mit der du uns da durch die Gegend geschaukelt hast.“

„Es ist ein Saab“, gab Julia zurück, ohne den Blick vom Fenster zu nehmen. „Und wir sind damit immerhin vom Schwarzwald bis hierher gekommen.“

„Ja, aber in was für einem Zustand."

„Es gab nun mal auf die Schnelle keine andere Lösung."

„Nein?" Eva verzog das Gesicht. „Wir hätten auch einfach dort bleiben können, wo wir waren."

„Und darauf warten, dass wir verhaftet werden?" Julia schüttelte den Kopf. „Das wäre keine gute Idee gewesen."

„Früher oder später kommen sie uns sowieso auf die Spur."

„Ja. Aber nicht, solange das Wetter so schlecht ist."

Sie schwiegen einen Moment. Irgendwo im Haus rauschte Wasser durch eine Leitung.

Dann sagte Eva: „Und du bist dir sicher, dass das hier funktionieren wird?"

„Nein." Jetzt wandte Julia sich zu ihr um. „Und deshalb solltest du eigentlich auch gar nicht hier sein. Du solltest längst irgendwo anders sein. Es ist viel zu gefährlich. Ich dachte, ich hätte es dir erklärt, aber anscheinend habe ich mich nicht deutlich genug ausgedrückt."

„Du hast dich deutlich genug ausgedrückt. Aber das hier kannst du alleine nicht schaffen, und das weißt du auch. Du brauchst meine Hilfe."

„Tot bist du mir aber keine Hilfe."

„Das gilt auch umgekehrt." Eva hob die Hände in die Höhe. „Wie, glaubst du, würde es mir gefallen, wenn ich dich alleine lasse und dann irgendwann erfahre, dass du tot bist? Ich sag es dir: gar nicht. Also werde ich an deiner Seite bleiben und mich nicht mehr wegbewegen. Gewöhn dich besser an die Vorstellung."

Julia seufzte leise, durchquerte den Raum mit ein paar Schritten und setzte sich neben sie auf die Couch. „Du erstaunst mich."

„Warum?"

„Weil du eigentlich völlig durch den Wind sein müsstest. Erledigt. Fertig mit den Nerven. Am Ende."

Eva nickte langsam. „Ja, das müsste ich wohl. Immerhin habe ich vor noch nicht einmal achtundvierzig Stunden einen Mann erschossen – und zwar ohne das geringste Zögern." Sie hielt kurz inne, bevor sie fortfuhr: „Und eigentlich ist mir auch ununterbrochen danach, zu weinen, aber ich kann nicht. Es tut mir nicht einmal leid. Es kommt mir selbst merkwürdig vor, dass ich keine Reue empfinde, aber ich tue es nicht. Es ist, als wären all meine Gefühle taub geworden. Ich bin mir nicht sicher, ob mir das gefallen soll, aber es ist nun mal so."

„Du stehst immer noch unter Schock“, sagte Julia.

„Vielleicht. Vielleicht ist es aber auch etwas anderes.“ Eva wandte ihr den Blick zu. „Ich sage mir die ganze Zeit, dass ich schlichte Gerechtigkeit geübt habe. Ich meine, es steht doch sogar in der Bibel, oder nicht? Auge um Auge, Zahn um Zahn.“

„Du weißt, dass damit etwas anderes gemeint ist.“

„Das ist alles Auslegungssache.“

Ja, vermutlich war es das.

„Cirpka war ein Mörder“, sprach Eva weiter. „Ein durch und durch schlechter Mensch, und ich habe meine Zweifel daran, dass er für seine Taten vor einem ordentlichen Gericht bestraft worden wäre.“

Julia nickte langsam und schloss für einen kurzen Moment die Augen. Noch einmal hörte sie den Schuss, sah Cirpka auf dem Boden liegen. Und sie hörte seine letzten Worte: „Finde Sten Kjaer.“

„Glaubst du, er ist in der Hölle?“, durchbrach Evas Stimme ihre Gedanken.

Julia öffnete die Augen wieder. „Cirpka?“

„Ja. Glaubst du, er ist in der Hölle?“

„Es gibt keinen Ort, der Hölle heißt.“

„Bist du dir da sicher?“

„Ganz sicher. Wenn es eine Hölle gibt, dann ist es der Mensch. Der Mensch ist des Menschen Hölle.“

Darüber dachte Eva einen Moment lang nach. Dann sagte sie: „Wahr ist, dass das, was in den letzten Tagen, Wochen und Monaten passiert ist, teuflisch war, und wenn ich nicht davon überzeugt wäre, dass am Ende das Gute gewinnt, würde ich vermutlich zusammenbrechen.“

„Ich auch“, gab Julia zu.

Sie schwiegen wieder einen Moment.

Dann fragte Eva: „Glaubst du denn, dass Zander noch lebt?“

Die Frage erwischte Julia nicht kalt. Sie dachte seit Stunden über nichts anderes nach. „Solange ich seine Leiche nicht real und echt vor mir gesehen habe“, antwortete sie, „ist er für mich immer noch am Leben.“ Sie erhob sich von der Couch. „Und deshalb sollten wir jetzt auch keine Zeit mehr verlieren. Denn egal, wo er gerade steckt, ich werde ihn dort nicht lassen.“

„Und wo fangen wir mit der Suche an?“

„Bei seinem letzten Fall.“ Julia griff nach ihrer Jacke. „Das ist unser erster Ansatzpunkt.“

Als Zander zu sich kam, blendete ihn helles Licht. Es fühlte sich an, als ob ein gleißender Scheinwerfer mitten auf sein Gesicht gerichtet war. Er versuchte, den Kopf zu drehen, aber es gelang ihm nicht. Sein Kopf, sein ganzer Körper, schien mit nichts gefüllt zu sein als mit Schwere. Er schaffte es nicht einmal, seine Hand zu heben.

Immerhin, es war ihm noch möglich, zu blinzeln.

Und zu denken.

Was zum Teufel hatten sie ihm gegeben? Was hatten sie ihm in die Venen gejagt?

Er stellte fest, dass er auf einer Matratze lag. Er war nicht gefesselt. Wozu auch? Er konnte sich ja nicht rühren. Noch einmal versuchte er, die rechte Hand anzuheben, und endlich gelang es ihm. Jedoch nicht sehr lange. Sie war einfach zu schwer.

Der Raum, in dem er sich befand, war kalt, und sein Atem zeichnete Spuren in der feuchten Luft.

Mühsam wandte Zander den Kopf, konzentrierte sich, sah sich um. Aber es gab nicht viel zu sehen. Bis auf die Matratze, auf der er lag, war der Raum vollkommen leer.

Er fühlte sich sterbenselend. Er hätte nicht sagen können, wie lange sein Magen schon keine Nahrung mehr bekommen hatte. Viel schlimmer aber war, dass er die Hoffnung, dass Hilfe käme, auf gerade mal ein Prozent einschätzte. Fröstelnd starrte er an die Decke. Dann hörte er Schritte vor der Tür. Und Stimmen. Er wollte lauschen, was gesagt wurde, merkte aber, wie ihm der Kopf schon wieder schwer zur Seite sank.

Erst als er von irgendwoher einen leichten Zug verspürte, wurde ihm klar, dass er einen kurzen Moment lang eingeschlafen sein musste. Inzwischen hatte jemand die Tür geöffnet. Eine Gestalt stand vor seiner Pritsche und blickte auf ihn hinab. Zu gerne hätte Zander gesehen, wie die Gestalt aussah, aber sein Blick war zu verschwommen.

„Nicken Sie, wenn Sie mich verstehen können“, hörte er eine Stimme.

Er nickte schwerfällig.

„Wenn wir Sie hätten umbringen wollen, dann wären Sie schon tot. Das wissen Sie, nicht wahr?“

Erneut nickte Zander. Es kostete ihn unglaublich viel Kraft.

„Wir haben allerdings etwas anderes …“

Die verschwommene Gestalt redete weiter, aber die Wörter verschmolzen miteinander, und als sie Zanders Ohren erreichten, hatten sie ihre Bedeutung bereits verloren.

Dann registrierte er, dass er wieder alleine war. Die Gestalt war gegangen. Wann? Er hatte es nicht mitgekriegt.

Er war wieder alleine. Und jetzt, zum ersten Mal in seinem Leben, empfand Zander tiefe Angst. Ein Prozent Hoffnung. Und dieses eine Prozent hatte einen Namen.

Bitte, Julia, flehte er im Stillen, *beeil dich.*

19:07 Uhr

„Hallo, Julia", sagte Nikolas Augustin in der Tür. „Lange nicht mehr gesehen." Zwar sah er immer noch gut aus, aber es ging ihm nicht gut, das war ihm deutlich anzusehen. Er wirkte übermüdet, sein kurzes dunkles Haar war zerzaust, sein Hemd zerknittert. Er hatte immer etwas von einem männlichen Unterwäschemodel gehabt, davon war jetzt nicht viel zu sehen. Sein Blick schweifte zu Eva. „Ist das deine Freundin?"

„Ja", sagte Julia.

Er reichte Eva die Hand. „Nikolas. Julia und ich waren bei der Kripo hier in Mainz in einem Team. Also, Zander, sie und ich." Er ließ die Hand wieder los und trat zur Seite. „Kommt rein."

Sie betraten eine kleine, aber gemütliche Küche und setzten sich an einen Holztisch.

„Du warst im Schwarzwald", sagte Augustin zu Julia.

Erstaunt sah sie ihn an. „Woher weißt du das?"

„Zander gab mir die Anweisung, dein Handy orten zu lassen."

„Wirklich? Wann?"

„Vor zwei Tagen."

„Warum?"

„Weil er sich Sorgen um dich gemacht hat." Augustin lehnte sich etwas zurück. „Daher wussten wir, wo du bist. Wir wussten nur nicht, *warum* du dort warst. Verrätst du es mir?"

Julia schüttelte den Kopf. „Je weniger du weißt, desto besser."

Einen Moment lang sahen sie einander in die Augen, dann fügte sie hinzu: „Und jetzt sag mir bitte, was hier in Mainz geschehen ist. Zander ist spurlos verschwunden, das weiß ich, mehr aber auch nicht. Was habt ihr inzwischen herausgefunden? Was sagen seine Nachbarn? Hat irgendjemand etwas gesehen?"

„Autos", antwortete Augustin. „Zwei Personen haben einen roten Wagen in Richtung Autobahn fahren sehen. Eine andere Person sah ein Taxi in dieselbe Richtung fahren. Was allerdings nicht weiter verwunderlich ist, immerhin befindet sich Zanders Wohnung nicht weit von der Autobahnauffahrt entfernt."

„Sonst nichts?"

„Nein. Alle Proben aus seiner Wohnung sind schon im Labor, und die Handyortung hat leider nichts ergeben. Kein gewaltsames Eindringen in seine Wohnung. Er scheint seinen Entführer ins Haus gelassen zu haben."

„Oder dieser hat sich geschickt Zutritt verschafft."

„Oder das."

Julia schwieg einen Moment, dann sagte sie: „Woran habt ihr zuletzt gearbeitet?"

„Du weißt, dass ich dir darüber keine Auskunft geben darf. Was ich dir bis jetzt gesagt habe, ist schon viel zu viel. Du bist nicht mehr bei der Polizei, Julia, und somit überhaupt nicht befugt. Und ich bin es genauso wenig."

„Ich werde euch nicht in die Quere kommen, Nikolas, aber du weißt selbst, dass ihr jede Hilfe gebrauchen könnt. Und Ermitteln ist nun mal das, was ich am besten kann."

„Wir können auch ermitteln, denn das ist unser Job."

„Entschuldigung, könnte ich vielleicht eine Tasse Tee haben?", schaltete Eva sich ein.

„Natürlich. Tut mir leid." Augustin stand auf und goss heißes Wasser in eine Tasse. „Du auch, Julia?"

„Nein, danke."

Er hängte einen Teebeutel in die Tasse und reichte sie an Eva weiter. Dann setzte er sich wieder an den Tisch und sah Julia an. „Ich kann das wirklich nicht machen."

„Ich kann es mir doch wenigstens anhören", sagte sie. „Das kann ja wohl nicht schaden."

Daraufhin setzte Schweigen ein.

Julia wartete darauf, dass Augustin etwas sagte, und als zu lange nichts von ihm kam, erklärte sie eindringlich: „Wir dürfen jetzt keinen Fehler machen, keiner von uns."

Er sagte immer noch nichts, und sie wartete wieder ab. Als ob sie vollkommen ruhig wäre, was nicht der Fall war. Sie wusste, dass die Chancen, etwas herauszufinden, was niemand vor ihr entdeckt hatte, gering waren, aber sie wollte es dennoch versuchen.

Schließlich sagte Augustin: „Okay. Was willst du wissen?"

„Alles."

Noch einmal vergingen Sekunden. Dann erhob er sich, verließ die Küche und kam wenig später mit einem Stapel Papieren zurück. Er legte sie auf den Tisch und schob sie ihr zu. „Das ist der Fall, an dem wir gearbeitet haben, als Zander verschwand."

Julia griff nach den Papieren und sah sie durch. Es waren Kopien der gesammelten Informationen und Dokumente, bis hin zu den Ergebnissen der Spurensicherung und den Protokollen der Verhöre. „Ich hab es mit nach Hause genommen, weil ich dachte ... ja, weil ich dachte, vielleicht finde ich ja doch noch einen Hinweis, den wir bisher übersehen haben."

„Fass es für mich zusammen", bat sie.

„Es ging um Entführung und schwere Vergewaltigung sowie Folter von mehreren Frauen." Augustin schob ihr ein Foto zu. „Das hier war Nathalia Snietka, sie hat uns auf die Spur gebracht."

„Warum sagst du ‚war'? Was ist passiert?"

„Sie hat sich inzwischen umgebracht."

Julia senkte den Blick auf das Foto. Die junge Frau musste wunderschön gewesen sein. Die hellen, leicht gewellten langen Haare fielen ihr sanft auf die Schultern. Aber sie waren auch blutverklebt. Die Augenfarbe war nicht zu erkennen, weil die Augen blau verfärbt und angeschwollen waren.

„Sie war erst zwanzig Jahre alt", fuhr Augustin fort. „Ukrainerin. Sie wurde entführt und über mehrere Monate festgehalten. Während der Zeit ist sie mehrfach vergewaltigt und gefoltert worden. In diesem Keller." Er schob Julia das nächste Foto hin. Es zeigte einen lichtlosen Raum, kaum größer als ein fensterloser Öltank. An der Eisentür ein Riegel, an der Decke eine nackte Glühbirne, im hinteren Bereich war ein Eisenbett mit einer Matratze zu erkennen. An der Wand über dem Bett hingen Haken, an denen man Fesseln anbringen konnte.

„Vor drei Tagen gelang Nathalia die Flucht", fügte Augustin hinzu. „Es ist uns gelungen, den Keller ausfindig zu machen, aber leider haben wir dort nichts gefunden. Keine Spuren, gar nichts."

„Also ist er gründlich gereinigt worden, bevor ihr kamt", stellte Julia fest.

„Ja. Aber wir wissen dennoch, dass in diesem Keller insgesamt fünf Frauen festgehalten wurden."

„Fünf?", entfuhr es Eva, die sich bisher zurückgehalten hatte.

Augustin nickte. „Wir fanden fünf Verschläge, und Nathalia sagte aus, dass dort noch weitere Frauen festgehalten worden sind. Sie konnte sie nicht sehen, aber hören." Er lehnte sich etwas zurück. „Wir nehmen an, dass sie alle über das Internet nach Deutschland gelockt wurden. Immer mit derselben Masche. Eine Datingseite hat heiratswillige osteuropäische Frauen mit allen möglichen Versprechen geködert. Kaum waren sie dann hier gelandet, wurden sie entführt und in dem Keller als Sexsklavinnen gehalten, deren Dienste an fremde Männer verkauft wurden."

„Ein Netzwerk?", fragte Julia.

„Wir gehen davon aus."

„Was soll das heißen?", fragte Eva dazwischen. „Dass es noch mehr solcher Keller gibt?"

„Ja", antwortete Augustin in ihre Richtung.

„Das heißt, es gibt einen Markt für ... *so etwas*?"

„Es gibt genügend Männer, die dafür bezahlen, ja."

„Mein Gott." Eva wurde ganz bleich. „Wie pervers ist das denn?"

„Wie pervers das Ganze wirklich ist, könnt ihr euch noch gar nicht vorstellen." Augustin schüttelte den Kopf. „Zander gelangte während der Ermittlungen an einen Film aus dem Internet, auf dem die ganze Perversität in vollem Umfang zu sehen ist. Aber ich würde euch nicht empfehlen, ihn euch anzusehen. Das ist mehr als kranke Scheiße."

„Ich will ihn sehen", sagte Julia und sah zu Eva. „Du kannst so lange rausgehen, wenn du möchtest."

Eva schüttelte den Kopf. „Ich bleibe hier."

„Wirklich, denkt noch einmal darüber nach", warnte Augustin.

„Ich will ihn sehen", beharrte Julia.

„Ich auch", sagte Eva, wenn auch weit weniger überzeugt.

Augustin seufzte leise auf und holte seinen Laptop. Er schob eine DVD hinein und drückte auf Start.

Und bereits zwei Sekunden später wurde die Küche, in der sie saßen, winzig und luftlos.

Auf dem Bildschirm war eine nackte Frau auf einem schmalen Eisenbett zu sehen. Sie lag auf dem Rücken, ihre Hände waren mit Lederriemen an das Kopfteil gefesselt. Ihr Gesicht war nass vor Tränen, und ihr Mund stand weit offen. Man hörte keinen Schrei, denn die Aufnahme war ohne Ton, aber man sah, wie ihr Körper zuckte und wie sie versuchte, sich loszureißen. Ihre Halsmuskeln waren angespannt, jeder einzelne Knochen trat hervor.

Ein Mann trat ins Bild. Er trug nur ein dunkles T-Shirt, keine Hose. Er vergewaltigte sie, wobei er die Hände um ihren Hals legte.

Dann kam noch ein Mann. Und noch einer.

„Oh mein Gott!", entfuhr es Eva, die jetzt überhaupt keine Farbe mehr im Gesicht zu haben schien. „Die haben eine Vergewaltigung gefilmt und ins Netz gestellt?"

Augustin nickte. „Es scheint ebenso unglaublich wie alles andere, aber auch hier gibt es Männer, die für einen solchen Film sehr viel Geld bezahlen."

Julia deutete auf den Bildschirm. „Seid ihr an diesen Männern dran?", wollte sie wissen.

„Ja, aber es gestaltet sich schwierig, weil die natürlich alle nicht ihre richtigen Namen hinterlassen, wenn sie sich im Netz bewegen. Aber wir arbeiten mit sehr guten IT-Experten zusammen. Wir kriegen sie – früher oder später."

„Ich muss an die Luft", sagte Eva und verließ den Raum.

Julia sah ihr kurz hinterher, dann deutete sie noch einmal auf den Bildschirm. „Ist das Nathalia?"

Augustin nickte.

„Du hast gesagt, ihr sei die Flucht aus diesem Keller gelungen …"

„Richtig. Ein Autofahrer fand sie völlig am Ende am Straßenrand. Er brachte sie sofort in ein Krankenhaus."

„Dann ist sie dort doch untersucht worden. Habt ihr nichts gefunden? Keine Spuren? DNA? Kein Sperma am Körper?"

„Nein." Augustin deutete ebenfalls auf den Bildschirm. „Wie du siehst, tragen die Männer Kondome. Die sind nicht blöd."

Julia atmete tief durch und lehnte sich zurück. „Wie ist Zander an den Film gekommen?"

„Das kann ich dir leider nicht sagen. Er hat kein Wort darüber verloren, wo er ihn herhatte." Augustin stoppte den Film, und der Bildschirm wurde schwarz.

„Wie seid ihr dann weiter vorgegangen?", wollte Julia wissen.

„Nun ja, keine zwölf Stunden nach Nathalias Flucht fanden wir eine männliche Leiche. Der Name des Mannes war Matthias Bartholomäus, und uns war ziemlich schnell klar, dass er einer ihrer Entführer war."

„Wie kamt ihr darauf?"

„Der Keller in seinem Haus." Augustin deutete noch einmal auf das Foto, das den Keller zeigte. „Das war dieser. Hier wurde Nathalia festgehalten."

Julia dachte einen Moment nach. „Das heißt, er wurde umgebracht, nachdem ihr die Flucht gelungen war."

„Ja. Offenbar rechnete man damit, dass wir früher oder später dort auftauchen und ihn zum Sprechen bringen würden. Also hat man ihn vorher umgebracht. Und er blieb nicht unsere einzige Leiche. Kurz darauf fanden wir einen weiteren Ermordeten. Sein Name war Lars Dexter. Wir nehmen an, dass er der zweite Entführer war. Beiden Männern wurde das Genick gebrochen. Sehr schnell. Sehr professionell. Sehr außergewöhnlich. Es gibt nicht viele Menschen, die auf diese Art und Weise töten, es musste sich also um ein und denselben Täter handeln."

„Und habt ihr auch einen Verdächtigen?"

„Ja."

Julia sah auf. „Wen?"

Augustin schob ein Phantombild zu ihr hin. „Sein Name ist Sten Kjaer."

In dem Moment, in dem er den Namen aussprach, spürte Julia, wie alles aus ihr entwich. Wirklich alles. Die Luft. Der Gleichgewichtssinn. Alles.

Die Welt blieb für einen kurzen Moment stehen. Ein erstarrtes Bild, in dem sich nichts mehr bewegte.

Finde Sten Kjaer. Eric Cirpkas letzte Worte im Schwarzwald.

Eva kam in die Küche zurück und setzte sich wieder zu ihnen an den Tisch. „Wer ist das?", wollte sie wissen und deutete auf das Phantombild.

Julias Blick ruhte auf dem kalkweißen Gesicht, den irgendwie durchsichtigen Augen. „Das ist Sten Kjaer", sagte sie.

„Wirklich? Das ist Kjaer?" Eva sah etwas genauer hin. „Warum sieht er so merkwürdig aus, so … farblos?"

„Er ist ein Albino", sagte Augustin.

„Dann sollte man doch meinen, dass es ein Leichtes wäre, ihn zu finden, oder nicht?", wandte Eva sich an ihn.

„Ja, sollte man. Aber so einfach ist es leider nicht." Augustin atmete tief durch. „Wir gehen davon aus, dass der Mann ein Berufskiller ist. Er hat gute Kontakte, bei denen er unterschlüpfen kann. Und er ist nie lange an einem Ort."

In Julias Kopf drehte sich immer noch alles. Sie riss sich zusammen und hob den Blick. „Sten Kjaer. Der Name klingt skandinavisch, oder?"

„Er ist Norweger. Bevor Zander verschwand, hat er sich mit einem Kommissar in Bergen in Verbindung gesetzt. Der Mann ist inzwischen in Rente, hat sich allerdings in den letzten Jahren sehr intensiv mit Kjaer beschäftigt. Er erzählte, dass der Mann auf der schwarzen Liste der norwegischen Polizei steht, also sozusagen zu deren *most wanted people* gehört. Die sind dort seit geschlagenen fünfzehn Jahren hinter ihm her, da ist er zum ersten Mal bei ihnen auf dem Radar aufgetaucht. Im Laufe dieser Zeit ist es ihm gelungen, vier Polizisten zu liquidieren. Das heißt, für die ist Kjaer längst zu einer persönlichen Angelegenheit geworden. Es wurde sogar eine Sondereinheit gegründet. Die haben sieben Tage die Woche rund um die Uhr damit verbracht, den Mann zu kriegen. Und es trotzdem nicht geschafft."

„Und jetzt ist er in Deutschland", sagte Julia.

„So sieht es aus, ja. Die Art der Morde würde auf jeden Fall zu ihm passen. Genickbruch. Es ist anzunehmen, dass er auch anders tötet, aber diese Art scheint er besonders gut zu beherrschen."

Julia wollte etwas sagen, doch Augustin war noch nicht am Ende. „Allerdings ist Kjaer kein Entführer und auch kein Vergewaltiger, das sollte man nicht durcheinanderbringen. Er ist … einfach nur ein Killer."

Was immer Julia eben noch hatte sagen wollen, sie sagte es nicht. Stattdessen blickte sie wieder auf das Phantombild. Sie war sich sicher, noch nie einem Menschen wie Sten Kjaer begegnet zu sein. Das waren wohl die wenigsten Menschen. Und die wenigsten von denen, die ihm tatsächlich begegnet waren, hatten es überlebt.

„Okay", sagte sie nach ein paar Sekunden. „Fassen wir das mal zusammen: Zwei Männer entführen mehrere Frauen und sperren sie in einen Keller, wo sie von fremden Männern, die dafür bezahlen, vergewaltigt und gefoltert werden. Einer der Frauen gelingt die Flucht, und kurz darauf sind die beiden Entführer tot. Umgebracht von einem Mörder, der mit den Entführungen und Vergewaltigungen selbst nichts zu tun hatte. Er ist nur unterwegs zum Töten."

„Ja."

„Das heißt, dass er einen Auftrag hatte."

„Ja."

„Was wiederum heißt, es gab einen Auftraggeber." Julia deutete auf den dunklen Bildschirm. „Es bedarf einer Organisation, um solch ein ekelhaftes Geschäftsmodell ins Leben zu rufen. Leute, die die Fäden ziehen und hinter den Kulissen abkassieren."

Augustin nickte. „Wir haben es ganz sicher mit einer Organisation zu tun, und ich kann dir sagen, es ist verdammt schwer, an die heranzukommen, weil die in einem System arbeiten, bei dem das Wissen aus tausend Quellen in eine Richtung fließt – und zwar durch ein Nervensystem, das immer dünner wird, je näher es der Spitze kommt. Wer gefährlich wird, der wird ausgelöscht, ganz einfach. So verhindern sie Infektionen, Störungen im System. Anders ist nicht zu erklären, warum wir bisher nichts, aber auch wirklich gar nichts von ihnen gewusst haben."

„Aber jetzt wisst ihr von ihnen. Und wisst ihr auch, um welche Organisation es sich dabei handelt?" Julia kannte die Antwort, noch bevor Augustin sie aussprach: „Sie nennen sich offenbar *die Kraniche*."

Und so fügten sich die Dinge eins nach dem anderen zusammen. Eric Cirpka, Sten Kjaer, die Kraniche. Ein Puzzle, das Stück für Stück mehr ein Bild ergab und doch immer noch zu viele Lücken enthielt.

Julia atmete tief durch. „Wie seid ihr auf diese Organisation gekommen?"

„Genau genommen war es reiner Zufall", sagte Augustin. „Während unserer Ermittlungen tauchte ein Mann auf dem Präsidium auf, sein Name war Edi Kern. Er behauptete steif und fest, er hätte Dexter und Bartholomäus umgebracht, und wollte unbedingt verhaftet werden. Zander und unser Kollege Dettloff haben die Vernehmung geführt. Es war allen von vornherein klar, dass Edi Kern kein Mörder war, aber hatte furchtbare Angst. Er war auf der Flucht. Vor den Kranichen. Behauptete er."

„Gibt es ein Protokoll von dem Verhör?", wollte Julia wissen.

Augustin nickte, suchte in den Papieren und schob es schließlich zu ihr hin.

Sie rieb sich über die Augen und las …

Edi Kern: „Ich war es. Ich hab die beiden Typen umgebracht. Und jetzt will ich verhaftet werden."

Zander: „Warum haben Sie Bartholomäus und Dexter umgebracht?"

Edi Kern: „Ich wollte es ja gar nicht. Ich kannte sie ja überhaupt nicht."

Zander: „Warum haben Sie es dann getan?"

Edi Kern: „Die Stimmen haben es mir befohlen."
Zander: „Was für Stimmen?"
Edi Kern: „Stimmen eben. In meinem Kopf. Und jetzt will ich, dass Sie mich einsperren. Werden Sie das tun?"
Zander: „Sie mögen ja vielleicht andere Talente haben, Edi, aber es wäre wirklich verrückt, zu glauben, Sie könnten diese beiden Morde begangen haben. Erzählen Sie uns eine andere Geschichte, möglichst eine wahre, oder wir beenden die Vernehmung an dieser Stelle."
Edi Kern: „Ich war es aber. Ihr habt mein astreines Geständnis, Leute."

Noch einmal rieb Julia sich über die Augen und las dann weiter …

Edi Kern: „Jetzt passt mal auf! Ich brauch einen Platz, wo ich sicher bin, okay? Die wollen mich nämlich killen! Ich weiß es! Die wollen mich umlegen! Letzte Nacht war einer vor meinem Fenster. Zuerst war's nur ein Vogel. Der war fürchterlich laut. Auf jeden Fall laut genug, um nicht schlafen zu können. Also bin ich hingegangen und hab überlegt, ob ich was nach dem Vieh werfen soll. Einen Schuh oder so. Bin ganz gut im Werfen, hätt ihn bestimmt getroffen. Ich steh da also am Fenster, den Schuh in der Hand, und da seh ich plötzlich was ganz anderes als den Vogel."
Zander: „Was haben Sie denn gesehen?"
Edi Kern: „Einen ganz üblen Typen, der in mein Schlafzimmer geguckt hat. Ich sag euch, ich bin so erschrocken, bin direkt ohnmächtig geworden. Mannomann!"
Dettloff: „Warum sollte denn jemand in Ihr Schlafzimmer gucken, Edi? So hübsch sind Sie nun auch wieder nicht."
Edi Kern: „Wollen Sie mich grad verarschen? Ich sagte doch eben, die wollen mich *killen*."
Zander: „Wer?"
Dettloff: „Und warum?"
Edi Kern: „Ich hab versucht, die zu bescheißen, okay? Das sollte man nicht machen. Das verzeihen die einem nämlich nicht."
Zander: „Wen haben Sie versucht zu betrügen, Edi?"
Edi Kern: „Schon mal was von den *Kranichen* gehört?"
Zander: „Erzählen Sie davon."
Edi Kern: „Die sind der schwarze Rauch des Satans. Seelenräuber, jawohl. Die glauben, sie stehen über den anderen Menschen und erst

recht über den Gesetzen. Und das Schlimme ist, dass es auch tatsächlich so ist. Niemand weiß, wer die sind, aber alle wissen, dass es sie gibt. Und wenn man sich mit denen anlegt, dann kann man sich auch gleich selbst aufhängen. Und wenn ich jetzt hier wieder rausgeh, dann schweb ich in Lebensgefahr."

Julia sah auf. „Ihr habt ihn trotzdem wieder gehen lassen?"

„Was hätten wir tun sollen?" Augustin hob abwehrend die Hände. „Der Mann hatte Angst, okay, aber er war nicht der Mörder von Bartholomäus und auch nicht der von Lars Dexter. Mit welcher Begründung hätten wir ihn verhaften sollen?"

Julia nickte, senkte den Blick und las weiter.

Dettloff: „Was haben Sie mit diesen Menschen zu tun?"

Edi Kern: „Hab ein paar Jobs für einen Kumpel gemacht. Kleine Sachen. Drogen vertickt und so. Wusst ja nicht, dass der Kumpel einer von denen ist."

Dettloff: „Ein Kranich?"

Edi Kern: „Ja."

Dettloff: „Sie selbst sind also kein Kranich?"

Edi Kern: „Meine Fresse, nein! Ich hab nur ein paar kleine Sachen für den gemacht und ein bisschen in meine eigene Tasche gewirtschaftet."

Dettloff: „Sie meinen, Sie haben Ihren Kumpel über den Tisch gezogen."

Edi Kern: „Jepp. Hätt ich nicht machen sollen. Scheißidee. Jetzt hab ich sie am Hals."

Zander: „Hat Ihr Kumpel Ihnen erzählt, dass er diesen Kranichen angehört?"

Edi Kern: „Das hat er ganz bestimmt nicht getan."

Zander: „Woher wissen Sie dann davon?"

Edi Kern: „Mann, ich hab vielleicht keinen Doktortitel, aber ich kann hören, okay? Ich hab Ohren. Das ist 'ne ganz üble Truppe. Die sind das Böse, sag ich euch. Die haben in allem ihre Finger."

Zander: „Prostitution?"

Edi Kern: „Auch. Aber nicht nur. Die haben eine Menge Knete und ganz schön viel Macht. Aber in Wahrheit haben die ein ganz anderes Ziel."

Zander: „Was für ein Ziel?"

Edi Kern: „Die wollen das Gute von innen heraus zerstören. Dann können sie nämlich über die ganze Welt herrschen. So ist das. Jawohl."

Zander: „Wenn es diese Kraniche tatsächlich gibt, warum wissen wir – die Polizei – dann nichts von ihnen?"

Edi Kern: „Weil ihr Tomaten auf den Augen habt, deswegen. Weil ihr nur seht, was ihr sehen wollt. Und weil die ihre Leute auch in eurem Laden haben. So sieht's aus."

Augustin sagte: „Man mag kaum unterscheiden, was von dem ganzen Gerede Wahrheit und was erfunden ist."

Julia sah auf und schüttelte langsam den Kopf. „Diese Kraniche existieren, daran gibt es keinen Zweifel, aber ich gebe dir insofern recht, als dass sie nicht aus der Hölle emporgestiegen sind, wie Edi Kern es glaubt. Es sind Mörder. Killer. Schlechte Menschen – aber es sind Menschen. Allerdings ist es ausgesprochen clever, solch einen Mythos zu streuen."

Als Augustin fragend eine Augenbraue hob, fügte sie hinzu: „Mit Tod und Teufel und Hölle kann man den Menschen Angst einjagen. Man kann sie einschüchtern und leichter manipulieren. Und das ist genau das, was diese Kraniche tun."

Augustin seufzte: „Wie auch immer. Das war es. Mehr haben wir nicht. Wir wissen nicht mehr über diese Vögel, als dass es sie gibt. Wir gehen zwar davon aus, dass Sten Kjaer als Killer für sie arbeitet, aber wir haben keine Ahnung, wo er jetzt gerade steckt. Wir wissen und wir haben nichts."

Julia schwieg einen Moment nachdenklich. „Ihr seid den Kranichen auf die Spur gekommen", sagte sie dann. „Und Zander war vermutlich näher an ihnen dran als alle anderen. Ich kann es nicht beweisen, aber ich habe das sichere Gefühl, dass er genau deswegen verschwunden ist. Das bedeutet, der Faden muss von hier an weitergesponnen werden." Sie hob den Kopf und sah Augustin an. „Danke."

Plötzlich hatte sie es sehr eilig.

„Was hast du vor?", fragte er, als sie sich erhob.

„Ich werde versuchen, noch einmal mit diesem Edi Kern zu reden. Hast du eine Adresse?"

„Willst du einfach mal vorbeigehen und ihn ins Kreuzverhör nehmen? Dazu hast du keine Befugnis, Julia. Du bist nicht mehr bei der Polizei."

„Mag sein, aber mir bleibt keine Zeit für Feinheiten. Ich will ihm auch nur ein paar Fragen stellen, mehr nicht. Oder habt ihr inzwischen noch einmal mit Edi Kern gesprochen?"

„Nein."

„Das dachte ich mir. Und warum nicht?"

„Wir hielten es für ... nicht wichtig genug."

„Siehst du, und weil ich das anders sehe, übernehme ich das jetzt."

Augustins Blick war ebenso ernst wie Julias. „Ich halte das für keine gute Idee."

„Das musst du auch nicht. Du musst mir nur vertrauen und mit niemandem darüber sprechen, dass wir uns heute Abend getroffen haben. Mit niemandem. Ich war nicht hier. Okay?"

Er fixierte sie weiter. „Natürlich. Wie kann ich dich erreichen?"

Julia kritzelte ihre Handynummer auf einen Zettel. „Und die darf auch niemandem sonst unter die Augen kommen, ja?"

„Ja."

„Edi Kerns Adresse?"

„Sie ist hier irgendwo." Augustin machte sich daran, in den Papieren zu suchen. Dann griff er ebenfalls nach einem Zettel, notierte die Adresse darauf und reichte ihn Julia. „Du hältst mich auf dem Laufenden, okay?"

„Ja."

„Wirklich."

Julia seufzte leise. „Du musst mir vertrauen, Nikolas."

Kurz darauf hatten sie das Haus verlassen.

2. KAPITEL

So empfängst du mich ...

Hannover

Ungefähr zur selben Zeit kam Susanne Grimm mit zwei Stunden Verspätung wieder in Deutschland an – ebenfalls vollkommen ahnungslos, wohin diese Geschichte sie noch führen würde.

Sie fand eine schneegepeitschte Stadt vor, die völlig konturenlos schien. Die Menschen in der Flughafenhalle drückten und schoben und stießen mit ihren Koffern um sich. Aus den Lautsprechern erklang *Jingle Bells*. Bunte Lichter, die überall von den Decken hingen, kündigten Weihnachten an, das Fest der Liebe.

Nach fünf Monaten in der Einsamkeit Norwegens war die überwältigende Menschenfülle ein Angriff auf jeden einzelnen von Susannes Sinnen. Sie war überhaupt nicht mehr an die beklemmende Dichte von Geräuschen, Gerüchen und Gesichtern gewöhnt, und einen Moment lang wünschte sie sich zurück und dachte an das letzte Telefonat mit Jo und Edda, kurz vor ihrem Abflug nach Deutschland.

„Du brauchst mich wirklich nicht alle zehn Minuten anzurufen, Jo“, hatte sie gesagt. „Du hast doch bestimmt Wichtigeres zu tun.“

Aber Jo hatte nichts Wichtigeres zu tun. „Hast du dir das auch wirklich gut überlegt?“, fragte er sie noch einmal.

„Wir haben jetzt wirklich oft genug darüber gesprochen.“

„Hast du auch genügend Geld?“

„Du warst doch dabei, als die fünfzigtausend Euro vom Konto meines Vaters auf mein Konto gebucht wurden.“

„Illegal.“

„Ich konnte ihn leider nicht fragen.“

„Und er kann es ja nun wirklich verkraften“, erklang Eddas Stimme aus dem Hintergrund.

„Jo“, sagte Susanne, „du machst dir zu viele Gedanken. Wirklich. Warum setzt du dich nicht auf die Couch, legst die Beine hoch und entspannst dich ein bisschen?“

„Du wirst mich nicht dazu zwingen können, mich zu entspannen, solange ich nicht weiß, wohin das führt, was du da vorhast.“

„Ich danke dir für alles, was du in den letzten Tagen für mich getan hast. Danke auch dir, Edda. Ihr seid zu meinen zwei besten Freunden geworden.“

„In Zeiten der Freude wie der Not, so sagt man doch, nicht wahr?“ Das war wieder Eddas Stimme aus dem Hintergrund.

„Ja“, sagte Susanne. „In der Freude wie in der Not.“

Dann hatten sie sich verabschiedet. Sie war in den Flieger gestiegen, und nun war sie hier. Und erst jetzt bemerkte sie, wie nervös sie tatsächlich war. Tief atmete sie durch, zwang sich zur Ruhe.

Niemand starrt mich an. Niemand erkennt mich.

Aber konnte sie da wirklich sicher sein?

Unauffällig suchte Susanne mit den Augen die Ankunftshalle ab.

Mit allem hätte sie gerechnet, aber nicht damit, von einer derartigen Angst übermannt zu werden. Nicht damit, derart zu schwitzen. Denn eigentlich kannte sie sich inzwischen mit Angst aus. Schließlich lebte sie seit Monaten permanent mit der Angst, und da sie auf der Flucht vor der Polizei war, war das wohl auch kein Wunder. Ihr Foto hing vermutlich in allen Polizeistationen der Stadt. Vielleicht sogar im ganzen Land. Und ganz bestimmt auch hier.

Susanne zwang sich, nicht weiter darüber nachzudenken, doch merkwürdigerweise schien es so, als sei die Fähigkeit, an nichts zu denken, in diesem Moment ganz besonders schwierig zu meistern. Während sie sich in Richtung Ausgang bewegte, überschlugen sich die Gedanken förmlich in ihrem Kopf. Sie hatte in ihrem Leben einige Bücher gelesen, in denen die Hauptfigur ständig auf der Flucht war. Der Flüchtige war seinen Verfolgern immer einen Schritt und einen Gedanken voraus, und für sie als Leserin war das stets recht unterhaltsam gewesen. Inzwischen konnte sie aus Erfahrung sagen, dass es in Wahrheit alles andere als lustig war. Sie steckte ihre Hand in die Manteltasche und überzeugte sich davon, dass ihre neuen Papiere noch da waren. Claudia Müller, das war der Name, den Edda für sie ausgesucht hatte. Hervorragend gefälschte Papiere. Dazu die neue Frisur, ein Pagenkopf, die neue hellbraune Haarfarbe, hellrotes Rouge und Kleidung, die so teuer und elegant war, dass sie sie vor ein paar Monaten nicht einmal angesehen hätte. Nein, kein Mensch von früher hätte Susanne, die Punkerin, sofort wiedererkannt.

Großartige Edda, dachte Susanne, wunderbare, großartige Edda. Dann sah sie auf und … erstarrte.

Ein paar Meter von ihr entfernt stand ein Polizeibeamter, der sie aufmerksam musterte. Zu aufmerksam.

Vermutlich hatte sie sich zu schnell in Richtung Ausgang bewegt, vielleicht auch zu hektisch. Auf jeden Fall hatte sie seine Aufmerksamkeit erregt, und jetzt sahen sie sich direkt in die Augen.

Alles Blut sackte aus Susannes Kopf in die Füße. Sie zwang sich, ganz langsam weiterzugehen, während sie überlegte, was sie jetzt tun sollte. In die Toilette verschwinden? Sich in Bewegung setzen und rennen? Vermutlich keine gute Idee. Man würde sie zur Strecke bringen, noch ehe sie den Ausgang erreicht hatte.

Also ganz langsam weitergehen.

Der Beamte wandte sich jetzt mit dem ganzen Oberkörper in ihre Richtung, und sein Blick bohrte sich regelrecht in sie hinein.

Susanne grüßte ihn freundlich, aber er grüßte nicht zurück. Doch dann wandte er den Blick ab, und sie atmete erleichtert durch.

Jetzt hatte sie es fast geschafft.

Nur noch etwa zehn Meter.

Obwohl ihre Reisetasche so klein und leicht war, grub sich der Riemen tief in Susannes Schulter. Sie hatte nur wenig eingepackt, denn falls sie etwas benötigte, konnte sie es hier in Deutschland nachkaufen. Über der anderen Schulter baumelte lediglich ihre Handtasche.

Noch fünf Meter.

Gleich war sie draußen. Susanne war so sehr in Gedanken, dass sie den Mann, der seitlich auf sie zukam, gar nicht wahrnahm. Bis zu dem Moment, in dem sie mit ihm zusammenstieß.

Hatte sie ihn angerempelt oder er sie? Sie hätte es hinterher nicht mehr sagen können. Auf jeden Fall stolperten sie gegeneinander, und er sagte aufgeregt: „Entschuldigung, tut mir leid. Habe ich Ihnen wehgetan? Ist alles in Ordnung?“

Susanne wollte antworten, doch alles, was sie zustande brachte, war, ihn erschrocken anzustarren.

„Hallo?“, sagte er.

„Nein.“ Sie riss sich zusammen. „Es ist … alles in Ordnung.“

„Tut mir wirklich leid.“ Der Mann ging um sie herum und war kurz darauf mit seinem Rollkoffer in der Menge verschwunden.

Susanne sah ihm einen Augenblick hinterher, dann wandte sie sich wieder in Richtung automatische Tür.

Ein Schritt.

Noch ein Schritt.

Die Tür glitt vor ihr auf, und Dunkelheit kam dahinter zum Vorschein.

Jetzt wusste sie, dass sie es geschafft hatte.

Erleichtert trat Susanne hinaus und sog die eisige Luft ein. Dann sah sie sich um und blinzelte. Hannover, meine Stadt, so begrüßt du mich also, dachte sie. *Mit Schnee und Kälte.* Und als würde die Stadt ihr antworten, fegte ein steifer Wind ihr Schnee ins Gesicht, der sich anfühlte wie eine Mischung aus Eis und Sand. Schaudernd zog sie die Schultern hoch, drückte den Kragen ihres Mantels enger an den Hals und ließ den Blick erneut über das Areal streifen. Ein paar Taxifahrer saßen in ihren Wagen und ließen die Motoren laufen, um die Heizung anzutreiben.

Einen Fuß vorsichtig vor den anderen setzend, um nicht mit ihren teuren und wenig bequemen Schuhen auf dem Schnee auszurutschen, bewegte Susanne sich auf einen davon zu – und wäre dabei fast in ein Auto gelaufen. Eine Hupe dröhnte, und sie hob entschuldigend eine Hand.

Erst als sie im Fond einer der Taxen saß, spürte sie, wie sich etwas in ihr entspannte. Sie nannte dem Fahrer, einem alternden Hippie, die Adresse, zu der sie wollte. Er nickte, gab Gas, und der Wagen machte einen so schnellen Satz nach vorne, dass Susanne tief in den Sitz gedrückt wurde. „Meine Güte!“, entfuhr es ihr.

„Tut mir leid“, sagte der Hippie und konzentrierte sich auf die Straße. Die Heizung lief auf Hochtouren, es war brütend heiß im Wagen. „So ein Wetter hab ich schon lange nicht mehr erlebt“, sagte er. „Eigentlich habe ich so ein Wetter überhaupt noch nie erlebt. Das wirkt irgendwie bedrohlich, finden Sie nicht auch? Also, wer spätestens jetzt keinen warmen Unterschlupf hat, der krepiert, das steht fest.“

Susanne antwortete nicht darauf. Während sie aus dem Seitenfenster blickte, hatte sie das Gefühl, dass das Taxi nicht vorwärts, sondern rückwärts fuhr. Zurück in die Vergangenheit. Sie sah Restaurants und Fastfoodläden, hässliche Bürobauten inmitten riesiger Parkplätze. Tankstellen. Ein Einkaufszentrum. Noch ein Einkaufszentrum. Da bin ich wieder, dachte sie.

Zwanzig Minuten später verlangsamte der Hippie mit einem leichten Schlingern und brachte den Wagen schließlich zum Stehen. „Da sind wir.“ Schweißperlen standen ihm auf der Stirn, die Fahrt hatte höchste Konzentration von ihm gefordert.

Es schneite so sehr, dass Susanne keine Ahnung hatte, ob dies tatsächlich ihr gewünschtes Ziel war. Sie nahm es aber einfach mal an und bezahlte. Nachdem sie ausgestiegen war, stand sie im gelblichen Licht einer Straßenlampe inmitten von unzähligen Schneeflocken und hörte, wie ein Fremder mit lauter Stimme ein anderes Ziel nannte und in das Taxi einstieg. Gleich darauf war es im Schneegestöber verschwunden.

Willkommen daheim, dachte Susanne. Sie wandte sich um, und was sie dann sah, wirkte wie eine Vision aus einem amerikanischen Weihnachtsspielfilm. Das Hotel war ein weitläufiger Bau, dessen Mauern irgendwie von innen heraus zu leuchten schienen. Es war sehr elegant, manche Menschen hätten es dekadent genannt, sie selbst hätte das vor ein paar Monaten auch noch getan. Am Haupteingang waren zwei uniformierte Pagen damit beschäftigt, die wenigen Autos der Gäste zu parken und die zu empfangen, die mit einem Taxi kamen.

Unwillkürlich fiel Susanne ein Satz ein, den ihr Vater irgendwann einmal zu ihr gesagt hatte: *„Die Menschen brauchen Klassensysteme.“* Und als sie hatte wissen wollen, warum, hatte er geantwortet: „Weil das Klassensystem den Menschen ein Ziel gibt. Einen Antrieb, der über Essen und Schlafen hinausgeht. Etwas, das sie dazu bringt, gewisse Leistungen zu vollbringen. Verstehst du das?“

Nein, Susanne hatte es nicht verstanden. Vielleicht hatte sie es auch nicht verstehen wollen. „Wenn ich einen dicken Mercedes fahre“, hatte sie geantwortet, „heißt das noch lange nicht, dass ich besser bin als jemand, der mit dem Fahrrad fährt.“

„Das mag sein“, hatte ihr Vater geantwortet. „Aber ein Mercedes ist ein wichtiges Symbol der Leistung, der Position. Ein Fahrrad ist das nicht.“

„Ein teures Auto, eine Villa, eine hübsche Frau, das sind die Symbole, nach denen du schon immer gestrebt hast, Vater, ich weiß. Aber ich werde das nie tun.“ Davon war Susanne absolut überzeugt gewesen.

„Doch, das wirst du.“ Ihr Vater klang nicht weniger überzeugt. „Und ich sage dir auch, warum: weil niemand gerne ein Verlierer ist. Weil niemand gerne mit Verlierern arbeitet und weil sich niemand gerne mit Verlierern umgibt.“

„Es mag sein, dass ich in deinen Augen ein Verlierer bin, Vater, aber ich wette, ich bin jeden einzelnen Tag glücklicher als du.“

Blinzelnd kam Susanne in die Gegenwart zurück. Alles in ihr sträubte sich dagegen, das Hotel zu betreten. Sie wollte sich nicht zu einem Klon ihres Vaters machen, aber sie wusste auch, dass man sie hier am allerwenigsten suchen würde.

„Hohoho!“

Sie fuhr herum und sah den Weihnachtsmann, der an ihr vorbeiging. Ein bärtiger Hüne mit einem Jutesack über der Schulter, der verdächtig nach Schnaps roch. Der Hüne, nicht der Sack.

„Frohe Weihnachten.“

„Frohe Weihnachten“, gab Susanne zurück.

„Die schönste Zeit des Jahres.“ Der Weihnachtsmann lächelte unter dem weißen Bart. „Das Fest der Liebe.“

„Wenn Sie das sagen.“ Sie sah ihm einen kurzen Moment lang hinterher, beobachtete, wie er durch die dichten Schneeflocken davonstapfte. Dann wandte sie sich wieder dem Hotel zu, gab sich einen Ruck, trat durch die verspiegelte Glastür und buchte wenig später am Empfang ein Zimmer.

Ihr Gepäck brachte sie selbst hinauf. Sie hatte ohnehin nicht vor, lange zu bleiben. Sie hatte heute Abend noch etwas vor.

Vorher jedoch schrieb sie noch eine kurze SMS an ihren Bruder: *Hallo Jörg, bin wieder da. Treffen uns morgen früh. Komm vorbei.* Dazu schickte sie ihm die Adresse des Hotels, ehe sie sich noch einmal auf den Weg machte.

3. KAPITEL

Ein merkwürdiges Paar

20:37 Uhr
Mainz

Die mächtige Betonburg, vor der Julia und Eva standen, war zwölf oder noch mehr Stockwerke hoch.

Julia begutachtete die zahlreichen Klingelschilder, die den schmutzigen, abblätternden Beton an der Eingangstür überwucherten. „108", las sie auf einem davon und drückte auf den Knopf.

Als daraufhin nichts geschah, drückte sie nacheinander auf alle Knöpfe. Eine Frauenstimme meldete sich und sagte: „Ja?"

„Polizei", sagte Julia.

Einen Moment lang geschah gar nichts, dann ertönte ein lautes Summen, sie drückte die Tür auf, und sie traten ein.

„Der sieht nicht sehr vertrauenswürdig aus", bemerkte Eva und deutete auf den Fahrstuhl.

„Möchtest du bis in den sechsten Stock laufen?", fragte Julia.

„Nein."

Sie traten hinein und stellten fest, dass die Spiegel aus ihren Fassungen herausgebrochen waren. Die Metallverkleidung der Fahrstuhlkabine war mit leuchtend roter Schrift besprüht. Die Sprache war nicht zu identifizieren. Auf dem Fußboden allerdings stand deutlich zu lesen: *Beate bläst dir einen. Wähle 0157 – 8894 …* Die Nummer endete an der sich schließenden Tür, die restlichen Ziffern fand man offenbar auf einem anderen Stockwerk.

„Immerhin", murmelte Eva. „Fehlerfrei geschrieben."

Im sechsten Stock stiegen sie aus und stellten erleichtert fest, dass sich Edi Kerns Wohnung genau gegenüber dem Fahrstuhl befand.

Sie gingen auf die Tür zu, und obwohl sie nichts anderes erwartet hatte, veränderte ihr Anblick Julias Stimmung. Die Anspannung wich Ernüchterung. War das hier wirklich der richtige Ansatzpunkt? Was hoffte sie hier zu erfahren? Und was immer es war, würde es ihr helfen, Zander näher zu kommen?

Ihr Blick fiel auf die Klingel.

Irgendwo müssen wir schließlich anfangen.

Sie drückte auf den Knopf, und wieder öffnete niemand.

Sie klingelte noch einmal, nachdrücklicher, aber es schien tatsächlich niemand zu Hause zu sein. Wahrscheinlich hatte Edi Kern längst die Flucht ergriffen. Denkbar war allerdings auch, dass ihm etwas zugestoßen war. Dass die Menschen, vor denen er solche Angst hatte, ihn zum Schweigen gebracht hatten. Die Kraniche.

„Was machen wir jetzt?“, fragte Eva.

„Noch nicht aufgeben.“ Julia ging zur Nachbartür und drückte dort auf den Klingelknopf. Die Tür wurde fast sofort geöffnet, und eine junge Frau irgendwo in den Zwanzigern, mit einem eng anliegenden T-Shirt und einer bunten Leggins, schaute sie fragend an. „Ja?“

„Entschuldigen Sie“, sagte Julia. „Wir sind auf der Suche nach Edi Kern.“

Die Antwort kam etwas versetzt: „Oh, den habe ich schon eine ganze Weile nicht mehr gesehen.“

„Erinnern Sie sich, wann Sie ihn das letzte Mal gesehen haben?“

„Wer ist das?“, schrie eine Stimme aus dem Inneren der Wohnung.

„Eine Frau!“, schrie das Mädchen zurück. Dann wieder an Julia gewandt: „Vor zwei Tagen, glaube ich.“

„Glauben Sie oder wissen Sie?“

Die junge Frau zögerte. „Ja, ich bin mir sicher. Vor zwei Tagen. Abends, so gegen sechs. Ich kam gerade nach Hause, und er kam aus seiner Wohnung.“

„Können Sie sich noch daran erinnern, in welcher Verfassung er war?“

„Na ja, ein bisschen aufgeregt war er, glaube ich. Aber das war er ja meistens.“

„Wer sucht nach Edi Kern?“, kam es wieder von drinnen. „Ist das die Polizei?“

„Hör auf zu schreien, Oma! Wir hören dich sehr gut!“

„Was?“

„Wir hören dich sehr gut!“

„Dann sag doch, was die von Edi Kern wollen? Wird er jetzt endlich verhaftet, dieser notorische Kriminelle?“

„Ich erklär es dir später!“

„Was?“

„Ich sagte, später!“

„Ich will es aber jetzt wissen!“ Eine alte Frau kam an die Tür. Eine Hand auf einen Stock gestützt, sah sie Julia fragend an. „Oder kommen Sie wegen der Miete? Er soll ja ständig damit im Rückstand sein.“

„Oma!“

„Arbeitet nix und …“

„Oma!“ Die junge Frau machte eine knappe Handbewegung in Richtung Julia. „Hören Sie nicht auf sie.“ Dann schob sie die Alte zurück in die Wohnung, vermutlich ins Wohnzimmer, und schloss die Tür. Eine Minute später kam sie mit einem entschuldigenden Lächeln zurück. „Meine Oma meint es nicht so. Edi ist ein netter Kerl. Eine harmlosere Type als ihn kann man sich kaum vorstellen – vorausgesetzt, man behält das Silberbesteck im Auge. Haben Sie nebenan geklingelt?“

„Ja.“

„Und es hat niemand aufgemacht?“

„Nein.“

„Dann versuchen Sie es noch einmal. Seine Schwester muss da sein.“

„Er hat eine Schwester?“

„Ja. Und ich bin mir ziemlich sicher, dass sie zu Hause ist.“

Julia bedankte sich und machte sich erneut auf den Weg zur Nachbartür. Dort legte sie den Finger auf die Klingel, und dieses Mal nahm sie ihn nicht mehr vom Knopf, bis die Tür geöffnet wurde.

Eine Frau in einem zerschlissenen Bademantel, deren blondiertes Haar strähnig war und aussah, als wäre es seit Tagen nicht mehr gewaschen worden, sah sie missmutig und mit abweisendem Blick an. „Was wollen Sie?“

„Wir sind auf der Suche nach Edi Kern“, sagte Julia. „Das ist doch seine Wohnung, oder nicht?“

„Das ist seine Wohnung“, gab die Frau zurück. „Aber Edi ist nicht hier.“

„Und wer sind Sie?“

„Ich bin seine Schwester. Leonie.“

„Wir müssen mit Ihrem Bruder sprechen“, beharrte Julia. „Es ist sehr wichtig.“

„Wer sind Sie noch mal?“

„Julia Wagner. Das hier ist Eva Haack.“

„Sind Sie von der Polizei?“

„Ja.“ Erneut benötigte es nur wenig Überwindung für diese Lüge.

Und Leonie wollte glücklicherweise keinen Ausweis sehen. Stattdessen huschte ein weiterer Schatten des Unmuts über ihr Gesicht. „Ich hab doch Ihren Kollegen schon gesagt, dass ich nichts weiß. Ich hab Edi seit zwei Tagen nicht mehr gesehen." Es schien ihr noch eine spitze Bemerkung auf der Zunge zu liegen, doch sie klappte den Mund zu und schluckte sie herunter.

Julia blickte überrascht. „Wann waren die Kollegen denn bei Ihnen?"

„Gestern."

„Und in welcher Angelegenheit?"

„Da ist in einen Kiosk eingebrochen worden", erklärte Leonie knapp. „Und wie immer, wenn irgendwo eingebrochen wurde, kommen sie zuerst zu Edi. Und dann hat noch einer angerufen, der war bestimmt nicht von der Polizei."

„Wer?"

„Na, so ein Typ. Er fragte auch nach Edi, und als ich ihm gesagt habe, dass er nicht da ist und ich nicht weiß, wo er steckt, hat er gesagt, ich soll ihm ausrichten, dass er ihn finden und ihm das Gehirn aus dem Kopf dreschen würde, bevor er ihm das Herz aus der Brust schneidet."

Eva schluckte.

„Hat der Mann seinen Namen genannt?", wollte Julia wissen.

„Nein."

„Hat er sonst noch etwas gesagt?"

„Nein. Ich war total erschrocken und hab sofort wieder aufgelegt."

„Ist Ihnen an der Stimme des Mannes etwas Besonderes ausgefallen?"

Leonie überlegte einen Moment. „Es war eine tiefe Stimme, irgendwie grollend. Und heiser. Als hätte er Kieselsteine geschluckt. Mehr weiß ich wirklich nicht." Es schien, als wolle sie die Tür wieder schließen.

„Wir sind nicht wegen des Einbruchs hier", sagte Julia schnell. „Wir sind von der Mordkommission."

„Mordkommission" war einfach ein magisches Wort. Alle zuckten zusammen, wenn sie es hörten. Leonie auch. „*Mord*kommission?", entfuhr es ihr.

Julia nickte. „Wir benötigen die Hilfe Ihres Bruders. Als Zeuge."

„Ja, aber … Wie gesagt …"

„Wie lange wohnen Sie denn schon bei Edi?"

„Schon ein paar Monate." Leonie zuckte mit den Schultern. „Er hat ja nie Geld, ist immer pleite. Da war er ganz glücklich, dass ich die Hälfte der Miete beisteuere."

„Und Sie haben wirklich keine Ahnung, wo er jetzt stecken könnte?"

„Nein. Ich wüsste es selbst gern, er schuldet mir nämlich noch seinen Anteil für diesen Monat."

„Gibt es Leute, die ihn regelmäßig besuchten?", fragte Julia weiter.

„Edi hat keine Freunde. Hatte er noch nie. Er ist der Typ, den die anderen in der Schule in die Mülltonne gesteckt haben. Und mehr kann ich Ihnen wirklich nicht sagen." Leonie wollte jetzt endgültig die Tür schließen.

„Eine Frage noch", blieb Julia am Ball. „Hat er Ihnen erzählt, wo er zuletzt gearbeitet hat?"

„Nein. Von sich aus hat er mir nie was erzählt, und ich hab es mir abgewöhnt, Fragen zu stellen."

„Wie hat er sich verhalten, ehe er verschwunden ist?"

„Komplett irre. Hat ständig von irgendwelchen Vögeln gesprochen."

Julia horchte auf. „Kraniche?"

„Keine Ahnung, kann sein." Leonie winkte ab. „Ich erinnere mich nur, dass es Vögel waren und dass er gesagt hat, sie würden ihn umbringen wollen. War völlig irre, der Kerl. Also, wenn Sie ihn finden, dann sagen Sie ihm, dass ich die volle Miete für den Monat bezahlt hab, und das war so nicht ausgemacht. Und wenn Sie ihm das gesagt haben, dann können Sie ihn meinetwegen dahin bringen, wo er hingehört."

„Und das wäre?"

„In die Klapsmühle natürlich. Wäre wirklich gut, wenn sich mal jemand um seinen Geisteszustand kümmert."

„Dafür sind wir nicht zuständig. Aber es würde vielleicht helfen, wenn wir mal mit ihm sprechen könnten." Julia hielt Leonies Blick fest und hakte noch einmal nach: „Sie wissen wirklich nicht, wo er ist?"

„Nein, wenn ich's doch sage. Allerdings …"

„Ja?"

„Früher hatte Edi oft Drogenprobleme. Und zu viel getankt hat er auch gerne. Es gibt da eine Anlaufstelle, wo die Süchtigen hingehen, wenn's ihnen richtig dreckig geht. Den Sozialarbeitern dort hat er immer vertraut. Vielleicht finden Sie ihn ja dort, ist keine zwei Kilometer von hier."

„Würden Sie uns die Adresse geben, bitte?"

Leonie seufzte, verschwand im Inneren der Wohnung und kam kurz darauf mit einem kleinen gelben Zettel zurück. „Hier. Und wenn Sie ihn finden, dann sagen Sie ihm das mit der Miete."

Das war's. Nun wurde die Tür endgültig vor ihnen zugeschlagen.

„Merkwürdige Person“, sagte Eva.

„Merkwürdiges Paar“, gab Julia zurück.

„Ja, sehr merkwürdig.“

Anstatt sich dem altersschwachen Aufzug ein weiteres Mal anzuvertrauen, zogen sie es vor, die sechs Stockwerke zu Fuß nach unten zu gehen. Das Treppenhaus war düster – in einigen Etagen baumelten nur nackte Glühbirnen von der Decke.

„Da dreht der Bruder offenbar halb durch vor Angst und taucht unter“, sprach Eva weiter, während sie den Blick konzentriert auf die einzelnen Stufen gerichtet hielt. „Die Polizei sucht nach ihm, andere furchterregende Gestalten bedrohen ihn am Telefon, und sie macht sich nur Sorgen um die Miete?“ Kurz hob sie den Blick und sah Julia an. „Was meinst du? Glaubst du ihr? Oder weiß sie nicht doch mehr, als sie sagt?“

„Ich glaube ihr. Wie du gerade selbst feststelltest, hat Leonie ein großes Interesse daran, dass Edi wieder auftaucht – wegen der Miete.“

Als sie schließlich auf den Bürgersteig traten, erfasste sie ein heftiger Windstoß. Sie eilten durch die dichten Schneeflocken zum Wagen und stiegen ein.

„Na ja“, sagte Eva, während sie sich anschnallte. „Der Hinweis auf diese Anlaufstelle ist wenigstens nicht schlecht.“

„Ja.“ Julia startete den Motor. „Er ist immerhin ein Anfang.“

4. KAPITEL

Fehler Nummer eins

Hannover

Susanne rannte, Schutz vor Wind und Schnee suchend, auf ein grün-weiß gestrichenes Haus zu, zu dem von der Straße aus eine Treppe hinaufführte. Sie stieg eilig hinauf und schüttelte sich oben angekommen erst einmal wie ein nasser Hund. Dann fixierte sie die Klingelschilder, drückte kurz entschlossen einmal auf jeden Knopf und wartete. Jemand öffnete, ohne nachzufragen, sie betrat das Haus und stieg weitere Treppen nach oben.

Vor dem richtigen Namensschild angekommen, blieb sie stehen und murmelte: „Es geht los. Zeit für die Wahrheit." Und drückte auf den Klingelknopf.

Eine junge Frau in blauer Jogginghose und einem einfachen Sweatshirt öffnete die Tür. Ihr blondes Haar war im Nacken zusammengebunden, und das hübsche, ungeschminkte Gesicht blickte Susanne verwirrt an. „Ja?"

„Hallo, Lisa."

Es dauerte einen Moment, doch dann flackerte Erkenntnis in Lisa Vollraths Gesicht auf. Sie wollte die Tür wieder zuschlagen, doch Susanne schob reaktionsschnell ihre Schuhspitze in den Spalt. Das hatte sie schon tausendmal in Filmen gesehen, aber nie selbst ausprobiert. Es funktionierte.

„Ich kann mir vorstellen, dass du einigermaßen überrascht bist über meinen Besuch", sagte sie. „Aber ich dachte, es würde dich bestimmt freuen. Immerhin haben wir uns lange nicht mehr gesehen. Und – da bin ich."

„Was willst du?", fragte Lisa, ohne den Druck von der Tür zu nehmen.

„Mit dir reden."

„Ich will aber nicht mit dir reden."

„Tja, das tut mir leid für dich, aber das wird sich nicht vermeiden lassen." Mit einer einzigen Bewegung drückte Susanne die Tür auf und Lisa beiseite und betrat die Wohnung.

Im Wohnzimmer blieb sie stehen und sah sich um. Der Teppich war weiß, die Couchgarnitur stahlblau mit Zierkissen in Gelb. Einige glänzende Grünpflanzen schmückten den Raum. Ein schwacher Duft von Äpfeln und Mandarinen hing in der Luft.

„Nette Wohnung. Sicher nicht billig."

„Ich habe dir nichts zu sagen." Mit verschränkten Armen stand Lisa in der Tür. „Ich bitte dich, sofort wieder zu gehen. Oder ich rufe die Polizei."

Susanne wandte sich zu ihr um. „Siehst du, und ich weiß, dass du genau das nicht tun wirst." Sie machte zwei Schritte auf Lisa zu. „Du wirst die Polizei nicht rufen, denn wenn du das tätest, dann müsstest du denen erklären, warum du – gemeinsam mit dem Schwein Egert – einen Vergewaltigungsversuch vorgetäuscht und anschließend eine Falschaussage bei der Polizei gemacht hast."

Lisa wurde blass, senkte den Blick und starrte zu Boden.

„Eine Falschaussage, wegen der ich in der geschlossenen Psychiatrie gelandet bin", fügte Susanne mit Eiseskälte in der Stimme hinzu.

Da Lisa immer noch nichts sagte, sprach sie weiter: „Ich war viel zu lange davon überzeugt, dass du ein guter Mensch bist. Aber das bist du nicht. Ich weiß nicht, was du bist, Lisa, aber gut bist du nicht. Egert und du, ihr wusstet beide sehr genau, dass ich nicht tatenlos zusehen würde, wie er dich vergewaltigt. Ihr wusstet beide, dass ich dazwischengehen würde. Und genau das war der Plan."

„Es hat dich niemand gezwungen, ihm eine Glasscherbe in den Rücken zu rammen", begehrte Lisa jetzt auf.

„Ihr habt mich reingelegt!", giftete Susanne zurück. „Und das habt ihr verdammt überzeugend getan." Sie atmete tief durch und zwang sich zur Ruhe. Dann sagte sie etwas leiser: „Ihr habt den Vergewaltigungsversuch vorgetäuscht, das ist ein Fakt. Und ich würde jetzt gerne wissen, warum ihr das getan habt. Deshalb bin ich hier."

Keine Antwort von Lisa, kein Kommentar.

„Ich bin hier", fuhr Susanne fort, „weil ich mein Leben wiederhaben möchte."

Nichts.

„Weil niemand gerne von der Polizei gejagt wird."

Lisa drängte sich an Susanne vorbei, ging zum Wohnzimmertisch und griff dort nach einer Schachtel Zigaretten.

„Was würdest du an meiner Stelle tun?", fragte Susanne an ihren Rücken gewandt. „Was würdest du tun, um dein Leben zurückzubekommen?"

Der Wind rüttelte am Fenster. Das war das einzige Geräusch, das im Zimmer zu hören war. Sonst nichts.

Susanne trat zu Lisa und drehte sie zu sich herum. „Ich bin bereit, bis zum Äußersten dafür zu gehen. Ich habe nichts mehr zu verlieren."

„Wir haben den Vergewaltigungsversuch nicht vorgetäuscht", sagte Lisa. „Das ist Unsinn. Lächerlich."

„Du kannst aufhören, zu lügen." Susanne griff in ihre Handtasche. „Du hast ja sicher mitbekommen, dass mir vor fünf Monaten die Flucht aus der geschlossenen Psychiatrie gelungen ist. Ich war die ganze Zeit in Norwegen, und dort wäre ich sicher auch noch eine Weile geblieben, aber dann bekam ich plötzlich ein paar E-Mails, und die Lage änderte sich. Es handelte sich allerdings nicht nur um reine Textnachrichten, es waren auch ein paar schöne Fotos dabei." Sie zog einige Farbausdrucke heraus, faltete sie auseinander und warf sie auf den Tisch. „Du hast bei der Polizei ausgesagt, du hättest Egert an jenem Abend zum ersten Mal gesehen, aber das war eine Lüge. Ihr habt euch schon lange vorher gekannt. Sieh dir die Fotos an, die euch so wunderbar vereint zeigen, und dann guck dir an, wann sie gemacht wurden."

Lisa warf nur einen kurzen Blick auf die Ausdrucke, aber der genügte, um sie erneut blass werden zu lassen. Sie sagte jedoch nichts, sondern schwieg wieder.

„Darf ich raten?", blieb Susanne am Ball. „Es ging um Geld. Ich meine, diese Wohnung hier ...", sie deutete um sich, „muss ja irgendwie bezahlt werden, und du bist Studentin. Also, ich hätte mir eine solche Wohnung nicht leisten können, als ich noch studiert habe. Wie viel hast du dafür bekommen?"

Es dauerte noch einen Moment, dann, endlich, sackte Lisa in sich zusammen. Ihre Nase wurde rot, und um ihren Mund und ihr Kinn bildete sich ein feuriges Dreieck. „Ich hab es nicht gewusst, okay? Ich war pleite und hatte keine Ahnung, worum es ging."

„Na, da wären wir doch endlich beim springenden Punkt: Worum ging es denn?"

Mit zitternden Fingern zündete Lisa die Zigarette an, die sie die ganze Zeit in der Hand gehalten hatte. Sie inhalierte einmal tief und stieß den Rauch in Richtung Decke aus. Dann sagte sie: „Ich hatte jede Menge Schulden. Das Leben ist teuer. Ich wollte schon immer schöne Dinge haben, wollte diese Wohnung nicht aufgeben. Aber ich konnte mir all das nicht leisten. Ohne einen schnellen Job wäre ich auf der Straße gelandet." Sie brach ab.

„Und dann macht man schon mal *so etwas*. Willst du das damit sagen?“

„Ich bin zu weit gegangen. Es tut mir leid.“

„Wie viel hast du dafür bekommen?“

Eine kurze Pause.

Dann sagte Lisa: „Fünfzehntausend.“

Fünfzehntausend, das war ihr Leben also wert. Susannes unterdrückte Wut schien den ganzen Raum auszufüllen. „Wer hat dir das Geld gegeben?“, wollte sie wissen.

„Eine Frau. Sie kam zu mir. Ein paar Wochen vor ... der Geschichte. Sie wusste genau, dass ich Probleme hatte, Geldprobleme, und sie bot mir an, mir aus der Klemme zu helfen.“

„Wie war der Name der Frau?“

„Es handelte sich um eine Anwältin.“

„Der Name.“

„Britta Stark.“

Zischend sog Susanne die Luft ein. Stieß sie dann wieder aus. Einen Moment lang stand sie vollkommen bewegungslos in der Mitte des Zimmers. Dann fragte sie: „Hat sie einen Grund für diese Schmierenkomödie genannt?“

„Nein.“ Lisa zog wieder an ihrer Zigarette. „Sie nannte es einen schnellen Auftrag, der mir Geld bringt. Und ich habe ... Ja gesagt.“

Wieder stand Susanne ein paar Sekunden lang vollkommen reglos da, dann nickte sie langsam und wandte sich in Richtung Tür.

„Was hast du vor?“, fragte Lisa hinter ihr.

„Was wohl? Ich werde der sauberen Frau Anwältin einen Besuch abstatten und mich mit ihr ebenso nett unterhalten wie mit dir.“

Sofort war Lisa bei Susanne und hielt sie am Arm fest. „Lass das. Mach keine Dummheiten.“

„Warum nicht?“ Susanne funkelte Lisa an. „Ich bin aus der geschlossenen Psychiatrie geflohen und seitdem auf der Flucht vor der Polizei. Ich musste meinen Namen und mein Aussehen ändern, und das Wort ‚Angst‘ hat seitdem eine ganz neue Bedeutung für mich. Also, viel schlimmer kann es für mich ja wohl kaum noch werden.“ Damit riss sie sich los und verließ die Wohnung.

Pass auf, du Schlampe, dachte sie, ich komme.

Und das war Fehler Nummer eins.

5. KAPITEL

Fehler zwei und drei

Das Taxi hielt, Susanne bezahlte den Fahrer, stieg aus, und sofort schlug ihr der Schnee wieder wie ein harter Besen ins Gesicht, was man als Omen hätte nehmen können, wenn man an Omen geglaubt hätte. Susanne hatte keine Zeit, in sich zu gehen und darüber nachzudenken. Vielleicht hätte sie es besser getan.

Als sie feststellte, dass sie ihre Fäustlinge im Wagen hatte liegen lassen, hatte der Fahrer bereits Gas gegeben und war davongefahren.

„Das darf doch nicht wahr sein!“, entfuhr es ihr.

Und da stand sie dann, wandte sich dem viereckigen Haus zu, und als sie sich endlich mit gesenktem Kopf darauf zubewegte, schien ihr das Donnern des Windes abnormal laut. Vor allem daran würde sie sich später noch gut erinnern.

Beim Haus angekommen, wollte sie gerade die Hand heben, um zu klingeln, als sie feststellte, dass die Tür offen stand.

Sofort läuteten in ihr alle Alarmglocken. Ein schreckliches Unbehagen setzte ein, ein ungutes Gefühl, wie ein unterschwelliger Juckreiz. Alles in ihr schrie: Lauf weg! Doch stattdessen sagte sie: „Hallo?“

Niemand antwortete.

Susanne legte die Finger gegen die Tür und schob sie etwas weiter auf.

Fehler Nummer zwei.

Im Inneren des Hauses war es stockfinster. Und totenstill. Sie machte zwei Schritte nach vorne und begann, ganz automatisch nach dem Lichtschalter zu suchen. Als sie ihn endlich fand, drückte sie darauf.

Fehler Nummer drei.

Licht strömte aus einem Kronleuchter in den Eingangsbereich. Sie sagte noch einmal: „Hallo? Frau Stark?“

Nichts.

Susanne machte einen weiteren Schritt in das Haus hinein und sah sich um. Auf dem Boden lag ein dunkler Teppich. Neben der Tür stand eine Truhe, die sicher antik war und viel Geld gekostet hatte. Der Spiegel darüber war bestimmt nicht viel billiger gewesen. Er hatte einen schweren Goldrahmen. Die Standuhr auf der gegenüberliegenden Seite tickte schwerfällig vor sich hin.

„Frau Stark?“ Noch zwei Schritte in das Haus hinein.

Zur Antwort bekam Susanne nur weitere Stille.

Rechts von ihr befand sich eine Tür. Sie ging darauf zu und blieb im Türrahmen stehen.

Mit der Hand wischte Susanne sich über die Augen, aber das Bild, das sie sah, verschwand nicht. Tief in ihrer Kehle blieb die Luft stecken, ehe sie wie eine Blase in ihrem Mund zerplatzte und sie sich selbst sagen hörte: „Guter Gott im Himmel."

Später würde sie sich noch sehr genau an jedes Detail des Bildes erinnern, das sich ihren Augen bot. Sie würde sich an die Anwältin erinnern, die in einem Sessel saß wie eine gespenstische Mumie – mit einem Loch in der Brust.

In Susannes Kopf hämmerte es: Hau ab! Und sie wollte es tun, sie wollte weglaufen, so schnell und so weit wie möglich, doch dann stellte sie fest, dass die Frau noch atmete.

Offenbar war sie noch am Leben.

Oh verdammt! Susanne zwang sich zum Nachdenken. *Ich bin gerade erst aus Norwegen gekommen. Die Polizei sucht mich. Vor mir sitzt eine Frau mit einem Loch in der Brust, und ich befinde mich am Tatort. Die werden mich sofort verdächtigen. Ich kann mich nicht darum kümmern. Ich muss hier weg. Ich muss … Ich kann nicht einfach abhauen. Ich kann nicht.*

Bereits in der nächsten Sekunde eilte Susanne auf den Sessel zu und blickte auf die Anwältin hinunter. „Frau Stark?"

Die Antwort war ein schweres Atmen.

„Frau Stark? Können Sie mich verstehen? Halten Sie durch. Ich rufe einen Krankenwagen. Ich …"

Die Frau öffnete die Augen, hustete Blut und begann, am ganzen Körper zu zittern. Ihre Schultern hoben sich und fielen wieder herab.

„Halten Sie durch", sagte Susanne noch einmal. „Ich rufe einen Krankenwagen."

Verschleierte Augen fixierten sie. Dann sagte die Anwältin etwas. So leise, dass es kaum zu verstehen war. Sie sagte: „Die Kassette …"

Susanne hielt den Blick auf die Frau gerichtet, was sie große Mühe kostete, und fragte: „Wie bitte?"

Die Anwältin hustete erneut Blut. Tropfen rannen über ihre Lippen. „Du …", sie brach ab, sammelte ihre letzten Kräfte, „… musst dich … darum … kümmern."

Susanne blinzelte. „Worum?"

„Die … Kassette.“
„Was für eine Kassette?“
„Du musst … sie vor … ihnen … finden.“
„Vor wem?“
„Sie … werden dich … leiten …“
„Wer?“ Susanne war kurz davor, die Nerven zu verlieren. „Wovon reden Sie, um Himmels willen?“
„Die … Engel … werden dich … leiten … Nicht … öffnen.“
„Was?“
„Du darfst … die Kassette … nicht … öffnen.“
„Was soll ich damit, wenn ich sie nicht öffnen darf?“
„Nicht … öffnen.“ Ein weiteres blutiges Husten. „Die … Karte.“
„Was für eine Karte?“
„In meinem … BH.“
„Was?“
Die Anwältin schien noch etwas sagen zu wollen, schaffte es jedoch nicht mehr. Die Kräfte verließen sie. Sie schloss die Augen. Und gleich darauf war sie tot.

Tot.
Das Wort hämmerte in Susannes Kopf.
Sie machte einen Schritt zurück. Und noch einen.
Die Anwältin war tot.
Mausetot.
Obwohl sie sie nicht angefasst hatte, bildete Susanne sich ein, dass ihre eigene Kleidung nach Tod roch.
Einmal mehr schrie es in ihrem Kopf: Lauf weg! Und doch blieb sie nach den zwei Schritten stehen, wo sie war. Ein Augenblick nur, um eine Entscheidung zu treffen. Ein Wimpernschlag, der über alles Weitere entschied.
In meinem BH.
Der Wimpernschlag war vorbei. Susanne bewegte sich wieder auf die tote Frau zu. Ihre Beine überwanden die wenigen Meter ganz von selbst, wie es schien.
Vor dem Sessel blieb sie stehen.
Bitte nicht! Ich will das nicht tun!
Und doch begann sie kurz darauf, die Bluse der Frau aufzuknöpfen, was sie mit Ekel und Widerwillen erfüllte. Sie war überhaupt nicht vorbereitet auf das grausige Gefühl der Intimität, von dem ihr schlei-

chend immer schlechter wurde, und da sie zu zittrig und viel zu aufgeregt war, um die Bluse Knopf für Knopf zu öffnen, riss sie sie auf. Die Knöpfe sprangen ab, einer flog Susanne ins Gesicht, die anderen kullerten über den Boden. Ihre Finger waren vom Schweiß ganz feucht, und fast glaubte sie, den Atem der toten Anwältin auf ihrer Stirn zu spüren. Schließlich schob sie die Bluse auseinander, wobei sie sich bemühte, nicht direkt auf die Schusswunde und das viele Blut zu blicken, was jedoch unmöglich war. Das Geschoss hatte die Brust der Frau direkt über dem Herzen durchbohrt.

Im BH der Toten steckte eine Visitenkarte. Mit Widerwillen zog Susanne sie heraus und stellte fest, dass sich nichts darauf befand außer einem Muster aus eingeprägten Punkten, die sie mit den Fingerspitzen ertasten und auch deutlich sehen konnte, wenn sie die Karte schräg ins Licht hielt. Es sah aus wie Blindenschrift.

Susanne konnte sich beim besten Willen nicht vorstellen, warum die Anwältin eine Karte mit Blindenschrift in ihrem BH versteckte. Aber da sie es getan hatte, schien es wichtig zu sein.

Sie steckte die Karte in ihre Manteltasche und schob die Bluse der Toten wieder notdürftig zusammen.

Und als das geschehen war, verließ sie so schnell sie konnte das Haus.

Vor der Tür atmete sie ein paarmal tief durch. Während sie in Richtung Bürgersteig ging, griff sie in die Manteltasche und zog ihr Handy hervor, wobei sie feststellte, dass Jo noch einmal angerufen hatte. Sie wusste, dass sie ihn zurückrufen musste, aber das war jetzt wirklich nicht der richtige Zeitpunkt dafür. Noch einmal spielte sie mit dem Gedanken, die 110 anzurufen, und verwarf ihn wieder.

Sie machte ein paar Schritte, rutschte aus, verlor den Halt und landete im Schnee.

Fluchend richtete sie sich wieder auf, wobei ein kurzer, aber heftiger Schmerz in ihrem Knöchel aufflammte. Noch einmal fluchte sie leise, richtete sich so vorsichtig wie möglich auf und bemerkte im selben Moment einen Wagen, der sich näherte. Sie wandte den Kopf und sah die grellen Lichter eines Scheinwerferpaares, die direkt auf sie gerichtet waren. Und die rasend schnell näher kamen.

Wie gelähmt stand Susanne da. Dann, endlich, machte es klick in ihrem Kopf. Sie wollte zur Seite springen – aber sie konnte sich nicht rühren.

Es heißt, das Gehirn eines Menschen besteht aus ungefähr hundert Milliarden Nervenzellen, die durch mehr als hundert Billionen Synapsen miteinander kommunizieren. Und jeder einzelne Gedanke entsteht dabei in so unglaublich hoher Geschwindigkeit, dass man ihn bereits verarbeitet hat, ehe er zu Worten geformt ist.

So hatte Susanne innerhalb des Bruchteils einer Sekunde realisiert, dass der Wagen sie erwischen würde. Trotzdem war es ihr nicht möglich, sich zu bewegen. Sie stand einfach nur da und starrte in die hellen Scheinwerfer wie ein Reh, das darauf wartete, dass der Kotflügel es erwischte und ihm das Genick brach.

Aber der Wagen, es handelte sich um einen dunklen Mercedes, wie sie am Rande wahrnahm, erwischte sie nicht. Er kam direkt neben ihr zum Stehen, und die hintere Tür flog auf.

Und dann ging alles ganz schnell.

In derselben Sekunde kam ein weiterer Wagen von hinten angefahren, ein roter Polo, der auf den letzten Metern ins Rutschen kam und unsanft mit dem Kotflügel der Limousine kollidierte.

Es knallte, und der Mercedes wurde einen guten Meter nach vorne geschoben. Die hintere Tür fiel wieder zu und klemmte offensichtlich das Bein des Mannes ein, der gerade hatte herausspringen wollen. Susanne hörte einen Aufschrei und ein heftiges Fluchen.

Der Polo stoppte nur wenige Zentimeter vor Susannes Füßen. Die Fahrertür flog auf, ein Mann stieg aus und packte sie. Zu Tode erschrocken, schrie sie auf.

Der Mann schob sie unsanft auf der Beifahrerseite in den Polo hinein. Sie wehrte sich und zappelte wie wild, aber er ließ nicht locker. Keine zwei Sekunden später waren alle Türen geschlossen, und er saß wieder hinter dem Lenkrad, gab Gas, und sie schossen davon. Und das so schnell, so halsbrecherisch, dass Susanne die Luft wegblieb.

„Halten Sie an! Lassen Sie mich sofort raus!"

„Das wäre keine gute Idee."

Susanne wurde vor Angst ganz heiß. „Halten Sie sofort an!" Sie wollte sich aufrichten, doch eine scharfe Kurve warf sie zurück in den Sitz. Der Polo kam gefährlich ins Schleudern. „Oh mein Gott! Passen Sie doch auf!"

„Bleiben Sie ruhig", sagte der Mann.

Der Wagen schoss weiter durch die Straßen, und schon bald wusste Susanne nicht mehr, wo sie sich befanden. In diesem Viertel war sie noch nie gewesen, das stand fest. Heruntergekommene Häuser mit eingeschneiten Vorgärten reihten sich aneinander. Sie warf einen Blick zu ihrem Entführer und stellte fest, dass er nicht wie ein klassischer Verbrecher aussah. Nicht wie ein Entführer und schon gar nicht wie ein Mörder oder Vergewaltiger. Er schien nicht sehr groß zu sein, mochte die fünfzig schon eine Weile überschritten haben, trug einen hellen Trenchcoat, der so zerknittert war, als habe er die letzten Nächte darin geschlafen, das graue Haar stand wirr von seinem Kopf ab, und im Gesicht trug er einen struppigen Vollbart. „Haben Sie gesehen, wie viele es waren?“, wollte er wissen.

„Nein.“

„Es müssen in jedem Fall zwei gewesen sein. Einer ist gefahren, und ein anderer wollte Sie in den Wagen ziehen.“

Sie bogen in eine Seitenstraße ein, die zu Susannes Entsetzen noch enger war als die vorherige. Mit dem Heck rammte der Polo eine Straßenlaterne, und um ein Haar wären sie durch einen Bretterzaun gebrochen.

„Lieber Gott im Himmel! Wollen Sie uns umbringen?“

„Natürlich nicht. Ich gehöre doch zu den Guten.“

„Ach wirklich?“

„Was zum Teufel ist in dem Haus passiert?“

„Ich …“ Aus den Augenwinkeln sah Susanne schon wieder etwas auf den Polo zukommen. „Ach du Scheißeeee!“

Kurz vor der Stelle, wo die kleine Seitenstraße in eine Querstraße mündete, stand ein Transporter mit offener Heckklappe, aus der zwei Männer etwas heraushievten. Sie konnte nicht erkennen, was es war, aber die beiden Männer hielten es zwischen sich und starrten wie versteinert in Richtung des heranrasenden Polos.

„Bremsen!“, schrie Susanne.

Doch genau das tat der Mann nicht. Im Gegenteil. Er nahm Maß, trat das Gaspedal erst recht durch, und sie schossen haarscharf links an den beiden Männern vorbei.

Zitternd wischte Susanne sich den Schweiß von der Stirn. „Jesus Christus! Wenn Sie mich umbringen wollen, warum schießen Sie mir dann nicht einfach eine Kugel in den Kopf?“

Der Mann warf einen Blick in den Rückspiegel und sagte: „Sie scheinen verschwunden zu sein. Und jetzt frage ich Sie noch einmal: Was ist in dem Haus passiert?“

„Die Anwältin ist tot.“

„Was?“

„Sie wurde ermordet.“

„Oh, verdammt.“

„Ja, so kann man es auch sagen. Was waren das für Leute, und warum wollten sie mich entführen?“

„Vermutlich, weil Sie ihnen irgendwie in die Quere gekommen sind. Was haben Sie in dem Haus gemacht?“

Susanne kam nicht dazu, zu antworten. Urplötzlich bogen sie an einer völlig unscheinbaren Einmündung ab. Eine Einbahnstraße, die sie von der falschen Seite nahmen. Ein anderer Wagen kam ihnen entgegen, hupte erbost und ließ mehrmals die Scheinwerfer aufleuchten.

„Mein Gott, Sie sind ja völlig wahnsinnig!“

„Ich versuche, unser beider Leben zu retten. Also bleiben Sie ruhig und genießen Sie die Fahrt.“

„Das ist nicht witzig!“

„Nein, das ist es tatsächlich nicht.“ Der Mann warf einen weiteren Blick in den Rückspiegel. „Die Sache ist ernst. Verdammt ernst.“

Susanne überlegte, aus dem Wagen zu springen, zu fliehen. Aber natürlich ging das während der vollen Fahrt nicht. Im Augenblick hatte sie keine andere Wahl, als sitzen zu bleiben und abzuwarten.

Aber irgendwann mussten sie ja wieder stehen bleiben.

Dann konnte sie fliehen.

Hoffentlich bald.

6. KAPITEL

Wahnsinnig vor Angst

Mainz

„Was kann ich für Sie tun?“, fragte der Mann, der sich als Thorsten Flöter und verantwortlicher Sozialarbeiter vorgestellt hatte. Er war groß, deutlich über einen Meter achtzig, blond, mit einem Pferdeschwanz. Ein leichter Dialekt klang in seiner Stimme mit.

„Wir sind auf der Suche nach Edi Kern“, sagte Julia.

„Richtig. Sie hatten angerufen. Würde es Ihnen etwas ausmachen, einen Moment zu warten? Ich bin gleich wieder da.“

„Gleich“ war, wie sich herausstellte, schamlos übertrieben. Julia und Eva mussten sich in Geduld üben.

Als Flöter endlich zurückkam, war er wieder die Freundlichkeit in Person. „Tut mir leid, dass Sie warten mussten“, sagte er. „Aber ich bin alleine, und hier ist immer eine Menge zu tun.“ Er machte eine entschuldigende Geste mit den Händen. „Kommen Sie mit.“

Während sie dem Sozialarbeiter folgten, warf Julia einen Blick in einen Aufenthaltsraum auf der rechten Seite, dessen Wände eine Tapete mit großen Blumen zierte. „Seit wann ist Edi hier?“, wollte sie wissen.

„Seit gestern. Er stand plötzlich vor der Tür und bestand darauf, dass wir ihn hereinlassen. Er befand sich in einer sehr schlechten psychischen Verfassung, und natürlich waren wir sofort bereit, ihm unsere Hilfe anzubieten. Seitdem hat er das Zimmer allerdings nicht mehr verlassen.“

Kurz darauf erreichten sie eine geschlossene Tür.

„Versuchen Sie es“, sagte Flöter. „Vielleicht redet er ja mit Ihnen.“

Der Raum war leer und nicht gerade hell erleuchtet, obwohl die Lampe an der Decke eingeschaltet war. Doch es reichte, um ein zerwühltes Bett zu erkennen, vor dem auf dem Boden mehrere scharfe Glassplitter funkelten. Und dass auf die Wand – offenbar mit Blut – das Wort *Kraniche* geschmiert worden war.

Und das nicht nur einmal.

Es stand da zweimal.

Dreimal.

Viermal.

Flöter blinzelte. „Was soll das bedeuten? Hat Edi das an die Wand geschrieben?“

„Was denken Sie?“, gab Julia zurück.

„Dann muss er verletzt sein.“ Der Sozialarbeiter sah sich um. „Und wo ist er jetzt? Er kann nicht aus dem Haus gegangen sein, denn dann hätte ich ihn gesehen. Also muss er sich im Badezimmer befinden.“ Er wollte zu der Tür gehen, doch Julia hielt ihn am Arm fest. „Warten Sie. Lassen Sie mich.“ Langsam bewegte sie sich auf die Badezimmertür zu, blieb davor stehen, zögerte, lauschte, aber hinter der Tür war es so still wie in einem Grab. Sie sagte: „Edi, hören Sie mich? Mein Name ist Julia Wagner. Ich möchte nur mit Ihnen reden.“

Sekunden vergingen.

Sie erhielt keine Antwort, und es kam auch niemand heraus.

Julia griff nach der Türklinke und drückte sie nach unten. Dann schob sie die Tür auf, gewappnet für alles, was sie dort erwarten könnte.

Aber da war nichts. Und niemand. Das Badezimmer war leer. Das Einzige, was herausdrang, war ein fürchterlicher Gestank, eine Mischung aus Urin und Exkrementen.

Eva, die ein paar Meter hinter Julia stand, hielt sich schnell den Schal vor die Nase. „Meine Güte!“

Julia presste sich die Hand über Mund und Nase und machte vorsichtig einen Schritt hinein.

Das Badezimmer war tatsächlich leer, aber auf dem Boden befanden sich Pfützen von Urin und Blut, und die Duschwanne war mit Kot beschmiert.

„Was um Himmels willen …?“ Flöter sah aus, als würde er sich jeden Moment übergeben.

Jemand hatte mit einer Mischung aus Kot und Blut das Wort *Kranich* auf den Badezimmerspiegel geschrieben, und da der Gestank kaum auszuhalten war, zogen sie sich wieder ins Zimmer zurück. Aber auch jetzt schienen sie dem Geruch nicht entkommen zu können. Sie mussten den Raum ganz verlassen.

„Glaubst du …“, setzte Eva an und hustete. „Glaubst du, das hat Edi geschrieben?“

„Es ist anzunehmen“, gab Julia zurück.

„Dann muss er verrückt gewesen sein vor Angst. Im wahrsten Sinne des Wortes.“

„Was ist denn nur mit ihm geschehen?“ Flöter machte eine hilflose Geste.

„Ich dachte, Sie sind hier, um auf ihn aufzupassen“, wandte Julia sich an ihn. „Ist das nicht Ihr Job?“

„Er ist nicht an mir vorbeigegangen, ich schwöre es. Lieber Himmel, mir ... sträuben sich die Haare im Nacken.“ Als er ihren Blick sah, erstarrte Flöter in der Bewegung. „Sie glauben doch wohl nicht, dass ich etwas damit zu tun habe?“

„Wann genau haben Sie ihn das letzte Mal gesehen?“, wollte Julia wissen.

„Heute, gegen achtzehn Uhr. Ich wollte ihn zum Abendessen bewegen, aber er weigerte sich. Er wollte auf gar keinen Fall das Zimmer verlassen. Danach habe ich ihn nicht mehr ... gesehen. Und ich bleibe dabei, er kann nicht ...“

Das Telefon im Flur klingelte. Flöter wandte sich kurz um, dann sah er wieder Julia an. Dann erneut zum Telefon. Als er sich in Bewegung setzen wollte, sagte sie: „Verschieben Sie es auf später.“

„Aber ich muss doch ...“

„Verschieben Sie es auf später. Wir müssen reden. Jetzt.“

Flöter nickte widerwillig.

Julia deutete auf die Zimmertür. „Versuchen Sie bitte, sich zu erinnern, wie sich Ihr letztes Treffen mit Edi in diesem Zimmer abgespielt hat.“

Der Sozialarbeiter konzentrierte sich. „Er saß auf dem Bett, hatte die Beine angezogen und die Arme darum gelegt. Er zitterte, hatte ganz offensichtlich Angst. Ich kam herein, und er sagte sofort, dass ich die Tür hinter mir schließen soll. Und dass ich das Licht ausmachen soll, was ich natürlich nicht getan habe.“

„Und weiter?“

„Er fragte mich, ob ich es auch hören würde.“

„Was?“

Flöter schnitt eine Grimasse. „Ein Huschen. Ein Atmen. Ich sagte ihm, dass ich nichts höre. Er sagte: Sie sind hier. Und ich fragte: Wer? Er sagte: Die Teufel. Ich sagte ihm, dass ich nicht wüsste, wovon er redete, aber wenn er das Bedürfnis hätte, mit mir darüber zu sprechen, dann wäre ich für ihn da. Er aber sagte Nein, und dann sagte er gar nichts mehr.“

Julia wartete, und als zu lange nichts mehr von dem Sozialarbeiter kam, fragte sie: „Und dann haben Sie das Zimmer wieder verlassen?“

„Ja. Was hätte ich sonst tun sollen? Er wollte ja nicht reden. Und essen wollte er auch nichts." Mit bleichem Gesicht starrte Flöter auf den Boden. „Ich weiß, ich hätte noch einmal nach ihm sehen müssen." Er schaute Julia wieder an. „Aber wenn er das Zimmer verlassen hätte, dann hätte er an mir vorbeigemusst. Ich hätte ihn sehen müssen."

„Es sei denn, Sie waren gerade woanders", stellte sie fest. „Waren Sie irgendwo anders? Irgendwo, von wo aus Sie den Flur nicht überblicken können?"

„Nein!"

„Hören Sie, niemand will Ihnen unterstellen, Sie hätten nachlässig gehandelt oder etwas falsch gemacht", versicherte Julia. „Ich stelle diese Fragen nur, weil sie wichtig sind. Weil es wichtig ist, Edi rechtzeitig zu finden. Verstehen Sie das?"

Flöter nickte langsam. „Natürlich muss ich irgendwann auch einmal auf die Toilette. Und in andere Zimmer gehen, um nach den restlichen Bewohnern zu sehen. Das ist ja wohl ganz normal."

„Natürlich. Hat Edi sich mit anderen Bewohnern unterhalten?"

„Nein, ich glaube nicht. Er kam ja nicht mehr aus dem Zimmer heraus, nachdem er erst einmal drin war. Und besucht hat ihn niemand. Jedenfalls nicht, dass ich wüsste." Flöter hob beinahe verzweifelt die Hände. „Es tut mir wirklich leid. Ich habe Ihnen alles gesagt, was ich weiß."

Julia nickte. Das war es. Alle Fragen waren gestellt. Mehr konnte sie nicht tun.

Sie verließen das Heim und hörten, wie Flöter die Tür hinter ihnen schloss.

„Ich kann das gar nicht fassen", sagte Eva, als sie wieder im Wagen saßen. „So etwas habe ich noch nie in meinem Leben gesehen."

„Ich auch nicht." Julia steckte den Schlüssel ins Zündschloss, ohne den Motor zu starten.

„Der Mann muss regelrecht krank gewesen sein vor Angst."

„Ja."

Eva warf Julia einen Blick zu. „Meinst du, er ist noch am Leben?"

„Ich hoffe es."

„Aber wo steckt er jetzt? Ich meine, wo sollen wir nach ihm suchen? Mainz ist groß. Er kann überall sein."

Julia rieb sich über die Augen. „Ich weiß es nicht. Wir brauchen einen anderen Ansatz." Sie drehte den Zündschlüssel und startete den

Motor, machte ihn jedoch sofort wieder aus. Ein leichtes Kribbeln zog ihren Rücken hinauf, während sie beobachtete, wie Flöter aus der Anlaufstelle kam. Er schlug den Kragen seiner Jacke nach oben und eilte die Straße hinauf.

„Ist das nicht Flöter?", sagte Eva.

„Ja." Julia öffnete die Tür. „Ich werde ihm folgen. Bleib du hier."

„Warte mal!"

Aber Julia war bereits aus dem Wagen gestiegen und hatte sich in Bewegung gesetzt.

Sie folgte dem Sozialarbeiter bis hin zu einer einsamen Kleingartensiedlung. Dort lief er einen Weg entlang und schien nach einer ganz bestimmten Parzelle zu suchen. Um ein Haar hätte er sie entdeckt, als er plötzlich stehen blieb und sich umdrehte. Julia konnte gerade noch hinter einer hohen Hecke verschwinden.

Dann schien er endlich gefunden zu haben, wonach er suchte. Er blieb vor einem niedrigen Holztörchen stehen, öffnete es und verschwand im verschneiten Garten.

Julia beobachtete, wie er einen Schlüssel unter einem Stein hervorholte und kurz darauf eine Hütte betrat. Sie warf einen Blick auf die Gärten links und rechts, die ordentlich in Reih und Glied angelegt waren und hinter einem halbhohen Maschendrahtzaun lagen. Dann bewegte sie sich langsam auf das Gartentor zu, blieb wieder stehen. In der Hütte blieb es dunkel. Flöter machte kein Licht. Warum machte er kein Licht?

Vorsichtig trat Julia durch das niedrige Tor und ging auf die Hütte zu. Deren Eingang war von einer hohen Fichte bedeckt, einem ungewöhnlich großen Baum, der nicht so recht in eine Gartenkolonie passen wollte, im Sommer allerdings sicher reichlich Schatten spendete.

Bei der Hütte angekommen, versuchte Julia durch eines der Fenster zu spähen, aber ein Vorhang verhinderte den Einblick. Also schlich sie zur Tür, legte die Hand auf die Klinke und drückte sie langsam, Millimeter für Millimeter, nach unten. Ihr Puls beschleunigte sich. Sanft schob sie die Tür auf und versuchte gleichzeitig, durch den entstehenden Spalt etwas in der dunklen Hütte zu erkennen. Und tatsächlich. Schemenhaft erkannte sie einen Menschen, der auf dem Boden kauerte und von dem sie annahm, dass es Flöter war. Überprüfen konnte sie es nicht, weil in der nächsten Sekunde etwas hinter ihr knirschte.

Julia wirbelte herum und merkte gerade noch, dass da eine weitere Person war. Dann sauste etwas auf ihren Kopf zu. Traf sie schmerzhaft. Und sie sackte in sich zusammen.

Der Schmerz war da, noch bevor die Erinnerung zurückkam, und er war heftig.

Etwas war auf sie zugerast, und zwar so schnell, dass sie keine Möglichkeit mehr gehabt hatte, diesem – was auch immer es gewesen war; angefühlt hatte es sich wie ein Felsblock – auszuweichen.

Das dröhnende Hämmern in Julias Schädel war unerträglich. Dann spürte sie, wie etwas an ihr ruckelte. Hörte eine Stimme, die ihren Namen sagte. Weit weg. Sehr weit weg.

Noch einmal ihr Name.

Und noch einmal.

Schließlich öffnete Julia die Augen, und eine neue Welle des Schmerzes schoss durch ihr Gehirn. Sie zwang sich, die Augen offen zu halten, bis sie sich an die Helligkeit gewöhnt hatte. Dann erkannte sie, dass sie auf dem Boden lag, den Kopf in Evas Schoß gebettet.

„Wo kommst du denn her?“ Vorsichtig richtete Julia sich auf.

„Ich bin dir gefolgt“, sagte Eva. „Glücklicherweise, möchte ich sagen.“

„Hatte ich dir nicht gesagt, du sollst im Wagen bleiben?“

„Willst du jetzt wirklich mit mir diskutieren?“

„Nein.“ Julia griff sich an den Kopf. „Jemand hat mir eins übergezogen.“

„Ich weiß, aber ich konnte die Person nicht erkennen. Ich habe nur einen dunklen Schatten davonlaufen sehen. Gleich darauf ist auch Flöter verschwunden. Konntest du etwas erkennen?“

„Nein.“ Julia beugte sich nach vorne und stützte den Kopf in die Hände. „Wie lange war ich weg?“

„Ein paar Minuten.“

„Prima. Und jetzt sind beide verschwunden.“

„Wieso war Flöter überhaupt in der Hütte? Was kann er hier gewollt haben?“

„Ich weiß es nicht.“ Julia hielt sich immer noch den Kopf. „Es ist ja nicht so, als ginge es in meinem Kopf nicht auch so schon drunter und drüber. Muss man dann auch noch draufschlagen?“

„Kannst du aufstehen?“, fragte Eva.

„Glaub schon.“ Als Julia wieder auf den Beinen stand, atmete sie tief durch, um neue Energie zu tanken. Es funktionierte nicht hundertprozentig, aber immerhin. „Wird schon“, sagte sie zu sich selbst. „Noch nicht ideal, aber ganz gut.“ An Eva gewandt, sagte sie: „Ich weiß, ich sollte es nicht sagen, weil es dich dazu verleiten könnte, weitere Dummheiten zu begehen, aber ich bin froh, dass du mir nachgegangen bist.“

Eva zog die Augenbrauen in die Höhe. „Willst du mir mit diesen vielen Worten etwa danken?“

„Sieht so aus.“

„Prima. Dann nehme ich dieses Highlight des Tages so hin und werde nicht weiter darauf eingehen, denn wenn ich es tue, provoziere ich, dass du es dir wieder anders überlegst und die Worte zurücknimmst.“ Sie hakte Julia unter. „Kannst du gehen?“

„Ja.“

„Sicher?“

„Ja.“

„Gut. Dann lass uns verschwinden. Ich fühle mich äußerst unwohl hier, und das nicht nur wegen der Kälte.“

7. KAPITEL

Der Professor

Susanne sah sich um und erblickte ein Mehrfamilienhaus aus Backstein. „Wo sind wir?"

„In Sicherheit." Ihr Entführer stieg aus dem Polo und öffnete die Beifahrertür. Ein eiskalter Wind zog augenblicklich in den Wagen und vertrieb die warme Heizungsluft. „Kommen Sie."

„Ich denke nicht daran. Ich weiß ja noch nicht einmal, wo wir sind."

„Nicht weit von Hannover entfernt. Genau genommen gerade mal siebzehn Kilometer."

„Wirklich? Dafür sind wir aber ziemlich lange gefahren."

„Es war nötig, einige Schleifen zu fahren, um unsere Verfolger auch wirklich abzuschütteln. Und jetzt kommen Sie. Oder trauen Sie mir etwa immer noch nicht?"

„Machen Sie Witze? Sie haben mich gerade entführt und dann gefühlte Stunden kreuz und quer durch die Gegend gefahren."

„Ich habe Sie nicht entführt. Ich habe Sie vor einer Entführung *bewahrt*. Jetzt kommen Sie schon, steigen Sie aus."

„Nein."

„Ich bitte Sie."

Susanne starrte den Mann mit dem struppigen Vollbart an. „Wer sind Sie überhaupt?"

„Mein Name ist Karl Dickfeld. Und wie heißen Sie?"

„Claudia Müller."

„In Ordnung, Claudia. Sie werden wohl einsehen, dass ich, hätte ich Sie umbringen wollen, es längst getan hätte. Also kommen Sie. Es ist wirklich niemandem geholfen, wenn wir hier draußen erfrieren."

Widerwillig stieg Susanne aus dem Polo. Der eisige Wind schnitt ihr sofort ins Gesicht.

„Kommen Sie", sagte der Mann noch einmal, und als sie sich in Bewegung setzte, fügte er hinzu: „Ist alles in Ordnung? Sie hinken und entlasten Ihr rechtes Bein beim Gehen."

„Tatsächlich? Das ist mir noch gar nicht aufgefallen. Sind Sie Arzt?"

„Nein. Journalist."

„Wirklich? Darauf wäre ich nicht gekommen. Sie sehen aus wie mein Professor an der Uni."

„Das ist nichts Neues, das sagen mir alle. Und vermutlich nennen mich deshalb auch alle so: Professor. Meinetwegen können Sie das ruhig auch tun."

Sie gingen eilig auf das Backsteinhaus zu.

„Bei welcher Zeitung arbeiten Sie?", fragte Susanne.

„Ich bin zurzeit ohne Job."

Gleich darauf blieben sie vor der schäbigen Eingangstür des Hauses stehen. Der Professor schloss auf und sah sie an. „Herzlich willkommen in unserem vorläufigen Zufluchtsort."

Kurz darauf stieß er eine Wohnungstür auf und sagte: „Treten Sie ein."

Widerwillig betrat Susanne die Wohnung und blieb einen Moment stehen, um sich blinzelnd umzusehen. Hier herrschte ein Chaos, wie sie es noch nie zuvor gesehen hatte. Im Vergleich dazu war ihre eigene Wohnung, als sie noch eine gehabt hatte, ordentlich aufgeräumt gewesen. Die Möbel waren unter den Unmengen an Dingen, mit denen sie überhäuft waren, kaum noch auszumachen. Ein kleiner Fernseher drohte jeden Augenblick von einem Stapel Bücher herunterzupurzeln. Die Regale an der Wand quollen über vor Büchern, die sich unter einer dicken Staubschicht aneinanderdrängten. Eine Wand war von der Decke bis zum Boden mit Papierbogen bepflastert, auf denen dicht an dicht Spalten mit Zahlen standen. Tausende von Zahlen. Einige rot durchgestrichen, andere wiederum mit Blau oder Grün geschrieben.

„Wollen Sie sich setzen?", fragte der Professor, der hinter ihr eingetreten war.

„Wohin?", stellte Susanne die Gegenfrage und deutete auf den Krimskrams, der überall herumstand: Fotos, Statuen, Kugelschreiber, Tassen und ein ganzer Haufen Zeug, der auf den ersten Blick nicht zu identifizieren war. Überall lagerten Dinge über anderen Dingen, sodass es ein Wunder war, dass nichts umfiel.

„Oh, natürlich. Warten Sie, ich hole Ihnen einen Stuhl aus der Küche. Und etwas zu trinken."

Bevor Susanne dazu kam, dankend abzulehnen, war er schon verschwunden.

Kurz darauf kam er mit einem Holzstuhl zurück, den er neben sie hinstellte. Dann verschwand er noch einmal und brachte ein Glas Wasser. Er riss ein Päckchen auf und schüttete ein Pulver hinein, ehe er es ihr reichte.

Skeptisch betrachtete Susanne das Glas. „Sie versuchen doch nicht etwa, mich zu vergiften, oder?"

„Das ist nur Aspirin. Wenn Sie wollen, koste ich davon, ehe Sie es trinken."

„Nein, schon gut." Sie nahm das Glas und stürzte den Inhalt hinunter.

Inzwischen schaffte der Professor ein wenig Platz auf einem Sessel, auf den er sich erschöpft sinken ließ, zog einen Flachmann aus seiner Hosentasche, schraubte ihn auf und trank einen großen Schluck. „Nun ja", sagte er dann. „Ich schätze, es ist offensichtlich, dass mein Freund nicht sonderlich gut im Aufräumen ist."

Susanne blickte überrascht. „Das ist gar nicht Ihre Wohnung?"

„Nein. Sie gehört einem guten Freund von mir. Er ist Mathematiker und glücklicherweise gerade im Urlaub. In der Karibik, mit seiner neuen Freundin. Na ja, vermutlich wäre im Augenblick jeder Ort schöner als dieser hier." Der Professor nahm noch einen weiteren Schluck aus dem Flachmann. „Aber ich würde mich gerade nur sehr ungern in meiner eigenen Wohnung aufhalten wollen." Er streckte die Beine von sich, wobei sich sein Bauch rundlich über den Gürtel seiner Hose schob. „Und jetzt sagen Sie mir: Warum waren Sie im Haus der Anwältin?"

Susanne, deren Knie noch immer zitterten, ließ sich auf den Stuhl sinken, den er ihr gebracht hatte. „Ich wollte mit ihr reden."

„Worüber?"

„Das ist eine lange Geschichte."

„Ich schätze, wir haben Zeit. Also fangen Sie am besten ganz vorne an."

Susanne seufzte leise. Dann holte sie tief Luft und erzählte dem Professor ihre Geschichte. Die Geschichte der letzten fünf Monate.

Als sie geendet hatte, starrte er sie entgeistert an. „Sie sind auf der Flucht vor der Polizei?"

„Ja. Aber ich habe eigentlich nichts getan. Nicht wirklich. Ich wurde in eine Falle gelockt."

„Sie sind aus einer geschlossenen Psychiatrie … *geflüchtet*."

„Ja, das stimmt. Ich bin geflohen. Aber ich sah keine andere Möglichkeit."

„Sie sind tatsächlich *auf der Flucht*."

„Sie haben es jetzt oft genug wiederholt", bemerkte Susanne gereizt. „Worum es im Augenblick geht, ist ja wohl, dass die Anwältin mich in der Psychiatrie besucht und auf eine Mitpatientin gehetzt hat."

„Wie war der Name dieser Mitpatientin?"

„Julia Wagner. Ich sollte sie ... aushorchen."

„Warum sollten Sie das tun?"

„Keine Ahnung." Susanne hob die Schultern in die Höhe. „Das hat sie mir leider nicht gesagt. Sie sagte nur, ich könne meine Freiheit wiederbekommen, wenn ich Julia ausspioniere."

„Haben Sie noch Kontakt zu dieser Julia?"

„Nein. Ich habe sie seit meiner Flucht nicht mehr gesehen."

Der Professor schwieg nachdenklich.

„Was hatten *Sie* eigentlich beim Haus der Anwältin zu suchen?", wollte Susanne wissen.

Er sah sie an. „Oh, ich sollte eine Enthüllungsstory schreiben. Sie hat sich vor zwei Tagen bei mir gemeldet und meinte, sie würde mir etwas anbieten, was meine ... nennen wir es: ins Stocken geratene ... Journalistenkarriere wieder zum Laufen bringen würde."

„Und haben Sie sich getroffen?"

„Oh ja."

Der Professor sah auf, als die Frau an den Tisch trat. Eine beeindruckende Gestalt, schlank, gut aussehend, mit einem schwarzen Rock und einer roten Bluse. „Herr Dickfeld?", fragte sie.

Er nickte, und Britta Stark nahm ihm gegenüber Platz. „Danke, dass Sie sich mit mir treffen."

„Sehr gerne. Ich fürchte nur, dass das hier", er deutete um sich, „mein Budget sprengen wird. In dieser Art Restaurants verkehre ich normalerweise nicht."

„Machen Sie sich darum keine Sorgen. Sie sind eingeladen."

Ein Kellner trat an den Tisch, die Anwältin bestellte lediglich ein großes Wasser, der Professor entschied sich für einen teuren Cognac.

„Sie dürfen auch gerne etwas essen", sagte Britta Stark. „Das wäre sicher leberschonender."

„Danke, ich bin zufrieden."

Nachdem der Kellner die Getränke gebracht hatte und wieder verschwunden war, gönnte der Professor sich einen großen, wunderbaren Schluck Cognac. Dann noch einen – und gleich darauf war das Glas leer.

Britta Stark musterte ihn über den Tisch hinweg. „Sie hätten ihn mehr genießen sollen. Er kostet ein Vermögen."

„Worum geht es?“, wollte er wissen.

Die Anwältin beugte sich etwas vor. „Wie ich bereits am Telefon sagte, habe ich eine Story für Sie. Eine, die Ihnen wieder zurück an die Spitze helfen wird.“ Ihr Blick streifte das leere Cognacglas. „Vorausgesetzt, Sie sind dafür nüchtern genug.“

„Das bin ich“, stellte der Professor fest. „Aber genau das bringt mich zu meiner dringlichsten Frage: Warum ausgerechnet ich? Ich meine, ich bin mir völlig im Klaren darüber, dass ich ein alternder Mann bin, der in der modernen, schnellen und knallharten Journalistenwelt eigentlich keine Chance mehr hat. Ich habe meinen Zenit längst überschritten, um es mal so auszudrücken.“

Britta Stark sah ihn herausfordernd an. „Wollen Sie hören, was ich Ihnen zu sagen habe, oder nicht?“

„Sicher will ich. Ich wollte es nur gesagt haben.“

„Gut.“ Sie trank einen kleinen Schluck von ihrem Wasser. Dann faltete sie die Hände wie zum Gebet, legte sie auf den Tisch, beugte sich noch weiter vor und sagte: „Haben Sie schon einmal etwas von den Kranichen gehört?“

Susanne fuhr in die Höhe. „Haben Sie gerade *Kraniche* gesagt?“

Der Professor nickte. „Sagt Ihnen der Name etwas?“

„Allerdings. Ich hatte in Norwegen die Gelegenheit, einen Ausschnitt einer Mail zu lesen, in der dieser Name fiel: Kraniche. In dieser Mail stand, dass sie mich schon lange im Visier haben.“

„Wie bitte?“ Der Professor blinzelte. *„Sie?“*

„Ja. Sie hätten mich schon lange im Visier. Mehr stand in der Mail leider nicht.“

„Um Himmels willen, was könnten Sie denn getan haben, um in deren Schussfeld zu geraten?“

„Ich habe keine Ahnung.“ Susanne machte eine kurze Pause. Dann fügte sie hinzu: „Ich habe tausend Fragen, aber nicht eine einzige Antwort.“ Sie zuckte mit den Schultern. „Ich weiß nur, dass Britta Stark den Auftrag für den fingierten Vergewaltigungsversuch gegeben hat, das habe ich inzwischen herausgefunden. Ich hatte eine Menge Fragen an sie, aber leider war sie tot, bevor sie mir auch nur eine davon beantworten konnte.“

„Nun ja“, setzte der Professor an. „Britta Stark war ein Kranich.“

Susanne sah auf. „Jetzt im Nachhinein, wenn ich so darüber nachdenke, ergibt das natürlich Sinn ...“ Sie brach ab und starrte einen

Moment lang auf den Boden. Die ganze Situation fühlte sich so unwirklich an. Dann hob sie den Blick wieder und richtete ihn erneut auf den Professor. „Was sind das für Leute?“

„Sie haben wirklich keine Ahnung?“

„Nein.“

„Nun, dann werde ich Ihnen auf die Sprünge helfen.“ Der Professor nahm wieder einen großzügigen Schluck aus seinem Flachmann. „Mir sagte der Name *Kranich* bis vor einer Woche nämlich ebenfalls nichts. Dann aber, als Britta Stark mit ihren Erzählungen fertig war, war ich, gelinde gesagt, geschockt. Wie ich bereits gesagt habe, war sie ein Mitglied der Kraniche und wollte nun aussteigen.“ Noch ein Schluck aus dem Flachmann. „Ich gebe zu, ich habe gezweifelt, war mir nicht sicher, ob ich nicht auf den Arm genommen werde. Ich wusste es nicht. Ich wusste es wirklich nicht. Als wir auseinandergegangen sind, sagte sie, sie würde sich wieder bei mir melden, und das hat sie auch getan. Gestern Abend. Wir haben uns für heute Abend verabredet. Sie sagte, ich solle zu ihr kommen, dann würde sie mir Beweise liefern für alles, was sie mir erzählt hatte.“ Der Professor hob bedauernd die Hände und ließ sie dann zurück in den Schoß fallen. „Es kam nicht mehr dazu. Jetzt ist sie tot.“

Susanne überlegte, ob sie fragen oder es doch besser lassen sollte. Schließlich entschied sie sich dafür, zu fragen: „Was hat sie Ihnen denn erzählt?“

„Dass es sich bei den Kranichen um eine Organisation handelt, die schon sehr lange existiert, die in sehr schmutzige Geschäfte verwickelt ist und ein festes Ziel hat.“ Der Professor rutschte in seinem Sessel herum, um es sich ein wenig bequemer zu machen. „Damit Sie das alles verstehen, muss ich etwas weiter ausholen.“ Er legte wieder die Lippen an den Flachmann, trank einen Schluck, dann sprach er weiter: „Die Kraniche haben sich bereits in den frühen Zwanzigerjahren des vorigen Jahrhunderts formiert. Angeführt von einem Mann namens Elmer Nilson, einem Norweger. Bereits damals verfolgten sie ein Ziel. Sie bereiteten sich auf die neue Zeit vor, auch bekannt unter dem Namen: Tausendjähriges Reich.“

„Ach du Scheiße“, entfuhr es Susanne.

„Ja, so kann man es auch nennen“, bemerkte der Professor. „Sie fanden wohl, es sei ihre Aufgabe, dieses Tausendjährige Reich vorzubereiten, und so formierten sie sich, während sich gleichzeitig in Deutschland die ersten Nazis zusammentaten, die denselben bösen

Traum hatten, wie Sie wissen." Wieder ein Schluck aus dem Flachmann. „Ich muss wohl nicht extra erwähnen, dass sich beide Seiten schon sehr bald zusammentaten. Doch auch nach dem Zweiten Weltkrieg zerfielen die Kraniche nicht, im Gegenteil, sie breiteten sich immer weiter in Deutschland aus, und ihr Einfluss wurde größer und größer. Sie verfügen über einen eigenen Geheimdienst und haben inzwischen überall Spione, die verdammt gut sind, sehr professionell. Äußerst effektiv, sehr verschwiegen und finanziell üppig ausgestattet. Die Leute fürs Grobe, sozusagen, für Schweinereien, die wir uns nicht einmal vorstellen können. Und wollen. Außerdem haben sie eine Menge Leute auf ihrer Gehaltsliste – Polizisten, Politiker, Journalisten, Akademiker ... was immer Sie wollen. Diese Leute verstehen etwas von ihrem Handwerk, darauf können Sie sich verlassen. Und so ... werden sie schon bald den Krieg führen können, den sie im Sinn haben. Und ihn gewinnen."

„Mir gefällt das Wort Krieg nicht", bemerkte Susanne.

„Aber genau genommen befinden wir uns schon mittendrin." Der Professor wirkte jetzt sichtlich angespannt. „Die Kraniche wollen den Untergang des Rechtsstaates, und sie setzen alles daran, um das auch zu erreichen."

„Könnten Sie ..." Susanne schluckte. „Könnten Sie mir etwas davon abgeben?" Sie deutete auf den Flachmann in der Hand des Professors.

„Aber natürlich. Verzeihen Sie. Ich bin ein schlechter Gastgeber." Er erhob sich.

„Ich brauche kein neues Glas", sagte sie schnell. „Schütten Sie es einfach hier rein." Sie hielt ihm das Glas hin, in dem sich vor ein paar Minuten noch das Aspirin befunden hatte.

Der Professor goss es zur Hälfte voll.

„Danke." Susanne trank einen großen Schluck. „Wenn es stimmt, was Sie sagen", setzte sie an, „dann ist das ... angsteinflößend."

„Ja, nicht wahr?" Der Professor setzte sich wieder. „Der Punkt ist: Die Kraniche sind keine Ansammlung von einsamen Irren mit einer seltsamen Idee."

„Das finde ich aber schon."

„Ganz im Gegenteil. Wir reden von einer einflussreichen gesellschaftlichen Kraft. Sie haben eine Menge Anhänger, die neben allen Unterschieden ein gemeinsames Ziel haben. Und das macht sie so gefährlich."

„Also, ich kann mir nicht vorstellen, dass Deutschland durchzogen ist von Nazis. Dass es ein paar vereinzelte Gruppierungen gibt, ist schlimm genug, aber …“

„Täuschen Sie sich nicht.“

Susanne nahm noch einen Schluck aus ihrem Glas. „Sie meinen das, was Sie sagen, ernst, oder?“, fragte sie dann.

Der Professor hielt ihrem Blick stand. „Ja.“

Sie schwiegen einen Moment.

Dann fragte sie: „Haben Sie einen Beweis für irgendetwas von dem, was Sie mir gerade erzählt haben?“

„Leider nein.“ Der Professor hob entschuldigend die Hände. „Wie gesagt, es kam nur zu dem einen Treffen mit Britta Stark. Bisher habe ich nichts, worauf man einen Finger legen könnte.“

„Vielleicht, weil alles nur erfunden ist. Weil Sie einem Schwindel aufgesessen sind.“ Susanne richtete sich etwas auf. „Ich meine, wie viel Verlass ist auf die Worte einer Anwältin, die nachweislich Dreck am Stecken hatte? Wie glaubhaft ist ihre Aussage über irgendwelche Kraniche, die das Tausendjährige Reich erschaffen wollen und bereits die halbe Regierung infiltriert haben?“ Sie sah ihn herausfordernd an. „Wie glaubwürdig ist das?“

„Sie haben absolut recht“, sagte der Professor. „Ich bin selbst nicht sehr leichtgläubig und habe auch schon darüber nachgedacht, ob das nur ein Schwindel ist. Aber die entscheidende Frage ist doch: Was hätte es Britta Stark gebracht, mir einen derartigen Bären aufzubinden?“

Susanne kniff die Augen zusammen. „Kannten Sie sie vielleicht von irgendwoher? Sind Sie ihr vorher schon einmal begegnet? Hatte sie aus irgendeinem Grund einen Hass auf Sie? Haben Sie vielleicht irgendwann einmal schlecht über sie geschrieben?“

„Nein, nein, nein und nein.“

Diesen Worten des Professors folgte ein weiterer langer Augenblick des Schweigens.

„Und was hat die Anwältin dazu bewogen, die Seiten wechseln zu wollen?“, fragte Susanne dann.

„Das habe ich sie auch gefragt. Sie hat mich angesehen und gesagt …“

„Wir alle müssen uns irgendwann für eine Seite entscheiden. Und ich habe mich entschieden.“

Der Professor stellte das Cognacglas auf den Tisch und schob es ein Stück von sich weg. „Wenn es stimmt, was Sie mir gerade erzählt haben, kann Sie ein Verrat das Leben kosten."

„Dessen bin ich mir bewusst, aber wie ich gerade sagte, ich habe mich entschieden." Die Anwältin griff nach ihrem Mantel. „Irgendwann ist die Zeit reif, zu handeln. Und diese Zeit ist jetzt." Damit erhob sie sich, knöpfte den Mantel bis oben hin zu und verließ das Restaurant.

Eilig lief der Professor hinter ihr her. „Warten Sie!"

Vor dem Restaurant blieb sie noch einmal stehen und wandte sich zu ihm um.

„Ich bin mir nicht sicher, ob ich der Richtige dafür bin", gestand er.

„Nun, dann denken Sie noch einmal darüber nach."

„Es ist … gefährlich."

Ernst sah Britta Stark dem Professor in die Augen. „Es ist Ihre Entscheidung. Sie können jetzt zurück in Ihr gemütliches Zuhause gehen, sich einen Schnaps nach dem anderen hinter die Binde kippen und die Sache vergessen. Wenn Sie jedoch weiter an der Geschichte interessiert sind, dann sehen wir uns wieder."

Das Licht flackerte, ging für zwei Sekunden aus, dann wieder an.

„Ich habe darüber nachgedacht", sagte der Professor. „Das Ganze gefiel mir nicht. Ich war immer nur ein einfacher Schmierenschreiber, wenn Sie verstehen, was ich meine. Aber dann … Als sie mich anrief, habe ich mich entschieden, mich doch noch einmal mit ihr zu treffen. Jetzt ist sie tot, und das ist das vorläufige Ende der Geschichte."

Langsam schüttelte Susanne den Kopf. „Sie wollte also auspacken, und deshalb wurde sie umgebracht."

„Ja." Der Professor hob den Blick und sah sie an. „Und ich glaube zu wissen, wer ihr Mörder ist."

„Die Kraniche, das habe ich schon verstanden."

„Nein, ich meine, ich glaube den Namen ihres Mörders zu kennen. Sein Name ist Schiller. Eduard Schiller."

Wieder flackerte das Licht für einen kurzen Moment.

„Woher …?", setzte Susanne an.

„Sie hat es mir gesagt."

„Wer? Britta Stark?"

„Ja. Sie war nach unserem Treffen schon im Taxi, doch dann ist sie noch einmal ausgestiegen und zu mir zurückgekommen. Sie hat gesagt: ‚Wenn mir etwas zustößt, Herr Dickfeld, wenn ich nicht mehr dazu komme, noch einmal mit Ihnen zu sprechen, dann war Eduard Schiller mein Mörder. Merken Sie sich diesen Namen.‘“

Susanne hob die Augenbrauen. „Sind Sie ganz sicher, dass sie das gesagt hat?“

„Ganz sicher. Sie sagte klar und deutlich: Dann war *Eduard Schiller mein Mörder*.“

„Wer ist das? Was ist das für ein Mann?“

„Warten Sie.“ Der Professor erhob sich, verließ das Wohnzimmer und kam wenig später mit ein paar Papieren zurück. Er setzte sich wieder. „Nach dem Gespräch mit ihr habe ich mich zu Hause ein wenig mit dem Mann auseinandergesetzt, habe im Internet recherchiert und einige alte Zeitungsartikel gefunden.“ Er reichte Susanne ein DIN-A4-Blatt. „Das ist er. Ich hab das Foto im Netz gefunden und ausgedruckt.“

Susanne griff nach dem Papier und schaute ihn dann ungläubig an. „Der sieht ja aus wie George Clooney.“ Man hätte diesen Mann ohne Probleme in einem Lifestylemagazin zeigen können, es wäre kaum jemandem aufgefallen, dass er nicht der berühmte Schauspieler war.

„Ja“, bestätigte der Professor. „Ein schöner Mann, zweifellos.“

„Er sieht überhaupt nicht gefährlich aus.“

„Sagen Sie das Britta Stark. Leider ist der Mann nur nach außen hin schön, in seinem Inneren ist nicht sehr viel Schönes zu finden.“

Susanne ließ das Foto sinken. „Was wissen Sie über ihn?“

„Leider kaum etwas. Nur eine Sache: Vor zwölf Jahren wurde Schiller verhaftet und verurteilt. In den Gerichtsprotokollen war zu lesen, dass er nach einer Taxifahrt mit dem Fahrer in Streit geraten war, weil dieser ihm angeblich zu viel Fahrtkosten berechnet hatte. Es gab ein Handgemenge, bei dem Schiller den Kopf des Fahrers auf das Lenkrad schlug, was diesem das Genick gebrochen hat. Schiller verschwand, stellte sich aber zwei Tage später der Polizei. Und jetzt raten Sie, wer damals seine Anwältin war.“

„Britta Stark?“

„Exakt. Sie hat es geschafft, dass Schiller nur wegen fahrlässiger Tötung angeklagt wurde. Er saß zwei Jahre ab, der Rest wurde zur Bewährung ausgesetzt. Nach seiner Entlassung hat man dann nichts mehr von ihm gehört. Er ist nicht mehr aufgefallen, ist sozusagen scheu geworden wie ein Reh. Offiziell besitzt er ein Antiquitätengeschäft in der Altstadt, lebt dafür aber auf ziemlich großem Fuß. Auf zu großem Fuß, wie ich meine."

„Aber wenn die Anwältin ihn rausgepaukt hat, dann sollte Schiller ihr doch ein Denkmal setzen und sie nicht umbringen."

„Er ist ein Mörder."

„Ja. Das haben Sie bereits gesagt, und der tote Taxifahrer würde das sicher bestätigen, aber es gibt keinen Beweis dafür, dass er Britta Stark umgebracht hat."

„Er und sie arbeiteten für dieselbe Bande. Für die *Kraniche*."

„Das sagen Sie. Ich meine, was diesen Schiller betrifft, ist das allein Ihre Behauptung – oder können Sie es beweisen?"

„Nein. Leider nicht."

In die darauffolgende Stille drang nur das Rauschen des Windes vor dem Fenster.

„Wie auch immer", sagte Susanne. „Das ist nicht gut. Das ist gar nicht gut."

Der Professor stieß einen erleichterten Seufzer aus. „Gott sei Dank, Sie sehen es ein."

Irritiert sah sie auf. „Wie bitte?"

„Sie sehen ein, dass wir uns gemeinsam darum kümmern müssen."

„Uns darum kümmern? Wie stellen Sie sich das vor? Ist Ihnen eigentlich klar, wovon wir hier reden? Wir reden von einer verdammten Mafia!"

„Das ist keine Mafia." Der Professor rieb sich über die Stirn.

„Für mich schon. Sie sind mächtig, und sie morden kaltblütig. Und was das Schlimmste ist: Sie sind zudem noch verrückt." Susanne warf die Hände in die Luft. „Ich kann überhaupt nicht glauben, dass Sie hier sitzen wie Buddha persönlich und offenbar kein Stück Angst haben, während mir nach allem, was Sie mir gerade erzählt haben, die Knie nur so schlottern." Sie erhob sich und begann, im Zimmer hin und her zu gehen, weil sie nicht länger still sitzen konnte. Schließlich blieb sie wieder stehen und wandte sich zu ihm um. „Warum gehen Sie nicht zur Polizei? Dann können die sich darum kümmern, das ist schließlich deren Job."

„Haben Sie mir gerade nicht zugehört?", sagte der Professor. „Erstens habe ich überhaupt noch keine Beweise, und zweitens befinden sich Kraniche auch in den Reihen der Polizei. Niemand würde mir glauben, und niemand würde mir helfen. Eher würde man vermuten, ich hätte etwas mit der Ermordung der Anwältin zu tun."

„Der Platz ist schon besetzt. Den habe ich.“

„Nein, es ist noch nicht der richtige Augenblick“, redete der Professor weiter, als hätte er Susannes Einwand nicht gehört. „Wir müssen uns erst einmal alleine darum kümmern. Wir …“

„Das können Sie sich sofort wieder aus dem Kopf schlagen“, fiel Susanne ihm ins Wort.

„So hören Sie mir doch …“

„Nein!“ Susanne wandte sich in Richtung Tür. „Ich bin raus.“

„Wo wollen Sie hin?“, fragte der Professor.

„Weg von hier. Weg von dem ganzen Scheiß.“

Und damit ließ sie die Tür hinter sich ins Schloss fallen.

8. KAPITEL

Ein von Menschen gemachter Albtraum

Dienstag, 21. Dezember
Hannover

Die nächste Person, die die Anwältin Britta Stark fand, war Emilie Wackernagel, ihre Putzfrau, eine kräftig gebaute Frau von Anfang fünfzig. Mit schnellen Schritten und geradem Rücken stapfte sie durch den kniehohen Schnee auf das Haus zu, dann stieg sie die Stufen hinauf, wobei ihr üppiger Busen atemlos wogte – und stellte fest, dass die Tür offen stand.

Emilie hielt einen Moment inne, trat dann verwundert in den Vorraum und rief: „Frau Stark?"

Keine Antwort.

Noch einmal: „Frau Stark?"

Nichts.

Die Putzfrau ging auf das Wohnzimmer zu, dessen Tür ebenfalls offen stand. Sie machte einen Schritt nach vorne, dann noch einen. Und dann sah sie sie.

Ein Geräusch, das nicht zu identifizieren war, drang aus Emilie Wackernagels Mund und wurde gleich darauf zu einem Schrei.

Sie schrie.

Und schrie.

Sie konnte einfach nicht damit aufhören.

Kriminalhauptkommissarin Charlotte Gärtner hasste es. Sie hasste es wirklich. Seit mittlerweile drei Tagen lag Hannover nun schon unter dieser verdammten weißen Decke, und es wollte und wollte einfach kein Ende nehmen. Mindestens zehn Zentimeter Neuschnee waren in der letzten Nacht noch einmal dazugekommen. Und als ob das allein nicht schon schlimm genug wäre, kam zu alldem auch noch Weihnachten hinzu, dieses völlig überbewertete Fest der Liebe.

Und der Heizkessel spielte auch nicht mehr mit. Charlotte stand in ihrem Keller und begutachtete ein paar Sekunden lang den Brenner und die stillen Rohrleitungen. Dann verlegte sie sich darauf, den Kessel anzufunkeln in der Hoffnung, ein böser Blick könnte der Anlage vielleicht Angst einflößen und sie wieder zum

Laufen bringen. Bei Verdächtigen funktionierte das immerhin oft genug.

Der Heizkessel ließ sich jedoch davon nicht beeindrucken.

Laut vor sich hin fluchend stieg Charlotte die Treppe hinauf, überquerte den Flur und wickelte sich im Schlafzimmer noch einen weiteren Schal um und zog sich einen weiteren Pullover über. Dabei fiel ihr Blick in den Spiegel am Wandschrank, der eine wenig attraktive Person zeigte, die von der Natur eher wenig begünstigt war – wie sie selbst meinte. Stämmige Beine, eine korpulente Figur und streichholzkurze blonde Haare, die in alle Himmelrichtungen vom Kopf abstanden.

Charlotte Gärtner setzte nicht auf makellose Eleganz und schon gar nicht auf unnötigen Charme. Und jetzt, mit den zwei Pullovern und der dicken Jacke, in die sie sich noch zusätzlich zwängte, sowieso nicht. Um dem Ganzen – im wahrsten Sinne des Wortes – die Krone aufzusetzen, stülpte sie sich noch eine Strickmütze mit Bommel auf den Kopf. Damit konnte dann wirklich und endgültig jedes Bemühen um Stil als gescheitert angesehen werden. Sie ging zurück in den Flur, hauchte in ihre Hände und wollte gerade nach dem Hörer greifen, um den Monteur anzurufen, als das Telefon klingelte. Sie nahm ab, hörte einen Moment zu und sagte dann: „Ich komme."

Da die Scheiben ihres BMW Z4, der eigentlich winterfest sein sollte – jedenfalls hatte der Verkäufer das behauptet, allerdings war *winterfest* ein relativer Begriff, wie sich nun herausstellte –, auf allen Seiten von außen und innen gefroren waren, wie sie beim Einsteigen bemerkte, kratzte Charlotte mit einem primitiven Plastikschaber ein paar Minuten lang ohne großen Erfolg an ihnen herum. Da sich ihre Finger trotz Handschuhen schon bald klamm anfühlten, begnügte sie sich mit mehreren kleinen Gucklöchern.

Während der folgenden Fahrt erfassten immer wieder heftige Böen den Wagen und zerrten zornig an seiner Karosserie. Im Schritttempo fuhr Charlotte durch die Stadt, weil sie kaum etwas sah. Zudem musste sie immer wieder gegensteuern, um nicht auf der schneebedeckten Fahrbahn wie ein Spielzeug in die Leitplanken gedrückt zu werden. So ein Wetter hatte sie noch nie erlebt. Selbst mit einer klaren Frontscheibe hätte die Sichtweite kaum mehr als zwanzig Meter betragen. Wetterverhältnisse, die man sonst nur aus dem Fernsehen kannte. Als befände man sich irgendwo in den Alpen und nicht in Norddeutschland.

Und trotzdem, trotz der langsamen Fahrweise kam Charlotte verhältnismäßig schnell am Tatort an. Sie stieg aus ihrem Wagen und zog sich die Bommelmütze tiefer in die Stirn. Da alles um das Haus herum bereits mit rot-weißem Absperrband versehen war, war ihr keine andere Wahl geblieben, als fünfhundert Meter weiter um die Ecke zu parken und sich nun durch die heftigen Schneewehen über die Straße zu kämpfen.

Schließlich erreichte sie einen Kollegen von der Streife, der sie an der Grenze des abgesperrten Bereiches anhielt und mit reichlich Überheblichkeit in der Stimme sagte: „Wo wollen Sie hin?“ Sein Atem wogte wie Rauch in der eisigen Luft.

„In das Haus“, sagte Charlotte.

„Da dürfen Sie nicht rein. Spurensicherung.“

„Ich bin Kriminalhauptkommissarin Charlotte Gärtner. Ich darf rein.“

„Ihren Dienstausweis, bitte.“

Widerwillig suchte Charlotte in ihrer Jackentasche nach dem Dokument, und als sie es endlich gefunden hatte, wedelte sie dem Kollegen damit vor der Nase herum. „Zufrieden?“

Er warf einen Blick darauf und wurde rot. „Tut mir leid. Ich mache nur meinen Job.“

„Ist mein Kollege Tech schon drin?“

„Nein.“

„Wird er auch seinen Ausweis zeigen müssen?“

„Ja.“

„Dann ist es in Ordnung.“

Charlotte ließ den Beamten stehen und betrat gleich darauf das Haus. Im Flur sah sie sich einen Moment lang um, dann hörte sie das Rascheln von Papierüberschuhen, und im nächsten Moment kam ein Mann von der Spurensicherung zu ihr getappt. „Noble Hütte, hm?“, sagte er.

Sie wollte antworten, wurde aber von einem Windstoß unterbrochen, der ins Haus fegte.

„Würden Sie bitte die Tür zumachen?“, sagte sie zu einem der Beamten an der Tür.

Er nickte und tat es.

„Wo ist das Opfer?“, fragte sie dann in Richtung Spurensicherung.

„Im Wohnzimmer.“

Charlotte nickte und folgte dem ausgestreckten Zeigefinger.

Im Türrahmen blieb sie stehen und überriss im Bruchteil einer Sekunde folgende drei Dinge.
Das Opfer war eine Frau.
Das Opfer saß in einem Sessel.
Das Opfer hatte ein Loch in der Brust.

Es herrschte drangvolle Enge am Tatort. Allein von der Spurensicherung wuselten vier Beamte in weißen Schutzanzügen im Wohnzimmer herum. Zwei stellten Fingerabdrücke sicher, während ein dritter Fotos schoss und der vierte für die Nachwelt alles auf Video bannte.

Während die Kamera aufblitzte, stellte Charlotte fest, dass das Opfer Mitte dreißig bis Anfang vierzig war und eine rote Bluse trug, die offenbar aufgerissen worden war, denn der Oberkörper war weitestgehend nackt. Die Beine waren ausgestreckt, beide Hände hingen links und rechts über die Sessellehnen. Der Mund war halb geöffnet, ebenso die Augenlider. Die Pupillen waren nach oben gerichtet, der Blick gebrochen. Es sah aus, als habe die Tote in den letzten Sekunden ihres Lebens und noch bei Bewusstsein in den Abgrund des bevorstehenden Todes geschaut und verstanden, dass nichts und niemand ihr mehr helfen würde.

„Keine schöne Sache, so kurz vor Weihnachten“, hustete eine Stimme hinter Charlotte.

Sie wandte sich um und stand einem großen, sehr dünnen Mann mit struppigem rotblondem Haar gegenüber. Seine Nase war rot, und ein kleiner Tropfen hing an der äußersten Spitze. Zusammen mit dem hellgelben Anorak, den er trug, erinnerte er auffallend an *Tweety*, den Vogel.

Charlotte seufzte leise. Michael Tech. Ein ganz besonderer Fall. Nicht nur, dass sie mit ihm arbeiten musste und er ihr fürchterlich auf die Nerven ging, nein, er hatte auch die lästige Angewohnheit, sich, wann immer er nervös war oder nachdachte – oder nachdachte und nervös war –, den Finger ins Ohr zu stecken, um darin zu pulen.

Glücklicherweise tat er das jetzt nicht. „Ich bin erkältet und sollte eigentlich im Bett liegen“, sagte er. „Und sprechen sollte ich eigentlich auch nicht.“

„Dann seien Sie am besten still, Herr Tech“, gab Charlotte zurück.

Nein, es verband sie wahrlich keine Liebe. Nicht einmal Freundschaft.

Noch heute erinnerte Charlotte sich mit Genugtuung daran, wie er den Fall in der Psychiatrie Mönchshof vergeigt hatte, nachdem man ihn ihr weggenommen hatte. Oh ja, das war ihr wirklich ein inneres Freudenfest gewesen. Zu gerne hätte sie noch etwas länger in dieser wunderbaren Erinnerung geschwelgt, doch sie versagte es sich, es gab jetzt Wichtigeres zu tun. „Wurde sie so gefunden?", wollte sie wissen.

„Nein. Sie war vollständig mit einer Wolldecke zugedeckt."

„Der Mörder hat sie zugedeckt?"

„Keine Ahnung."

„Wer hat sie gefunden?"

„Die Putzfrau. Sie kam um kurz nach acht Uhr, wollte die Tür aufschließen ..."

„Also hat sie einen Schlüssel?"

„Ja. Aber die Tür war bereits offen."

„Wo ist die Frau jetzt?"

„Sie sitzt draußen in einem Polizeiwagen und wartet."

„In Ordnung." Charlotte richtete sich etwas auf. „Ich werde gleich mit ihr sprechen. Haben Sie schon mit den Nachbarn geredet?"

„Nein."

„Dann tun Sie es jetzt. Befragen Sie alle. Ob sie Autos oder fremde Personen gesehen haben, die nicht hierhergehören. Die Leute sollen sich den Kopf zerbrechen. Vielleicht ist ja irgendjemandem irgendetwas aufgefallen."

Widerwillig blickte Tech in Richtung Haustür. Noch viel widerwilliger zog er den Reißverschluss seiner gelben Jacke bis ganz nach oben und brummte: „Okay." Kurz darauf war er an der Tür und hatte sie gerade geöffnet, als eine mittelgroße Frau von Ende fünfzig mit blondierten Strähnen und einer roten Brille von Dior auf der Nase hereinkam. Mit einem Hauch von Schärfe in der Stimme fragte sie: „Was haben wir heute?"

Dr. Hannelore Strickner, die Gerichtsmedizinerin. Eine Frau, die nicht viele überflüssige Worte benutzte. Allerdings hatte das, was sie sagte, dafür umso mehr Gewicht.

Charlotte beobachtete, wie die Ärztin auf die Leiche zuging und sie umkreiste, peinlich genau darauf achtend, wohin sie den nächsten Fuß setzte, ehe sie sich nach vorne beugte, um die Schusswunde besser betrachten zu können. Dann öffnete sie ihren Koffer und griff nach einem Thermometer, das sie unter die rechte Achsel der Toten steckte.

Während sie abwartete, bis dieses die Temperatur anzeigte, überprüfte sie, ob außer der offensichtlichen Schussverletzung noch weitere Wunden vorlagen.

„Was können Sie mir jetzt schon sagen?“, fragte Charlotte nach einer, wie sie fand, angemessenen Zeit des Abwartens.

„Dass ein einziger Schuss gereicht hat“, sagte die Strickner, ohne von ihrer Arbeit aufzusehen.

„Mit was für einer Waffe wurde sie getötet, was meinen Sie?“

„Sie wissen, dass ich keine Expertin auf dem Gebiet der Ballistik bin, Frau Kommissarin. Weshalb ich dazu nichts sagen werde.“

„Dann sagen Sie mir, was Sie sagen können.“

„Nun ja, die Wunde lässt auf eine kurze Distanz zwischen Opfer und Täter schließen.“

„Das heißt, sie kannten sich. Sie hat ihrem Mörder vertraut, ihn nahe an sich herangelassen.“

„So scheint es, ja.“

„Und seit wann ist sie tot?“

Die Strickner lächelte dünn. „Der unerschütterliche Glaube der Polizei an Thermometer ist immer wieder beeindruckend. Sie könnten auch die Nachbarn befragen, ob diese vielleicht einen Schuss gehört und dabei zufällig auf die Uhr gesehen haben.“

„Wir sind dabei. Bis dahin würde ich mich gerne auf das Thermometer verlassen.“

„Also schön … Leichenstarre und Totenflecken zusammen mit der Körpertemperatur …“ Dr. Strickner blickte auf das Thermometer. „Schätzungsweise ist die Frau seit gestern Abend tot. Irgendwann zwischen zwanzig Uhr und Mitternacht. Näheres kann ich erst nach der Obduktion sagen. Ich nehme an, es eilt, wie immer. Ich mache so schnell ich kann.“

Charlotte nickte.

Der Kollege von der Spurensicherung kam erneut an ihr vorbei, und sie fragte: „Wie ist der Mörder ins Haus gekommen?“

„Nichts deutet auf einen Einbruch hin“, antwortete er.

Noch ein Indiz dafür, dass Opfer und Täter sich kannten.

„Was ist das?“, fragte die Strickner und deutete auf etwas, das neben dem Sessel der Toten lag. „Das hier. Was ist das?“

„Oh“, sagte der Kollege von der Spurensicherung. „Das ist ein Knopf. Wie Sie sehen, wurde die Bluse des Opfers aufgerissen.“

„Was auf ein Sexualdelikt hindeuten könnte“, bemerkte Charlotte.

„Falls es so geplant war, hat der Mörder von seinem Plan abgelassen", erklärte die Strickner. „Bisher spricht hier nichts für einen sexuellen Übergriff."

„Haben Sie sonst noch etwas gefunden?", wollte Charlotte von dem Kollegen von der Spurensicherung wissen.

„Nein. Bisher nicht", sagte er.

„Falls sich daran etwas ändert, lassen Sie es mich bitte sofort wissen."

„Na klar."

„Sollte ich Rückfragen haben, rufe ich Sie an."

„Natürlich."

Zwanzig Minuten später wurde eine fahrbare Trage hereingerollt, und zwei Männer machten sich daran, die Tote in einen Leichensack zu hieven.

Charlotte sah ihnen einen Moment lang zu, dann setzte sie sich ebenfalls in Bewegung.

Es gab noch viel zu tun.

Sehr viel.

9. KAPITEL

Verdammtes Schicksal!

Keine Worte hätten beschreiben können, wie froh Susanne war, dass ein neuer Tag dämmerte. Glücklicherweise endete selbst die längste Nacht irgendwann. Und die letzte Nacht war verdammt lang gewesen. Vielleicht die längste Nacht ihres Lebens.

Sie streckte sich und rieb sich über die Augen, doch leider blieb der Albtraum vom vorigen Abend nicht in der Vergangenheit, im Gegenteil. Britta Stark war und blieb tot.

Schwer atmend richtete Susanne sich auf. Die schweren Vorhänge ließen kein Licht ins Zimmer, an dem sie hätte erkennen können, wie spät es war, und obwohl es warm war, fror sie. Der Rücken tat ihr weh vom Liegen auf der harten Couch, von Zeit zu Zeit musste sie husten, weil sie vermutlich eine Erkältung bekam. Alles in allem nichts Gravierendes, bedachte man den Rest ihrer Situation. Mit großer Willensanstrengung erhob sie sich, ging zum Fenster, schob den Vorhang beiseite und stellte fest, dass der Himmel immer noch genauso grau war wie gestern und dass immer noch dichter Schnee von ihm herabfiel.

Als vorsichtig gegen die Tür geklopft wurde, wandte sie sich um. „Ja?"

Die Tür wurde geöffnet, und sofort stieg ihr der Duft von frisch gebrühtem Kaffee in die Nase.

„Schön, dass Sie wach sind", sagte der Professor. „Konnten Sie schlafen?"

„Nicht sehr gut."

„Nun, das ist wohl auch nicht verwunderlich. Sie sollten sich hinsetzen, Sie sind ganz blass."

Susanne ging wieder zur Couch und ließ sich darauf sinken. Um das Zittern ihrer Hände zu verbergen, nahm sie eines der Sofakissen und umklammerte es wie einen Rettungsring.

„Darf ich mich zu Ihnen setzen?", fragte der Professor.

„Klar."

Er nahm neben ihr Platz, und Susanne stellte fest, dass er nach Cognac, Pfefferminz und Rasierwasser roch. Eine heftige Mischung so früh am Morgen.

„Ich bin froh, dass Sie gestern Nacht noch einmal zurückgekommen sind", sagte er.

„Na ja …“ Susanne atmete tief durch. „Ich bin zwar manchmal echt bescheuert, aber so bescheuert, dass ich mich bei Schnee und Eis mitten in der Nacht in einer Gegend herumtreibe, die ich nicht kenne, und mich präsentiere wie ein Lamm auf der Schlachtbank, bin ich dann doch nicht.“

„Das war sehr vernünftig von Ihnen.“ Mitgefühl und Verständnis spiegelten sich in den Augen des Professors. „Ich habe Ihnen gestern Abend sehr viel zugemutet. Zu viel. Es tut mir leid. Können Sie mir verzeihen?“

„Natürlich. Trotzdem will ich jetzt so schnell wie möglich zurück nach Norwegen.“

„Wirklich?“

„Ja“, erwiderte Susanne entschlossen. „Sobald ich einen Flieger finde, der mich zurückbringt, bin ich weg.“ Sie erhob sich und fügte hinzu: „Ich habe eingesehen, dass es ein großer, ein wirklich großer Fehler war, nach Deutschland zu kommen. Ich bin noch keine vierundzwanzig Stunden wieder hier und schon über eine Leiche gestolpert. Eine *ermordete* Leiche. Und als ob das noch nicht reichen würde, hinterlasse ich am Tatort auch noch meine Fingerabdrücke, weil dieser dämliche Taxifahrer mit meinen Handschuhen davongefahren ist. Und um dem Ganzen die Krone aufzusetzen, erfahre ich von Ihnen, dass ich mich im Fadenkreuz einer Mafia befinde …“

„Die Kraniche sind keine Mafia.“

„… warum auch immer.“ Sie ignorierte seinen Einwand. „Man kann also guten Gewissens sagen: Es ist alles, wirklich alles schiefgelaufen. Das hier übersteigt meinen Verstand und vor allem meinen Mut.“ Susanne machte ein paar Schritte rückwärts und deutete mit dem Finger auf ihre Brust. „Das ist nicht gut für mein Herz, weshalb es am besten ist, wenn ich so schnell wie möglich wieder verschwinde.“ Damit drehte sie sich auf dem Absatz um und ging in den Flur, wo sie begann, in den Taschen ihres Mantels zu suchen. Dann suchte sie in ihrer Handtasche. Schließlich richtete sie sich auf. „Wo ist mein Handy?“

Der Professor erschien in der Tür. „Ich weiß es nicht.“

Susanne suchte noch einmal in ihrem Mantel und in ihrer Handtasche. „Es ist weg.“

„Wann haben Sie es zuletzt benutzt?“

„Gestern Abend. Ich hatte darüber nachgedacht, die 110 anzurufen, nachdem ich die Anwältin gefunden hatte. Dann habe ich es aber gelassen und es wieder in die Manteltasche gesteckt. Dann kam der dunkle Wagen und …" Susanne brach ab und sah den Professor an. „Meinen Sie, die haben es? Die Leute, die mich entführen wollten?"

„Es wäre möglich", sagte er.

„Aber das Ganze ging so schnell, die können unmöglich …" Sie hielt erneut inne und stand einen Moment völlig regungslos da. „Ich bin vor dem Haus ausgerutscht und in den Schnee gefallen. Vielleicht habe ich das Handy dabei verloren. Vielleicht ist es mir aus der Tasche gefallen."

„Das wäre möglich."

„Aaaaaaargh!" Susanne warf die Hände in die Luft. „Natürlich, Welt! Schlag mich nur weiter zusammen, auf ein paar weitere blaue Flecken kommt es ja nicht mehr an!"

Der Professor lächelte leicht. „Baden wir gerade etwas in Selbstmitleid?"

„Ja. Und unter den gegebenen Umständen finde ich das auch durchaus angebracht."

„Lassen Sie uns lieber darüber nachdenken, was diese Leute mit dem Handy anfangen können."

„Eigentlich nichts. Es ist nicht auf meinen richtigen Namen angemeldet."

Als der Professor sie daraufhin fragend ansah, fügte Susanne hinzu: „Claudia Müller ist nicht mein richtiger Name. Ich habe Sie angelogen. Ich heiße Susanne. Susanne Grimm."

Er nickte langsam. „Ich dachte mir schon so etwas, als Sie erzählt haben, dass Sie auf der Flucht sind."

„Da habe ich wohl ausnahmsweise mal Glück gehabt."

„Womit?"

„Mit meinem falschen Namen." Susanne verstummte, und der Professor sprach aus, was sie dachte: „Sie können dennoch die Gespräche zurückverfolgen, die Sie getätigt haben. Und die Textnachrichten."

„Ja." Susanne rieb sich über die Augen. „Es nützt ja jetzt nichts mehr, das Handy ist weg. Haben Sie ein Telefon, das ich mal benutzen dürfte?"

Die Verbindung war schlecht. Sehr schlecht.

„Bist … das, Susanne?"

„Hallo Edda."

„Mann, bin ich … dir … hören. Wie … dir?“

„Ich verstehe dich nicht sehr gut, aber ich schätze, du willst wissen, wie es mir geht. Die Antwort ist: nicht sehr gut.“

„Was … passiert?“

Susanne schwieg einen Moment, dann sagte sie: „Ich war dort und … habe sie gefunden.“

„Wo? …en?“

„Britta Stark. In ihrem Haus. Sie ist tot.“

Einen kurzen Moment lang war nur Rauschen in der Leitung zu hören.

Dann wieder Eddas Stimme: „Was meinst … damit, tot?“

„Sie wurde ermordet.“

„*Was?*“

Susanne seufzte leise und erzählte vom vorigen Abend.

„Oh … Gott!“, entfuhr es Edda, als sie geendet hatte. „Susan… du … wirklich zur Polizei …!“

„Du vergisst, dass die mich suchen.“

„Ja … ab… nicht …egen Mordes.“

„Das kann sich ganz schnell ändern. Ich habe in meiner grenzenlosen Dummheit nämlich Fingerabdrücke am Tatort hinterlassen.“

„…as?“

„Und das ist noch nicht alles.“ Susanne erzählte Edda von der Beinaheentführung und vom Professor. „Mach dir keine Sorgen, ich glaube, er ist ein guter Mann.“

„Das … Jo nicht beruhigen, wenn … ihm erzähle.“

Dessen war Susanne sich sicher. Sie war davon überzeugt, dass Jo ihr eine tüchtige Portion skandinavischen Menschenverstand einbläuen würde, wenn er davon erfuhr, weshalb sie sagte: „Ich bitte dich darum, es ihm nicht zu erzählen. Es würde ihn nur aufregen.“

„…sanne, das … verrückt. Du …ennst diesen Mann … nicht. … könnte auch … Mörder sein.“

„Er hat mir gestern Abend vielleicht das Leben gerettet. Und er hat die letzte Nacht nicht genutzt, um mich umzubringen. Das spricht für ihn.“

Edda sagte etwas, was Susanne nicht verstand, das Rauschen in der Leitung wurde immer schlimmer.

„Was?“

„Ich … gefällt mir nicht. Das … alles … merkwürdig.“

„Ich verspreche dir, ich komme zurück nach Norwegen.“

„... guter Plan. Wann?“

„Mit der nächsten Maschine.“

Rauschen.

Rauschen.

Und noch einmal Rauschen.

„Edda, ich kann dich nicht mehr verstehen. Wir müssen Schluss machen.“

„Pass ... auf, Susanne. ...elde dich ...“

„Ja.“

„Versprich ...as.“

„Ja. Ich melde mich, sobald ich einen Flug habe. Wirklich, Edda, du wärst die ideale Mutter.“

„... nicht ...itzig ...“

„Keine Sorge, ich werde den Faden schon halten.“

„Was ...ür ...nen ...aden?“

Die Verbindung war unterbrochen.

„Den, an dem mein Leben hängt“, sagte Susanne und legte den Telefonhörer auf die Gabel. Dann drehte sie sich um und stellte fest, dass der Professor im Türrahmen stand.

„Das heißt, Sie wollen tatsächlich zurück nach Norwegen“, sagte er.

„Sobald mich ein Flieger dorthin bringt, ja. Haben Sie einen Computer?“

„Natürlich.“

„Prima. Es wäre mir eine große Hilfe, wenn ich ihn kurz benutzen dürfte.“

Zehn Minuten später klappte Susanne ernüchtert den Laptop zu. „Heute kein Flug mehr nach Norwegen. Und morgen vermutlich auch nicht. Das heißt, ich sitze hier fest.“

„Das tut mir leid“, sagte der Professor.

„Und mir erst, das können Sie mir glauben.“

„In der allergrößten Not werden Sie Weihnachten eben mit mir verbringen müssen.“

Susanne starrte ihn an, und der Professor hob eilig die Hände. „Da es nichts nützt, wenn Sie die nächsten Stunden hier sitzen und versuchen, mich mit Ihren Blicken zu ermorden, würde ich sagen, ich versuche Wiedergutmachung zu leisten, indem ich Ihnen ein Frühstück zubereite. Was halten Sie davon?“

Susanne atmete tief durch. Er hatte recht. Alles hatte seine Zeit, und es nützte nichts, sich woandershin zu wünschen. „Na ja“, sagte sie. „Dass ich erst einmal hierbleiben muss, heißt ja nicht, dass ich auch verhungern muss.“ Allerdings war sie alles andere als begeistert.

Verdammter Schnee!

Verdammtes Schicksal!

Die Heizung in der Küche war voll aufgedreht, und es war warm wie in einem Treibhaus. Ansonsten unterschied sie sich im Chaos in keiner Weise vom Rest der Wohnung. Alles stand und lag kreuz und quer. Verschmierte Holzlöffel waren wie überdimensionale Mikadostäbchen überall auf der Arbeitsfläche verteilt, und jede Menge ungespülter Töpfe türmten sich aufeinander.

„Kaffee?“, fragte der Professor und trat zu einem Wasserkocher, einem alten Gerät, dessen Stromkabel mit abgerissenen Klebebändern geflickt war.

„Ich würde das Ding an Ihrer Stelle nicht anfassen“, sagte Susanne. „Sie könnten sich einen Schlag holen.“

„Das Risiko werde ich eingehen müssen“, gab der Professor zurück. „Ich habe zu Hause eine nagelneue Kaffeemaschine, aber, wie gesagt, zu Hause. Nehmen wir es, wie es ist: Der Kaffee wird vermutlich nicht besonders toll schmecken, aber er wird – wenn wir es überleben, ihn zu kochen – gratis sein.“

Seufzend schob Susanne ein paar Krümel zur Seite.

Der Professor warf ihr einen kurzen Blick zu und sagte: „Ich will Ihnen nicht auf die Nerven fallen. Sagen Sie einfach Bescheid, wenn ich die Klappe halten soll.“

„Sollen Sie nicht. Ich könnte nicht Sie erwürgen, sondern den Rest der Welt. Und zuallererst mich selbst.“

„Dann ist es ja gut.“

Wenig später stellte der Professor eine Tasse auf den Tisch. „Bitte sehr. Ich hoffe sehr, dass Sie den Kaffee schwarz trinken. Die Milch ist leider alle.“

„Kein Problem.“ Susanne trank einen Schluck. „Uh, der ist aber stark.“

Der Professor machte sich daran, im Kühlschrank zu suchen, und kramte neben einem vergammelten Salatkopf eine Packung Eier heraus. „Wie wäre es mit Spiegeleiern? Ich bin ein Spiegeleierspezialist.“

Was heillos übertrieben war.

Was da am Ende vor Susanne auf dem Teller lag, war beunruhigend blass und sah wenig appetitlich aus. Sie aß aus reinem Pflichtgefühl ein paar Bissen davon. „Tut mir wirklich leid, dass ich Sie vorhin angepampt habe", entschuldigte sie sich. „Ich weiß ja, dass es nicht Ihre Schuld ist, dass ich hier fest und einmal mehr in einem Haufen Mist sitze."

„Schon in Ordnung. Wenn es Sie beruhigt: Sie werden nicht sehr lange hier feststecken. Sie wissen doch, wie das bei uns im Norden mit dem Winter ist. Er dauert meistens nicht länger als vier oder fünf Tage. Schon bald können Sie nach Norwegen zurück. Sollte ich mich irren, baue ich Ihnen mit meinen eigenen Händen einen Schlitten. Das verspreche ich."

„Uh yeah", machte Susanne. Dann stocherte sie wieder ein paar Sekunden in ihren Eiern herum. „Ich frage mich, ob die Polizei die Leiche der Anwältin schon gefunden hat. Und damit meine Fingerabdrücke." Unglücklich verzog sie das Gesicht. „Ich darf gar nicht darüber nachdenken. Die werden ein weiteres Profil von mir erstellen. Ein Täterprofil, das sich glatt und ohne Kanten einfügen wird in alles, was bereits in der Psychiatrie über mich diagnostiziert wurde."

Der Professor winkte ab. „Wenn es bereits ein Profil von Ihnen gibt, werden sie kein neues erstellen."

„Danke, jetzt geht es mir schon viel besser."

„Davon abgesehen kann man Täterprofile nur erstellen, wenn man es mit einem Serienmörder zu tun hat, und nach dem, was Sie mir gestern Abend erzählt haben, hat der Mann, dem Sie die Glasscherbe in den Rücken gerammt haben, ja wohl überlebt. Oder haben Sie sonst noch irgendwelche Leichen im Keller?"

Susanne schüttelte den Kopf, und der Professor fügte hinzu: „Sehen Sie. Und selbst wenn, sind solche Täterprofile ziemlich zweifelhaft, auch wenn sie sich in der Presse natürlich gut machen, wie ich aus eigener Erfahrung zugeben muss." Er hob eine Hand. „Wir von der Presse können über alle möglichen Mörder schreiben, die es gar nicht gibt. Für jede Fantasie den passenden, wenn Sie so wollen."

„Und in welcher Weise soll mich das jetzt irgendwie trösten?"

„Ich wollte es nur gesagt haben."

„Na dann, danke." Susanne widmete sich wieder den Eiern, und der Professor zog seinen Flachmann aus der Hosentasche. Er schüttete einen kräftigen Schuss Cognac in seinen Kaffee und fragte: „Möchten Sie auch?"

„Ist es nicht ein bisschen früh für Alkohol?“

„Was ist zu früh, und was ist zu spät?“ Der Professor trank einen großen Schluck aus der Tasse. „Und was macht es für einen Unterschied?“

„Na ja, zum Beispiel den, dass Sie einen klaren Kopf haben sollten, wenn Sie den Kampf mit den Kranichen aufnehmen wollen.“

„Von was für einem Kampf reden Sie? Der Kampf ist doch sowieso schon verloren. Die Anwältin ist tot, und Sie werden mich auch schon bald wieder verlassen.“

Mit der Spitze ihrer Gabel deutete Susanne auf die Tasse des Professors. „Haben Sie deswegen zurzeit keinen Job?“

Er sah sie fragend an. „Weswegen? Oh, Sie meinen den Alkohol.“ Er seufzte leise. „Nun ja, es könnte durchaus sein, dass ich ein guter Journalist hätte werden können, wenn ich dem ein oder anderen Tropfen ein bisschen weniger Aufmerksamkeit geschenkt hätte.“ Erneut seufzte er leise auf. „Als junger Mann hatte ich alle Voraussetzungen für eine große Karriere. Aber dann … Nun ja, mit dem Leben ist es wie mit einem Pendel, nicht wahr? Es kann in alle Richtungen ausschlagen.“

Damit hatte er zweifellos recht.

„Und Sie dachten, die Story um die Kraniche würde Sie groß rausund auf die Titelseite bringen?“, sagte Susanne.

„Nun ja, die Story hätte mir auf jeden Fall nicht geschadet.“

„Für welche Zeitung wollten Sie schreiben?“

„Darüber habe ich noch nicht nachgedacht. Erst die eigentliche Geschichte, dann der Entschluss, wer sie bekommt. Nur eins steht fest: Ich verkaufe nicht an jeden.“ Der Professor neigte den Kopf etwas zur Seite. „Aber die Frage stellt sich ja nun nicht mehr.“

Einen Moment schwiegen sie.

Dann sagte Susanne: „Ich fühle nicht wie Sie.“

Der Professor hob den Blick und sah sie an. „Was meinen Sie?“

„Ich meine, das, was Sie drängt, ich verstehe es, aber … ich empfinde etwas ganz anderes. Ich empfinde Trauer. Und Hilflosigkeit. Und Angst. Von allem etwas. Mir ist im Augenblick einfach nur zum Weinen.“

„Haben Sie auch Schuldgefühle?“

„Ja.“ Susanne nickte. „Wenn ich ein paar Minuten früher im Haus der Anwältin gewesen wäre und rechtzeitig den Notarzt gerufen hätte …“

„Wenn Sie ein paar Minuten früher im Haus der Anwältin gewesen wären, wären Sie jetzt vielleicht tot."

„Kann sein."

„Sie sind nicht dafür verantwortlich."

Susanne blickte einen Moment vor sich hin, dann erhob sie sich vom Tisch. „Ich brauch eine Zigarette."

Draußen verschwammen die Konturen. Alles war weiß. Oben. Unten. Überall.

Susanne rauchte zum Fenster hinaus und war dankbar für den frischen Sauerstoff, auch wenn die Luft, die hereinströmte, eisig kalt war.

Schließlich warf sie die Zigarette aus dem Fenster, schloss es und ging langsam um den Tisch herum, bis sie den Professor ansehen konnte.

Die Uhr an der Wand tickte.

Und tickte.

Er fragte: „Was ist?"

Und sie antwortete: „Sie war noch nicht tot, als ich sie fand."

„Wer?"

„Die Anwältin."

„Wie bitte?" Der Professor richtete sich auf. „Sie hat noch gelebt?"

Susanne zog sich den Stuhl wieder heran, auf dem sie vor der Zigarette gesessen hatte, und ließ sich erneut darauf sinken. „Ja. Sie starb erst wenig später. Und sie hat noch mit mir gesprochen."

„Was hat sie gesagt?"

„Sie sprach von einer Kassette."

„Von was für einer Kassette?"

„Keine Ahnung." Susanne holte tief Luft. „Sie sagte, ich solle sie finden, dürfe aber nicht hineinsehen."

Der Professor blickte skeptisch. „Was soll es Ihnen bringen, wenn Sie nicht hineinsehen dürfen?"

„Keine Ahnung. Ich hab das alles sowieso gar nicht richtig begriffen. Ich hätte einen Krankenwagen rufen und verschwinden sollen. Ich hätte …"

„Hat sie sonst noch etwas gesagt?"

„Sie sagte, die Engel würden mich leiten. Und dass ich sie vor *ihnen* finden müsse."

„Vor wem?"

„Ich weiß es nicht." Susanne schüttelte den Kopf. „Ich weiß wirklich nicht, was das alles zu bedeuten hat. Aber das ist ja jetzt auch egal, weil …"

„Die Kraniche."

Überrascht sah Susanne auf. „Wie bitte?"

„Vielleicht befinden sich in dieser Kassette Beweise, die die Kraniche enttarnen. Die ganze Wahrheit."

„Vielleicht." Susanne legte die Hände auf den Tisch. „Aber selbst wenn es so wäre, wie sollte ausgerechnet ich diese Vögel überführen, zumal wenn ich noch nicht einmal in die Kassette hineinsehen darf? Geschweige denn, dass ich wüsste, wo ich diese Kassette finden könnte."

Wie am Abend zuvor flackerte das Deckenlicht kurz auf und erlosch dann.

„Was zum Teufel ist mit den verdammten Glühbirnen los?", entfuhr es Susanne.

„Es liegt nicht an den Birnen, sondern an dem schlechten Wetter", gab der Professor zurück.

Das Licht ging wiederholt an und aus, bis es schließlich anblieb.

Susanne atmete tief durch. „Tut mir leid. Ich hab gerade nicht die besten Nerven."

Der Professor nickte verständnisvoll. „Kommen wir zum Thema zurück."

„Mehr gibt es nicht zu sagen. Kassette und Engel. Und nicht hineinsehen. Das hat die Anwältin gesagt, und dann war sie tot."

„Aber wenn sie kurz vor ihrem Ableben ausgerechnet davon gesprochen hat, dann muss es sehr wichtig für sie gewesen sein."

„Oder … es gibt gar keine Kassette."

„Warum sollte sie Ihnen von einer Kassette erzählen, die es gar nicht gibt?"

Auch diese Logik war nicht von der Hand zu weisen.

Trotzdem sagte Susanne: „Keine Ahnung, die Frau war kurz vorm Sterben. Vermutlich hatte sie starke Schmerzen. Stress. Angst. Da kann im Kopf bestimmt was durcheinandergeraten."

„Sonst hat sie wirklich nichts gesagt?", hakte der Professor nach. „Das war alles?"

„Ja." Susanne klappte den Mund zu, öffnete ihn wieder und sagte: „Nein." Sie griff in ihre Hosentasche und legte die Visitenkarte auf den Tisch. „Bevor sie starb, sagte sie noch, dass ich die hier an mich nehmen soll."

Der Professor griff nach der Karte und betrachtete sie ausgiebig.

„Da steht was drauf", fügte Susanne hinzu. „In Blindenschrift. Warum auch immer."

„Diese Karte hat sie Ihnen gegeben?"

„Nein. Sie sagte mir, wo ich danach suchen soll. In ihrem BH."

„Wie bitte?" Der Professor blickte irritiert.

Susanne hob abwehrend die Hände. „Ich schwöre, genauso war es. Sie sagte, ich solle in ihrem BH nachsehen, das hab ich getan, und dort habe ich die Karte gefunden."

„Hm." Mit den Fingerspitzen strich der Professor über das feste Papier. „Was ist daran so besonders, dass sie sie in ihrem BH versteckt hat?"

„Das weiß ich nicht. Das müsste man sie fragen, aber das geht ja leider nicht mehr."

„Die Karte muss eine ganz besondere Bedeutung haben. Und was ist mit dieser Kassette, von der sie gesprochen hat?" Der Professor richtete sich etwas auf. „Die Karte hier könnte ein Hinweis darauf sein, wo die Kassette zu finden ist."

„Möglich." Susanne seufzte. „Ich kann leider keine Blindenschrift."

„Ich auch nicht." Der Professor betrachtete ein paar Sekunden lang schweigend die Visitenkarte in seiner Hand. Dann erhob er sich plötzlich. „Aber ich kenne jemanden, der sie beherrscht. Kommen Sie."

Susanne blickte verwirrt. „Wohin?"

„Ich sagte doch gerade, ich kenne jemanden, der Blindenschrift beherrscht. Nun kommen Sie schon. Oder haben Sie etwas Besseres vor, solange es kein Flugzeug gibt, das Sie zurück nach Norwegen bringt?"

10. KAPITEL

Jahrmarkt, Zuckerwatte und Eiseskälte

Mainz

Für zwei Menschen hatte dieser Morgen sehr viel übler angefangen als für alle anderen.

Als Eva gegen sieben Uhr wach geworden war, war ihre Decke heruntergerutscht, und es war eiskalt im Zimmer. Erleichtert hatte sie festgestellt, dass Julia immer noch schlief. Letzte Nacht hatte es lange Zeit nicht danach ausgesehen, als würde sie überhaupt einschlafen.

Um sie nicht zu wecken, war Eva leise aufgestanden und zur Heizung gegangen, um sie höher zu drehen. Dann hatte sie sich fröstelnd auf den Weg in Richtung Badezimmer gemacht, wo sie sich unter die heiße Dusche gestellt hatte.

Als sie wenig später wieder aus der Dusche gestiegen war und sich mit einem Handtuch trocken gerieben hatte, hatte sie einen Schrei gehört. Einen wimmernden Schrei, eine Mischung aus Aufschrei und Schluchzen.

Eilig war Eva ins Zimmer zurückgelaufen und hatte Julia gesehen, die auf dem Bett kniete. Ihre Augen waren weit aufgerissen, und aus ihrer Nase lief Blut. Aber das war nicht das, was Eva in dem Moment die meiste Angst gemacht hatte. Was sie beinahe panisch hatte werden lassen, war, dass Julia ihre Pistole in den Händen hielt und damit genau auf sie zielte.

Vorsichtig hatte Eva einen Schritt auf das Bett zu gemacht und gesagt: „Bitte, leg sie weg, Julia."

Doch Julia hatte sie nur angestarrt. Es war nicht einmal klar gewesen, ob sie sie tatsächlich sah.

Noch einmal, dieses Mal eindringlicher, hatte Eva gesagt: „Leg … sie … weg, Julia!"

Und dieses Mal hatte Julia geantwortet, allerdings mit einer Stimme, die nicht ihre eigene war: „Du wirst es nicht schaffen." Dabei hatte ihr Blick an Evas Gesicht gehangen, doch vermutlich, ohne es zu erkennen. „Willkommen im Kreis der Hölle."

Eva hatte einen weiteren vorsichtigen Schritt auf sie zu gemacht und gesagt: „Julia, komm zu dir. Und leg die Pistole weg. BITTE."

Endlich war Julia zusammengefahren, und in ihrem Blick hatte Erkennen gedämmert. In der nächsten Sekunde hatte sie die Augen gesenkt und auf ihre Hände und die Pistole gestarrt, die sie hielten. „Ich ... Ich ...“

„Leg sie weg, Julia.“

Eilig hatte Julia die Pistole auf den Nachttisch gelegt, und Eva hatte erleichtert durchgeatmet. „Meine Güte“, hatte sie gesagt. „Du hast mich gerade zu Tode erschreckt.“

Und nun saßen sie nebeneinander auf dem Bett. Julia, die sich einen feuchten Waschlappen unter die Nase hielt, hatte immer noch das Gefühl, ihr Kopf würde platzen. Ihre Lider fühlten sich an, als wären sie aus Metall. Ihr Gesicht war heiß, der Rest des Körpers eiskalt. Die Adern an ihrem Hals pochten im Takt ihres wild schlagenden Herzens. „Es tut mir so leid“, sagte sie leise.

Eva schüttelte den Kopf. Sie war kreidebleich, und vermutlich schlug ihr Herz nicht weniger schnell. „Es ist ja nichts passiert.“ Ihre Stimme klang spröde, ihr voller, samtiger Ton war verschwunden. Sie schwieg einen Moment. Dann sagte sie: „Erzähl mir, was passiert ist. Hast du geträumt?“

„Ja. Ich stand am Grab meiner Eltern. Ich habe mit meinem toten Vater geredet – und plötzlich stand er vor mir. Ich sah ihn ganz klar und deutlich.“ Julia presste so fest den Kiefer zusammen, dass die Halssehnen deutlich hervortraten.

„Was ist dann passiert?“, fragte Eva.

„Dann hörte ich auf einmal einen leisen, summenden Ton, der von überall her zu kommen schien. Ein Kinderlied.“

Auf der Mauer, auf der Lauer.

„Das Bild kippte, und der Friedhof verschwand. Stattdessen tauchten jede Menge bunte Bilder auf. Wir waren in einem Park. Ich habe ihn sofort erkannt. Ich war als Kind oft mit meinen Eltern dort. Ich habe ein Karussell mit Lichtern und Pferden gesehen, habe Popcornduft gerochen. Ich habe ...“ Julia ließ den Waschlappen sinken. „Verdammt, ich hab den Faden verloren. Das ist doch ... jämmerlich ... Ich kann nicht mal mehr einen Satz zu Ende bringen.“

„Versuch es noch einmal“, sagte Eva.

Julia nickte und konzentrierte sich. Und dann war es wieder da. „Mein Vater und ich saßen nebeneinander auf einer Bank. Er sah mich an und sagte: *Du bist mein kleiner Engel. Ich wünschte, ich hätte mehr für dich tun können, aber glaube mir, ich habe es versucht. Und das ist das, worum es geht, verstehst du? Dass wir es wenigstens versuchen.*"

Eva schwieg, und Julia sprach weiter: „Dann ist er plötzlich ganz traurig geworden. Er sagte: *Du hast nicht mehr viel Zeit. Achte auf die Zeichen.* Ich habe gefragt: Was für Zeichen? Aber er hat mir nicht mehr geantwortet. Das Bild des Jahrmarktes begann zu verschwinden, und er entfernte sich von mir. Gleich darauf war er nicht mehr zu sehen. Aber er kam noch einmal zurück und wiederholte: *Achte auf die Zeichen.* Dann war er endgültig verschwunden, und die Bank, auf der wir eben noch gesessen hatten, begann plötzlich zu wackeln. Die Erde unter mir tat sich auf und wurde zu einem klaffenden, schwarzen Schlund. Und dann habe ich es gerochen." Julia redete immer schneller und unterstrich gestenreich ihre Worte. „Es roch nach Tod. Es hat mich umweht, widerlich. Ich habe nach meinem Vater geschrien, aber er tauchte nicht mehr auf. Dann ist das Bild wieder gekippt, und ich war plötzlich in einem dunklen Gang. Es war eiskalt. Vor mir gab es zwei Türen. Es gab nur die Wahl zwischen links oder rechts. Ich entschied mich für links und ging darauf zu. Je weiter ich ging, desto kälter wurde es um mich herum. Plötzlich waren überall Schatten. Viele kleine Schatten. Ein großer Schatten hob sich heraus. Und dann habe ich seine Stimme gehört."

Eva schluckte. „Die Stimme des Zaren?"

Julia nickte, während sie den Waschlappen zwischen den Fingern zerdrückte. „Er sagte: *Willkommen im Kreis der Hölle.* Dann kam eine Hand aus der Dunkelheit und griff nach mir, keine richtige Hand, eine mumifizierte Klaue, ein dürres Knochengerüst, über dem sich pergamenttrockene Haut spannte. Ich bin gerannt so schnell ich konnte, dann bin ich gegen etwas getreten und gestolpert. Ich bin über den Boden gerutscht und gegen eine Wand geprallt. Ich dachte, jetzt bringt er mich um und dass ich mich verteidigen muss, also hab ich nach meiner Pistole gegriffen." Julia brach ab und holte tief Luft. „Und dann habe ich deine Stimme gehört", endete sie.

Einen Moment schwiegen sie.

Als Eva dann nach Julias Hand griff, bemerkte diese, wie kalt ihre Haut war.

„Du hast schon wieder mit dieser merkwürdigen Stimme gesprochen", sagte Eva.

„Was hab ich gesagt?"

„Das, was der Zaren zu dir gesagt hat."

Willkommen im Kreis der Hölle.

„Mein Gott, ich hätte dich töten können."

„Aber du hast es nicht getan." Evas grüne Augen funkelten im Licht der dämmrigen Deckenlampe. Sie legte einen Arm um Julia, um sie zu beruhigen. Einen Moment lang saßen sie so dicht beieinander, dass Julia den Atem ihrer Freundin auf ihrer Haut spüren konnte. „Du wirst wieder in Ordnung kommen. Du wirst sehen."

„Aber mein Zustand verschlimmert sich ständig." Julia legte den Kopf in die Hände. „Ich hätte dich eben um ein Haar erschossen ..." Sie hob den Kopf und sah Eva wie durch einen Dunstschleier an. „Willkommen im Kreis der Hölle. Das hier, das ist die Hölle und nichts anderes."

„Er will dir Angst machen."

„Und das gelingt ihm verdammt gut." Julia schüttelte den Kopf und schloss für einen kurzen Moment die Augen. Sie saß völlig starr und reglos da. Dann öffnete sie die Augen wieder und sah Eva an. „Wie kann es sein, dass er sogar meine Träume beherrscht?"

„Ich weiß es nicht", gab Eva zu.

„Weißt du noch, was im Schwarzwald passiert ist?"

„Wie könnte ich das vergessen?"

„Er hat sich einfach in meinen Kopf ... gehackt. Er war in der Lage, mit mir zu kommunizieren, obwohl er überhaupt nicht da war."

„Ich weiß es, ich war dabei."

Im Schwarzwald hatte Julia ihn zum ersten Mal gehört. Den Zaren. Ein gleißendes Licht war in ihrem Kopf explodiert. Glühend weiß. Und es hatte nach nackter Erde, nach Fäulnis gerochen. Und dann ...

Prinzessin?
Ich weiß, dass du mich hören kannst.
Ich werde mir dein Herz holen. Es ist Zeit dafür.

Seitdem bewegte Julia sich in einer ganz eigenen Hölle, fühlte sich wie in einem großen, dunklen Raum, tastete sich an der Wand entlang auf der Suche nach einer Tür oder einem Fenster. Aber es gab weder das eine noch das andere. Wann immer er wollte, war er in der Lage, in ihren Kopf einzudringen.

„Wie, um Himmels willen, ist das möglich?", entfuhr es ihr.

Eva schüttelte leicht den Kopf. „Ich bin keine Psychologin und schon gar keine Parapsychologin." Sie brach kurz ab und fügte dann hinzu: „Aber jeder, der sich einmal mit paranormalen Vorfällen – ich nenne es jetzt mal so – beschäftigt hat, weiß, dass es Menschen gibt, die einen sechsten Sinn besitzen, der sie empfänglich macht für … Okkultes, für Visionen und anderes, das nicht für jeden sichtbar ist. Und du bist offenbar so ein Mensch. Es ist, als hätte dein Gehirn eine besondere Antenne, die man mit mehr Eindrücken bombardieren kann als bei normalen Menschen."

Julia starrte unglücklich vor sich hin, und Eva fuhr fort: „Dein Geist scheint auf den Zaren eingestellt zu sein wie ein Radio auf einen Sender. Aber selbst wenn diese Träume und … Attacken sich wiederholen …", sie griff nach Julias Hand, „so sind sie bisher doch immer wieder vorübergegangen."

Julia starrte weiter vor sich hin.

„Und du bist nicht alleine." Eva drückte ihre Hand. „Ich bin bei dir. Ich bin bei dir, hörst du?"

Ohne aufzublicken, sagte Julia: „Mir wäre es lieber, du wärst nicht hier. Ich habe Angst um dich."

„Und ich habe Angst um dich."

„Du verstehst nicht, was ich meine, Eva. Durch das, was der Zaren in der Lage ist zu tun, hat er Macht über mich, und ich … habe Angst, dass sein nächster Schlag noch sehr viel besser treffen wird."

Eva ließ Julias Hand los und legte wieder den Arm um sie. „Wir stehen das zusammen durch. Wir werden Zander finden, und am Ende finden wir auch den Zaren. Wir finden ihn und vernichten ihn ein für alle Mal. Wir stehen das zusammen durch."

In diesem Moment waren sie sich sehr nahe, vielleicht näher als jemals zuvor, und doch befand sich etwas zwischen ihnen, und auch wenn sie es nicht aussprachen, so erfüllte es sie beide mit unsäglicher Angst. Angst, dass sie es doch nicht schaffen würden, dass sie gegen eine Macht kämpften, die stärker war als sie. Eine Macht, die sie in den Abgrund reißen würde.

Ein für alle Mal.

Und endgültig.

„Dante."

Eva hob den Kopf. „Was?"

„Dante war der Höllenexperte."

„Und?"

Julia hob den Kopf. „Im Inferno – im neunten Höllenkreis, wo es am schlimmsten ist – befindet sich ein Eispalast. Kein Feuer, wie man im Allgemeinen denkt, sondern im Gegenteil, es ist ein Ort, an dem es immer kalt ist."

„Wie kommst du jetzt darauf?", wollte Eva wissen.

„Pastor Jordan. Er war davon überzeugt, dass die Hölle kalt ist. Eiskalt. Nicht, wie man immer denkt, heiß und voller Flammen. Und eben, in diesem Traum, war ich dort. In dieser eiskalten Hölle."

„Aber es war nur ein Traum."

„Ja, aber es fühlte sich nicht so an." Julia stützte den Kopf in die Hände. „Zander ist verschwunden, und ich hätte dich fast erschossen. Ich habe das Gefühl, ich befinde mich im freien Fall in genau diese Hölle."

„Ich bitte dich inständig, beschäftige dich nicht zu sehr mit dem, was heute Morgen passiert ist."

„Das ist gar nicht so einfach."

„Wenn du dich zu sehr damit beschäftigst, bringt es dich nur aus dem Gleichgewicht. Vielleicht zu sehr. So sehr, dass du Fehler machst und dem Zaren damit in die Hände spielst."

Julia ließ sich nach hinten sinken, spürte den warmen Stoff der Couch in ihrem Rücken. „Das geht mir unter die Haut, Eva", sagte sie leise. „Mehr als irgendetwas sonst."

„Ich versteh das", sagte Eva. „Aber du musst versuchen, diese Gedanken in einen Käfig zu sperren."

Julia versuchte es, gab sich Mühe. Und sagte dann: „Offensichtlich bin ich darin gerade nicht sehr gut."

Eva sah sie ein paar Sekunden lang an, dann legte sie eine Hand auf ihren Arm und sagte: „Erinnerst du dich noch an Robert, meinen Mann?"

„Wie könnte ich ihn vergessen?"

„Ein paar Wochen, bevor wir uns trennten, ich meine, ein paar Wochen, bevor ich ihm gesagt habe, dass ich mich von ihm scheiden lasse, hat er mich etwas gefragt."

„Was?"

„Es ging um Vertrauen. Er behauptete, dass ich ihm nicht vertrauen würde und dass es überhaupt niemanden auf dieser Welt gäbe, dem ich vertraue. Ich habe ihm damals nicht widersprochen, aber weißt du was? Das stimmt nicht. Es gibt einen Menschen auf dieser Welt, dem ich bedingungslos vertraue, und das bist du."

Julia hob den Blick. „Wirklich?"

Eva lächelte leicht und öffnete den Mund, als wolle sie noch etwas hinzufügen, doch in diesem Moment klingelte Julias Handy. Sie griff danach, blickte auf das Display und sah, dass es Nikolas Augustin war.

Sie nahm das Gespräch an.

„Julia? Ich hatte gerade einen etwas mysteriösen Anruf. Leonie Kern wollte mit *Kommissarin* Wagner sprechen. Du solltest dankbar sein, dass sie mich in der Leitung hatte und nicht den Chef, sonst würde er dich jetzt auseinandernehmen, und zwar Schicht für Schicht."

„Was wollte sie?"

„Keine Ahnung. Sie wollte ja nur mit dir sprechen. Aber ich hatte den Eindruck, dass sie ziemlich aufgeregt war."

Julia verschwendete keine Zeit. „Ich werde sie sofort anrufen. Hast du ihre Nummer?"

„Ja, warte ..." Einige Sekunden blieb es still in der Leitung. Dann: „Ich hab sie." Wieder eine Pause, im Hintergrund Geräusche, gedämpfte Stimmen. Dann nannte Augustin Julia die Nummer.

Sie bedankte sich, legte auf und wählte.

„Hallo?", meldete sich eine Frauenstimme so leise, dass sie kaum zu verstehen war.

„Frau Kern? Leonie Kern? Hier ist Julia Wagner. Haben Sie etwas von Edi gehört?"

„Nein."

Julia war verwundert. „Weshalb wollen Sie dann mit mir sprechen? Ist Ihnen noch etwas eingefallen, das uns weiterhelfen könnte?"

„Das meiste habe ich Ihnen ja schon gesagt."

„Aber?"

„Nicht am Telefon. Ich möchte nicht am Telefon mit Ihnen reden und auch nicht auf einer Polizeiwache."

„Okay. Dann schlagen Sie einen anderen Treffpunkt vor."

„Kennen Sie die Kneipe im Bahnhof? *Zum Grafen.*"

„Ja."

„Wir treffen uns dort in einer halben Stunde. Es kann sein, dass ich etwas später komme, aber ich komme ganz sicher."

Julia bestätigte, und sie beendeten das Gespräch.

Langsam legte Leonie den Hörer zurück auf die Gabel. Dann drehte sie sich um. Die kleine Tischlampe in der Ecke brannte und warf einen kleinen Lichtkreis.

Leonie durchquerte das Zimmer und ging zum Fenster. Dort zögerte sie einen Moment, dann öffnete sie es und genoss ein paar Sekunden lang die eisige Luft, die in die Wohnung strömte.

„Verdammt sollst du sein, Edi", flüsterte sie.

Dann wandte sie sich um und ging ins Badezimmer. Dort öffnete sie die Tür und hatte gerade auf den Lichtschalter gedrückt, als die Beleuchtung ohne ihr Zutun wieder ausging.

Leonies Herz begann, schneller zu schlagen. Beinahe augenblicklich bekam sie einen bitteren Geschmack im Mund. Sie atmete tief durch und versuchte so, die aufkommende Panik zu verscheuchen. „Ein Stromausfall", sagte sie leise, während sie zurück in den Flur wich. „Nur eine Sicherung, die herausgesprungen ist. Ich muss sie nur wieder hineindrücken." Sie drückte auf den Schalter im Flur. Auch hier funktionierte das Licht nicht.

Aus dem Wohnzimmer blies ihr eisiger Wind entgegen. Er hatte das Fenster weit aufgedrückt. Die Vorhänge flatterten. Und auch die kleine Lampe in der Ecke brannte nicht mehr.

Leonie machte sich auf den Weg zum Sicherungskasten. Ein leises Knarren ließ sie herumfahren – aber da war nichts. Sie wandte sich wieder in Richtung des Kastens. Es knarrte erneut. Dieses Mal direkt hinter ihr. Unwillkürlich spannten sich ihre Muskeln, und sie fuhr herum …

11. KAPITEL

616 + 12

9:32 Uhr
Hannover

Allmählich zeichnet sich ein Muster ab, dachte Susanne, nachdem sie sich jetzt bei Tageslicht einmal in dem kleinen Polo umschaute. Auf dem Boden im hinteren Teil lagen mehrere Burgerschachteln, jede Menge zusammengeknüllte Servietten, unzählige Burgertüten und mindestens ebenso viele leere Styroporbecher. Der Aschenbecher quoll über, allerdings nicht von Zigarettenstummeln, sondern von Bonbonpapier, und am Rückspiegel baumelte ein Lufterfrischer in Form eines Tannenbaums, der alles gab, aber nur wenig erreichte. Alles war voller Staub und Krümel, und die Windschutzscheibe war wegen der vielen Schlieren praktisch undurchsichtig.

„Haben Sie das Ding jemals gewaschen?“, wollte sie wissen.

„Hab’s aufgegeben“, gab der Professor zurück. „Ich putze und poliere stundenlang, bis der Wagen blitzt, investiere wertvolle Zeit meines Lebens, und zwei Tage später sieht er wieder genauso aus.“

„Okay. Das ist auch eine Einstellung.“

Und das war es dann fürs Erste. Während der Fahrt sprachen sie nicht mehr miteinander, bis der Professor schließlich den Motor abstellte und sagte: „Wir sind da.“

Susanne blickte aus dem Fenster. „Ein Altenheim?“

Er nickte. „Ich hab hier einmal ein Interview geführt. Ist sehr lange her.“

„So lange, dass der Interviewpartner von damals vielleicht schon nicht mehr am Leben ist?“

„Finden wir es heraus.“

Sie stiegen aus dem Wagen.

Eine schwarze Katze huschte von links nach rechts an ihnen vorbei und verschwand in einer Mauernische.

„Von links nach rechts bringt was Schlechts“, bemerkte Susanne. „Süddeutsches Sprichwort, glaub ich.“

„Dann muss es bei uns ja nicht zutreffen“, gab der Professor zurück. „Ich hab ein gutes Gefühl. Kommen Sie.“

Er setzte sich in Bewegung, doch Susanne blieb stehen, wo sie war.

Bereits beim Eingang angekommen, wandte der Professor sich noch einmal zu ihr um. „Was ist?“

„Ich weiß wirklich nicht, warum ich das tue.“

„In Ordnung. Dann warten Sie im Wagen, während ich hineingehe.“

Das wollte Susanne auch nicht. „Nein. Warten Sie. Ich komme mit.“

Als sie ihn erreicht hatte, sagte der Professor: „Das ist nur ein harmloser Besuch. Es wird nichts passieren.“

Susanne schnaufte. „Vielleicht würde ich Ihnen das sogar glauben, wenn mir nicht andauernd etwas passieren würde.“

„Vertrauen Sie mir. Wie gesagt, ich habe ein gutes Gefühl.“

Damit betraten sie das Altenheim.

Im Inneren sah alles sauber aus, aber die Wände hätten dringend frische Farbe nötig gehabt. Der Boden war mit braunem Linoleum ausgelegt, und unzählige schwache Wandlampen tauchten die Flure in unheimliches, trübes Licht. Der Geruch von scharfem, ammoniakhaltigem Putzmittel hing in der Luft.

Das Unbehagen, das Susanne schon die ganze Zeit empfand, nahm immer mehr zu. Solche Einrichtungen hatten ihr schon immer unangenehme Gefühle verursacht, was daran liegen mochte, dass diese Art von Heimen den Zustand zwischen Leben und Tod beherbergten und das …

„Geht es Ihnen nicht gut?“, fragte der Professor. „Sie sind ganz blass.“

„Doch. Es ist nur …“ Susanne atmete tief durch. „Ich mag Altenheime nicht besonders.“

„Das verstehe ich. Wer möchte schon gerne an den nahenden Tod und damit die eigene Vergänglichkeit erinnert werden?“

Sie gingen weiter. Links an der Wand stand eine Bank, auf der zwei Männer saßen, die, in sich zusammengesunken, ihre Umgebung gar nicht wahrzunehmen schienen.

Dann machte es plötzlich: *Peng!* Ein lauter Schuss in Susannes Rücken ließ sie blitzschnell herumfahren.

„Tut mir leid“, sagte eine Schwester. „Das Tablett ist mir heruntergefallen. Diese Räume sind ganz schön hellhörig, was?“

Susannes Herz schlug wie rasend.

„Wo möchten Sie denn hin?“

„Zu Lucia van Greef“, sagte der Professor.

„Oh. Da machen Sie sich auf etwas gefasst. Sie ist heute in ganz besonders zänkischer Laune."

„Das ist sie ja meistens." Der Professor setzte sich wieder in Bewegung, und Susanne folgte ihm eilig.

Gleich darauf sagte er: „Hier ist es." Er blieb vor einer Tür stehen, klopfte und wartete.

„Herein", sagte eine Stimme, und sie betraten das Zimmer.

Der kleine Raum war relativ schmucklos eingerichtet. An der Wand stand ein schmales Bett. Am immerhin großen Fenster befanden sich ein Tisch und ein Sessel. In diesem saß eine spindeldürre Frau um die achtzig, die eine große Brille mit dunklen Gläsern und einem Gestell trug, in dessen rechtem Bügel sich ein Hörgerät befand. Auf ihrem faltigen Gesicht lag ein freundliches Lächeln, und in der rechten Hand hielt sie eine Zigarette, an der sie genüsslich paffte. „Besuch? Wie nett!"

„Karl Dickfeld", sagte der Professor.

„Dickfeld?" Das Lächeln wurde breiter. „Der rasende Reporter?"

„Genau." Der Professor trat auf die Alte zu, um ihr die Hand zu reichen. Sie griff zielsicher danach und drückte sie kurz. „Und wer ist die hübsche Frau, die Sie mitgebracht haben?"

Susanne blinzelte überrascht.

„Ich mag blind sein, junge Frau, dafür habe ich andere Sensoren."

„Das ist …", begann der Professor, und Susanne sagte schnell: „Claudia Müller."

„Freut mich, Sie kennenzulernen, Claudia Müller. Mein Name ist Lucia van Greef." Die Alte paffte eine Rauchwolke in die Luft. „Ein Künstlername. In meinem Alter kann man sich das erlauben, und wer will nicht lieber jemand anders sein?"

„Da haben Sie recht." Susanne lächelte ebenfalls, denn auch wenn die Frau es nicht sehen konnte, war anzunehmen, dass sie es trotzdem wahrnahm.

„Sie haben Glück", sagte Lucia. „Meine Gefängniswärter haben gerade von mir abgelassen."

„Sie meinen die Pfleger", sagte der Professor.

„Wen sonst? Sie zwingen mich jeden Tag zum Frühstücken. Ich habe mein ganzes Leben lang nicht gefrühstückt. Eine Tasse schwarzen Kaffee und eine Zigarette, das hat mich so alt werden lassen, aber ich will mich ja nicht beklagen." Lucia wandte das Gesicht in Susannes Richtung. „Möchten Sie eine Zigarette?"

„Grundsätzlich gerne, aber ist das Rauchen in solchen Heimen nicht verboten?“

„Natürlich ist es das. Aber ich bin wahrlich zu alt, um mir noch etwas verbieten zu lassen.“ Lucia paffte wieder genüsslich. „Wenn man erst einmal so alt ist wie ich, dann schreckt einen nichts mehr, schon gar keine biestigen Schwestern.“ Sie wandte das Gesicht in Richtung des Professors. „Haben Sie inzwischen meinen Ratschlag befolgt und Nietzsche gelesen?“

„Nein“, antwortete er. „Ich hatte noch keine Zeit.“

„Dann sollten Sie sich die Zeit nehmen. Ich empfehle es Ihnen. Nietzsche war ein Genie. Ein missverstandenes Genie – natürlich.“

„Natürlich“, sagte der Professor. „Ich werde daran denken.“

„Was würde ich dafür geben, noch einmal ein richtiges Buch zu lesen.“ Lucia drückte die Zigarette in einer Untertasse aus. „Eines mit echten Buchstaben. Schwarz auf weiß. Ich bin schon seit siebenunddreißig Jahren blind. Ach … wer weiß, vielleicht begehe ich ja Selbstmord.“

„Das meint sie nicht ernst“, sagte der Professor in Susannes Richtung.

„Vielleicht nicht. Vielleicht doch“, sagte Lucia. „Ich werde in mich gehen und darüber nachdenken. Aber zuvor werde ich die Pfleger hier umbringen. Sie verbieten mir alles, sie bringen alles durcheinander. Sie verlegen meine Sachen. Das tun sie natürlich absichtlich, um mich zu ärgern, und da Träumen nichts kostet, träume ich davon, sie alle auf eine Tasse Tee einzuladen und damit zu vergiften. Danach wäre ich zufrieden und würde mich selbst umbringen.“

„Sie tut nur gerne so, als wäre sie verrückt“, wandte der Professor sich erneut an Susanne.

„Manchmal wünschte ich, ich wäre es.“ Lucia lächelte. „Aber reden wir nicht länger von mir. Was kann ich für Sie tun? Während Sie es mir sagen, nehme ich rasch die Tabletten, die ich einnehmen muss.“ Sie griff zielsicher nach einem Glas und einer Menge bunter Pillen, die auf dem Tisch lagen. Geräuschvoll spülte sie sie hinunter. „Fragen Sie mich nicht, wogegen die alle sind, aber bedenkt man, wie sehr man mich damit vollstopft, muss ich schon sehr leiden. Keine Ahnung, wozu sie mich überhaupt zum Frühstücken nötigen, wo mein Magen nach diesen Portionen doch ohnehin bis zum Rand voll ist.“ Die Alte seufzte geräuschvoll. „Also, worum geht es nun? Kalinka ist leider schon lange nicht mehr am Leben, Herr Dickfeld.“

„Kalinka?“, fragte Susanne.

„Meine Wellensittichdame“, erklärte Lucia an sie gewandt. „Ein wunderschöner Vogel. Gewann vor acht Jahren den ersten Preis in einem Schönheitswettbewerb. Herr Dickfeld berichtete darüber, und so lernten wir uns kennen.“

„Wirklich? Ein Schönheitswettbewerb für Wellensittiche?“ Susanne warf dem Professor einen Blick zu.

Er ignorierte ihn geflissentlich und sagte: „Wir wollten Sie um Ihre Hilfe bitten.“

„Was kann ich tun?“

Er zog die Visitenkarte aus seiner Manteltasche und reichte sie ihr. „Wir würden gerne wissen, was auf dieser Karte steht.“

Lucia streckte die Hand aus, griff nach der Karte, legte die Finger darum und begann, die einzelnen Punkte zu betasten. Dann hob sie den Kopf und sagte: „Turm der Seelen.“

„Turm der Seelen?“, wiederholte der Professor und kniff die Augen zusammen. „Das steht da?“

„Ja.“ Lucia betastete weiter die einzelnen Punkte. „Und noch etwas. Zwei Zahlen. Eine davon ist die 616.“

„Was könnte das bedeuten? Eine Hausnummer?“

Lucia schüttelte den Kopf. „Eher die Zahl des leibhaftigen Luzifer.“

„Was?“ Susanne klappte der Unterkiefer herunter. „Ich dachte immer, das wäre die 666.“

Die Alte schüttelte den Kopf. „Das glauben die meisten Menschen, aber das stimmt nicht. Das ist ein Irrtum, der auf eine Änderung im Neuen Testament zurückgeht. Ursprünglich stand in der Apokalypse die Ziffer 616. Die zweite Zahl, die hier steht, ist übrigens die 12.“

„Könnte das vielleicht eine Hausnummer sein?“

„Nun, in Zusammenhang mit der 616 fallen mir andere Interpretationen ein. Zum Beispiel die Raunächte.“

Susanne wollte es nicht und fragte doch: „Was sind die Raunächte?“

Lucia wandte das Gesicht in ihre Richtung. „Das sind die Nächte zwischen Heiligabend und dem 6. Januar. Es heißt, in diesen Nächten steht das Geisterreich offen und dämonische Wesen und die Seelen unguter Verstorbener erscheinen, und wenn sie nicht rechtzeitig zurückgetrieben werden, bleiben sie auf immer frei.“

Der struppige Vollbart des Professors zuckte. „Woher wissen Sie das?“, fragte er.

„Nun ja, ich bin ein schlaues Köpfchen, aber vermutlich habe ich es irgendwann einmal irgendwo gelesen und ausnahmsweise nicht sofort wieder vergessen.“

„Und wer treibt die Seelen zurück in ihr Reich?“, wollte Susanne wissen.

Lucia hob die schmalen Schultern in die Höhe. „Das weiß der Himmel.“

Susanne starrte auf die Visitenkarte in der Hand der Alten. 616. 12. Luzifer. Kraniche. Das Böse, das erscheint und zurückgetrieben werden muss. „Ich wusste, ich hätte nicht mitfahren sollen“, sagte sie. „Ich kriege Kopfschmerzen.“

„Auf dem Tisch liegen Tabletten“, sagte Lucia. „Es sind Kopfschmerztabletten dabei. Sie müssen sie nur von all den anderen unterscheiden.“

„Nein danke. Ich meinte, ich krieg Kopfschmerzen von dem ganzen … Scheiß. Entschuldigen Sie.“

„Aber nicht doch.“ Lucia reichte das kleine rechteckige Papier an den Professor zurück. „Sie sollten die Karte verbrennen. So schnell wie möglich.“

Und dann sagte sie noch etwas. Etwas, was Susanne nie wieder vergessen und woran sie sich später noch oft erinnern sollte. Sie sagte: „Sie sollten das Böse nicht herausfordern.“

„Das Böse nicht herausfordern?“, fragte er. „Wie meinen Sie das?“

„Ich meine, dass das, was auf der Karte steht, etwas zu bedeuten hat.“

„Ja, das habe ich schon verstanden, aber was?“

„Das weiß ich nicht, und ich will es auch nicht wissen. Und Sie sollten es auch nicht wissen wollen. Verbrennen Sie die Karte am besten und vergessen Sie sie dann so schnell wie möglich.“

Mit einem lauten Knall schlug der Professor die Tür des Polo zu, nachdem er auf dem Fahrersitz Platz genommen hatte. „Das ist hervorragend! Das ist besser, als ich zu hoffen gewagt hatte. Es eröffnet uns ganz neue Möglichkeiten.“

„Wirklich?“ Susanne nahm auf dem Beifahrersitz Platz und griff nach dem Gurt. „Welche denn?“

„Welche denn?“ Der Professor startete den Polo. Die Frage schien ihn zu amüsieren. „Man zieht den Colt doch nur, wenn man wirklich damit schießen will, oder nicht? Wenn also Britta Stark vor ihrem

Tod den Colt noch gezogen hat – in Form der Visitenkarte –, dann hat das etwas zu bedeuten. Auf der Karte steht eine Botschaft: Turm der Seelen."

„Ja, und auf der Karte stehen auch noch die Zahlen 616 und 12. Satan und die Raunächte. Was mich nicht wirklich beruhigt."

„Diese Visitenkarte könnte uns zu etwas führen, dessen Bedeutung wir noch gar nicht absehen können", sagte der Professor, als hätte er den Einwand nicht gehört. „Vielleicht zu der Kassette, von der die Anwältin gesprochen hat."

Susanne blickte schweigend aus dem Fenster.

„Kein Kommentar?", fragte der Professor, als sie zu lange schwieg.

„Ist einer nötig?", gab sie zurück.

„Interessiert es Sie denn überhaupt nicht, was es mit diesen Hinweisen auf sich hat?"

„Nein."

„Aber es sind die Hinweise einer Sterbenden. Die Anwältin hatte diese Visitenkarte nicht umsonst in ihrem BH versteckt."

Susanne schwieg wieder.

„Okay", sagte der Professor schließlich. „Wenn Sie das nicht interessiert, dann interessiert es Sie natürlich auch nicht, wenn ich Ihnen sage, dass ich weiß, dass es diesen Turm der Seelen tatsächlich gibt."

Keine Reaktion von Susanne.

„Und dass ich weiß, wo er sich befindet."

„Es interessiert mich absolut nicht."

„Ein paar Kilometer außerhalb von Hannover", fuhr der Professor ungerührt fort. „Im Sommer ist er ein beliebtes Ausflugsziel. Im Winter ist dort natürlich nichts los." Er warf Susanne einen kurzen Blick zu. „Sie werden nie erraten, was für Gerüchte sich um diesen Turm ranken."

„Hat es etwas mit Raunächten und dem Satan zu tun?"

„Nicht ganz. Es heißt, er sei seit seiner Erbauung das Tor zu einer anderen Welt. Es wird behauptet, er wäre die Heimat aller bösen Geister."

„Wie passend", stellte Susanne fest. „Und ein Grund mehr, ihn nicht aufzusuchen."

Der Professor warf ihr erneut einen kurzen Blick zu. „Lassen Sie es uns versuchen." Er nahm die rechte Hand vom Lenkrad und deutete mit zwei Fingern einen Abstand von zwei Zentimetern an. „Wir sind so nahe dran."

„Woran?"

„An der Kassette? Wer weiß? Wir könnten hinfahren und es herausfinden."

Susanne schüttelte den Kopf. „Wenn Sie zu diesem Turm fahren wollen, Professor, dann werde ich Sie nicht davon abhalten. Ich überlasse Ihnen die Visitenkarte, machen Sie damit, was Sie wollen. Aber bitte machen Sie es ohne mich."

„Sie wollen wirklich nicht?"

„Nein. Tun Sie mit der Karte, was Sie wollen, nur setzen Sie mich vorher ab."

„Und wo?"

„Am besten bei meinem Hotel. Ich würde gerne meine Sachen holen."

„Selbstverständlich." Der Professor setzte den Blinker. „Alles, was Sie wollen."

12. KAPITEL

Die Hölle ist kalt. Eiskalt.

Irgendwo weit entfernt, in seinem eisigen Verlies, hatte Zander längst jedes Gefühl für Zeit und Raum verloren, und das war es, was ihm am meisten Angst machte.

Was auch immer sie ihm in die Venen jagten, es schien seinen Verstand zu ertränken. Erst sah er alles klar, dann nur noch wässrige Schatten und verschwommene Gesichter.

Jetzt hörte er das Klackern von Absätzen, das sich näherte.

Irgendwo in der Nähe begann jemand zu schreien. Und dann schrie und wimmerte es plötzlich überall. Es war unmöglich für Zander, zu bestimmen, wo genau die Schreie herkamen.

Die Schritte jedenfalls kamen vor der Tür zum Stehen. Schlüssel rasselten, die Tür ging auf.

Gleich darauf spürte Zander, wie Augen ihn musterten. Er hörte gedämpftes Atmen, dann die Stimme: *„Haben Sie als Kind auch so gerne Räuber und Gendarm gespielt? Natürlich haben Sie das. Sie haben sich als Erwachsener ja für den Beruf des Gendarmen entschieden. Nun, ich kann Ihnen sagen, Herr Zander, dass Sie einem Märchen aufgesessen sind. Im wahren Leben sind es nicht die Guten, die gewinnen. Es sind die Besseren. Die Meister in der Kunst des Lügens und des Manipulierens. Und das sind eindeutig wir."*

Nur mit Mühe und äußerster Anstrengung brachte Zander hervor: „Ihr werdet … nicht … gewinnen. Julia wird … kommen."

„Selbst wenn sie es schaffen würde, was nicht der Fall sein wird, wären wir vorbereitet."

Zanders Arm wurde gekonnt mit einer Schlinge fixiert.

Kurz darauf wurde die Tür wieder von außen verschlossen, und er hatte erneut das Gefühl, auf dem Wasser zu treiben. Gleich darauf ging er unter. Alles verschwamm. Es wurde dunkel.

Bitte, Julia, beeil dich!

Mainz

Von der Fahrt zum angegebenen Treffpunkt blieb Julia nicht viel im Gedächtnis. Nur dass sie auf dem Beifahrersitz gesessen hatte, weil Eva es ihr nicht mehr zugestand, den Saab zu fahren. „Ich übernehme das“, hatte sie gesagt und ihr den Schlüssel aus der Hand genommen.

„Mir geht es gut“, hatte Julia geantwortet, woraufhin Eva trocken auflachte. „Ja. Ich schätze, das soll auf meinem Grabstein stehen, wenn du wieder einen Anfall bekommst und wir am nächsten Baum landen.“

Schließlich hatte Julia nachgegeben. Irgendwo auf halbem Weg ließen ihre Kopfschmerzen nach, und ihr logisches Denken setzte ein, worüber sie mehr als froh war. Sie musste funktionieren, sie brauchte ihren Kopf. Die Situation war auch so schon extrem genug.

„Ob sie noch kommt?“, sagte Eva jetzt.

„Warum sollte sie nicht?“, gab Julia zurück. „Sie hat mich angerufen, sie wollte das Gespräch.“

„Warum hat sie nicht gestern Abend schon mit uns gesprochen?“

Julia sah auf die Uhr an der Wand. Leonie war schon eine halbe Stunde überfällig. „Sie hat gesagt, es kann sein, dass sie sich verspätet, aber sie kommt auf jeden Fall.“

„Vielleicht hat sie uns nicht gefunden.“

Sie saßen in einer abgelegenen Ecke der Kneipe, die gut besucht war. Schon möglich, dass man sich hier verfehlen konnte. Vielleicht wäre ein anderer Sitzplatz besser gewesen.

„Sie wird schon noch kommen“, erwiderte Julia.

Doch nach einer weiteren Tasse Kaffee und einem Tee gaben sie auf.

„Sie wird nicht mehr kommen“, sagte Julia.

Eva sah auf. „Glaubst du, ihr ist etwas passiert?“

„Ich hoffe nicht.“ Julia erhob sich und wickelte sich den Schal um den Hals. „Komm. Wir fahren zu Edis Wohnung.“

Sie klingelten und klingelten. Niemand öffnete.

„Was machen wir jetzt?“, fragte Eva.

„Wir gehen rein.“

„Und wie willst du das machen? Willst du die Tür aufbrechen?“

„Das Schloss ist nicht sonderlich schwierig zu öffnen. Das hab ich in drei Sekunden erledigt.“ Julia suchte in ihren Taschen nach ihrer Kreditkarte.

„Das ist Einbruch. Möchtest du nicht lieber …?“

„Schon wieder im Dienst?“, fragte eine Stimme hinter ihnen.

Sie wandten sich um und sahen, dass die Zwanzigjährige aus der Nachbarwohnung, mit der sie am Abend zuvor bereits gesprochen hatten, in der Tür stand.

„Wir wollen noch einmal mit Leonie sprechen", sagte Julia.

„Macht sie wieder nicht auf?"

„Nein. Haben Sie sie heute schon gesehen?"

Die junge Frau schüttelte den Kopf. „Nein."

Ihre Großmutter erschien ebenfalls in der Tür. „Was ist denn jetzt schon wieder los?"

„Haben Sie Ihre Nachbarin Leonie Kern heute schon gesehen?", wollte Julia von ihr wissen.

„Nein. Waren Sie gestern nicht noch auf der Suche nach ihrem Bruder, dem Ganoven?"

„Das sind wir immer noch." Julia wandte sich dem Türschloss zu. „Und von jetzt an", sagte sie, „ist Gefahr in Verzug." Keine Minute später hatte sie die Tür mit der Kreditkarte geöffnet. Bevor sie sie aufschob, wandte sie sich noch einmal an Eva. „Du bleibst genau hier stehen", sagte sie. „Das ist mein Ernst, Eva. Du wirst mir dieses Mal nicht folgen. Du bleibst genau da stehen, wo du jetzt bist, und achtest darauf, dass auch niemand sonst diese Wohnung betritt." Damit meinte sie die beiden Nachbarinnen, die mehr als interessiert und neugierig herüberschauten. „Okay?"

„Okay", sagte Eva.

„Ich verlasse mich auf dich." Damit drehte Julia sich um und drückte die Tür ganz auf.

Sie bewegte sich so schnell und doch gleichzeitig so vorsichtig wie möglich, und als sie nach ihrer Pistole griff, fühlte sie sich wie damals bei ihren Einsätzen, als sie noch bei der Polizei gewesen war – konzentriert, angespannt ... und auch ein bisschen ängstlich. Aber Angst war wichtig. Sie verhinderte, dass man unvorsichtig wurde.

„Frau Kern?"

Keine Antwort.

Die Anspannung in Julia wurde größer und breitete sich nun in jeder Faser ihres Körpers aus.

Im Wohnzimmer war Leonie nicht. Im Badezimmer war sie auch nicht. In der Küche nicht. Am Ende blieb nur noch das Schlafzimmer. Vor der Tür blieb Julia stehen. Sie wollte nicht hineingehen, wollte nicht wissen, was sie hinter der Tür erwartete. Vermutlich, weil sie es in dem Moment schon wusste. Ihre Zeit als Polizistin hatte ihr einen gesunden Respekt vor ihren Instinkten beigebracht. Und ihre Instinkte hatten sie selten getrogen. Tief atmete sie durch, die Pistole schussbereit. Dann streckte sie vorsichtig die linke Hand aus und öffnete die Tür einen kleinen Spalt.

Sie schaute in das Zimmer hinein.

Ihr Instinkt hatte sie nicht getrogen, und das, was sie dann sah, hätte sie niemals sehen wollen: zuerst ein weißes Oval mit einer gähnenden Öffnung als Mund. Dann die grässliche klaffende Wunde an Leonies Hals. Und überall Blut. Unendlich viel Blut.

Julia spürte ein Würgen tief in ihrem Hals und wich zurück.

Draußen auf dem Flur atmete sie ein paarmal tief durch, dann holte sie ihr Handy heraus und rief die Polizei.

Das kreiselnde Blaulicht der Streifenwagen warf vor dem Haus fahle Lichtblitze in den Schnee, färbte die Gesichter der neugierigen Anwohner, die sich zu kleinen Grüppchen versammelt hatten, unnatürlich blass und ließ die ganze Szenerie noch gespenstischer wirken, als sie es ohnehin schon war.

Die ersten Beamten waren bereits zehn Minuten nach dem Anruf im Haus eingetroffen. Sie beäugten Julia misstrauisch und schienen mit dem Gedanken zu spielen, ihr Handschellen anzulegen.

„Ich habe sie gefunden", sagte sie.

Wenig später beobachtete sie, wie die Männer von der Spurensicherung im Inneren der Wohnung an ihre Arbeit gingen. Sie strich sich den Pony aus den Augen, wandte sich um und sah, dass ein Mann in Zivil auf sie zukam. Mitte vierzig, das Kreuz eines Preisboxers und den Blick einer angriffslustigen Bulldogge. Ein ehemaliger Kollege von ihr, sein Name war Klaus Bartosch. Einer von jenen Typen, die immer so taten, als wären sie die Größten, ohne jemals einen Beweis dafür erbracht zu haben. Julia und er hatten einige Jahre gemeinsam mit Zander und Nikolas Augustin in einem Team gearbeitet, ohne dass sie auch nur im Ansatz Freunde geworden wären. Befreundet war Bartosch allerdings auch mit den anderen Kollegen nicht. Die meisten zeigten ihm die kalte Schulter.

„Was zum Teufel machst du hier?", zischte er jetzt.

„Ich habe sie gefunden", sagte Julia noch einmal.

„Meine Frage war: Was hast du hier zu suchen?"

„Wo ist Eule?"

„Warum?"

„Ich muss mit ihm sprechen. Wo ist er?"

Bartosch machte einen Schritt auf Julia zu und blieb direkt vor ihr stehen. „Lass die Katze aus dem Sack, Julia. Weswegen bist du hier? Wolltest du dich hier mit der Toten treffen? Und wenn ja, warum?“

„Das geht dich nichts an.“

„Willst du mich verarschen? Eine Frau ist tot, du schleichst am Tatort herum und sagst mir, dass mich das nichts angeht?“

„Du wirst ja wohl nicht annehmen, dass ich sie umgebracht habe.“

„Warum eigentlich nicht? Ich könnte dich sofort verhaften lassen.“

„Mach dich nicht lächerlich.“

„Was ist hier los?“, bellte eine Stimme dazwischen.

Sie wandten die Köpfe und sahen einen mittelgroßen Mann auf sich zukommen. Er war in eine dicke Daunenjacke eingepackt und trug eine unförmige russische Pelzmütze auf dem Kopf. Es war Burkhart, der Polizeichef, der es sich offenbar nicht hatte nehmen lassen, den Tatort persönlich zu begutachten. Auf seiner leuchtend roten Nase saß eine runde Hornbrille, die ihn aussehen ließ wie eine Eule, weshalb ihn hinter seinem Rücken auch alle so nannten.

Julia hatte Burkhart immer gemocht, als er noch ihr Chef gewesen war, was an dem soliden Respekt liegen mochte, den sie stets voreinander gehabt hatten.

Nun wandte er sich an Bartosch und sagte: „Alles großflächig absperren. Von jetzt an ist das gesamte Haus ein Sperrgebiet. Das Letzte, was wir hier gebrauchen können, sind noch mehr Leute, die überall herumtrampeln.“ Ohne eine Antwort abzuwarten, wandte er sich dann an Julia. „Und Sie kommen mit mir.“ Auch hier wartete er gar nicht erst auf eine Reaktion, sondern griff nach ihrem Arm und zog sie auf die andere Seite des Flurs.

„Also, was war da los?“, fragte er dann.

Julia zuckte mit den Schultern. „Bartosch kann mich immer noch nicht leiden.“

„Das ist mir klar.“

„Und ich halte ihn immer noch für den unfähigsten Polizisten unter der Sonne.“

„Das ist mir ebenfalls klar, und das habe ich auch nicht gemeint.“ Die Augen hinter der runden Brille schienen sich an Julias Gesicht festsaugen zu wollen. „Wie kommt es, dass Sie hier auftauchen, Frau Wagner?“

Julia zog ein Zigarettenpäckchen aus ihrer Jackentasche. Sie zündete eine an und sagte dann: „Leonie rief mich vor etwa einer Stunde an. Sie sagte, sie müsse mit mir sprechen. Wir haben uns in einer Kneipe im Bahnhof verabredet, aber sie ist nicht gekommen. Also bin ich hierhergefahren, und als sie nicht aufgemacht hat, habe ich die Tür aufgebrochen." Sie warf einen Blick auf die andere Seite des Flurs. Ein Mann in einem weißen Overall mit der Aufschrift *Rechtsmedizin* ging gerade in die Wohnung. Dr. Fesser, sie erinnerte sich gut an ihn. Ein Arzt, der seinen Job machte und sich nicht aus der Ruhe bringen ließ, egal, wie sehr man als Kriminalbeamter auf schnelle Ergebnisse drängte.

„Warum wollte die Frau ausgerechnet mit Ihnen sprechen?", hörte sie Burkharts Worte wie aus weiter Ferne. „Und seit wann sind Sie überhaupt wieder in Mainz?"

„Seit gestern Abend." Julia konzentrierte sich wieder auf ihn. „Ich habe gestern Abend bereits mit Leonie gesprochen."

„Warum?"

„Ich bin auf der Suche nach ihrem Bruder, Edi Kern."

„Und noch einmal: warum?"

Um Augustin nicht in Schwierigkeiten zu bringen, sagte Julia schlicht: „Das können Sie sich doch denken. Ich will Zander finden." Sie hoffte, dass Burkhart darauf anspringen würde.

Er tat es. „Das ist Aufgabe der Polizei."

„Ich weiß. Aber ich glaube, nein, ich bin mir sicher, dass ich bei der Suche helfen kann."

Burkhart sah Julia lange in die Augen. „Frau Wagner", setzte er dann an, „Sie waren zweifellos eine gute Polizistin, und Sie wissen, dass ich immer auf Ihrer Seite stand. Aber das hier ist ein Interessenkonflikt. Sie können nicht Ihren Job bei der Polizei hinwerfen, um dann privat zu ermitteln."

„Ich würde es nicht tun, wenn es nicht um Zander ginge."

„Genau genommen müsste ich Sie als Täterin in Betracht ziehen, das wissen Sie."

„Ach, hören Sie doch auf."

„Ich kann Sie nicht einfach so rumermitteln lassen. Das geht nicht."

„Haben Sie mir gerade nicht zugehört? Zander ist verschwunden, und ich werde mich nicht zurücklehnen und die Sache anderen überlassen, das können Sie vergessen."

Sie schauten einander fest in die Augen.

Schließlich seufzte Burkhart tief auf. „Glauben Sie mir, ich kann mich in Ihre Lage versetzen, Frau Wagner. Aber Sie sind voreingenommen, weil Sie mit Herrn Zander befreundet waren, deshalb blenden Sie alles andere aus. Und …"

„Ich weiß, dass er noch am Leben ist."

„Ich habe nicht gesagt, dass er tot ist. Mit keinem Wort."

„Gerade eben hat es sich aber so angehört." Julia blickte wieder auf die gegenüberliegende Seite des Flurs und beobachtete nun, wie Dr. Fesser wieder aus der Wohnung kam. Er trat zur Seite, um zwei Männer, die emotionslos einen Sarg zwischen sich trugen, hineinzulassen. Dann stieg er die Treppen hinunter, und gleich darauf war er aus ihrem Blickfeld verschwunden.

„Frau Wagner, jetzt hören Sie mir mal zu …", setzte Burkhart an. „Ich verstehe, wie es Ihnen geht. Wirklich. Gerade deshalb würde ich mir wünschen, Sie würden die Finger davon lassen. Ich habe überhaupt keine Lust …"

„Wir wissen beide, dass ich das nicht tun werde", unterbrach Julia ihn. „Ich werde Zander finden, koste es, was es wolle." Sie sah ihn entschlossen an. „Ich lasse ihn nicht da, wo er jetzt ist, darauf können Sie sich verlassen. Ich werde Himmel und Hölle in Bewegung setzen, um ihn zurückzubekommen. Ich werde fragen, ich werde verhandeln, ich werde betteln, und ich werde bestechen, wenn es sein muss – aber ich hole ihn zurück nach Hause."

Burkhart schwieg, und sie fügte hinzu: „Der Gedanke, dass Zander noch lebt und irgendwo festgehalten wird, ist das Einzige, was mich nicht durchdrehen lässt. Und deshalb werde ich nach ihm suchen. Und niemand, wirklich niemand wird mich davon abhalten."

Burkhart sah an ihr vorbei irgendwo ins Nichts.

Julia wartete.

So lange, bis er sein Gesicht wieder ihr zuwandte und sagte: „Ich möchte über alles, was Sie herausfinden, von Ihnen informiert werden. Über wirklich alles. Haben Sie das verstanden?"

Julia lächelte leicht. „Heißt das, Sie sind jetzt wieder so etwas wie mein Boss?"

„Worauf Sie sich verlassen können." Ernst erwiderte Burkhart ihren Blick. „Solange Sie sich in Mainz aufhalten, Frau Wagner, ist Ihr Hintern wieder meine Angelegenheit. Und damit ist es mir verdammt ernst." Er zeigte mit dem Finger auf sie. „Ich warne Sie. Halten Sie sich an die Regeln und spielen Sie nicht mit meiner Geduld."

13. KAPITEL

Liber scriptus proferetur (und das Buch wird aufgeschlagen)

Hannover

Während der Fahrt zum Hotel hatten sie nicht miteinander gesprochen.

Susanne hatte auf dem Beifahrersitz gesessen, aus dem Fenster gesehen und beobachtet, wie einzelne Häuser und Geschäfte an ihr vorbeizogen, und obwohl sie alles dafür tat, nicht darüber nachzudenken, tat sie es doch. Sie dachte darüber nach, was die Visitenkarte zu bedeuten hatte. Oder besser: das, was in Blindenschrift darauf stand. Sie hätte es niemals zugegeben, aber der Professor hatte recht. Britta Stark hätte diese Karte niemals in ihrem BH versteckt, wenn es ihr nicht wichtig gewesen wäre, jemand anderem – in diesem Fall ihr, dem Unglücksraben Susanne Grimm – auf verschlüsseltem Wege etwas mitzuteilen. Aber selbst wenn es diesen Turm der Seelen tatsächlich gab, war damit noch lange nicht die ominöse Kassette gefunden. Und es war immer noch nicht klar, was es mit der Zahl 616 und den Raunächten auf sich hatte.

Der Professor musste an einer roten Ampel halten.

Susanne, die völlig in Gedanken versunken gewesen war, hob den Kopf.

Obwohl ein weißer, salzkrustiger Film zum Großteil die freie Sicht durch die Windschutzscheibe verhinderte, war die dunkle Abgaswolke, die der Wagen vor ihnen aus einem rostigen Auspuffrohr ausstieß und die sich mit den weißen, noch reinen Schneeflocken vermischte, gut zu erkennen.

Der Professor schaltete die Wischblätter ein, was den Schlierfilm auf der Scheibe jedoch nur noch schlimmer machte.

Gleich darauf fuhren sie wieder an, und während er versuchte, durch einen freien Streifen Scheibe auf die Straße zu spähen, blickte Susanne aus dem Seitenfenster und sagte dann plötzlich: „Halten Sie dort."

„Wo?", fragte der Professor.

„Da vorne rechts, da ist eine Parklücke. Halten Sie bitte dort."

Er tat wie geheißen. Sie sagte: „Ich bin gleich wieder da", und sprang aus dem Wagen.

Zwei Minuten später betrat sie einen Armeeladen und sagte: „Ich hätte gerne ein Pfefferspray."

„Für welchen Zweck?", wollte der Koloss hinter der Theke wissen, der einen Bürstenhaarschnitt und Armeekleidung trug.

„Um mich zu schützen, wofür sonst?", antwortete Susanne, woraufhin er ihr statt des Pfeffersprays ein Messer zeigte, das so lang war wie ihr Unterarm.

„Halbgezahnte Edelstahlklinge", sagte er. „Glasfasergriff. Qualität auf ganzer Linie."

Skeptisch betrachtete Susanne das Messer.

„Oder wollen Sie ein Eisen?", fragte der Koloss.

Sie blinzelte. „Sie meinen, eine Schusswaffe?"

„Klar mein' ich eine Knarre." Er griff unter die Theke und schob eine Pistole über den Tisch. „Eine Brechstange hab ich nicht gemeint. Könnt' ich Ihnen aber auch besorgen, wenn Sie wollen."

„Danke, ich möchte nichts von alldem."

„Sagten Sie nicht gerade, Sie wollen sich schützen?"

„Ja. Aber ich bleibe trotzdem beim Pfefferspray."

„Wie Sie wollen." Der Koloss zuckte mit den massigen Schultern, schob ihr eine Dose Pfefferspray über die Theke und nahm das Geld entgegen. Susanne eilte zurück zum Polo des Professors.

„Was haben Sie da drinnen gemacht?", wollte er wissen, nachdem sie wieder im Wagen saß.

„Ich habe mir ein Pfefferspray gekauft", antwortete sie.

„Wozu?"

„Hm. Lassen Sie mich mal überlegen …" Susanne begann, an den Fingern abzuzählen: „Gestern Abend bin ich zuerst über eine angeschossene Frau gestolpert, die kurz darauf verstorben ist. Dann wäre ich um ein Haar entführt worden. Danach haben Sie mir von einer Mafia erzählt, die sich Kraniche nennt …"

„Es handelt sich dabei um keine Mafia."

„Für mich schon." Susanne zählte weiter auf. „Ich weiß jetzt, dass ich mich im Visier dieser Vögel befinde, warum auch immer. Und am heutigen Morgen, der noch nicht sehr alt ist, habe ich bereits etwas von Satan gehört, von einem Turm der Seelen und von irgendwelchen Raunächten und bösen Geistern." Sie atmete tief durch. „Sagen wir, ich fühle mich einfach sicherer, wenn ich das Spray mit mir herumtrage, auch wenn ich nicht glaube, dass …"

Plötzlich klopfte jemand an die Autoscheibe.

Susanne erschrak so heftig, dass sie fast das Pfefferspray gezückt hätte.

Draußen stand ein Polizist.

Oh verdammt! Ihr Herz geriet aus dem Takt.

Der Professor kurbelte das Fenster hinunter und sagte freundlich: „Guten Tag."

„Guten Tag", antwortete der Beamte. „Wissen Sie, dass Sie im Halteverbot stehen?"

„Äh ... Ja ... Nein, eigentlich nicht", sagte der Professor. „Wir ... äh ... wollten gerade wegfahren."

Der Polizist ließ den Blick durch das Innere des Wagens und dann über Susanne gleiten, dann sah er den Professor wieder an. „Dann sollten Sie das auch sofort tun", sagte er. „Aber nicht mit der verschmierten Frontscheibe."

„Ich verstehe. Freie Fahrt für freie Bürger nur mit freien Scheiben." Der Professor lächelte.

Der Beamte nicht.

„Ich werde die Scheibe sofort säubern."

„Tun Sie das. Jetzt."

Der Professor stieg aus dem Wagen und stiefelte zum Kofferraum. Susanne beobachtete, wie er den Kofferraumdeckel öffnete und nach irgendetwas suchte. Ihr war regelrecht schlecht vor Angst, und sie wünschte sich, er würde sich ein bisschen beeilen.

Endlich kam der Professor mit einer Wasserflasche zurück. Er öffnete die Motorhaube, schraubte die Flasche auf und schüttete das Wasser in die Scheibenwischanlage. Dann klappte er die Motorhaube wieder zu, ließ sich in den Fahrersitz sinken, startete den Motor und schaltete die Scheibenwischer ein. „Zufrieden?", sagte er in Richtung des Polizisten.

Der nickte. „Und jetzt verlassen Sie unverzüglich das Halteverbot."

Der Professor legte den Gang ein und fuhr los.

Erst zehn Meter weiter atmete Susanne erleichtert durch. „Das ist nicht gut für mein Herz. Das ist alles nicht gut für mein Herz."

„Er hat Sie bestimmt nicht erkannt", sagte der Professor. „Wenn er Sie erkannt hätte, hätte er Sie verhaftet."

Susanne wusste, dass sie das beruhigen sollte, doch das tat es nicht.

Im Gegenteil. Ihr war immer noch ganz schlecht.

Endlich beim Hotel angekommen, fragte der Professor: „Soll ich mitkommen?“

„Nein.“ Sie tastete nach dem Türgriff. „Es wird nicht lange dauern. Ich packe nur schnell meine Sachen und bin dann sofort wieder da.“ Gerade als sie die Tür öffnen wollte, legte der Professor eine Hand auf ihre Schulter und sagte: „Warten Sie!“

„Was ist?“

„Sehen Sie den Mann, der gerade aus dem Hotel kommt?“

Susanne blickte durch die nun saubere Frontscheibe und entdeckte zwischen all den dichten Schneeflocken einen Mann, der eine beeindruckende Ähnlichkeit mit George Clooney hatte. Er stand vor dem Hotel und blickte in den Himmel. Sah dann nach links und rechts, als würde er nach etwas suchen.

„Das ist Eduard Schiller!“, entfuhr es ihr. „Oh mein Gott! Das ist Schiller!“

„Ja“, bestätigte der Professor.

Klickklickklick. In Susannes Kopf fielen die Puzzleteile in Sekundenschnelle an die passenden Plätze. „Der ist meinetwegen hier, oder? Das kann doch kein Zufall sein. Er weiß, dass ich gestern in diesem Hotel eingecheckt habe, und jetzt sucht er mich.“

„Es sieht so aus“, gab der Professor zu.

„Das Handy! Die SMS an meinen Bruder. Oh verdammt.“ Der Kloß in Susannes Hals wurde immer größer. Geschockt beobachtete sie, wie Schiller sich in Bewegung setzte und die Straße entlangging. „Folgen Sie ihm“, sagte sie.

Der Professor fädelte den Polo langsam wieder in den Verkehr ein. „Ich kann ihm aber nicht die ganze Zeit in diesem Schneckentempo folgen“, bemerkte er.

„Natürlich können Sie. Das Wetter ist beschissen. Die anderen fahren auch nicht schneller.“

„Er wird uns trotzdem schon sehr bald bemerken.“

„Und was sollen wir sonst tun?“ Susanne wischte ihre schweißnassen Hände an der Hose ab. „Wir können ihn jetzt nicht mehr aus den Augen lassen. Jetzt, wo wir ihn schon mal im Visier haben.“

„Die Frage ist, wer hier wen im Visier hat“, merkte der Professor trocken an.

Eine Ampel wurde rot, und er trat auf die Bremse.

Sie beobachteten, wie Schiller um eine Ecke bog.

„Gleich haben wir ihn verloren“, sagte der Professor.

Susanne überlegte und traf im Bruchteil einer Sekunde eine Entscheidung. „Ich werde ihm zu Fuß folgen.“

„Was?“ Der Professor drehte den Kopf und starrte sie an, als käme sie von einem anderen Stern. „Das meinen Sie nicht ernst!“

„Doch.“

„Sind Sie noch bei Sinnen? Falls Sie es vergessen haben: Schiller ist ein Mörder. Er hat die Anwältin umgebracht.“

„Das wissen wir nicht. Wir nehmen es nur an. Ganz sicher aber war er in dem Hotel, in dem ich gestern eingecheckt habe.“

„Was versprechen Sie sich davon, ihm zu folgen?“

„Das weiß ich nicht. Vermutlich nichts. Ich werde ihm einfach hinterhergehen und sehen, wohin er will.“ Susanne war schon aus dem Wagen, beugte sich jedoch noch einmal hinunter und sah hinein. „Wir treffen uns in einer Stunde genau hier. Sollte ich es nicht schaffen, rufe ich Sie an.“

„Womit?“, fragte der Professor.

„Es gibt ja zum Glück noch Telefonzellen.“

„Wirklich, Frau Grimm, Sie sollten das nicht …“

„Ich hab ja jetzt das Pfefferspray.“ Damit schlug Susanne die Tür zu und eilte zu der Ecke, hinter der Schiller vor ein paar Sekunden verschwunden war.

Hätte sie sich nur eine Sekunde Zeit genommen, um noch einmal gründlich darüber nachzudenken, sie hätte den Polo niemals verlassen. Aber sie gab sich diese Sekunde nicht mehr. Sie bog um die Ecke und folgte der Silhouette, die sie im dichten Schnee als Schiller ausmachte.

Charlotte Gärtner dachte zu diesem Zeitpunkt darüber nach, ob sie sich noch einen Kaffee holen sollte. Sie war durstig und fühlte sich schlapp. Ein Kaffee würde ihr sicher guttun. Allerdings war sie mittlerweile in einem Alter, in dem man von zu viel Kaffee Herzrasen bekam. Ganz abgesehen von ihrem Magen, der jetzt schon rumorte.

Ach, was soll’s, dachte sie, raffte sich auf und ging zum Automaten.

Kurz darauf war sie wieder in ihrem Büro, setzte sich hinter ihren Schreibtisch und starrte auf die Fotos der toten Britta Stark.

Als das Telefon klingelte, nahm sie den Hörer ab. „Ja?“

„Strickner“, kam es vom anderen Ende. „Ich habe die Obduktion abgeschlossen.“

Schlagartig war Charlottes Interesse geweckt. „Gibt es irgendetwas Besonderes, weil Sie anrufen?“

„Ja und nein“, sagte die Strickner und kam dann wie gewohnt rasch zur Sache. „Die Todesursache war ganz klar die Kugel in der Brust des Opfers, und ihre letzte Mahlzeit – einen Krabbencocktail und Frühlingsrollen – hat die Dame ausreichend begossen. Sie hatte eins Komma sieben Promille im Blut.“

„Wirklich?“ Charlotte versuchte, sich die Mahlzeit vorzustellen. Hatte Britta Stark alleine gegessen oder vielleicht sogar mit ihrem Mörder? Und wenn sie mit ihrem Mörder gegessen hatte, wie könnte es abgelaufen sein? Die beiden schlugen sich den Bauch mit Krabben voll und tranken dazu Champagner, ehe der Mörder die Pistole zog und abdrückte? Nein. Charlotte probierte die andere Variante: Der Mörder hatte die Anwältin nach ihrem Festmahl besucht und sofort abgedrückt, kaum dass er im Wohnzimmer war und sie im Sessel saß.

„Was sagt uns das über ihn?“, murmelte sie.

„Nun ja, er hat der Frau keine anderen Verletzungen zugefügt“, sagte die Strickner, als wäre die Frage an sie gestellt worden. „Es gab auch keinen sexuellen Übergriff. Sie hatte erkennbar keine Abwehrverletzungen. Sie hat sich nicht gewehrt.“

Also war Britta Stark tatsächlich von der Kugel überrascht worden.

„Noch etwas?“, wollte Charlotte wissen.

„Nein“, gab die Strickner zurück. „Mehr habe ich Ihnen leider nicht zu bieten, Frau Kommissarin.“

Charlotte atmete tief durch. „Vielen Dank, Frau Doktor.“

Damit war das Gespräch beendet.

Gleich darauf betrat Michael Tech das Büro, murmelte etwas Unverständliches und nahm hinter seinem Schreibtisch Platz. Die Rolle Toilettenpapier, die er mitgebracht hatte, stellte er darauf ab.

Charlotte wollte schon fragen, verkniff es sich dann aber. Stattdessen sagte sie: „Gibt es etwas Neues?“

Ehe er dazu kam, darauf zu antworten, wurde die Tür erneut geöffnet und eine Frau trat, ohne anzuklopfen, herein. Diana Venczel, die Staatsanwältin. Sie war groß, bestimmt einen Meter fünfundsiebzig, Mitte dreißig und gut aussehend. Ihr blondes Haar trug sie halblang und perfekt frisiert, ihre blauen Augen blickten kühl und herablassend, ein Eindruck, der von den leicht nach oben gezogenen Augenbrauen noch unterstrichen wurde.

„Mir liegt noch kein Bericht vor“, sagte sie.

„Das mag daran liegen, dass wir uns noch am Anfang der Ermittlungen befinden“, gab Charlotte zurück.

Die Staatsanwältin zog sich einen Stuhl heran, setzte sich ihr gegenüber und schlug elegant die Beine übereinander. „Wenn Sie es mit einem Mord zu tun haben, Frau Gärtner – und Sie sind nun mal die Abteilung für Kapitalverbrechen –, dann sollten Sie nicht vierundzwanzig Stunden warten, ehe Sie damit zur Staatsanwaltschaft kommen.“

Charlotte tippte deutlich hörbar mit ihrem Kugelschreiber auf den Tisch, was andeutete, dass Ärger in der Luft lag, doch noch hatte sie sich im Griff. Seit über zwanzig Jahren war sie nun schon bei der Polizei, und bisher hatte sie eine Menge Glück mit den jeweils zuständigen Staatsanwälten gehabt. Die meisten waren höflich und respektvoll gewesen. Das war hier nicht der Fall. Diana Venczel war nicht nur schwierig – sie war einfach unmöglich. Viel zu ehrgeizig, viel zu penetrant. Charlotte hielt sie für eine aufgeblasene Pute. Was die Staatsanwältin über sie dachte, das wollte sie lieber gar nicht wissen. Wie auch immer, selbst an guten Tagen konnten sie einander nicht ausstehen, und Tech, der das sehr genau wusste und überhaupt keine Lust hatte, zwischen die Fronten zu geraten, zog auch sofort den Kopf ein und begann, mit seinem Finger im Ohr zu pulen.

„Also bitte“, sagte Diana Venczel. „Fassen Sie zusammen.“

Charlotte räusperte sich. „Das Opfer ist eine Frau. Ihr Name ist Britta Stark, siebenunddreißig Jahre alt, Anwältin. Sie wurde erschossen, eine Kugel in die Brust. Kaliber .22. Eine Walther SSP.“

„Eine Sportwaffe?“

„Ja.“

„Haben Sie die Waffe gefunden?“

„Nein.“

Die Staatsanwältin sah sie aufmerksam an. „Aber wenn wir es mit einer Sportwaffe zu tun haben, könnte das bedeuten, dass wir es auch mit einem Sportschützen zu tun haben, richtig?“

„Eventuell. Allerdings gibt es in Hannover und Umgebung eine Menge Schützenvereine mit jeder Menge Mitgliedern. Und ich kann mir beim besten Willen nicht vorstellen, dass der Mörder nicht damit rechnet, dass wir sie alle überprüfen werden.“ Charlotte räusperte sich noch einmal. „Aber wir sind dran.“

„Gut. Wer hat die Frau gefunden?“

„Die Putzfrau. Ich habe sie befragt, und sie schien mir ehrlich erschüttert. Kaum denkbar, dass sie in den Fall verwickelt ist.“

„Was hat sie über das Opfer gesagt?“, fragte Diana Venczel weiter.

„Nicht sehr viel. Das Arbeitsverhältnis besteht seit etwa fünf Jahren. Keine Probleme. Alles gut.“

„Und hat die Putzfrau irgendwann einmal etwas von Drohungen, Feinden oder Ähnlichem mitbekommen?“

„Nein. Ich habe das natürlich angesprochen, aber da kam nichts. Sie hatte nicht den geringsten Verdacht, und ich hatte nicht den Eindruck, dass sie mir etwas verheimlicht.“ Charlotte griff nach einem Umschlag und öffnete ihn. Dann schüttelte sie die Fotos heraus und schob sie zur Staatsanwältin hinüber. „Hier haben Sie die Aufnahmen vom Tatort und vom Opfer.“

Diana Venczel zog die sauber gezupften Augenbrauen erneut in die Höhe, während sie einen flüchtigen Blick darauf warf. „Haben Sie sich die Tote persönlich angesehen?“

„Ja. Und sie erweckte nicht den Anschein, als sei sie nach dem Mord noch einmal bewegt worden. Sie wurde, für sie offenbar völlig überraschend, in ihrem Sessel erschossen. Diese These wird dadurch untermauert, dass sich an der Tür keinerlei Einbruchsspuren befinden. An den Fenstern auch nicht. Das heißt, der Täter ist durch die Tür gekommen, das Opfer hat ihn hereingelassen. Entweder hat er noch mit ihr gemeinsam gegessen oder sie war bereits fertig, und er hat sofort geschossen, sobald sie im Sessel saß. Die Frau hat nicht versucht, sich wegzudrehen oder sich zu schützen, was bedeutet, dass es sehr schnell gegangen ist.“ Charlotte hob die Hände etwas an. „Eine ganz einfache Tat, wenn man es aus der Perspektive des Mörders betrachtet. Wenn es vorbei ist, muss man nur die Tür wieder hinter sich schließen und verschwinden.“

„Er hat die Tür aber nicht hinter sich geschlossen“, wandte Tech ein.

Charlotte beachtete ihn nicht. „Wie lange dauert so ein Mord dann?“, sinnierte sie stattdessen weiter. „Eine Minute? Zwei?“

„Ein Profi?“, fragte die Staatsanwältin.

„Nicht unbedingt. Ein Zehnjähriger könnte mit einer Pistole aus einem Meter Abstand einen bestimmten Punkt treffen. Und wenn wir es hier tatsächlich mit einem Sportschützen zu tun haben, dann wird der ein solches Ziel mit verbundenen Augen treffen.“

„Die Bluse des Opfers war aufgerissen“, schaltete Tech sich erneut ein, und dieses Mal bekam er seine Aufmerksamkeit. Diana Venczel drehte sich zu ihm um. „Aufgerissen, sagen Sie? Ein Sexualdelikt?“

„Falls es so geplant war, hat der Täter irgendwann von diesem Plan Abstand genommen“, sagte Charlotte, bevor Tech dazu kam, zu antworten. „Ich habe gerade mit Frau Doktor Strickner telefoniert, es gibt keinerlei Hinweise auf einen sexuellen Übergriff.“

„Und trotzdem war die Bluse der Frau aufgerissen“, beharrte Tech. Hustend griff er nach der Toilettenpapierrolle, riss zwei Blatt davon ab und schnäuzte sich geräuschvoll die Nase.

Die Staatsanwältin sah ihn einen Moment lang an. Dann wandte sie sich wieder an Charlotte. „Ich gehe davon aus, dass das Haus gründlich durchsucht wurde?“

„Natürlich“, sagte Tech, als wäre die Frage an ihn gestellt worden. „Die Kollegen von der Spurensicherung raufen sich die Haare, weil sie wenig verwertbares Material gefunden haben. Was gefunden wurde, befindet sich in der KTU, die Ergebnisse dürften bald vorliegen.“ Er schnäuzte sich noch einmal in das Toilettenpapier, dann fügte er hinzu: „Außerdem wurden im Haus weder ein Laptop noch ein Handy oder irgendwelche Notizbücher gefunden. Lediglich eine Handtasche im Flur, in der sich ein Geldbeutel mit fünfhundert Euro in bar befand. Fünfhundertundvier Euro und einundfünfzig Cent, um genau zu sein. Womit die Möglichkeit, dass es sich um einen Raubüberfall gehandelt hat, wohl ausscheidet.“

Erneut wandte Diana Venczel sich ihm zu. „Wie steht es um die Bankkonten der Toten?“, wollte sie wissen. „Wurden die bereits überprüft?“

Er nickte. „Keine außergewöhnlichen Transaktionen. Aber die Anwältin war nicht gerade arm. Sie hatte achttausend Euro auf ihrem Konto und satte einundfünfzigtausend Euro auf einem gesonderten Sparkonto.“

„Gibt es ein Testament?“

„Nein. Jedenfalls wurde keines gefunden.“

Die Staatsanwältin überlegte einen Moment. „Was geschieht mit dem Vermögen, wenn kein Testament auftaucht?“, fragte sie dann.

„Wenn es keines gibt, sind die nächsten Verwandten die Erben.“

„Und was weiß man von den Verwandten?“

„Soweit bekannt, hatte Britta Stark nur noch eine Schwester. Sie wäre die Erbin oder, für den Fall, dass sie selbst bereits verstorben ist, deren Nachkommen.“

„Weiß man etwas über diese Schwester?“

Tech schob die Toilettenrolle zur Seite und begann, in einem Stapel von Papieren zu suchen. „Sie hat Hannover schon in sehr jungen Jahren verlassen und ist nach Kanada ausgewandert. Soweit ich herausfinden konnte, hat man seit über zwanzig Jahren nichts mehr von ihr gehört. Britta Stark hat sie niemandem gegenüber auch nur ein einziges Mal erwähnt."

„Haben Sie bereits versucht, die Frau zu finden?", wollte Diana Venczel wissen.

„Wir sind dran."

Die Staatsanwältin wandte sich wieder an Charlotte. „Wurden die Nachbarn befragt? Wenn das Opfer den Mörder ins Haus gelassen hat, muss er ja wohl von vorne durch die Haustür gekommen sein."

„Das schon, aber die Häuser liegen alle ziemlich geschützt. Hecken, große Grundstücke und so weiter ..."

„Die zur linken Seite sind gar nicht da", schaltete Tech sich erneut ein. „Die sind bis Januar auf Menorca. Die Nachbarin zur Rechten meinte, ihr wäre gegen 20.30 Uhr ein Wagen aufgefallen. Er parkte vor dem Haus der Anwältin. Eine dunkle Limousine, vermutlich ein Mercedes, aber da ist sie sich nicht ganz sicher. Auf jeden Fall war der Wagen gegen zweiundzwanzig Uhr nicht mehr da, zu dem Zeitpunkt sah die Nachbarin noch einmal aus dem Fenster. Sie hat nicht gehört, dass er weggefahren ist, und gesehen hat sie auch niemanden."

„Sie hat auch keinen Schuss gehört?"

„Nein."

„Was sagt die Nachbarin sonst über das Opfer?"

„Dass die Anwältin schon immer sehr für sich gewesen wäre. Mehr als ein freundliches Grüßen hätte es nie gegeben. Nicht einmal Klatschgeschichten oder Gerüchte."

Diana Venczel atmete ernüchtert durch. „Meine Güte, das ist ja trübsinniger als das Wetter vor dem Fenster. Wie sieht es mit den Kollegen des Opfers aus? Konnten die wenigstens etwas Erhellendes zur Aufklärung des Falles beitragen?"

„Ich habe bereits mit den beiden Kollegen aus der Kanzlei gesprochen", ergriff Charlotte wieder das Wort. „Sie beschreiben Britta Stark als pünktlich und fleißig. Integer. Beide waren schockiert von dem Mord, und ihre Betroffenheit kam mir echt vor. Davon abgesehen haben sie beide ein Alibi."

„Wussten sie sonst noch etwas über die Frau zu erzählen?"

„Nein. Über ihr Privatleben hat sie überhaupt nicht gesprochen, sie war auch nie dabei, wenn die Kollegen nach der Arbeit noch irgendwo etwas trinken gegangen sind."

„Also, das kann doch nicht alles sein.“ Die Staatsanwältin hob ihre Hand in einer verzweifelten Geste. „Irgendetwas müssen wir doch haben.“

Charlotte zuckte mit den Schultern. „Wir treten auf der Stelle, bis wir die konkreten Berichte auf dem Tisch haben.“

Daraufhin blieb es eine Zeit lang still. Tech putzte sich wieder die Nase. Charlotte spielte mit ihrem Kugelschreiber. Die Staatsanwältin dachte offenbar nach, während sie versuchte, eine Knitterfalte in ihrem Rock zu glätten.

„In Ordnung“, sagte sie dann und richtete sich auf. „Nein, nicht in Ordnung. Überhaupt nicht in Ordnung. Aber was sollen wir machen? Wir geben um zwölf Uhr eine Pressekonferenz.“

Charlotte hob den Kopf. „Wie bitte? Womit sollen wir denn vor die Presse treten? Wir haben doch gerade festgestellt, dass wir noch überhaupt nichts wissen.“

Die Staatsanwältin schüttelte den Kopf. „Ein angesehenes und steuerzahlendes Mitglied unserer Stadt wurde ermordet, und nun ist es unsere Pflicht, die restliche steuerzahlende Öffentlichkeit entsprechend zu informieren.“

„Aber …“

„Ich erwarte Sie um Punkt zwölf Uhr im Konferenzraum, Frau Gärtner.“

Damit stand Diana Venczel auf und verließ das Büro. Als die Tür hinter ihr ins Schloss gefallen war, hing nur noch der Duft ihres schweren Parfums in der Luft.

Und das war sie gewesen, die erste Lagebesprechung im Fall Britta Stark. Die Uhr zeigte 10:45 Uhr, und Charlotte dachte: Na, das fängt ja gut an.

14. KAPITEL

Zu viele lose Enden

Mainz

„Sie ist tatsächlich tot“, sagte Eva.

„Ja“, gab Julia zurück.

Sie saßen im Saab und starrten auf den Betonblock, in dem Edi und Leonie Kern gewohnt hatten. Obwohl es noch Vormittag war, war der Himmel so düster, dass die Laterne vor dem Haus brannte; blässlich glomm die gelbe Glühbirne durch die dichten Schneeflocken.

„Wie geht's dir?“, fragte Julia.

„Was denkst du?“ Eva seufzte leise. „Ich bin nur froh, dass ich die Frau nicht sehen musste.“

Wie froh Julia erst darüber war, hätte sie mit keinen Worten dieser Welt ausdrücken können. Wenigstens das war Eva erspart geblieben.

„Warum wurde sie umgebracht? Und von wem? Und was kann sie denn gewusst haben, dass es sie das Leben gekostet hat?“

„Ich weiß es nicht, Eva.“ Julia überlegte. „Irgendetwas stimmt da nicht. Es lag nur eine Stunde zwischen dem Gespräch mit mir und ihrem Tod. Das kann nur bedeuten, dass Leonie mit noch jemandem gesprochen hat. Entweder vor oder nach mir. Anders ergibt es keinen Sinn.“

„Aber wenn es so wichtig war, was sie zu erzählen hatte, und so geheim, warum sollte sie es dann noch jemandem erzählen?“

„Ich weiß es nicht.“

„Und wie ist der Mörder in die Wohnung gekommen? Die Tür war verschlossen, als wir ankamen, es hat doch keine Einbruchsspuren gegeben, oder?“

„Du hast doch gesehen, wie schnell ich die Tür offen hatte. Die hätte für die wenigsten Menschen ein Problem dargestellt. Oder Leonie hat dem Mörder die Tür geöffnet. Oder er hatte einen Schlüssel.“

Eva wandte den Kopf und sah Julia an. „Edi? Glaubst du, Edi ist zurückgekommen und hat seine Schwester umgebracht?“

„Warum hätte er das tun sollen?“

„Tja, das wäre die Frage.“

Daraufhin schwiegen sie.

Julia dachte nach. Es gab einfach zu viele lose Enden. Sie schwammen förmlich darin.

„Was machen wir jetzt?", fragte Eva schließlich.

„Ich weiß es nicht. Wir stehen wieder am Anfang."

„Dann sollten wir zur Pension fahren. Das Wetter wird immer schlechter, der Wind nimmt immer mehr zu. Es ist kaum noch zu verantworten, hier draußen rumzugurken." Eva startete den Wagen und fuhr langsam zurück in Richtung Innenstadt.

Sie fuhren vorbei an schmuddeligen Büros und Fast-Food-Läden, dann kamen schmale Hochhäuser aus Glas und Stahl, dicht gedrängt nebeneinander.

Eine Ampel wurde rot, sie mussten halten.

„Ist alles okay mit dir?", fragte Eva, als Julia zu lange schwieg.

„Was? Ja ... alles okay."

„Möchtest du mir sagen, worüber du nachdenkst?"

„Ich frage mich, was wir jetzt noch tun können. Edi ist verschwunden. Leonie ist tot. Und ich bin immer noch genauso weit von Zander entfernt wie vorher." Julia brach kurz ab, dann fügte sie hinzu: „Es gibt im Grunde nichts mehr, was die Polizei nicht schon längst getan hat." Wieder brach sie ab. Ein Gedanke formte sich in ihrem Kopf, ließ sie nicht mehr los. In ihren Ohren begann es zu pochen. Vor ihren Augen begannen sich Bilder zu verschieben. Ganz weit hinten in ihrem Kopf hörte sie eine leise Stimme. Vielleicht hatte sie etwas übersehen. Ein Detail, dem sie bisher keine Bedeutung beigemessen hatten. Etwas Winziges, Unbedeutendes. Etwas, das aber über Leben und Tod von Zander entscheiden konnte.

Julia spürte, wie sich ihr die Nackenhärchen aufrichteten und ihr Mund trocken wurde. Sie schaute Eva an und sagte: „Wir müssen wenden."

„Warum?"

„Tu es bitte."

„Und dann?"

„Ich zeige dir den Weg."

Während Eva sich daranmachte, den Saab zu wenden, flüsterte eine Stimme in Julia: *Es ist noch nicht vorbei.*

Während der folgenden Fahrt schwitzte Eva Blut und Wasser. Die Straße, über die sie fuhren, war längst zu einer abenteuerlichen Rodelpiste geworden. Die Räder des Saab gruben sich nur mühsam in den jungfräulichen Schnee, drehten immer wieder durch und wirbelten ihn links und rechts in die Luft.

„Kannst du nicht ein bisschen schneller fahren?“, sagte Julia. „Wann, glaubst du, werden wir bei dem Schneckentempo ankommen?“

„Wenn ich noch schneller fahre, kommen wir gar nicht an.“ Eva nahm den Fuß noch etwas mehr vom Gas. „Es dauert so lange, wie es eben dauert.“

„Hier rechts.“

Eva trat etwas zu heftig auf die Bremse, und das Heck rutschte weg. Mühsam bekam sie den Wagen wieder unter Kontrolle. „Kannst du das nicht ein bisschen früher sagen?“ Sie bog ab, und wenig später sagte Julia: „Das Haus dort. Das ist es.“

„Und weshalb sind wir noch einmal genau hier?“, wollte Eva fünf Minuten später wissen.

„Weil wir nicht mehr viele andere Möglichkeiten haben“, antwortete Julia und schloss die Haustür auf.

Sie stiegen mehrere Treppen nach oben.

„Das ist sie“, sagte Julia dann. „Das ist Zanders Wohnung.“ Sie blieb vor der Tür stehen und steckte einen weiteren Schlüssel ins Schloss.

„Woher hast du eigentlich die Schlüssel?“, fragte Eva.

„Ich hab früher immer seine Pflanzen gegossen, wenn er im Urlaub war.“

„Ihr scheint tatsächlich ein sehr vertrauensvolles Verhältnis gehabt zu haben.“

„Ja. Das hatten wir.“ Julia durchbrach das Polizeisiegel und schloss die Tür auf.

Dann traten sie ein.

Im Inneren war die Luft so bitterkalt, dass sie ihren Atem als fahlen Dunsthauch sehen konnten. Einen Moment lang stand Julia wie gelähmt da, dann setzte sie sich in Bewegung, ging in die Küche und drückte auf den Lichtschalter. Die Glühbirne flackerte und warf ein bleiches Licht über den Raum. Sie sah sich um. Hier gab es eine Arbeitsplatte, eine Spüle, zwei Fenster, einen Tisch, eine Obstschale, Fliesen auf dem Fußboden und vier Stühle. Alles war sauber und aufgeräumt, typisch für Zander, der immer alles perfekt haben wollte. Sie ging zum Kühlschrank und öffnete ihn. Er war fast leer, lediglich ein noch verschlossenes Paket mit Hackfleisch lag auf dem obersten Regal. Hackbällchen. Zanders Lieblingsgericht.

Julia schloss den Kühlschrank wieder, ging auf die Schiebetür zu, die zum Wohnzimmer führte, und krallte die Finger in den glänzenden muldenförmigen Griff. Doch gerade als sie die Tür öffnen wollte, ließ ein Geräusch sie zusammenfahren. Es hörte sich an wie das leise Klopfen von Fingerknöcheln gegen die Scheibe der Küche, doch als sie in Richtung Fenster blickte, war da natürlich nichts. Trotzdem ging sie auf das Fenster zu und sah einen Moment lang hinaus.

Dann ging sie zurück zur Verbindungstür, zögerte noch eine Sekunde, ehe sie sie öffnete, und betrat schließlich das Wohnzimmer, einen hellen Raum mit einer Couch und einem niedrigen Tisch. Die Gardinen waren zugezogen.

„Wonach suchen wir eigentlich?", wollte Eva wissen, die in der Tür stehen geblieben war.

„Das weiß ich nicht." Julia bewegte sich in die Mitte des Raumes, ging dort in die Hocke und sah unter die Couch. Es befand sich nichts darunter. Natürlich nicht. „Ich gebe zu, dass es nur eine vage Hoffnung ist, aber …"

„Aber?"

„Ich frage mich die ganze Zeit, was ich getan hätte, wenn ich an Zanders Stelle gewesen wäre. Wenn ich seinen letzten Fall bearbeitet und etwas herausgefunden hätte, wovon ich wüsste, dass es mich vielleicht in Lebensgefahr bringt …"

„Das weißt du nicht."

„Nein, ich vermute es nur. Ich vermute, dass Zander den Kranichen mit irgendetwas zu nahe kam. Mit irgendetwas, was er herausgefunden hat."

„Und was hättest du getan?", fragte Eva weiter.

Julia richtete sich auf und erhob sich vom Boden. „Ich hätte etwas hinterlassen. Einen Hinweis. Einen Beweis. Irgendetwas."

„Du hättest lieber einen Beweis hier in der Wohnung versteckt, als ihn an deine Kollegen weiterzugeben?"

„Ja. Wenn ich meinen Kollegen nicht mehr vertraut hätte. Jedenfalls nicht allen." Julia machte sich auf den Weg ins Schlafzimmer. Auf dem Nachttisch lagen einige Taschenbücher. Sonst nichts. Sie ging weiter in Richtung Badezimmer und öffnete die Tür. „Wie gesagt, es ist nur eine vage Hoffnung, aber …"

„Meine Güte!", stieß Eva aus. „Du blutest schon wieder aus der Nase!"

Mit der Hand fuhr Julia über ihre Nase und stellte fest, dass sie tatsächlich blutete. „Ich brauche ein Handtuch." Sie betrat das Badezimmer und verharrte in der Bewegung.

Auf dem Badewannenrand lag Zanders Kopf. Abgetrennt. Ohne Körper. Seine blauen Augen waren weit offen, der Blick war auf sie gerichtet.

Völlig erstarrt stand Julia da.

Das ist nicht wahr!

Das ist nicht wahr!

Das bildest du dir nur ein!

Entschlossen, das Bild vor ihren Augen zu vertreiben, machte Julia einen Schritt auf die Badewanne zu, doch der Kopf verschwand nicht. Zanders starre Augen waren weiterhin auf sie gerichtet.

Langsam streckte Julia die Hand aus, um sein Gesicht zu berühren. Zögerte. Tat es dann doch – und berührte nichts als Luft. Dafür griff in der nächsten Sekunde eine eiskalte Hand nach ihrem Gehirn und schien es zusammenzudrücken.

Schockiert es dich nicht auch, was ich alles mit dir machen kann, Prinzessin?

Alles in Julia vibrierte. Ein Paukenschlag nach dem anderen erschütterte ihr Gehirn.

Da du ihn niemals wiedersehen wirst, dachte ich mir, ich bring ein Stück von ihm zu dir. Eine kleine Erinnerung. Ist das nicht nett von mir?

„Julia!"

Der Kopf auf der Badewanne verschwand. Der Schmerz in Julias Schädel ließ nach. Sie versuchte, ihr Gleichgewicht zu halten, um nicht umzufallen.

Eva legte die Arme um sie und hielt sie fest.

„Ich … brauche ein Handtuch."

„Kann ich dich loslassen?"

„Ja." Völlig starr stand Julia da. Sobald sie sich zu bewegen versuchte, schoss ihr erneut ein heftiger Schmerz durch den Kopf.

„Willst du dich setzen?"

„Ich bin mir nicht sicher, ob ich es kann."

Eva umfasste Julias Hüfte und half ihr, sich auf den Badewannenrand zu setzen. Genau neben die Stelle, an der eben noch Zanders Kopf gelegen hatte.

Julia hielt sich das Handtuch unter die Nase, das Eva ihr reichte, und schloss für einen Moment die Augen.

„Geht's wieder?", fragte Eva nach ein paar Sekunden.
„Ja. Ich glaub schon."
„Was war los?"
„Ich habe Zanders Kopf gesehen." Julia deutete rechts neben sich. „Genau da. Nur der Kopf, sonst nichts. Er hat mich angestarrt."
Eva ließ sich auf der linken Seite auf den Badewannenrand sinken. „Und hast du auch den Zaren gehört? Hat er mit dir gesprochen?"
„Er sagte, ich würde Zander nie wiedersehen und dass er deshalb dachte, er würde mir ein kleines Präsent schicken." Julias Stimme klang tonlos, heiser. „Dass er das kann, dass er dazu in der Lage ist … das ist ein schrecklicher, ein wirklich schrecklicher Gedanke. Die Hölle auf Erden, das ist es. Diese Wirklichkeit, das ist der eigentliche Albtraum, Eva. Ich verstehe nicht, wie das möglich ist. Ich verstehe nicht, wie er das schafft."
„Vielleicht", setzte Eva bedächtig an, „haben wir es mit telepathischen Sendungen zu tun. Gedanken von jemandem, der sich an einem anderen Ort befindet. Ich habe darüber mal ein Buch gelesen, was ja wohl heißt, dass sich damit schon viel schlauere Köpfe auseinandergesetzt haben. Es kommt vor, sehr selten zwar, aber es kann es geben."
Julia schwieg einen Moment. Dann sagte sie: „Ich glaube, ich habe so etwas Ähnliches auch schon mal gelesen, aber ich habe solche Geschichten nie ernst genommen." Sie ließ das Handtuch sinken. „Und warum sollte das ausgerechnet bei ihm und mir funktionieren?"
Als Eva nicht darauf antwortete, sondern sie nur ansah, schüttelte Julia den Kopf, jedoch nur sehr vorsichtig. „Wir haben doch schon darüber gesprochen, oder nicht? Es gibt keinen lebenden Verwandten mehr in meiner Familie. Meine Eltern sind tot. Die Eltern meines Vaters ebenfalls und die meiner Mutter auch. Ich bin die Letzte. Ich bin alleine."
„Tatsache ist aber auch, dass du aus irgendeinem Grund besonders sensibilisiert für diesen Menschen bist."
Julia atmete tief durch. „Offenbar. Warum auch immer. Auf jeden Fall macht es mir Angst."
„Mir auch", gab Eva zu.
„Aber das Allerschlimmste", fügte Julia hinzu, „ist, es zu wissen."
„Was zu wissen?"
„Dass man verrückt ist."
„Hör auf, du bist nicht …"

Julia hob die rechte Hand und tippte sich damit an die Stirn. „Zu wissen, dass etwas mit einem nicht stimmt. Dass da im Kopf etwas vor sich geht, worüber man keine Kontrolle hat."

„Du bist nicht verrückt", sagte Eva entschieden. „Wir haben doch gerade darüber gesprochen, oder nicht? Es gibt für die meisten solcher paranormalen Dinge ganz gewöhnliche Erklärungen. Du müsstest dich nur endlich einmal damit auseinandersetzen."

„Und genau dafür habe ich gerade keine Zeit." Unsicher erhob Julia sich vom Badewannenrand.

„Du solltest sitzen bleiben", sagte Eva.

„Ich muss mir die Hände waschen." Julia drehte den Wasserhahn auf. „Ich muss das Blut loswerden. Es ist durch das Handtuch gesickert." Ein paar Sekunden später drehte sie das Wasser wieder ab und wandte sich zu Eva um. „Würdest du mir einen Gefallen tun?"

„Klar. Welchen?"

„Würdest du unter dem Waschbecken nachsehen, ob dir da an der Wand irgendetwas Außergewöhnliches auffällt? Ich würde es ja selbst machen, aber ich habe Angst, dass meine Nase wieder anfängt zu bluten, wenn ich mich bücke."

Eva nickte und tat wie geheißen. Allerdings gab es unter dem Waschbecken nichts zu sehen.

Also machten sie sich auf den Weg ins Arbeitszimmer, wo Julia sich einmal mehr aufmerksam umsah. Kopierer und Drucker standen auf einem Schreibtisch. Sie vermutete, dass die ehemaligen Kollegen den Rechner mitgenommen hatten. An der Wand befand sich ein Regal, vollgestellt mit allen möglichen Titeln, vor allem Kochbücher, ordentlich alphabetisch sortiert. Sie las die einzelnen Buchrücken. Nichts Besonderes.

Wieder zurück ins Wohnzimmer.

Julia stellte sich genau in die Mitte, drehte sich einmal um die eigene Achse, und als Eva fragte: „Seid ihr das?", wusste sie einen Moment lang nicht, was sie meinte. Sie folgte mit den Augen Evas ausgestrecktem Zeigefinger und blickte auf ein gerahmtes Foto, das an der Wand hing. Es zeigte Zander und sie bei einer Feier. Sie erinnerte sich. Es war die Abschiedsfeier eines Kollegen gewesen, der in den Ruhestand gegangen war.

Julia betrachtete das Foto einen Moment lang und dachte unwillkürlich darüber nach, dass solche Bilder schon eine seltsame Sache waren. Diese Art von Schnappschüssen hielten nur einen kurzen

Augenblick fest, doch für die meisten Menschen steckte viel mehr dahinter. Ein aufregender Tag. Ein wunderschöner Urlaub. Eine Epoche in einem Leben. Eine ganz besondere Zeit. Auf diesem Foto sah sie sich selbst neben Zander stehen und in die Kamera lachen. Es war eine schöne Feier gewesen. Ein perfekter Moment für ein perfektes Foto.

Und jetzt?

Jetzt war nichts mehr perfekt.

Gar nichts mehr.

Julia wandte sich ab und ließ sich auf die Couch sinken. Sie spürte das vertraute Nachgeben des Stoffes, hörte das leise Knarren des Gestells.

Versuch zu denken, was er gedacht hat. Los, Julia, du bist er. Was würdest du tun? Denk nach.

Sie schloss die Augen.

Ich bin Zander. Ich bin hier in dieser Wohnung, und ich ahne, dass mir Gefahr droht. An meine Kollegen will ich mich nicht wenden, weil ich ihnen nicht traue, also suche ich nach einem Versteck, von dem ich weiß, dass die Polizei es nicht untersuchen wird, weil sie es nicht für wichtig oder bedeutend genug befindet.

Die Gedanken rasten nur so durch Julias Kopf, und am Ende blieb einer hängen: *Nicht bedeutend genug für die Polizei. Aber bedeutend genug für mich und die Person, die den Hinweis finden soll.*

Blitzartig öffnete sie die Augen und richtete sich auf. Sie erhob sich und ging zu dem Foto an der Wand. Sie hängte es ab und pulte es aus dem Rahmen. Dann drehte sie es um, und ihr wurde eiskalt. Ihr Herz begann, wie verrückt zu hämmern, und auf ihren Unterarmen bildete sich eine Gänsehaut.

Fünf Worte, die sie erzittern ließen: *Julia, erinnere dich an Rabijo.*

15. KAPITEL

„Warum beschützen Sie diese Frau?“

11:34 Uhr
Hannover

Als die Tür zum Büro aufgestoßen wurde, zuckte Charlotte Gärtner zusammen und hob den Kopf.

Es war Michael Tech. „Wir haben was“, sagte er. „Etwas, das diesen Fall …“, er deutete mit dem Zeigefinger in die Höhe, „in die Stratosphäre katapultieren wird.“

„Was?“, fragte Charlotte ungeduldig.

„Wir haben an Britta Starks Haustür und auf dem Lichtschalter im Flur sowie auf einem der abgerissenen Knöpfe der Bluse der Anwältin Fingerabdrücke von ein und derselben Person gefunden. Und gerade eben gab es einen Treffer.“

„Machen Sie es nicht so spannend.“

Tech wartete trotzdem noch zwei Sekunden, dann sagte er: „Susanne Grimm.“

In Charlottes Gesicht zuckte ein Muskel. Ein paar Sekunden lang bekam sie keinen Ton heraus. Dann sagte sie: „Machen Sie die Tür zu.“

Tech tat es und reichte ihr dann einen Umschlag. In ihm steckte ein DIN-A4-Blatt mit Fingerabdrücken.

Charlotte starrte auf das Papier.

„Sie erinnern sich noch daran, wer Susanne Grimm ist?“, fragte Tech.

„Natürlich erinnere ich mich“, gab Charlotte zurück. „Sie und ich, Herr Tech, haben im letzten Sommer gemeinsam in der geschlossenen Psychiatrie Mönchshof in einem Mordfall ermittelt. Ich wurde von dem Fall abgezogen, Sie wurden für kurze Zeit Chefermittler und wollten die Frau unbedingt verhaften, obwohl es nicht den geringsten Beweis für ihre Schuld gab. Währenddessen habe ich den wahren Mörder überführt.“

Tech wurde rot. „So genau wollte ich es gar nicht wissen.“

„Ihr gelang die Flucht aus der Psychiatrie, und seitdem ist sie verschwunden“, endete Charlotte.

Tech deutete auf die Fingerabdrücke. „Und jetzt ist sie wieder aufgetaucht. Sie war am Tatort. Sie …“

„Dass sie am Tatort war, macht sie noch nicht zur Mörderin", wandte Charlotte ein.

„Nein, aber …"

„Wer weiß noch von den Fingerabdrücken?"

„Bisher nur Sie und ich."

„Prima. Dabei belassen wir es vorerst auch."

Tech starrte Charlotte an. „Wie bitte?"

„Ich sagte, wir belassen es vorerst dabei."

Er schnappte nach Luft. „Ist das Ihr Ernst? Wir haben Kenntnis von einer flüchtigen Person, die an einem Tatort war. Susanne Grimm könnte eine Mörderin sein, und Sie wollen diese Informationen zurückhalten? Das können wir nicht machen. Wir müssen eine Fahndung herausgeben."

„Die Fingerabdrücke müssen überhaupt nichts heißen. Sie kann aus verschiedenen Gründen in dem Haus gewesen sein. Es gibt noch überhaupt keine Veranlassung …"

„Wie bitte?" Tech begann, die Argumente an seinen Fingern aufzuzählen. „Die Frau ist aus einer geschlossenen Psychiatrie ausgebrochen und seitdem auf der Flucht vor der Polizei. Sie ist psychisch labil, deshalb war sie ja schließlich in der Psychiatrie." Er tippte sich an die Stirn. „Wir wissen überhaupt nicht, was zurzeit in ihrem Kopf vor sich geht. Ihr Verhalten ist unvorhersehbar. Ihr ist alles zuzutrauen. Und das nennen Sie *keine Veranlassung*?"

„Ich weiß, wie es aussieht", sagte Charlotte. „Aber davon abgesehen, dass ich Susanne Grimm während unserer Ermittlungen in der Psychiatrie kennengelernt habe und sie keineswegs für psychisch labil halte, ist sie überhaupt nur dort gelandet, weil sie einer anderen Frau helfen wollte. Nicht, weil sie gemeingefährlich ist. Eine Mörderin ist sie ganz bestimmt nicht."

„Wenn sie damals nur etwas fester mit der Glasscherbe zugestochen hätte, dann wäre sie heute vielleicht eine." Tech machte zwei Schritte auf Charlottes Schreibtisch zu und beugte sich etwas zu ihr vor. „Hören Sie, wir wissen überhaupt nicht, was zurzeit in der Frau vor sich geht. Sie steht vermutlich unter starkem psychischem Druck. Ich sage Ihnen, wir haben die Mörderin direkt vor unserer Nase. Wir müssen etwas tun."

Charlotte schüttelte den Kopf. „Ich sage Ihnen jetzt einmal etwas über unseren Mörder, Herr Tech: Dieser Mensch weiß sehr genau, was er tut. Er hat den Mord penibel vorbereitet. Er hat die Pistole mitgebracht und den richtigen Moment genutzt. Er ist ein Kontrollfreak, der Wert darauf legt, dass alles bis ins letzte Detail stimmt. Er ist niemand, der etwas dem Zufall überlässt. Und das alles passt überhaupt nicht zu Susanne Grimm. Dafür ist sie von ihrer Persönlichkeit her überhaupt nicht strukturiert genug."

Tech öffnete den Mund, um etwas zu sagen, doch Charlotte war schneller: „Außerdem haben wir es mit einem großen Täter zu tun, vermutlich mit einem Mann. Laut Bericht wurde von oben geschossen."

„Natürlich. Die Frau hat *gesessen*, als sie erschossen wurde."

„Warum hätte Susanne Grimm der Frau die Bluse aufreißen sollen?"

„Was weiß ich? Sie ist doch lesbisch, oder nicht? Vielleicht hatten die beiden ein Verhältnis. Vielleicht sind irgendwelche Triebe mit ihr durchgegangen …"

„Jetzt machen Sie sich nicht lächerlich, Herr Tech." Noch einmal schüttelte Charlotte den Kopf. „Ich sage Ihnen, wir haben es mit einem Mann zu tun. Mit einem Mann, den die Anwältin gut kannte. Es muss einen anderen Grund geben, warum Susanne Grimm in dem Haus war, und den müssen wir ermitteln, weshalb wir sie schnellstmöglich finden sollten. Sie ist ganz bestimmt nicht die Täterin, aber vielleicht ist sie eine Zeugin."

Ein paar Sekunden lang sahen sie einander in die Augen.

Dann sagte Tech: „Wir können diese Fingerabdrücke nicht einfach so unter den Tisch fallen lassen, Frau Gärtner. Wenn wir das verheimlichen und es kommt heraus, dann werden wir vielleicht vom Dienst suspendiert. Oder wir fahren wieder Streife. Oder wir werden gleich ganz hinausgeworfen."

Charlotte erhob sich von ihrem Stuhl und trat ans Fenster. „Und ich bleibe dabei: Wir sagen es niemandem. Noch nicht."

Sie spürte Techs Blick im Rücken. „Warum beschützen Sie diese Frau? Warum?"

„Ich beschütze sie nicht", widersprach Charlotte hitzig und wandte sich wieder zu ihm um. „Ich bin mir nur sicher, dass sie es nicht getan hat, und wenn wir die Fingerabdrücke jetzt weiterleiten, dann wird sie überhaupt keine Chance mehr haben. Der Strick um ihren Hals wird sich endgültig zuziehen, die Staatsanwaltschaft wird sich auf sie als Täterin festlegen und nach niemand anderem mehr suchen. Sie hat nur eine Chance, und das ist die, dass wir sie rechtzeitig finden, um mit ihr zu sprechen."

Tech schüttelte den Kopf. „Wenn wir sie finden, müssen wir sie festnehmen, das wissen Sie."

Als Charlotte darauf nichts sagte, fügte er hinzu: „Frau Gärtner, wir können es nicht ignorieren. Wir müssen in Betracht ziehen, dass Susanne Grimm tatsächlich eine Mörderin ist. Wir ..."

„Das tun wir. Wir ziehen es in Betracht. Aber wir ziehen auch alles andere in Betracht und laufen nicht mit Scheuklappen durch die Gegend." Fest sah Charlotte Tech in die Augen. „Machen Sie, was ich Ihnen sage, Herr Tech. Und, nur zur Vorsicht: Ich meine es ernst. Wir werden beide mit niemandem darüber reden. Noch nicht. Und wenn Sie es doch tun, das schwöre ich Ihnen, dann lernen Sie mich von meiner unangenehmsten Seite kennen."

Damit ging sie um den Schreibtisch herum, steuerte die Bürotür an und verließ den Raum.

Währenddessen musste Susanne ernüchtert feststellen, dass es eine wahre Schinderei war, einen anderen Menschen zu verfolgen. Weil es so fürchterlich anstrengend war. Es hörte einfach nicht auf zu schneien, und es war eisig kalt, sie fühlte sich längst wie ein Eisblock und zitterte wie Espenlaub. Sie sehnte sich nach einem heißen Bad und einem heißen Tee. Mit Rum. Reichlich Rum.

Gefühlte Stunden war sie Schiller nun schon auf den Fersen, und es war nichts dabei herausgekommen. Er war nur kreuz und quer durch die Stadt gelaufen. Weder hatte er irgendwo angehalten noch war er irgendwo eingekehrt noch hatte er sich irgendwo mit irgendjemandem getroffen. Er war einfach nur gelaufen. Und dabei bewegte er sich keineswegs wie ein Mörder. Nicht dass Susanne gewusst hätte, wie ein Mörder sich bewegt. Aber auf jeden Fall wirkte er nicht so, als wäre er auf der Hut. Ganz im Gegenteil. Selbst bei dem schlechten Wetter bewegte er sich ausgesprochen elegant, machte kraftvolle Schritte, und seine Hände steckten entspannt in den Manteltaschen.

Überhaupt war Susanne beeindruckt, wie schnell er ging. Der Bürgersteig war voller Schnee und Eis, und es war schwierig, nicht auszurutschen, doch er schaffte es mühelos.

Sie biss die Zähne zusammen, hatte aber sehr große Mühe, ihn nicht aus den Augen zu verlieren.

Jetzt, plötzlich, blieb er bei einem dunklen Mercedes stehen, und auch sie hielt abrupt in der Bewegung inne. War das der Wagen, mit dem sie gestern Abend entführt werden sollte? Sie hätte es nicht sagen können, und sie hatte auch gar keine Zeit, darüber nachzudenken, denn Schiller öffnete den Mercedes mit der Fernbedienung und stieg ein.

Das wäre eine günstige Gelegenheit gewesen, die fruchtlose Observation abzubrechen. Doch stattdessen sah Susanne sich hektisch um und entdeckte glücklicherweise nur wenige Meter entfernt ein Taxi, dem sie mit heftigen Gesten winkte.

Als der Fahrer neben ihr anhielt, sprang sie auf den Beifahrersitz, zeigte durch die Windschutzscheibe und sagte: „Folgen Sie dem Wagen."

„Zu viele Krimis gesehen, wie?", scherzte der Fahrer und legte den ersten Gang ein.

Der Mercedes hatte bereits die nächste Kreuzung erreicht und bog dort nach links ab.

„Fahren Sie schneller", sagte Susanne.

„Schneller geht nicht", gab der Fahrer zurück. „Eigentlich sollte ich bei dem beschissenen Wetter überhaupt nicht fahren."

Susanne zog einen Hunderter aus ihrer Handtasche und hielt ihn in die Höhe. Sofort gab der Fahrer Gas, und gleich darauf bogen auch sie an der Kreuzung links ab.

Die Fahrt ging nach Norden, und sie hatten alle Mühe, Schiller nicht aus den Augen zu verlieren.

Als der Mercedes über eine Kreuzung fuhr, sagte Susanne: „Bleiben Sie dran!"

Die Ampel zeigte Gelb. Der Taxifahrer zögerte.

„Bleiben Sie dran!", sagte Susanne noch einmal. „Denken Sie an das Geld." Zum besseren Verständnis winkte sie noch einmal mit dem Hunderter.

Er ließ den Fuß auf dem Gaspedal. Sie rasten durch einen großen Haufen Schneematsch, und noch bevor sie die gegenüberliegende Seite erreicht hatten, setzte sich der Gegenverkehr in Bewegung.

„Ooooooooooh …", machte der Taxifahrer.

Sie rauschten über die Kreuzung hinweg und knapp an einem Wagen vorbei, dessen Fahrer so abrupt auf die Bremse trat, dass das Auto hinter ihm fast in ihn hineingerutscht wäre.

Ein wildes Hupkonzert ertönte von allen Seiten.

„Das war's", sagte der Taxifahrer. „Ich hab keine Lust, meinen Führerschein zu verlieren. Und schon gar nicht mein Leben."

„Es ist wirklich wichtig, dass wir an dem Mercedes dranbleiben", sagte Susanne.

„Warum sind Sie überhaupt hinter ihm her?“

„Der Typ, der ihn fährt, ist mein Mann, und er hat mich betrogen.“

„Im Ernst?“

„Ja. Ich werde mich von ihm scheiden lassen, aber zuerst will ich wissen, wer die Schlampe ist, mit der er es treibt.“

Das schien ein überzeugendes Argument zu sein, denn der Taxifahrer gab wieder Gas.

Gleich darauf sahen sie, wie der dunkle Mercedes am rechten Straßenrand hielt.

„Halten Sie an“, sagte Susanne sofort, und kaum hatte Schiller seinen Wagen verlassen, befand auch sie sich schon wieder auf der Straße. Jedoch nur, um festzustellen, dass er in einem gepflegten Mehrfamilienhaus verschwand. Sie wartete ein paar Sekunden, dann ging sie auf das Haus zu und warf einen Blick auf die verschiedenen Namensschilder. Auf einem davon stand: Schiller.

Ach, dachte Susanne, hier wohnst du also.

Dann wandte sie sich um und stellte fest, dass das Taxi schon wieder weggefahren war. Im gleichen Moment huschte ein Mann an ihr vorbei, der eilig die Straße entlanglief und gleich darauf in den dichten Schneeflocken verschwand. Die dicke Pelzmütze, die er auf dem Kopf trug, hatte ihn unkenntlich gemacht, trotzdem blickte Susanne ihm einen Moment lang hinterher. Irgendetwas an ihm kam ihr bekannt vor. Hatte sie ihn schon einmal gesehen? Sie erinnerte sich nicht, also konzentrierte sie sich wieder auf das Wesentliche – und das war: zu überlegen, was sie nun tun sollte.

Sie drehte sich einmal um die eigene Achse, und dann hatte sie eine Idee.

16. KAPITEL

Rabijo

Fünf Worte. Das war alles.

Julia, erinnere dich an Rabijo.

Rabijo. Der Name dröhnte in Julias Kopf.

Inzwischen waren sie wieder in der Pension.

„Wer ist dieser Rabijo?“ Eva setzte sich neben sie auf die Couch. „Was hat es mit ihm auf sich?“

„Sein richtiger Name ist Theo Lauerwald“, sagte Julia. „Er war ein Obdachloser. Woher er den Namen Rabijo hatte, weiß ich nicht. Wir haben ihn vor drei Jahren verhaftet, Zander und ich, weil er in alkoholisiertem Zustand einen Wagen gestohlen und versucht hatte, einen anderen Mann damit zu überfahren. Wie durch ein Wunder ist dem aber fast nichts geschehen. Trotzdem handelte es sich eindeutig um einen Tötungsversuch, weshalb wir eingeschaltet wurden ...“ Julia brach ab, legte sich einen Moment lang erschöpft eine Hand an die Stirn, ließ sie dann wieder sinken und blickte vor sich hin. Sie erinnerte sich ...

Oktober 2007

Die wenigen herbstlichen Sonnenstrahlen, die ihren Weg ins Vernehmungszimmer fanden, sorgten für ein gespenstisches Halbdunkel. Am schlimmsten jedoch war der Gestank, der beinahe greifbar in der Luft hing. Er zeugte von körperlicher Verwahrlosung und mischte sich mit noch etwas, das nur schwer zu beschreiben war.

Während Julia die Gestalt ansah, die auf dem Stuhl am Tisch kauerte, spürte sie, wie sich die Härchen auf ihren Unterarmen aufstellten. Langes dunkles Haar hing dem Mann strähnig über die schmalen Schultern. Das Gesicht unter einem langen Bart war aufgeschwemmt, und der sichtbare Teil der Haut war voller Schorf. Ebenso der Hals. Es gab kaum eine Stelle, die nicht davon befallen war. Seine Kleidung hatte überall Löcher, und die Farben waren längst unter einer Dreckschicht verblasst.

„Guten Tag, Herr Lauerwald“, sagte sie und setzte sich ihm gegenüber.

Zander tat dasselbe.

Der Mann hob den Kopf, langsam wie in Zeitlupe. „Ich heiße Rabijo."

„In Ordnung", sagte Julia. „Ich bin Kriminalhauptkommissarin Julia Wagner. Und das ist mein Kollege Zander."

Der Blick des Mannes ruhte unablässig auf ihr. Zander schien er gar nicht wahrzunehmen. „Ich hab getan, was ich tun musste", sagte er.

„Sie haben einen Menschen überfahren." Zander schlug eine Akte auf. „Gestern Abend befanden Sie sich in einer Kneipe, Carlos Grill, in der es zu einer Schlägerei mit einem Mann namens Christoph Förster kam. Sie haben den Mann zuerst angegriffen, dafür gibt es Zeugen."

Rabijo nickte, und Zander fuhr fort: „Danach haben Sie ein Auto aufgebrochen und kurzgeschlossen. Und als der Mann die Kneipe verließ, haben Sie ihn damit überfahren. Deshalb wurden Sie verhaftet, und deshalb sind Sie hier."

„Ich hab getan, was ich tun musste", sagte Rabijo noch einmal.

„Sie mussten den Mann überfahren?"

„Ja."

„Warum?"

Keine Antwort. Rabijo sah Zander immer noch nicht an. Sein Blick lag weiterhin auf Julia.

„Sie wollten den Mann also umbringen?", fragte sie.

„Ich wollte ihm geben, was er verdient."

„Was hat er denn verdient?"

„Den Tod."

Für einen kurzen Moment war es still im Raum.

Dann fragte Julia: „Warum hat er den Tod verdient?"

„Er ist böse", antwortete Rabijo. „Er dient dem Herrn der Finsternis, und dessen Zeit naht. Der Tag ist nahe, an dem er Christus und all die schwächeren Götter verjagt und den Thron der Welt für sich beansprucht." Seine Stimme wurde tiefer. „Alle Anhänger Gottes werden versklavt oder abgeschlachtet werden. Sie werden geköpft und an die Ratten verfüttert. Die Nonnen werden sie schänden, in den Kirchen schwarze Messen feiern. Sie werden kleine Babys auf den Altären opfern. Der Teufel wird bis zum Ende aller Tage regieren. Die Zeichen künden es an. Wir müssen handeln, müssen es verhindern! Wir können nicht länger davonlaufen. Wir sind dazu verdammt, zu kämpfen."

Zander warf Julia einen Blick zu. Währenddessen zog Rabijo eine Postkarte aus seiner zerschlissenen Jackentasche und legte sie auf den Tisch. „Die hier ist für Sie."

„Für wen?", fragte Zander.

Rabijo sah ihn immer noch nicht an. „Für Sie", sagte er zu Julia.

Sie blickte auf die Postkarte, ohne sie anzufassen. Das Bild zeigte einen Schutzengel, der wohlwollend auf ein betendes Kind mit blonden Locken herabsah.

„Wenn es so weit ist, müssen auch Sie handeln", sagte Rabijo. „Sie müssen bereit sein. Aber Sie müssen gut aufpassen, denn sie sind schlau. Sie müssen immer gut aufpassen, hören Sie? Immer gut aufpassen."

Julia hob den Blick von der Karte und sah ihn an. „Also, ich ..." Weiter kam sie nicht, denn in der nächsten Sekunde brach ein Tumult aus. Rabijo schoss so schnell nach vorne, dass sie kaum Zeit zum Reagieren hatte. Er sprang über den Tisch und griff nach ihr.

Reflexartig wich Julia zurück, doch er hatte sie schon gepackt. Sein schorfiges Gesicht war nur wenige Zentimeter von ihrem entfernt. „Sie müssen mir glauben! Sie müssen mir glauben!"

„Finger weg!", schrie Zander und griff nach ihm.

„Sie wollen Sie töten!", schrie Rabijo. „Aber das lassen wir nicht zu!"

Das totale Chaos brach aus. Zwei Beamte kamen hereingestürmt und zogen ihn von Julia weg. Er wehrte sich aus Leibeskräften und schrie völlig außer sich: „NEIIIIN! Geht weg von mir!" Währenddessen unternahm Zander einen zweiten Anlauf, ihn zu fassen, und dieses Mal gelang es ihm. „Lassen Sie sie los!", schrie er. „Lassen Sie sie los!"

Und dann, auf einmal, war Rabijo wieder vollkommen ruhig. Er ließ von Julia ab, die Kollegen legten ihm Handschellen an und brachten ihn aus dem Verhörraum.

Doch bevor sich die Tür hinter ihm schloss, sagte er noch: „Sie müssen mir glauben."

Evas Gesicht war so bleich, dass es fast blutleer wirkte. „Meine Güte", sagte sie. „Das ist ja gruselig."

„Du hättest dabei sein sollen, dann würdest du es noch viel gruseliger finden." Julia erhob sich von der Couch, trat ans Fenster und sah hinaus in die wirbelnden Flocken.

„Warum du?", fragte Eva in ihrem Rücken. „Warum gab er ausgerechnet dir diese Karte?"

„Ich habe keine Ahnung."

„Nicht einmal eine Vermutung?"

„Nein. Absolut nicht."

Eine nachdenkliche Falte erschien auf Evas Stirn. „Was ist danach mit Rabijo passiert?“, fragte sie weiter.

„Er bekam eine Haftstrafe von einem Jahr.“ Julia kam zur Couch zurück und setzte sich wieder. „Es war seine erste Straftat. Davor war er nie aufgefallen. Und dieser Förster hatte es ja überlebt. Danach habe ich ihn nicht mehr gesehen.“

„Hatte es keine Konsequenzen, dass er dich angegriffen hat? Ich meine, du warst Polizistin ...“

„Ich hätte ihn anzeigen können, habe es aber nicht getan. Er tat mir irgendwie ... leid.“

„Verstehe. Und du weißt nicht, was aus ihm geworden ist?“

„Nein. Ich hab auch all die Jahre nicht mehr an Rabijo gedacht.“ Aber jetzt ... Seine Worte, dieser Geruch. Die Erinnerung ließ Julia schaudern. Sie hob den Blick und sah Eva an. „Als hätte er es gewusst. Als hätte er damals schon von den Kranichen gewusst. Als hätte er gewusst, dass sie versuchen werden, mich umzubringen. Und als hätte er mich warnen wollen.“

„Es sieht tatsächlich so aus“, gab Eva zu. „Aber woher hätte er das wissen können?“

„Ich habe keine Ahnung.“

„Du kanntest ihn nicht, nein? Du hattest den Mann vor diesem Verhör noch nie zuvor gesehen, oder?“

„Doch.“ Julia lehnte sich zurück und atmete tief durch. „Ich war ihm zuvor schon einmal begegnet.“

Sie schloss kurz die Augen. „Es war an meinem ersten Tag bei der Mordkommission hier in Mainz. Sechs Jahre ist das her. Ich hatte Feierabend, und es begann schon zu dämmern. Es war warm, daran erinnere ich mich noch gut, ich hatte das Fenster meines Wagens heruntergelassen und musste mich konzentrieren, weil ich die Strecke zu meiner Wohnung noch nicht gut kannte. Ich habe mich tatsächlich verfahren. Plötzlich wusste ich nicht mehr, wo ich war. Und dann tauchte wie aus dem Nichts dieser Mann auf der Straße auf.“

„Rabijo?“

Julia nickte. „Er stand unversehens direkt vor meinen Scheinwerfern. Keine Ahnung, wo er auf einmal herkam. Im einen Moment war da nur Straße, im anderen Moment war er plötzlich da.“

„Was ist dann passiert?“, wollte Eva wissen.

„Ich habe natürlich gebremst, war zu Tode erschrocken. Zum Glück war da sonst nichts, nur Straße, kein anderes Auto, das hinter mir gefahren wäre. Trotzdem habe ich ihn erwischt. Ich bin aus dem Auto gestiegen und habe ihn gefragt, ob alles in Ordnung sei. Und er hat in einer Sprache geantwortet, die ich nicht verstand. Ich sagte ihm, dass ich ihn nicht verstehe. Fragte ihn, ob er Deutsch spreche. Und da sprach er plötzlich ganz normal mit mir. Auf Deutsch, meine ich. Er sagte, ihm wäre nichts passiert. Trotzdem wollte ich ihn lieber zu einem Arzt bringen. Er hat den Kopf geschüttelt und gemeint, es wäre alles richtig so. Dann hat er wieder irgendetwas gemurmelt, was ich nicht verstanden habe, und dann sagte er noch einmal klar und deutlich: Es ist alles richtig so."

Eva hob die Augenbrauen. „Kam er dir irgendwie ... verrückt vor?"

„Eher verwirrt." Julia richtete sich etwas auf. „Jedenfalls fing er zwischendurch immer wieder an, in dieser merkwürdigen Sprache zu sprechen. Und plötzlich, und das ist das Irre an der Geschichte, habe ich ihn verstanden."

„Von was für einer Sprache sprichst du?"

Julia zuckte hilflos mit den Schultern. „Ich weiß nicht einmal, ob es sich dabei um eine Sprache handelt. Pastor Jordan hat sie mir im Waisenhaus beigebracht, in diesen endlosen spätabendlichen Sitzungen. Aber ich habe fast alles wieder vergessen. Diesen einen Satz jedoch, den habe ich verstanden."

„Welchen?"

„Es muss alles in der richtigen Reihenfolge und zum rechten Zeitpunkt geschehen."

„Wirklich? Das hat er gesagt?"

Julia nickte. „Ich erinnere mich noch sehr genau daran. Rabijo schien überglücklich, dass ich ihn verstanden hatte. Er sagte: Sie verstehen mich. Und dann sagte er, dass ich das nicht vergessen dürfe. Niemals. Danach stand er auf und ging davon. Ich habe ihn noch gefragt, ob ich ihn ein Stück mitnehmen soll, aber er meinte nur, ich müsse gut auf mich aufpassen. Dann war er verschwunden. Das war es. Danach habe ich ihn nicht mehr gesehen, bis zu seiner Verhaftung."

Geräuschvoll atmete Eva ein. „Hast du ihn bei seiner Verhaftung sofort wiedererkannt?", wollte sie wissen.

„Natürlich", gab Julia zurück. „An dem Schorf in seinem Gesicht."

„Hast du mit jemandem darüber gesprochen?"

„Nein. Das Ganze war so merkwürdig ... das hätte mir doch niemand geglaubt. Und das eine hatte mit dem anderen ja auch nichts zu tun, dachte ich damals."

„Hm", machte Eva. „Und jetzt hinterlässt dir Zander eine Nachricht, dass du dich ausgerechnet an diesen Mann erinnern sollst."

„Ja", sagte Julia. „Mit allem hätte ich gerechnet, aber nicht mit diesem Namen."

„Hast du die Postkarte noch, die Rabijo dir damals im Verhörraum gegeben hat?"

„Nein."

„Hast du sie weggeworfen?"

„Nein. Ich hab einfach nicht mehr auf sie geachtet, und als ich das nächste Mal den Verhörraum betrat, war sie nicht mehr da."

„Kannst du dich erinnern, ob sich noch etwas anderes darauf befand? Ich meine, auf der Rückseite? Oder war da nur der Engel?"

„Du meinst, eine Botschaft an mich?"

„Ja."

„Ich hab nur den Engel gesehen. Aber ich hab die Karte auch nicht umgedreht, ich hab sie ja nicht einmal angefasst."

Eva beugte sich etwas nach vorn. „Denk nach, Julia, hast du irgendeine Ahnung, wo dieser Rabijo heute stecken könnte?"

„Nein." Julia schüttelte den Kopf. „Er könnte überall sein."

Daraufhin schwiegen sie einen Moment lang nachdenklich.

„Und was willst du jetzt machen?", fragte Eva dann.

„Was würdest du tun?", gab Julia zurück.

„An deiner Stelle?"

„Ja."

„Rabijo suchen."

„Genau." Julia richtete sich auf und griff nach ihrem Handy. „Und deshalb werden wir das jetzt auch tun."

Immerhin, jetzt hatte sie eine konkrete Aufgabe: Rabijo finden.

17. KAPITEL

Ein Mörder, der ein guter Sohn ist

Hannover

Ohne zu wissen, worauf sie eigentlich wartete, saß Susanne seit gefühlten Ewigkeiten in einer Sportbar und tat genau das: Sie wartete. In der Ecke hing ein Fernseher, der aber im Augenblick keinen Sport zeigte, sondern die Nachrichten. Sie nahm es nur am Rande wahr und seufzte gedankenverloren. Sie wusste sehr genau, dass sie oft Dinge tat, bevor sie wirklich gründlich darüber nachgedacht hatte. Genau dieser Umstand hatte sie ja schließlich in die Situation gebracht, in der sie sich jetzt befand. Und nun widersetzte sich der primitivste Teil ihres Gehirns schon wieder jeder Vernunft.

Während Susanne darüber nachdachte, blickte sie weiter aus dem Fenster und beobachtete das Haus auf der anderen Straßenseite. Das Haus, in dem Schiller wohnte.

Im Grunde, das wusste sie, war das, was sie hier tat, vollkommen sinnlos. Selbst wenn er Britta Starks Mörder wäre – was sollte sie tun? Ihn festnehmen? Der Polizei Bescheid geben, dass die ihn festnahm? Ohne irgendwelche Beweise?

Susanne spürte einen ziehenden Schmerz im Rücken und versuchte, eine bequemere Sitzposition zu finden. Dann schnäuzte sie sich und steckte das Taschentuch zurück in die Manteltasche. Und beobachtete weiter. Von ihrer Position aus konnte sie mit Leichtigkeit überblicken, wer das Haus betrat oder wer es verließ. Jedoch betrat oder verließ es niemand, schon gar nicht Schiller.

Als die Bedienung geräuschlos wie aus dem Nichts neben ihr auftauchte, bestellte Susanne noch einen Espresso.

„Suchen Sie jemanden?“, wollte die junge Frau mit dem blonden Pferdeschwanz wissen.

„Nein“, sagte Susanne. Offenbar benahm sie sich doch nicht so unauffällig, wie sie dachte. Schon früher hatte sie sich bei jedem Detektivfilm gefragt, wie die Menschen es eigentlich schafften, andere Menschen im Auge zu behalten, während sie dabei in die völlig andere Richtung sahen.

Zwei Japaner betraten das Café und versuchten, auf Englisch mit der blonden Bedienung zu sprechen. Deren Englischkenntnisse machten dem deutschen Schulsystem wenig Ehre. Susanne hörte amüsiert zu und hätte große Lust gehabt, zu rauchen. Da das in dem Cafe allerdings verboten war, schob sie sich ein Bonbon in den Mund, hob den Blick und schaute hinauf zum Fernseher. Und was sie dann sah, ließ ihr das Blut in den Adern gefrieren …

Wenn es etwas gab, was Charlotte Gärtner noch mehr hasste als den fürchterlichen Winter vor der Tür, dann waren es Pressekonferenzen.

Das Konferenzzimmer befand sich im Erdgeschoss und war zum Bersten voll. Diana Venczel hatte sich neben sie auf eine Kunststoffbank gedrückt, die sich hinter einem länglichen Kunststofftisch befand, der vollgepackt war mit Mikrofonen, Kabeln und den obligatorischen Wasserflaschen, die aus irgendeinem Grund immer hier standen und aus denen nie jemand trank.

Die einleitenden Informationen lieferte die Staatsanwältin, die sehr aufrecht saß und jedes ihrer Worte dadurch unterstrich, dass sie mit dem rechten Zeigefinger nachdrücklich auf die Tischplatte klopfte.

Kaum hatte sie geendet, prasselten die Fragen auf Charlotte ein.

„Warum musste ausgerechnet diese Frau sterben?“, fragte ein junger Mann vom lokalen Rundfunk.

„Das wissen wir noch nicht“, sagte Charlotte.

„Haben Sie denn noch überhaupt keine Spur?“

„Nein, bisher nicht.“

„Gibt es einen Tatverdächtigen?“

„Nein.“

„Gehen Sie davon aus, dass die Frau ihren Mörder kannte?“, fragte eine Rothaarige aus den hinteren Reihen.

„Das ist anzunehmen. Sie scheint ihm die Tür geöffnet und ihn ins Haus gelassen zu haben.“

„War es ein Verrückter?“

„Nun ja, niemand, der einen anderen Menschen umbringt, kann ganz gesund im Kopf sein.“

„Jemand aus dem näheren Umfeld des Opfers?“

„Das wissen wir noch nicht.“

„Aber Sie haben das nähere Umfeld doch sicher befragt?“

„Natürlich.“

Eine junge, eifrige Journalistin, die schon die ganze Zeit mit ihrem Stift gewedelt hatte, schaffte es jetzt endlich, zu Wort zu kommen:

„Hat es etwas mit dem Beruf des Opfers zu tun? Die Frau war Anwältin. Könnte es ein ehemaliger Klient gewesen sein?“

„Wir überprüfen das. Aber wir haben leider keine unerschöpflichen Ressourcen, und so erfordert es einige Zeit, bis wir mit allen infrage kommenden Personen gesprochen haben.“

Wieder die Rothaarige aus der hinteren Reihe: „Was meinen Sie, handelt es sich bei dem Täter um einen Mann oder eine Frau?“

„Beides ist möglich.“

Ein Reporter aus der Mitte erhob sich. „Handelt es sich um ein Sexualverbrechen?“

„Nein. Das wurde durch die Obduktion ausgeschlossen.“

„Dann könnte es sich bei dem Täter also tatsächlich um eine Frau handeln?“

„Wie ich gerade sagte, beides ist möglich.“

„Welche Theorien haben Sie, Frau Kommissarin?“, schaltete sich ein Reporter aus der ersten Reihe ein. „Sie müssen doch mehr als nur einen Hinweis haben, dem Sie nachgehen.“

„Wir gehen verschiedenen Anhaltspunkten nach.“

„Hatte das Opfer Angst? Ich meine, fühlte es sich im Vorfeld bedroht?“ Die Frage kam von einem gut aussehenden dunkelhaarigen Journalisten aus der zweiten Reihe, der wohl für das Fernsehen berichtete.

„Das konnten wir bisher noch nicht herausfinden. Aber in dem Fall hätte die Frau sich doch wohl an die Polizei gewandt, nicht wahr?“

„Aber das hat sie nicht getan?“

„Nein.“

„Wann, denken Sie, werden Sie ein Ergebnis vorweisen können?“, rief jemand aus den hinteren Reihen.

Charlotte zog die Schultern etwas hoch. „Das kann ich beim besten Willen nicht sagen.“

Jetzt schaltete Diana Venczel sich gnädigerweise wieder ein. „Weitere Informationen erhalten Sie zu gegebener Zeit. Vielen Dank für Ihre Aufmerksamkeit. Wie ich bereits sagte: Wir tun alles, um den Mörder zu überführen, und ich habe vollstes Vertrauen in die ermittelnden Beamten.“

Seit wann das denn? fragte Charlotte sich im Stillen.

Doch im Grunde war sie einfach nur froh, dass es endlich vorbei war.

Susannes Innerstes war in heller Aufregung. Sie wussten es nicht! Sie hatten ihre Fingerabdrücke nicht gefunden! Wie war das möglich? Sie hatte doch genügend davon in Britta Starks Haus hinterlassen!

Das kann nicht sein, das ist unmöglich. Susanne ertrug es kaum noch, still am Tisch zu sitzen. Sie wollte sich bewegen, die Bar verlassen, bevor sie völlig die Fassung verlor. Doch gerade als sie sich erheben wollte, sah sie, wie Schiller aus dem Haus kam und geradewegs auf die Bar zuging.

Sofort setzte Susanne sich wieder hin. Ihr Herz schlug wie eine Trommel. Er hatte sie entdeckt! Er hatte irgendwie bemerkt, dass sie hier saß! Vielleicht hatte er sie die ganze Zeit ebenso beobachtet wie sie ihn. Was sollte sie jetzt tun? Mit schreckgeweiteten Augen beobachtete sie, wie Schiller die Tür öffnete und die Bar betrat. Unwillkürlich hielt sie sich die Speisekarte vors Gesicht und versank tiefer in ihrem Stuhl. Am liebsten wäre sie ganz unter den Tisch gekrochen, aber natürlich ging das nicht. Also starrte sie den Inhalt der Karte an, als könne sie darin die Zukunft lesen.

Aus den Augenwinkeln beobachtete sie, wie Schiller sich an einen Tisch setzte, etwa drei Meter von ihr entfernt, und einen Cappuccino bestellte. Er beachtete sie überhaupt nicht, und sie atmete erleichtert auf.

Dann beobachtete sie, wie ein weiterer Mann die Bar betrat und sich zu Schiller an den Tisch setzte. Er saß mit dem Gesicht zu ihr, und sie stellte fest, dass er ebenfalls sehr gut aussah. Beide hätten alles sein können: Hollywoodschauspieler, Rechtsanwälte …

Susanne lugte weiter an der Karte vorbei und beobachtete, wie der Mann auf etwas betuliche Art und mit sparsamer Gestik mit Schiller sprach. Schiller hingegen antwortete bestimmt, weit ausholend, dynamisch. Zu gerne hätte sie gewusst, worüber die beiden redeten, doch leider konnte sie nur Satzfetzen verstehen, einzelne Wörter. Allerdings sorgte das, was sie dann aufschnappte, dafür, dass ihre Welt explodierte.

„*Alles … Ordnung.*“ Das war Schiller. „*… ausgeschaltet.*“

„*… Informationen … Kassette?*“, fragte sein Gegenüber.

„*Leider nein.*“

Susanne saß wie gelähmt da.

Dann kam eine Zeit lang nichts mehr. Die beiden Männer schwiegen, bis die Bedienung ihre Bestellungen auf den Tisch gestellt hatte.

Dann setzte Schillers Gegenüber wieder an. „*Was heißt …? … war doch klar … Wenn nötig … Finger abschneiden.*“

Susanne zuckte zusammen.

„… selbst machen müssen." Das kam wieder von Schiller.

Sein Gegenüber: *„… die Brisanz der Sache, verdammt."*

„… kümmere mich darum."

Dann war es plötzlich still.

Susanne beobachtete, wie die beiden sich verabschiedeten, und in ihrem Kopf überschlugen sich die Gedanken. Schließlich legte sie einen Geldschein auf den Tisch, erhob sich und eilte den beiden Männern hinterher.

Es dauerte einen Moment, bis sie Schiller vor der Bar wiederentdeckte. Er lief die Straße hinunter, und sie folgte ihm eilig.

Und dann liefen sie wieder.

Und liefen.

Und liefen.

Als Susanne bewusst wurde, dass sie Schiller vermutlich viel zu dicht auf den Fersen war, ließ sie sich etwas zurückfallen.

Ein Mann kam ihr entgegen und rempelte sie an. Sie fluchte ihm hinterher, und als sie sich das nächste Mal umdrehte, war Schiller verschwunden.

Sie hatte ihn verloren.

Hektisch blickte Susanne sich um und entdeckte fünfzig Meter entfernt eine Einmündung in eine kleine Gasse. Sie eilte darauf zu, und da war er wieder. Zehn Meter entfernt stand er an einem Kiosk, kaufte eine Zeitung und warf einen etwas zu langen Blick auf die Schlagzeile.

Frierend trat Susanne von einem Fuß auf den anderen, während sie so tat, als würde sie das Schaufenster eines Möbelladens betrachten.

Komm schon, dachte sie. *Geh weiter!*

Schließlich setzte er sich wieder in Bewegung, und sie folgte ihm erneut.

Kurz darauf bog er in eine Seitenstraße ein, die nach fünfzig Metern eine Biegung machte und in ein Grundstück mündete.

Susanne beobachtete, wie Schiller auf ein Gebäude zuging, das ihr irgendwie bekannt vorkam. Es dauerte einen Moment, bis sie es erkannte. Es war das Altenheim, in dem sie und der Professor am Morgen Lucia van Greef die Visitenkarte gezeigt hatten.

Schiller verschwand im Inneren, und sie blieb unschlüssig vor dem Eingang stehen. Was sollte sie jetzt tun? Ein Telefon suchen, den Professor anrufen und nach Hause fahren? Das wäre vermutlich die beste Lösung. Susanne machte einen weiteren Schritt auf den Eingang zu. Die Tür öffnete sich automatisch, sie ging hinein und sah sich um. Außer einem alten, blassen Mann, der auf einer Bank saß, war niemand zu sehen.

„Haben Sie den Mann gesehen, der gerade hier hereinkam?", fragte sie ihn. „Groß, gut aussehend. Dunkle Haare mit grauen Strähnen."

Langsam hob der Mann den Kopf und sah sie an. Sein Blick war glasig. Es dauerte einen Moment, dann schüttelte er den Kopf.

„Ich glaube nicht, dass er Ihnen helfen wird."

Erschrocken fuhr Susanne herum und entdeckte Lucia van Greef, die mit einer unangezündeten Zigarette in der Hand und viel zu dünn angezogen hinter ihr stand.

„Habe ich Sie erschreckt? Das wollte ich nicht."

„Nein … Ich … Ich bin's. Claudia Müller."

„Aber das weiß ich doch." Die Alte lächelte. „Ich erkenne Sie an Ihrem ansprechenden Geruch."

„An meinem Geruch?", fragte Susanne.

„Ja. Ich habe eine sehr empfindsame Nase. Und ich bin verwundert. Hat es Ihnen hier so gut gefallen, dass Sie sofort wieder zurückkommen wollten?"

„Nein, eher nicht. Ich …"

„Kommen Sie mit und erzählen Sie es mir draußen." Lucia trat durch die Glastür und zündete sich die Zigarette an.

Susanne folgte ihr und fragte: „Ist Ihnen nicht kalt in der dünnen Kleidung?"

Die Alte winkte ab. „Kleine Streiterei mit der Pflegeleitung. Sie verbieten mir schon wieder, in meinem Zimmer zu rauchen." Sie nahm einen tiefen Zug von ihrer Zigarette. „Ich lasse ihnen für einen kurzen Moment den Triumph des Sieges, um am Ende doch wieder zu tun, was ich will. Und Sie? Was machen Sie schon wieder hier?"

„Ich …" Susanne überlegte, was sie am besten sagen könnte, und entschied sich schließlich für die Wahrheit. „Ich bin einem Mann gefolgt."

„Jenem, der kurz vor Ihnen das Altenheim betreten hat?"

„Ja."

Lucia nahm einen erneuten Zug von ihrer Zigarette. „Sein Name ist Eduard Schiller."

Susanne war überrascht. „Sie kennen ihn?"

„Ich kenne ihn nicht persönlich, aber ich weiß, wer er ist, und ich erkenne ihn an seinem Aftershave. Es riecht sehr gut. Sehr angenehm."

„Ja. Na ja. So nahe bin ich ihm noch nicht gekommen."

„Sie haben auch nicht meine Nase, junge Frau. Warum folgen Sie dem Mann?"

„Ich …" Susanne überlegte wieder, was sie sagen sollte. Sie konnte ja schlecht sagen: weil er vielleicht ein Mörder ist.

Lucia nahm ihr die Entscheidung ab, indem sie sagte: „Er besucht hier jeden Tag seine Mutter."

„Wirklich?"

„Marianne Schiller." Lucia nickte. „Die arme Frau hatte einen Schlaganfall und ist ans Bett gefesselt. Seitdem spricht sie auch nicht mehr. Aber er kommt jeden Tag. Er ist ein guter Sohn."

„Hm", machte Susanne.

Ein Mörder, der ein guter Sohn ist.

„Aber er ist kein guter Mensch", fügte Lucia hinzu.

Überrascht sah Susanne auf. „Wie kommen Sie darauf?"

„Ich spüre es. Es ist etwas in seiner Aura. Dieser Mensch ist nicht gut. Er hat überhaupt nichts Gutes an sich. Aber seine Mutter liebt er. Daran gibt es keinen Zweifel."

„Hm", machte Susanne noch einmal.

Lucia beugte sich etwas zu ihr hin und sagte leise: „Ich weiß nicht, warum Sie diesem Mann folgen, junge Frau, und ich weiß nicht, ob es etwas mit der Visitenkarte zu tun hat, die Sie mir heute Morgen gezeigt haben. Aber ich würde Ihnen raten, einen großen Bogen um ihn zu machen. Der Mann ist gefährlich. Vertrauen Sie mir. Auf mein Gefühl konnte ich mich noch immer verlassen."

Hinterher sollte Susanne noch lange die Frage beschäftigen, warum zum Teufel sie nicht auf Lucia gehört hatte. Was, um Himmels willen, sie dazu bewogen hatte, sich in eisiger Kälte vor dem Altenheim herumzudrücken, bis Schiller wieder herauskam.

Und warum zum Teufel sie ihm dann auf ein Neues gefolgt war?

Es war rational nicht zu erklären. Sie folgte nicht nur Schiller, sie folgte auch einem Gefühl, einer Intuition.

Und es musste schiefgehen.

Einmal mehr bewegten sie sich kreuz und quer durch die Stadt, und gerade, als Susanne sich einbildete, sie hätte inzwischen herausgefunden, wie man jemandem unauffällig folgte, blieb Schiller plötzlich stehen und drehte sich zu ihr um.

Schnell wollte Susanne sich abwenden, doch es war bereits zu spät.

Sie sahen einander direkt in die Augen.

Nur zwei Sekunden, wenn überhaupt, aber Susanne hatte das Gefühl, als dauerte der Blickkontakt mindestens fünfzehn Minuten. Aber auch so reichte es, um sie am ganzen Körper zittern zu lassen. Plötzlich war ihr gar nicht mehr kalt, im Gegenteil, es war, als würde ein heißes Feuer der Angst sich in ihr ausbreiten. Etwas, das ihren ganzen Körper zum Glühen brachte.

Schiller verzog die Lippen zu einem Lächeln, das einem Unbeteiligten sicher harmlos, ja vielleicht sogar freundlich erschienen wäre, aber Susanne erkannte darin ganz klar eine Drohung. In seinen Augen brannte etwas, was sie zu Eis erstarren ließ. Dieser Mann, das begriff sie in dieser Sekunde, war tatsächlich böse. Sehr böse.

Millionen von Gedanken prallten in ihrem Gehirn aufeinander, aber ihr wurde nur einer bewusst, und der riet ihr zur sofortigen Flucht. Allerdings waren ihre Beine nicht in der Lage, sich zu bewegen. Sie stand einfach nur da, konnte sich nicht rühren und musste hilflos mit ansehen, wie er auf sie zukam.

Susannes Herz raste. Wie dumm konnte man eigentlich sein? Was würde ihn jetzt noch daran hindern, sie umzubringen? Ja, sie rechnete fest damit, dass Schiller nun auf sie zukommen und seine Pistole ziehen würde. Dass er auf sie schießen würde. Sie umbringen. Dieses, da war sie sich sicher, waren die letzten Sekunden ihres Lebens, und sie betete zu einem ziemlich unspezifizierten Gott, dass er ihr bitte irgendwie helfen möge.

„Haben Sie zufällig einen Kotbeutel bei sich?“

Ruckartig wandte Susanne den Kopf.

Eine Frau in einer dicken Winterjacke und mit einer bunten Strickmütze auf dem Kopf sah sie fragend an.

„Äh … Was?“ Susanne sah wieder zu Schiller hin und stellte fest, dass er stehen geblieben war. Gleich darauf wandte er sich ab und war bereits zwei Sekunden später im dichten Schneetreiben verschwunden.

Er war weg!

Er war weg, und sie war noch am Leben!

Erleichtert atmete Susanne durch.

„Haben Sie einen Kotbeutel bei sich?“, fragte die Frau noch einmal. „Meine Marla hat auf den Bürgersteig gemacht, und ich habe keinen Kotbeutel bei mir.“

Susanne senkte den Blick und entdeckte einen kleinen Fellball, der sich frierend an die Beine seiner Besitzerin schmiegte. „Äh … ich habe gar keinen Hund“, erklärte sie das Offensichtliche und fügte hinzu: „Aber bei dem vielen Schnee ist der Haufen sowieso im Nullkommanichts nicht mehr zu sehen.“

„Ja, da haben Sie wohl recht. Ist Ihnen nicht gut? Sie sind ganz blass.“

„Nein, nein, alles in Ordnung.“

Die Frau und der Fellball zogen weiter, und Susanne atmete ein paarmal tief durch. Das war knapp gewesen. Wirklich knapp.

Zeit, die Observation abzubrechen und zu verschwinden.

Und zwar so schnell wie möglich.

18. KAPITEL

„Du warst in seiner Wohnung?“

Mainz

Auf der Treppe zu dem enormen Betonklumpen, der sich Polizeipräsidium nannte, traf Julia auf Klaus Bartosch, der gerade das Gebäude verließ.

Sie sagten nichts, während sie aneinander vorbeigingen.

Erst als Julia schon an der Tür war, wandte er sich zu ihr um und zischte: „Irgendwann wird es schlimm mit dir enden, Julia Wagner.“

Sie verkniff sich eine Erwiderung und wartete auch gar nicht erst ab, ob er noch etwas sagen würde, sondern öffnete die Tür.

Trotzdem konnte sie seine letzten Worte noch hören: „Du wirst schon sehen. Ganz sicher.“

Dann ging er davon.

In der Abteilung für Kapitalverbrechen war die Hölle los. In jedem einzelnen Büro türmten sich Papierstapel. Jede Oberfläche und sämtliche Pinnwände waren von Notizzetteln überwuchert. Akten und dicke Bündel von Formularen und Berichtsbögen quollen aus Aktenschränken und Plastikcontainern. An den Wänden hingen Stadtpläne, gespickt mit Stecknadeln in unterschiedlichen Farben, und obwohl es überall von Polizisten nur so wimmelte, war die Lautstärke gedämpft. Genau genommen war die Stimmung so gedrückt, dass man sie mit einem Messer hätte schneiden können, und obwohl alle Büros und alle Stühle besetzt waren, hatte man das Gefühl, dass ein Platz leer war.

Zanders Platz.

Nikolas Augustin hatte den Hörer am Ohr und telefonierte, als Julia sein Büro betrat. Heute sah er noch schlechter aus als am Abend zuvor, mit fahler Haut und roten Augen. Er sagte noch ein paar Sätze, dann legte er auf und sah Julia an.

„Gibt es etwas Neues?“, fragte sie und setzte sich ihm gegenüber.

„Nein. Jedenfalls nichts, was Zander betrifft. Und auch bei Leonie Kern sind wir noch nicht sehr viel weiter. Aber …“

„Aber?“

„Nach deinem Anruf letzte Nacht hab ich mir diesen Flöter geschnappt, den Sozialarbeiter. In der Sozialstation, wo er ja auch sein sollte. Ich hab ihn durch die Mangel gedreht, aber er hat nichts mit unserer Sache zu tun. Bei ihm ging es um etwas anderes."

„Um was?", wollte Julia wissen.

„Flöter ist der Besitzer der Hütte, in der du zusammengeschlagen wurdest, und in dieser Hütte gab es ein paar lose Holzbretter, deren Hohlräume darunter voll waren mit Drogen. Der Kerl hat doch tatsächlich den Leuten, die bei ihm Schutz und Hilfe suchen, das Zeug verkauft und damit ein verdammt gutes Geschäft gemacht. Als du gestern Abend bei ihm aufgetaucht bist, bekam er offenbar Angst. Immerhin, Edi war verschwunden, und er ahnte wohl, dass bald auch die Polizei auftauchen würde. Da wollte er das Zeug rechtzeitig loswerden, falls einem seiner Kunden in der Sozialstation etwas Unbedachtes rausrutscht."

„Und wer hat mich zusammengeschlagen?"

„Ein Freund von Flöter, bei dem die Drogen erst einmal alternativ geparkt werden sollten." Augustin fuhr sich mit der Hand durch die Haare. „Mit den Kranichen haben beide Männer nichts zu tun, das steht zweifelsfrei fest."

Julia war ernüchtert.

„Und bei dir?", sagte Augustin. „Weshalb bist du hier?"

„Erinnerst du dich noch an Rabijo?"

„Der Obdachlose, der beim Verhör mit dir ausgeflippt ist? Ich hab erst danach hier angefangen, aber ich habe davon gehört. Wie kommst du ausgerechnet auf ihn?"

„Ich hab eine Nachricht von Zander an mich gefunden." Julia zog das Foto aus ihrer Jackentasche, das sie und Zander zeigte, und reichte es ihm.

Augustin griff danach und betrachtete es.

„Dreh es um", sagte Julia.

Er tat es, las die Nachricht und sah sie dann wieder an. „Wo hast du das her?"

„Aus Zanders Wohnung."

„*Du warst in seiner Wohnung?*", fuhr Augustin auf. „Julia, die Wohnung war versiegelt!"

„Ich glaube nicht, dass das gerade das Wichtigste ist, worüber es zu sprechen gilt", gab sie unbeeindruckt zurück.

Augustin atmete tief durch. Dann studierte er erneut Zanders Worte. „Ich begreif das nicht. Warum hat er ausgerechnet dir diese Nachricht hinterlassen?"

„Vermutlich, weil er sonst niemandem mehr vertraute."

Augustin schnitt eine Grimasse, und Julia fügte hinzu: „Hör zu, Nikolas, Zander hat mir diesen Hinweis nicht ohne Grund hinterlassen. Ich brauche alle Informationen, die ich über Rabijo kriegen kann. Vor allem aber muss ich wissen, wo er jetzt steckt."

„Du glaubst, dass er ein Zeuge ist?"

„Zeuge weiß ich nicht, aber bestimmt ein Informant. Er weiß vermutlich etwas, und ich muss wissen, was."

„Wenn Eule das rauskriegt, zieht er uns beiden das Fell über die Ohren."

„Ich werd's ihm nicht sagen."

Augustin biss sich auf die Unterlippe. Dann nickte er langsam, beugte sich über die Tastatur seines Computers und gab eine Anfrage in den Zentralrechner ein. Kurz darauf sagte er: „Ich würde dir helfen, wenn ich könnte, Julia, wirklich …"

„Aber?"

„Aber leider ist Rabijo nicht mehr am Leben."

„Was?"

„Er wurde vor zwei Tagen aus dem Rhein gefischt."

Julia spürte, wie sie blass wurde.

„Selbstmord", fügte Augustin hinzu.

Für ein paar Sekunden senkte sich Totenstille über das Büro. Ernüchterung kroch über den Teppichboden.

„Es kann doch nicht sein, dass alle sterben, bevor ich dazu komme, mit ihnen zu reden", stieß Julia aus. „Okay. Dann will ich alles wissen, was es über die letzten Wochen, Monate und Jahre von Rabijo zu wissen gibt. Mit wem war er während seiner Zeit im Gefängnis zusammen in einer Zelle? Mit wem hat er dort gesprochen? Mit wem war er befreundet? Alles."

Erneut beugte Augustin sich über die Tastatur seines Computers und hackte darauf ein. „Also, soweit ich das sehe, stand niemand im Gefängnis Rabijo besonders nahe. Er teilte sich eine Zelle mit einem Mann namens Hannes Zecher. Der saß wegen Mordes. Und sitzt immer noch."

„Gibt es ein Foto von dem Mann?"

„Ja." Augustin scrollte mit der Maus nach unten, drehte den Bildschirm so, dass Julia ihn sehen konnte, drückte auf eine Taste, und es erschien das Foto eines Mannes Mitte vierzig. Er hatte zottelige hellbraune Haare, ein schmales Gesicht und eine Narbe, die vom rechten Auge nach unten über die Wange führte.

„Woher hat er diese Narbe?“, wollte Julia wissen.
„Das steht hier nicht. Glaubst du, das ist wichtig?“
„Nein. Ich frag nur aus Neugier. Sonst niemand?“
„Nein. Nur Zecher.“
Julia lehnte sich wieder zurück. „Kannst du mir einen Besuchstermin besorgen? So schnell wie möglich.“
Augustin warf die Hände in die Höhe.
„Bitte, Nikolas. Ich muss mit dem Mann sprechen. Er ist mein einziger Hinweis.“
„Julia, ich komme in Teufels Küche!“
„Das hier ist eine Möglichkeit, Zander zu finden. Oder zumindest die Chance, herauszufinden, warum er verschwunden ist.“
Es dauerte wieder einen Moment, dann nickte Augustin und griff erneut nach dem Telefonhörer.
Kurz darauf hatte Julia das Büro wieder verlassen. Sie würde nicht aufgeben, sie würde Zander nicht aufgeben.
Sie würde alles tun, was ihr möglich war.

19. KAPITEL

Verpflichtungen

13:44 Uhr
Hannover

Am Ende der Einfahrt stand eine braune Bentley-Limousine, bei der Charlotte Gärtner gar nicht darüber nachdenken mochte, was die wohl gekostet hatte. Sie drückte auf den Klingelknopf zur Villa, und die Tür wurde nur wenig später geöffnet. Eine Frau mit kühlem Blick, einem grauen Kostüm und einer weißen Schürze musterte sie reserviert.

So etwas kannte Charlotte sonst nur aus Filmen.

„Wir kaufen nichts. Und wir spenden auch nichts."

„Kriminalpolizei. Mein Name ist Gärtner. Ich würde gerne mit Herrn und Frau Grimm sprechen."

„Können Sie sich ausweisen?"

Charlotte nickte und zeigte der Frau ihren Ausweis. Die warf einen kurzen Blick darauf, dann sagte sie: „Kommen Sie herein, aber Sie müssen die Schuhe ausziehen. Ich habe gerade die Fliesen geputzt, und es wäre sehr ärgerlich, wenn Sie Schnee hereinbrächten."

Gehorsam zog Charlotte ihre Schuhe aus.

„Frau Grimm ist außer Haus. Ich werde Herrn Grimm Bescheid geben."

Die Villa war von innen genauso groß, wie sie von außen wirkte. Nein, größer. Alles wirkte völlig überdimensioniert. Auch das Arbeitszimmer, in das Charlotte wenig später geführt wurde. Ein Raum, wie sie ihn zuvor noch nie gesehen hatte. Alles war aus Stahl, Glas und Stein. In der Mitte befand sich ein Stahlrahmen, auf dem eine gläserne Schreibtischplatte lag, auf der wiederum ein sündhaft teurer Montblanc-Füllfederhalter lag und sonst nichts. Auch der Schrank war aus Stahlrahmen gebaut und hatte Türen aus sandgestrahltem Glas, hinter denen sich Dokumente und Aktenordner befanden.

Alles hier war hart, kalt und eckig. Keine Blumen, nichts Persönliches, keine Bilder, nicht einmal Familienfotos.

Curt Grimm selbst war groß, sehr groß, sicher einen Meter fünfundneunzig. Er trug einen dunklen Anzug, ein weißes Hemd und eine dunkle Krawatte. Das graue Haar war kurz und akkurat geschnitten. „Kriminalpolizei?", fragte er. „Dann nehme ich an, dass Sie wegen meiner Tochter hier sind."

„Wie kommen Sie darauf?", fragte Charlotte.

Er deutete auf einen Stuhl gegenüber dem Schreibtisch. „Setzen Sie sich. Möchten Sie etwas trinken?"

„Nein, danke."

Grimm wartete, bis Charlotte Platz genommen hatte, dann legte er die Hände auf den Schreibtisch. Das Armband einer schweren goldenen Uhr kam zum Vorschein. „Von der Polizei haben wir immer nur dann gehört, wenn Susanne in Schwierigkeiten war. Haben Sie sie endlich gefunden?"

„Nein. Aber wir wissen, dass sie in Hannover ist."

„Das dachte ich mir schon."

Charlotte sah auf. „Was dachten Sie sich?"

„Dass sie zurückkommen würde."

„Das heißt, Sie wissen, wo sie die letzten Monate war?"

„Nein. Ich habe nur vermutet, dass sie sich in Skandinavien aufgehalten hat. Ebenso, wie ich vermutete, dass mein Sohn Jörg sie die letzten Monate finanziell unterstützte. Beweisen konnte ich jedoch beides nicht."

„Warum ausgerechnet Skandinavien?", wollte Charlotte wissen. „Hat sie dort Freunde?"

„Das weiß ich nicht." Curt Grimm hob die Hände an und legte die Fingerspitzen aneinander. „Ich weiß nichts über meine Tochter, Frau Kommissarin. Selbst meine entfernteste Angestellte war mir stets näher als sie."

Aus irgendeinem Grund konnte Charlotte sich das sehr gut vorstellen. „Und wie kamen Sie darauf, dass sie jetzt wieder in Hannover ist?", fragte sie weiter.

„Von meinem Konto wurden fünfzigtausend Euro abgebucht."

„Oh."

„Ja. Es sah so aus, als hätte ich selbst das Geld von meinem auf ein anderes Konto transferiert, was nicht der Fall war. Mir war sofort klar, dass nur Susanne dahinterstecken konnte. Ich weiß nicht, wie sie es gemacht hat, aber ich weiß, dass das Geld bei ihr gelandet ist."

„Haben Sie Anzeige erstattet?"

„Natürlich nicht. Sie ist immer noch meine Tochter." Curt Grimm griff nach dem teuren Füllfederhalter, schraubte ihn auf und wieder zu. Dann lockerte er die Krawatte und zog sie zurecht. Schließlich sah er Charlotte wieder an. „Und woher wissen Sie, dass sie wieder hier ist?“

„Nun ja, es gibt handfeste Beweise dafür“, sagte sie. „Fingerabdrücke.“

„Die Sie wo gefunden haben?“

„An einem Tatort.“

„An was für einem Tatort?“

„Wir ermitteln in einem Mordfall.“

Einen Moment lang wurde es vollkommen still im Raum.

Dann beugte Curt Grimm sich nach vorne und sagte: „Wollen Sie damit sagen, Susanne hat jetzt tatsächlich jemanden umgebracht?“

„Nein“, sagte Charlotte schnell. „Nein, das will ich damit nicht sagen. Was ich damit sagen will, ist lediglich, dass sie am Tatort war. Es könnte jedoch sein, dass sie etwas gesehen hat, und deshalb bin ich auf der Suche nach ihr. Hat sie sich in den letzten Tagen bei Ihnen gemeldet? Hat sie Verbindung zu Ihnen aufgenommen?“

Curt Grimm blickte überrascht, er schien sich über die Frage zu wundern. „Nein, Susanne hat sich nicht bei mir gemeldet. Ich wäre sicher der Letzte, den sie kontaktieren würde.“

Auch das konnte Charlotte sich inzwischen gut vorstellen. „An wen könnte sie sich dann gewandt haben?“, hakte sie nach.

„An ihren Bruder. Oder an einen ihrer vielen verkorksten Freunde. Wenn Sie mich allerdings nach deren Namen fragen, da muss ich passen.“ Charlotte öffnete den Mund, doch Curt Grimm war schneller: „Sie müssen wissen, dass bei Susanne von Anfang an nichts zu retten war. Von der ersten Sekunde an hat sie alles dafür getan, mich um den Verstand zu bringen. Ich bin ihr Vater, und, weiß Gott, ich habe getan, was ich konnte. Es hat nur leider nichts geholfen.“

„Was lief denn falsch?“

„Alles. Alles lief falsch bei ihr.“ Grimm rieb sich über die Nase. „Ich habe nie viel von meinen Kindern verlangt, habe mich lediglich bemüht, sie zu anständigen Menschen zu erziehen …“

„Und bei Ihrer Tochter hat das nicht funktioniert?“ Charlotte lehnte sich etwas zurück. „Ich habe sie im letzten Sommer in der geschlossenen Psychiatrie kennengelernt. Sie ist sicher nicht einfach, aber ich hatte nicht den Eindruck, dass sie kein anständiger Mensch wäre.“

„Meine Tochter war von dem Tag an renitent, an dem sie aus dem

Bauch meiner Frau kam. Sie hatte nur dummes Zeug im Kopf, sonst nichts."

„Aber sie hat doch studiert, oder nicht?"

Curt Grimm winkte ab. „Vergessen Sie das. Sie hat zwei Sprachen studiert, auf Lehramt, aber es war von vornherein klar, dass das reine Zeitverschwendung ist. Ich wollte, dass sie Medizin studiert, dass sie etwas aus sich macht. Vergebens. Zu guter Letzt kam der Übergriff auf diesen Mann, der Angriff mit der Glasscherbe. Sie ist in der Psychiatrie gelandet, und meines Erachtens ist das auch der einzige Ort, an dem man ihr vielleicht helfen kann. Weshalb sie schnellstmöglich dorthin zurückmuss."

„Also …", setzte Charlotte an.

„Können Sie nicht ihr Handy orten?"

„Das könnten wir, wenn wir wüssten, welche Nummer sie gerade benutzt. Ihre Tochter ist nicht dumm, Herr Grimm."

„Dann wenden Sie sich an meinen Sohn. Wenn jemand weiß, wo sie steckt, dann er. Ich habe schon mehrmals versucht, mit ihm zu reden, aber leider dringe ich nicht zu ihm durch. Er begreift nicht, dass er mit seinem Handeln alles nur noch schlimmer macht."

Charlotte sah Grimm einen Moment lang an, dann erhob sie sich. „Wenn Sie etwas von ihr hören, dann rufen Sie mich bitte an." Sie gab ihm ihre Nummer und verließ das Haus.

Inzwischen verstand sie, warum Susanne alles getan hatte, um sich so weit wie möglich von ihren Eltern, vor allem von ihrem Vater, zu entfernen.

Zur gleichen Zeit stand der Professor in der Mitte des Wohnzimmers und fuchtelte wie wild mit den Armen. „Ich kann überhaupt nicht glauben, dass Sie das getan haben!"

„Es tut mir leid", gab Susanne zurück, die zusammengesunken auf der Couch saß. „Und danke, dass Sie mich abgeholt haben."

„Sie sind einem Berufskiller durch die halbe Stadt gefolgt! Ich bin … sprachlos!"

Wenn es nur so gewesen wäre. Der Professor wollte sich überhaupt nicht mehr beruhigen. „Ich habe Ihnen doch gesagt, dass Schiller kein guter Mensch ist. Habe ich es nicht gesagt? Er ist ein schlechter Mensch. Ein durch und durch schlechter Mensch."

„Jetzt weiß ich das auch."

„Sie wissen überhaupt nicht, was für ein Glück Sie hatten."

„Doch, das weiß ich.“ Susanne seufzte leise. „Ich habe dem Mann direkt in die Augen gesehen, und das waren nicht die Augen eines Kindergärtners. Ich konnte geradezu spüren, wie das Schlechte in mich eingedrungen ist.“

Düster schüttelte der Professor den Kopf. „Er hätte Sie umbringen können. Die Frau mit dem kleinen Köter hat Ihnen vielleicht das Leben gerettet. Sie …“

Susanne hörte gar nicht mehr zu. Erst als zu lange nichts mehr von ihm kam, sah sie auf und bemerkte, dass er sich schon wieder an seinem Flachmann zu schaffen machte. „Wirklich“, sagte sie. „Sie sollten nicht so viel trinken.“

„Und Sie haben wirklich gehört, dass die beiden Männer *das* gesagt haben?“, fragte er, nachdem er einen großen Schluck genommen hatte, als hätte er ihren Einwand nicht gehört.

„Ja“, gab Susanne zurück. „Sie saßen sich in der Bar gegenüber und sagten genau *das*. Ich konnte nicht alles verstehen, aber sie sprachen ganz klar davon, dass jemand ausgeschaltet wurde. Von Informationen und einer Kassette. Schiller hat gesagt, er kümmert sich darum – oder er hätte sich bereits darum gekümmert –, und dann ist er zum Altenheim gelaufen. Dort hat er seine Mutter besucht. Die ist seit einem Schlaganfall dort untergebracht. Das war es. Ende der Geschichte.“

Ende der Geschichte? Wohl eher nicht. Die Szene, in der sie und Schiller sich in die Augen sahen, setzte sich wie die Teile eines Puzzlespiels noch einmal vor Susannes innerem Auge zusammen. Sie war nicht in der Lage, das Bild wieder zu vertreiben. Erst nach einer ganzen Weile sagte sie: „Als er sich plötzlich zu mir umgedreht hat … Ich hatte fürchterliche Angst. Eine Scheißangst, um genau zu sein.“

Der Professor runzelte die Stirn. „Das verstehe ich.“

„Ich habe mich immer für überlegen gehalten“, fügte Susanne hinzu, „und war auch noch stolz auf meine vermeintliche Überlegenheit.“ Sie schüttelte den Kopf. „Davon ist jetzt nicht mehr viel übrig. Ich wollte nur mein Leben zurückhaben, und jetzt sehen Sie sich an, in was für einem dampfenden Misthaufen ich schon wieder stecke. Was auch immer ich tue, ich scheine es nur noch schlimmer zu machen.“

„Ich weiß, dass es vernünftiger wäre, das jetzt nicht zu sagen, aber …“, der Professor trat zur Couch und setzte sich neben sie, „alles, was Sie bisher getan haben, war sehr, sehr mutig.“

„War es gar nicht. Ich hab doch gerade gesagt, dass ich fürchterlichen Schiss habe. Wenn überhaupt, würde ich es den Mut der Verzweiflung nennen, aber Sie sehen ja, wohin der mich immer wieder bringt."

„Angst ist eine menschliche Reaktion, und Sie sind auch nur ein Mensch. Aber, wie ich schon sagte, bisher haben Sie sehr viel Schneid bewiesen. Ich bewundere das."

„Dann sind Sie offenbar leicht zu beeindrucken. Ich bin überhaupt nicht mutig. Vertrauen Sie mir, ich weiß, wovon ich rede."

Daraufhin schwiegen sie einen Moment.

Dann sagte Susanne: „Was ich überhaupt nicht verstehe, ist, warum die Polizei meine Fingerabdrücke nicht gefunden hat."

„Offenbar haben sie sie *noch* nicht gefunden."

„Das kann ich mir kaum vorstellen. Sie *müssen* sie längst gefunden haben."

„Schillers Fingerabdrücke haben sie ja offenbar auch noch nicht gefunden." Der Professor genehmigte sich einen weiteren großen Schluck aus dem Flachmann. „Allerdings ist Schiller auch ein schlauer Fuchs, er wird keine hinterlassen haben."

Susanne nickte zuerst, dann schüttelte sie den Kopf. „Ich kann's mir einfach nicht erklären. Und Sie trinken zu viel, Professor, wirklich, Sie trinken zu viel."

„Andere trinken auch. Und von zwei Schlucken werde ich nicht betrunken."

„Nein, aber darum geht es auch nicht. Es ist nicht gut, wenn Leute sich auf Sie verlassen und Sie ständig angetrunken sind."

„Als würde sich irgendjemand auf mich verlassen."

„Ich tue es."

Überrascht sah der Professor Susanne an.

„Sie sind im Moment der einzige Mensch, den ich habe", fügte sie hinzu. „Es gibt keinen anderen, und deshalb wäre es mir lieber, Sie wären nüchtern."

„Was ist mit Ihrer Familie?"

„Was soll mit der sein?" Susanne legte die Hände auf die Oberschenkel. „Wir waren nie so etwas wie eine Familie. Mein Vater konnte mich nie leiden, weil ich immer nur das getan habe, was ich wollte, und mich weigerte, die Pflichten zu erfüllen, die er mir auferlegte. Ich schwöre Ihnen, wüsste er, wo ich mich gerade aufhalte, er würde mich, ohne zu zögern, wieder in die geschlossene Psychiatrie einweisen lassen." Sie brach kurz ab, dann fügte sie hinzu: „Mein Bruder Jörg war sein Prinz. Jörg ist anders. Anders als ich. Er hat das Richtige studiert, ist Anwalt, ihn kann man vorzeigen. Mich nicht."

„Sie haben also auch kein gutes Verhältnis zu Ihrem Bruder?", fragte der Professor.

„Doch, doch", sagte Susanne schnell. „Jörg ist ein grundanständiger Mensch, in dem etwas ruht, was ich nicht kenne. Er würde niemals einen anderen Menschen ausnutzen oder verraten, und er ist überhaupt nicht kleinlich, im Gegenteil. Er ist der einzige Mensch in der Familie, mit dem ich etwas anfangen kann. Ich wollte mich heute Morgen mit ihm treffen. Daraus wurde ja nun nichts, und er macht sich bestimmt Sorgen."

„Dann rufen Sie ihn an."

„Nein. Ich will ihn nicht noch mehr in die Geschichte hineinziehen."

„In Ordnung. Und was ist mit Ihrer Mutter?"

„Die kann sich nicht gegen meinen Vater durchsetzen. Konnte sie nie."

„Tja, dann sind wir wohl tatsächlich allein." Darauf trank der Professor noch einen Schluck aus dem Flachmann.

Susanne schüttelte den Kopf und gab es auf.

Das darauffolgende Schweigen war lang und dicht.

Die Sekunden tickten.

Schließlich sagte der Professor: „Es mag sein, dass Sie sich gerade für eine Verliererin halten, aber das sind Sie nicht. Ich meine, sehen Sie mich an, ich bin der Inbegriff eines Verlierers."

„Das sind Sie nicht", gab Susanne zurück. „Sie müssen sich nur endlich entscheiden, was Sie wollen."

„Ich glaube, ich weiß gar nicht, was ich will."

„Heute Morgen wollten Sie noch die Kassette finden."

„Ja, das stimmt." Der Professor verzog die Lippen zu einem schwachen Lächeln. „Das wollte ich."

Und wieder schwiegen sie.

Dann schoss der Professor plötzlich in die Höhe, als wäre er von einer Biene gestochen worden. „Ich werde es jetzt tun."

Erschrocken sah Susanne auf. „Was?"

„Die Kassette finden."

„Was? Jetzt?"

„Wenn nicht jetzt, wann dann? Sie haben recht, ich brauche diese Geschichte."

„Ich kann mich nicht erinnern, das gesagt zu haben."

Der Professor trat in den Flur und griff nach Schal und Mantel.

„Sie sollten das lassen“, sagte Susanne, ohne sich vom Fleck zu rühren. „Wirklich. Wenigstens verschieben. Das Wetter da draußen ist fürchterlich, wer weiß, ob Sie überhaupt ankommen.“

„Das wäre dann mein Risiko.“

„Okay. Dann viel Spaß.“

Der Professor erschien noch einmal in der Tür. „Ich gehe nicht davon aus, dass Sie mitkommen wollen, oder?“

„Ganz bestimmt nicht.“

„In Ordnung. Dann bis später.“ Er ging zur Wohnungstür, drehte sich dort aber noch einmal um. „Machen Sie sich keine Sorgen. Ich komme wieder.“

„Ich warte hier auf Sie.“

Gleich darauf war die Tür hinter dem Professor zugefallen.

Susanne saß auf der Couch und starrte vor sich hin. Vier Sekunden. Fünf. Acht.

Ach verdammt!

Sie erhob sich, eilte zur Tür, verließ die Wohnung und rannte hinter ihm her.

Der Professor zuckte zusammen, als sie die Beifahrertür des Polo aufriss und den Kopf hineinsteckte. „Was ist los?“, fragte er.

„Ich hab … gerade …“, setzte Susanne außer Atem an. „Ich mache Ihnen einen Vorschlag.“

„Was für einen Vorschlag?“

„Ich fahre mit Ihnen zu diesem Turm der Seelen.“

„Wirklich? Aber …“

Susanne ließ den Professor nicht ausreden. „Ich sage Ihnen offen, dass es mir nicht gefällt und dass ich überhaupt kein gutes Gefühl dabei habe, aber sei es drum. Sie haben mir gestern Abend vermutlich das Leben gerettet, also fühle ich mich verpflichtet, jetzt Ihnen zu helfen. Also bitte, fahren wir zusammen hin.“

„Das ist wunderbar!“

Susanne hielt den Blick des Professors fest. „Aber wir müssen uns gegenseitig vertrauen können.“

„Natürlich.“

„Es ist mein Ernst, Professor. Ich muss mich voll und ganz auf Sie verlassen können. Das heißt, es gibt eine Bedingung, zu der Sie Ja sagen müssen.“

„Und die wäre?“

„Wir gehen jetzt wieder nach oben, und Sie legen sich eine Stunde hin. Dann trinken Sie zwei Tassen Kaffee. Vorher fahren wir nicht. Mein Leben hängt schon genug am seidenen Faden, und ich hab überhaupt keine Lust, das Schicksal schon wieder herauszufordern. Ihre Entscheidung.“

Der Professor runzelte die Stirn, nickte dann aber und sagte: „Einverstanden.“

20. KAPITEL

„Spielen Sie Schach?“

14:48 Uhr
Frankfurt

Julia betrachtete das große Eisentor. Dann wandte sie den Blick nach links und musterte den Beamten hinter der kugelsicheren Glasscheibe. Aus einem Lautsprecher erklang seine Stimme: „Zu wem wollen Sie?“

„Zu Hannes Zecher“, sagte sie. „Ich habe einen Termin.“

Sie wartete, bis der Beamte auf eine Liste geschaut hatte.

„Ihr Name?“

„Julia Wagner.“

„Legen Sie Ihren Ausweis in das Fach.“

Das Fach war eine Art Stahlbox, die sich nach innen ziehen ließ. Der Uniformierte studierte den Ausweis mit – wie es schien – Röntgenaugen und warf Julia zwischendurch immer wieder prüfende Blicke zu. Dann wurde die Stahlbox wieder herausgeschoben; darin lag neben ihrem Ausweis eine Plastikkarte mit einer Nummer. „Diese Nummer müssen Sie die ganze Zeit tragen und hier wieder abgeben, wenn Sie das Gefängnis verlassen.“

Julia nickte. Gleich darauf öffnete sich das Tor, und sie trat hindurch.

Der stämmige Mann mit den schütteren Haaren, der im Besucherraum des Gefängnisses auf sie wartete, sah keineswegs bleich und fahl aus, wie das gewöhnlich bei Gefängnisinsassen der Fall war. Im Gegenteil, er wirkte gesund und frisch und blickte Julia aufmerksam entgegen. Vor ihm auf dem Tisch lag ein Schachbrett mit auf dem Feld verteilten Figuren. Offenbar hatte er bis eben noch gegen sich selbst gespielt.

Julia durchquerte den Raum. Bei ihm angekommen, fragte sie: „Herr Zecher? Mein Name ist Julia Wagner.“

Er lächelte und entblößte eine Reihe maisgelber Zähne. „Setzen Sie sich und nennen Sie mich Hannes.“

Sie zog sich einen Stuhl heran.

„Was kann ich für Sie tun?“

„Ich brauche Ihre Hilfe.“

„Wirklich?“ Noch einmal zeigte Zecher seine maisgelben Zähne. „Und wobei?“

„Ich bin auf der Suche nach Informationen über Rabijo. Und Sie sind offenbar der Einzige, der mir etwas über ihn erzählen kann."

Zecher blickte Julia einen Moment lang an. Dann sagte er: „Haben Sie eine Zigarette für mich? Und Streichhölzer?"

Sie reichte ihm beides.

Er steckte sich eine Zigarette zwischen die Lippen, zündete sie an und produzierte eine beeindruckende Rauchwolke. „Danke", sagte er dann. „Spielen Sie Schach?"

„Nicht sehr gut."

„Es wäre mir eine Freude, wenn Sie mit mir spielen." Noch während er es sagte, begann Zecher, die Figuren auf dem Spielbrett aufzustellen.

„Ich bin nicht hier, um mit Ihnen zu spielen, Herr Zecher", sagte Julia.

„Was haben Sie zu verlieren? Weiß oder schwarz?"

„Schwarz. Worüber haben Sie gesprochen, als Sie mit Rabijo eine Zelle geteilt haben?"

Zecher zuckte mit den Schultern. „Eigentlich hat nur er geredet. Hat ständig vom Höllenfeuer gefaselt und dass wir alle in Teufelsflammen untergehen. Das war schon fast manisch. Manchmal hat er auch nur geschrien. Wir müssten das Böse ausrotten, bevor es uns verschlingt, und so weiter. Es ging immer nur um Tod und Teufel. Der war echt nicht mehr ganz dicht." Er machte den ersten Zug. „Sie sind dran."

Julia zog, und er fügte hinzu: „Und wenn er erst mal angefangen hatte, dann konnte er überhaupt nicht mehr aufhören. Dann hat er immer weitergemacht, bis er völlig erschöpft war. So erschöpft, dass er aufhören *musste*."

„Hat er in Bezug auf Tod und Teufel auch einmal Namen genannt?", wollte Julia wissen.

„Der hat alle und jeden verdächtigt." Zecher verzog das Gesicht. „Alle waren Teufel für ihn. Niemand durfte ihm zu nahe kommen. An manches kann ich mich sogar noch erinnern, obwohl ich oft abgeschaltet hab, wenn er loslegte. Wirklich, ich war froh, als er entlassen wurde und ich ihn los war." Er sah auf und Julia an. „Aber dann kam er noch mal zurück."

Julia blickte irritiert. „Er hat Sie hier besucht?"

„Ja. Vor drei Tagen."

Einen Tag vor seinem Selbstmord.

„Was wollte er?“, fragte Julia weiter.

„Er wollte, dass ich Ihnen das hier gebe.“ Zecher griff unter den Tisch, holte ein Buch hervor, das offenbar die ganze Zeit auf seinem Schoß gelegen hatte, und reichte es ihr.

„Mir?“

Zecher grinste. „Das nennt man ein Überraschungsmoment, was? Julia Wagner. Das sind doch Sie, oder nicht?“

Julia griff nach dem Buch, betrachtete es und stellte fest, dass es sich um eine Bibel handelte. Sie hatte einen schönen goldenen Einband, ehemals gedruckt auf Qualitätspapier. Jetzt aber waren die Kanten abgegriffen, und über die glänzenden Seiten zogen sich Knicke.

„Die hat er hier schon ständig mit sich rumgetragen“, sagte Zecher, während er über den nächsten Zug nachdachte. „Vor drei Tagen tauchte er dann wieder auf, gab sie mir und sagte, dass ich sie an Sie weitergeben soll. Und nur an Sie, an niemanden sonst.“

Julia war ernsthaft verwirrt. Sie stellte fest, dass in der Bibel eine Postkarte steckte. Sie zog sie heraus. Es war eine Abbildung von Jesus am Kreuz. Sie drehte die Karte um. Auf der Rückseite stand in klarer Handschrift geschrieben:

Liebe Frau Wagner, ich werde nicht mehr dazu kommen, noch einmal persönlich mit Ihnen zu sprechen, deshalb schreibe ich Ihnen dies: Böses hat Gutes geschaffen. Und Gutes hat Böses geschaffen. Und wir sind dazu verdammt, uns dem zu stellen. Es ist nun an Ihnen. Es gibt jemanden, der mehr weiß und der Sie weiter leiten wird. Denken Sie an die Engel: Gabriel, Jakob, Michael und Raphael. Verschließen Sie nicht die Augen, seien Sie nicht blind.
Rabijo.

Die Welt schien einen Moment lang stillzustehen. Julias Handflächen wurden schweißnass, ihr Herz begann wild zu pochen, und Adrenalin raste durch ihre Adern.

Von alldem unbeeindruckt, machte Zecher den nächsten Zug und sagte: „Vor drei Tagen, als er das letzte Mal hier war, war Rabijo auf einmal gar nicht mehr laut. Im Gegenteil, er war ganz ruhig. Ich hab so was in ihm gespürt, einen Schmerz, glaub ich, aber ich konnte nichts damit anfangen. Vielleicht hab ich’s mir auch nur eingebildet … Sie sind dran.“

Julia hatte Mühe, sich auf den nächsten Zug zu konzentrieren. Davon abgesehen war sie sicher, dass sie das Spiel sowieso innerhalb der nächsten zehn Züge verlieren würde. Sie war einfach nicht gut genug.

„Was hat er vor drei Tagen noch gesagt?", wollte sie wissen.

„Na ja, die üblichen Spinnereien halt. Nur dieses Mal, wie gesagt, ohne Geschrei. Ich hab ihm noch gesagt, er soll sich beim Arzt Medizin verschreiben lassen. Wollte er aber nicht. Er hat gesagt, mit seinem Kopf wär alles in Ordnung. Für seine Krankheit gäb es nur ein Heilmittel."

„Und das wäre?"

„Dass Sie diese Bibel bekämen." Zecher machte den nächsten Zug, und jetzt war endgültig klar, dass Julia verlieren würde. Keine Rettung mehr.

Er sah auf und legte die Stirn in Falten. „Ich hab mir immer gedacht, dass Rabijo einer ist, der von oben gefallen ist."

„Wie meinen Sie das?"

„Na ja, manche werden schon unten geboren, verstehen Sie? Kaputte Familie, kein Geld – und peng, schon baust du Scheiße und sitzt im Knast. Ist mir auch so passiert. Ich bin nicht von oben gefallen, weil ich schon immer unten war. Und da bin ich geblieben. Verstehen Sie?"

„Ja", sagte Julia.

„Bei Rabijo hab ich immer gedacht, dass der in seinem früheren Leben was ganz anderes gewesen sein muss. Was Besseres. Dass er von oben nach unten gefallen ist. Er war krank, sehr krank, und sicher brauchte er Hilfe, aber er war gleichzeitig auch unheimlich gebildet. Manchmal, wenn er ganz ruhige Momente hatte und sich mit mir unterhielt, dann hab ich es gemerkt. Er wusste alles, über Gott und die Welt. Ich hätte ihm tausend Fragen stellen können, er hätte auf alles eine Antwort gehabt. Und er hätte niemals aus der Flasche getrunken, eher wäre er gestorben. Ja, ich sag Ihnen, der Mann war anders." Zecher brach ab und deutete auf das Schachbrett. „Sie sind dran."

Julia schüttelte den Kopf und sagte: „Ich gebe die Partie auf."

„Sie geben auf?" Er blickte enttäuscht. „Einfach so?"

„Ich spiele keine Spiele, die ich nicht mehr gewinnen kann." Sie erhob sich. „Vielen Dank für das Gespräch. Und für die Bibel."

„Passen Sie auf sich auf", sagte Zecher noch.

Wenig später hatte sie den Besucherraum verlassen.

21. KAPITEL

Der Henker persönlich

Hannover

Gegen sechzehn Uhr befanden Susanne und der Professor sich auf einer gespenstischen Fahrt durch dichtes Schneetreiben auf einer schmalen Straße durch ebenso dichten Wald.

„Wirklich, eine tolle Idee, bei dem Wetter hier rumzugurken", brummte sie in den Kragen ihres Mantels. „Mit einem nicht winterfesten Polo."

„Sagen Sie nichts gegen den Polo, er ist ein tolles Auto." Vorsichtig manövrierte der Professor den Wagen über die Straße, die immer schmaler wurde, je weiter sie kamen. „Ich würde keinem anderen Wagen so sehr vertrauen. Außerdem wollten Sie doch mit mir zum Turm fahren, ich habe Sie nicht gezwungen."

„Keine Ahnung, was mich da geritten hat, wirklich nicht. Ich sage Ihnen jetzt schon, dass wir uns hier draußen völlig umsonst den Hintern abfrieren werden. Falls wir überhaupt ankommen."

„Woher haben Sie diese prophetische Gabe?"

Susanne brummte etwas, das im Kragen ihres Mantels verschwand.

Als sie in ein kahles Waldstück hineinfuhren, musste der Professor noch einmal die Geschwindigkeit drosseln, um auf der schneeglatten Straße nicht in den Straßengraben zu rutschen. Er war voll konzentriert, und trotzdem sah er es nicht. Es war Susanne, die rief: „Vorsicht!" Augenblicklich trat er auf die Bremse, was den Polo bedenklich ins Rutschen brachte. „Was ist?", fragte er erschrocken.

„Da vorne! Links! Da steht jemand!"

Der an der Frontscheibe herabströmende Schnee täuschte das Auge, trotzdem erkannte Susanne die Umrisse einer Gestalt.

Der Professor hingegen sah nichts. „Wo?"

Susanne starrte auf den Waldrand. Blinzelte. „Eben stand dort drüben eine Gestalt in einem dunklen Umhang." Sie zeigte mit dem Finger in die entsprechende Richtung.

„Ich sehe nichts."

„Jetzt sehe ich sie auch nicht mehr."

Sie verharrten einen Moment.

„Vielleicht haben Sie es sich nur eingebildet“, sagte der Professor dann.

Susanne war sich selbst nicht mehr sicher. „Ja, vielleicht“, gab sie zu.

Dann fuhren sie weiter.

„Da vorne“, sagte der Professor schließlich.

„Ich sehe ihn“, gab Susanne zurück und meinte den Turm der Seelen. Einsam gelegen und nur mit äußerster Mühe, zu Fuß zu erreichen. Irgendwie perfekt geeignet für all die Gerüchte, die sich um ihn rankten.

Ein Wegweiser zeigte nach links zu einem Parkplatz. Der Professor musste wieder einen Gang herunterschalten. Kurz darauf parkte er den Polo und sagte: „Endstation.“

Gemeinsam blickten sie durch die Frontscheibe.

„Er steht auf einem Berg“, stellte Susanne fest.

„Es ist ein Hügel“, gab der Professor zurück. „Solche Türme stehen meistens auf Hügeln.“

„Ich sehe nirgendwo eine Treppe, die nach oben führt.“

„Tja. Na ja ... Wir werden hinaufklettern müssen.“

„Das ist nicht Ihr Ernst. Verschaukeln Sie mich gerade?“

„Ich fürchte, nein.“

„Super. Ganz toll.“ Susanne wickelte sich den Schal um Nase, Mund und Hals, stieg aus dem Wagen und fügte gegen den Wind hinzu: „Es wird ja nur bis zum nächsten Sommer dauern, bis jemand unsere zerschmetterten Knochen findet.“

Der Professor stieg ebenfalls aus. „Es wird schon nichts passieren.“

„Wenn Sie das sagen.“

Mit schnellen Schritten bewegten sie sich durch die Kälte und den Schnee und stapften wenig später über ein weites, freies Feld. Schließlich erreichten sie den Hügel.

„Mir ist nicht ganz klar, was Nazis mit bösen Geistern und bösen Seelen und so einem Scheiß zu tun haben“, bemerkte Susanne.

„Sind Nazis etwa keine Teufel?“, fragte der Professor. „Kommen Sie.“

Susanne beobachtete ein paar Sekunden lang, wie er sich Meter um Meter nach oben arbeitete. Dann folgte sie ihm widerwillig. „Doch, aber menschliche.“

Auf halber Höhe rutschte sie mit den Schuhen ab, was eine kleine Lawine aus feuchtem Schnee in Bewegung setzte.

„Passen Sie auf", sagte der Professor.

„Ich tu mein Bestes", schnaufte Susanne, doch bereits wenige Minuten später verkrampften sich ihre Muskeln vor Kälte und Anstrengung.

Auch der Professor atmete immer schwerer.

Doch sie schafften es.

Endlich oben angekommen, schwitzten sie trotz der Kälte.

Susanne beugte sich nach vorne und stützte die Hände auf die Knie. „Wirklich, ich könnte mich selbst dafür verprügeln, dass ich mir das antue."

„Wie gesagt, ich zwinge Sie zu nichts." Der Professor verschwand durch den Bogen im Inneren des Turms.

Susanne richtete sich wieder auf und sah ihm hinterher. Dann murmelte sie etwas, was der Wind sofort wieder verwehte, und folgte ihm.

Es war merkwürdig.

Wirklich merkwürdig.

Während sie die Treppen des Turmes hinaufstiegen, schien sich das Stöhnen des Windes mit einem Mal zu verändern. Plötzlich klang es wie ein müdes altes Ungeheuer, das aus einem jahrhundertelangen Schlaf erwacht war.

Susanne, die immer wieder gegen das raue Gestein der Stufen stieß, hatte, je höher sie kam, immer mehr das Gefühl, dass sich die nackten Steine der Wände auf sie zubewegten. Sie sagte sich, dass die Beklemmung in ihrer Brust nur darauf zurückzuführen war, dass sie außer Atem war von dem ewigen Geklettere, und dass sie unbedingt weniger rauchen musste.

Oben angekommen, blieb sie einen Moment lang schnaufend stehen. Dann richtete sie sich auf, und es war, als würde der Vorhang einer Bühne aufgezogen. Der Turm bot einen erstaunlichen Ausblick. Viele Hundert Meter unter ihnen breitete sich ein weites, lang gestrecktes weißes Tal aus. Die Häuser am Horizont waren kaum auszumachen, lediglich ein paar dünne Lichter schienen durch die dichten Schneeflocken hindurchzuwinken. Fast unheimlich und gleichzeitig wunderschön wirkte das alles, irgendwie wie aus der Wirklichkeit herausgelöst.

Susanne wandte sich an den Professor: „Und was jetzt?"

„Hm.“ Er sah sich um. „Wir könnten nach einer Stelle suchen, an der die Kassette versteckt sein könnte.“

Suchend tastete Susanne mit ihrem Blick die nackten Mauersteine ab, die sie umgaben. „Also, ich sehe hier beim besten Willen keine Stelle, an der man eine Kassette verstecken könnte.“

„Ich auch nicht“, gab der Professor zu. „Aber warum wird dieser Turm dann auf der Visitenkarte genannt?“

„Keine Ahnung.“ Susanne zog den Kopf zwischen die Schultern, weil es von Sekunde zu Sekunde um sie herum eisiger zu werden schien. Fast hatte sie das Gefühl, eiskalte Finger würden über ihre Wirbelsäule wandern. Sie bekam eine Gänsehaut an Armen und Beinen, und das hatte überhaupt nichts mit den Temperaturen des Winters zu tun.

„Vielleicht ist das Ganze eine Finte“, sagte sie, und es klang beinahe hoffnungsvoll.

„Die Anwältin sagt vor ihrem Tod zu Ihnen, dass Sie nach einer Kassette suchen sollen“, bemerkte der Professor, „und gibt Ihnen den Hinweis auf die Visitenkarte. Auf der Karte steht: Turm der Seelen. Und das alles soll eine Finte sein? Das kann ich mir beim besten Willen nicht vorstellen.“

„Auf der Karte befanden sich auch noch zwei Zahlen, falls Sie es vergessen haben. 616 und 12. Satan, Raunächte und dunkle Seelen. Ehrlich, mir ist überhaupt nicht wohl hier. Ich weiß, dass es nicht sein kann, aber ich habe schon die ganze Zeit das Gefühl, dass mir eiskalte Finger über das Rückgrat streichen. Und als ob wir beobachtet werden.“

„Sie haben zu viele Horrorfilme gesehen.“

Susanne schnaubte, während der Professor sich erneut umsah. Suchend. Ratlos.

„So oder so befindet sich hier keine Kassette“, sagte Susanne nach einer Weile. „Wollen Sie das abstrei…?“ Sie brach ab und befürchtete einen Moment lang, sie würde einen Herzstillstand bekommen, als sie sah, wie der Henker die letzte Stufe der Steintreppe nahm und dann hinter dem Professor stehen blieb.

Der Henker höchstpersönlich.

Es ist anzunehmen, dass die Vorstellungskraft von allen Elementen im Universum das Beeindruckendste ist, weil sie so ziemlich alles umfasst, nicht zuletzt eine ganze Palette an Schreckgespenstern.

Natürlich wusste Susanne, dass es nicht der Henker persönlich war, der hinter dem Professor stand, und doch kamen ihr augenblicklich allerhand Gruselmärchen in den Sinn, was an dem dunklen Regencape mit der spitzen Kapuze liegen mochte, das der Mann trug und unter dem sich ein fleckiges, vernarbtes Gesicht abzeichnete. Dazu die Sense, die er in der Hand hielt und bedrohlich in die Höhe reckte. Das alles zusammengenommen wirkte ausgesprochen … dämonisch.

„Was ist los?“ Der Professor drehte sich um und erstarrte ebenfalls.

„Verschwindet von hier!“, sagte der Henker und hob, um seine Worte zu unterstreichen, die Sense noch etwas höher.

„Wir sind nur …“, setzte Susanne an.

„Verschwindet von hier“, zischte der Henker noch einmal.

„Ist das ein Film?“, brachte der Professor hervor. „Wird hier gerade ein Film gedreht?“

„Verschwindet oder das Fegefeuer wird euch verschlingen.“

Ein starker Windstoß folgte diesen Worten, wehte durch den Turm hindurch und drohte Susanne von den Füßen zu fegen. Sie musste sich etwas breitbeiniger hinstellen, um das Gleichgewicht zu halten. „Sie sind … Sie sind der Mann vom Waldrand, richtig?“, brachte sie hervor. „Ich habe Sie aus dem Auto heraus gesehen. Sie beobachten uns schon die ganze Zeit, stimmt’s?“

„Verschwindet von hier!“ Die Stimme unter der Kapuze klang zwar immer noch bedrohlich, aber wenigstens ließ der Mann jetzt die Sense etwas sinken.

Der Professor, der diese Geste offenbar als gutes Zeichen deutete, nahm all seinen Mut zusammen und sagte: „Wir sind auf der Suche nach einer Kassette.“

„Verschwinden Sie von hier! Sie wissen ja nicht, was Sie anrichten!“ Damit wandte der Henker sich ab und schritt die Treppe wieder hinunter.

„Warten Sie!“, rief der Professor und folgte ihm eilig.

Susanne stieß eine Serie von Flüchen aus, ehe sie sich in Bewegung setzte und den beiden folgte.

Es war ein schrecklich surreales Bild, wie sie gleich darauf über freies Feld durch die weiße Schneewüste stapften. Der Professor folgte dem Henker. Susanne folgte dem Professor. „Was zum Teufel haben Sie vor?“, rief sie mühsam gegen den Wind.

„Ich will nur mit ihm reden." Die Augen des Professors blieben unablässig auf das dunkle Cape gerichtet, das vor ihm in den dichten Schneeflocken flatterte.

„Möglicherweise haben Sie es ja nicht richtig verstanden", schnaufte Susanne. „Aber er will nicht mit uns reden. Er will nur, dass wir verschwinden. Und ich finde, er hält mit der Sense ein überzeugendes Argument in den Händen."

„Wenn er die Sense hätte benutzen wollen, dann hätte er es schon getan."

Das klang logisch, beruhigte Susanne aber nur wenig. Bevor sie dazu kam, noch etwas zu sagen, rief der Professor dem Rücken des Henkers zu: „Hallo? Wir sind nur hier, weil wir einen Hinweis von Britta Stark erhalten haben."

„Sind Sie noch ganz dicht?", zischte Susanne. „Warum erzählen Sie ihm das?"

„Weil er vielleicht etwas weiß, das uns weiterhelfen könnte."

„Und was bringt Sie auf diesen Gedanken?"

„Keine Ahnung. Ein Gefühl." Der Professor folgte weiter dem flatternden Cape. Er rief: „Sie sagte, wir sollen nach einer Kassette suchen."

„Das ist doch lächerlich!", stieß Susanne aus. „Was zum Teufel ist damit gewonnen, wenn Sie einem wildfremden Mann unsere Geschichte erzählen? Einem Mann, der – auch wenn Sie es noch so sehr ignorieren – eine Sense in den Händen hält. Davon abgesehen habe ich den Hinweis erhalten, nicht Sie."

Der Professor rief weiter in Richtung des Capes: „Britta Stark ist tot. Sie wurde ermordet. Wir vermuten, von den Kranichen. Ehe sie starb, sagte sie noch, *sie* wären ganz nahe an der Kassette dran. Ich vermute, sie meinte damit die Kraniche."

Keine Reaktion vom Henker. Er stapfte weiter vor ihnen her.

„Dass die Anwältin tot ist, zeigt doch, dass diese Menschen bereit sind, bis zum Äußersten zu gehen", blieb der Professor am Ball. „Und irgendetwas sagt mir, dass sie tatsächlich schon sehr nahe dran sind. Und natürlich werden sie so lange suchen, bis sie die Kassette haben. Wir wollen das verhindern, deshalb sind wir hier."

„Warum hängen wir es eigentlich nicht gleich an den nächsten Kirchturm?", stieß Susanne ungehalten aus. „Dann kann es jeder ..." Sie verharrte in der Bewegung, als der Henker plötzlich stehen blieb und sich zu ihnen umdrehte.

Der Professor blieb ebenfalls stehen.

Der Henker machte zwei Schritte auf sie zu. „Und was …“, knurrte er, „wollen Sie tun, wenn Sie die Kassette haben?“

Der Professor schluckte. „Alles, was nötig ist.“ Er wartete einen Moment, um seine Worte sacken zu lassen, dann wiederholte er: „Alles, was nötig ist.“

22. KAPITEL

Ein Engel mit dem Namen Jakob?

Mainz

Julia war kurz davor, einen Koller zu bekommen. Im Minutentakt lief sie im Zimmer auf und ab wie ein aufgescheuchtes Huhn und versuchte, sich auf einen einzigen Gedanken zu konzentrieren und nicht zwischen unzähligen hin und her zu springen. Doch das wollte ihr einfach nicht gelingen.

„Kannst du das Licht einschalten?", fragte Eva, die aus dem Badezimmer kam. „Es ist fürchterlich düster hier drinnen."

Julia ging zum Schalter und drückte darauf. Das Licht ging an, und sie machte sich wieder daran, von links nach rechts und wieder zurück zu marschieren.

Eva ging zum Wasserkocher, schaltete ihn ein, und während sie darauf wartete, dass das Wasser heiß wurde, sagte sie: „Also, auch wenn es sich so anhört, glaube ich nicht, dass Rabijo einfach nur wahnsinnig war."

„Das glaube ich inzwischen auch nicht mehr."

„Er hat dich bei dem Verhör damals direkt angesprochen", fügte Eva hinzu. „Und er hat Zecher die Bibel gegeben, kurz bevor er sich umgebracht hat." Das Wasser war heiß. Sie füllte zwei Tassen und legte in jede einen Teebeutel.

„Ich möchte keinen Tee", sagte Julia und ließ sich auf die Couch fallen.

Eva setzte sich neben sie. „Du solltest trotzdem etwas trinken."

Julia rieb sich über die Augen. „Was hat das alles zu bedeuten?"

„Es ergibt nur dann einen Sinn, wenn man davon ausgeht, dass Rabijo und Zander sich noch einmal über den Weg gelaufen sind, ehe der eine gestorben und der andere verschwunden ist", sagte Eva. „Und dass beide ein Ziel verfolgt haben: Zander wollte, dass du Rabijo findest, und Rabijo wollte, dass du dich mit der Bibel beschäftigst."

„Ja." Julia richtete sich etwas auf. „Das ist tatsächlich das Einzige, was Sinn ergibt."

Eva trank einen Schluck Tee, dann deutete sie auf die Postkarte von Rabijo, die auf dem Tisch lag. „Er hat geschrieben: Es gibt jemanden, der mehr weiß und der dich weiter leiten wird. Gut. Dann müssen wir diese Person jetzt finden."

„Und wie sollen wir das anstellen? Er hat weder einen Namen noch eine Adresse genannt."

Einen Moment blickten sie schweigend vor sich hin.

Julia war kurz vor dem Verzweifeln. Sah man von der Bibel ab, hatte sie bisher nichts als leeres Stroh gedroschen. Von den klassischen W-Fragen – Wer, Wann, Wo, Warum, Wie –, die jedem Polizisten bereits in der Ausbildung eingebläut wurden, hatte sie bestenfalls auf eine Antwort bekommen: Wo? Zander war aus seiner Wohnung heraus entführt worden. Mehr hatte sie nicht. Edi Kern? Verschwunden. Leonie? Tot. Rabijo? Tot.

Was für Ansätze gab es sonst noch?

„Rabijo muss irgendwo einen Hinweis hinterlassen haben", sagte Eva. „Er schreibt dir ja nicht, dass es jemanden gibt, der dich leiten wird, ohne dir einen Hinweis zu hinterlassen, wo du diese Person finden kannst."

Julia nickte. Sie griff nach der Bibel, schlug sie auf und blätterte sie durch. „Ich finde aber nirgendwo einen Hinweis." Sie legte die Bibel wieder zur Seite und nahm noch einmal die Postkarte in die Hand. Während sie sich die Schläfen massierte, las sie erneut den Text, den Rabijo ihr hinterlassen hatte.

Sie las ihn einmal.

Sie las ihn zweimal.

Sie las ihn auch noch ein drittes Mal.

Dann hob sie den Kopf und sah Eva an. „Hast du schon einmal etwas von einem Engel namens Jakob gehört?"

„Nein."

„Eben. Es gibt keinen Engel mit dem Namen Jakob." Julia begann, an den Fingern aufzuzählen. „Die drei Erzengel in der Bibel heißen Gabriel, Michael und Raphael."

„Na ja", wandte Eva ein, „es gibt schon noch mehr Engel. Die ‚normalen'. Ich erinnere mich an Cherubim, Seraphim, Barachiel, Uriel …" Sie legte den Kopf ein wenig schief. „Aber du hast recht, es gibt nirgendwo einen Engel mit dem Namen Jakob."

„Was, wenn Rabijo etwas ganz anderes damit meinte?", sagte Julia. „Nicht: Engel Jakob. Sondern: Jakob Engel."

Eva nickte. „Das wäre natürlich möglich. Aber dann wissen wir immer noch nicht, wo wir nach dem Mann suchen sollen. Er kann überall sein."

„Und genau das glaube ich nicht." Julia zog ihr Handy aus der

Jackentasche. „Rabijo war ein Obdachloser. Er hatte keinen besonders großen Radius, in dem er sich bewegte. Deshalb bin ich mir sicher, dass Jakob Engel – wenn es ihn gibt – ganz in der Nähe ist."

Wie sich herausstellte, gab es in Mainz nur einen Mann mit dem Namen Jakob Engel.

„Spreche ich mit Jakob Engel?", fragte Julia in ihr Handy.

Die Antwort ließ einen Augenblick auf sich warten. Dann: „Wer sind Sie?"

„Mein Name ist Julia Wagner. Ich wollte …" Sie kam nicht dazu, den Satz zu vollenden. Die Stimme am anderen Ende unterbrach sie und sagte: „Warum sagen Sie das nicht gleich? Wir müssen uns treffen."

Verdutzt sah Julia Eva an. Dann fragte sie: „Wo?"

„Kennen Sie das *Cafe dell arte* in der Badergasse?"

„Ja."

„Prima. Dann machen Sie sich auf den Weg. Aber zu Fuß."

„Zu Fuß? Das sind … das wird ewig dauern."

„Fragen Sie in dem Café an der Theke nach Inge."

Das Gespräch war beendet.

23. KAPITEL

Der Hüter der Kassette

Hannover

Unheimlich.

Wirklich unheimlich.

Wir befinden uns im Haus eines Menschen, der uns eben noch mit einer Sense bedroht hat.

Und alles hier fühlte sich voll an. Zu voll. Voller Gerüche – Essen, kalter Rauch, abgestandene Luft. Aber das Allerschlimmste war ein Gemälde mit Engeln an der Wand. Fürchterlich bunte Farben, die überhaupt nicht hier reinpassten, und außerdem wirkten die Engel wenig Vertrauen einflößend. Sie sahen mehr aus wie … Susanne überlegte, woran die Engel sie erinnerten. Sie kam nicht drauf. Vielleicht, weil sie viel zu müde war. Und zu fertig. Ihre Glieder fühlten sich an wie betäubt, und ihre Zunge klebte am Gaumen. Okay, sie könnte schnell wieder verschwinden, könnte den Professor an der Hand nehmen und ihn aus dem Haus zerren. Oder sie könnte alleine verschwinden, wenn er unbedingt sein Leben aufs Spiel setzen wollte …

„Nicht, dass ich Sie hier haben wollte." Das Gesicht des Henkers war zu einer wütenden Grimasse verzogen. Aber wenigstens hatte er sich inzwischen aus dem Umhang geschält, und jetzt sah er nicht mehr so bedrohlich aus. Durchschnitt. Durchschnittliche Größe. Durchschnittliche Figur. Mittelblonde Haare. „Wie heißen Sie?", zischte er.

„Karl Dickfeld", sagte der Professor. „Und das ist …"

„Claudia Müller." Susanne ließ sich erschöpft und ohne zu fragen auf die Couch sinken, die so einladend an der Wand stand. Am liebsten hätte sie die Augen geschlossen und wäre nie wieder aufgestanden. Doch die barsche Stimme des Henkers hielt sie wach.

„Was hat Britta Stark zu Ihnen gesagt?", fragte er.

„Wollen Sie uns nicht zuerst einmal sagen, wer Sie sind?", gab der Professor zurück.

„Mein Name ist Wendt. Walter Wendt. Nicht, dass es Sie etwas anginge."

„Und Sie wohnen hier? So ganz alleine am Waldrand? Nur wenige Meter vom Turm der Seelen entfernt? Wie nett …"

„Nehmen Sie mich nicht auf den Arm, okay? Also, was hat die Anwältin zu Ihnen gesagt?“

„Genau genommen hat sie mit mir gesprochen“, schaltete Susanne sich ein. „Sie sagte, dass ich nach einer Kassette suchen soll.“

Wendt wandte sich an sie. „Warum sollte sie das ausgerechnet zu Ihnen sagen?“

„Keine Ahnung. Aber Tatsache ist, dass sie es getan hat.“

„Die Existenz der Kassette ist ein streng gehütetes Geheimnis. Sie hätte Ihnen niemals davon erzählt.“

„Hat sie aber.“ Susanne richtete sich etwas auf. „Und so geheim kann das Ganze ja nicht auch mehr sein, wenn die Kraniche bereits kurz davor sind, sie zu finden. *Das* hat die Anwältin nämlich auch zu mir gesagt.“

„Was hat es mit dieser Kassette auf sich?“, wollte der Professor von Wendt wissen.

„Sie haben wirklich keine Ahnung, oder?“, wandte Wendt sich an ihn.

„Nein.“

„Gut. Dann belassen wir es dabei. Ist besser so. Sie haben überhaupt keine Ahnung, worauf Sie sich eingelassen haben.“

„Dann setzen Sie uns doch ins Bild“, forderte Susanne ihn auf.

„Und fangen Sie am besten mit der Beantwortung der Frage an, woher Sie die Anwältin kannten“, setzte der Professor hinzu.

Wendt schritt zum Tisch, ließ sich auf einen Stuhl sinken und schwieg.

„Nur für den Fall, dass Sie es noch nicht ganz verstanden haben“, sagte der Professor. „Die Anwältin ist tot. Sie wurde umgebracht. Da stellt sich einem schon die Frage, was so wichtig an dieser Kassette ist, dass Menschen dafür sterben müssen?“

Auch darauf antwortete Wendt nicht. Er starrte weiter vor sich hin.

„Warum reden Sie nicht mit uns? Was verheimlichen Sie?“

Jetzt antwortete Wendt: „Vieles.“

„Warum?“

„Weil Sie es nicht verstehen würden.“

„Lassen Sie es darauf ankommen.“

Wendt schwieg wieder.

Der Professor zog ein Taschentuch aus seiner Manteltasche und schnäuzte sich lautstark. Dann sagte er: „Wenn Sie wissen, wo sich die

Kassette befindet, und wenn wir recht haben mit unserer Vermutung, dass sich darin Beweise befinden, mit denen man die Kraniche zerschlagen könnte, dann stellt sich die Frage, warum Sie damit nicht längst zur Polizei gegangen sind?"

„Sie verstehen überhaupt nichts."

„An der Stelle waren wir schon einmal", schaltete Susanne sich wieder ein, „und wir waren uns einig, dass es an Ihnen wäre, uns beim Verstehen zu helfen."

Wendt wandte ihr den Blick zu. „Junge Frau, wachen Sie auf. Öffnen Sie die Augen. Die Kraniche sind überall, auch bei der Polizei. Die Gefahr, dass sie die Kassette in die Hände bekämen, wäre viel zu groß. Ich muss warten, bis sie kommt. Das ist meine Aufgabe. Das habe ich ihm versprochen."

„Wem?"

Plötzlich schlug Wendt so heftig mit der Faust auf den Tisch, dass es von den Wänden widerhallte. „Alles hängt zusammen. Alles muss zur rechten Zeit am rechten Ort geschehen, nur so ergibt es einen Sinn. Ich muss die Kassette bewachen, das ist meine Aufgabe. Ich muss warten, bis sie kommt. Sie ist die Einzige, die ihre Sprache spricht, und somit ist sie auch die Einzige, die sie zerstören kann."

„Wer?", fragte Susanne. „Von wem reden Sie?"

„Sie kämpfen mit allem, was ihnen zur Verfügung steht", sprach Wendt weiter, als hätte er die Frage nicht gehört. „Aber vielleicht kann sie das Schlimmste verhindern. Und deshalb muss die Kassette genau dort bleiben, wo sie ist. Denn nur dort kann sie von ihr gefunden werden."

„Vom wem?", hakte Susanne erneut nach, und der Professor wandte ein: „Da ist ein Denkfehler, Herr Wendt. Denn die Kraniche sind ja offenbar kurz davor, die Kassette zu finden. Es wäre also grob fahrlässig, wenn Sie sie dort lassen, wo sie jetzt gerade ist."

„Sie wird rechtzeitig kommen", sagte Wendt. „Dann ist mein Auftrag erledigt."

„Wer zum Teufel ist *sie*?", fragte Susanne noch einmal, und als Wendt daraufhin wieder schwieg, erhob sie sich von der Couch, trat zu ihm hin und sah ihm in die Augen. „Ich glaube, Sie haben – trotz all der vielen Worte, die bereits gesprochen wurden – die Lage noch nicht ganz verstanden, Herr Wendt. Die Kraniche sind längst auf dem Weg hierher, und ich bezweifle, dass Sie alleine in der Lage sind, gegen sie anzutreten. Wenn es also jemanden gibt, der es mit diesen Menschen aufnehmen kann, dann sollten wir diese Person schnellstmöglich finden. Also bitte: Wer ist *sie*?"

Wendt wandte den Blick ab und starrte zu Boden. Es dauerte noch eine ganze Weile, bis er sagte: „Ihr Name ist Julia Wagner."

Das kam so plötzlich und so unerwartet, dass Susanne sich schwankend am Tisch festhalten musste. Entgeistert starrte sie Wendt an. „Was?"

„Wagner?" Verwirrt blickte der Professor zu ihr hin. „Hatten Sie nicht gesagt …?"

„Ja." Susanne wandte sich in Richtung Tür. „Ich brauche Luft."

Gleich darauf war sie draußen.

Der Professor folgte ihr. „Was hat das zu bedeuten?" Er musste die Stimme anheben, um den heftigen Wind zu übertönen.

„Verstehen Sie es nicht?", fragte Susanne ihn. „Deshalb sind die Kraniche hinter Julia her. Weil sie verhindern wollen, dass sie an die Kassette gelangt. Und das war auch der Grund, warum ich in der Psychiatrie auf sie angesetzt wurde. Deshalb haben sie dafür gesorgt, dass ich überhaupt erst in der Psychiatrie gelandet bin. Wegen ihr. Es ging nicht um mich, nicht eine Sekunde. Es ging um Julia. Ich wurde nur wichtig für die Kraniche, weil sie der Meinung waren, dass ich die richtige Person für ihre Pläne wäre. Einer der wenigen Menschen, die in der Lage sind, an Julia heranzukommen. Zwischenmenschlich, meine ich. Und so war es ja auch."

Der Professor zog die Augenbrauen zusammen, und Susanne fügte hinzu: „Ich hatte es im letzten Sommer so verstanden, als ginge es bei alldem nur um die Ermordung von Julias Vater, und bestimmt geht es zu einem Teil auch darum, aber eben nur zu einem Teil. Vor allem geht es um diese Kassette. Sie wollen um jeden Preis vermeiden, dass Julia an die Kassette gelangt."

„Frau Grimm …" Der Professor rieb sich den Schnee aus den Augen. „Wenn die Kraniche Frau Wagner aus dem Weg räumen wollten, dann hätten sie es längst getan, nicht wahr? Wir wissen doch inzwischen, dass Morden genau das ist, was sie am besten können."

„Das weiß ich", gab Susanne zu. „Aber vielleicht …"

Walter Wendt tauchte in der Tür auf. „Sie müssen jetzt wieder verschwinden!", rief er ihnen zu.

Susanne drehte sich zu ihm um. „Hören Sie, ich kenne Julia. Ich habe sie im letzten Sommer getroffen."

„Dann vergessen Sie sie ganz schnell wieder."

„Das kann ich nicht."

Wendt machte zwei Schritte auf Susanne zu. „Was Sie tun, ist gefährlich!"

„Nein. Was *Sie* tun, ist gefährlich. Gefährlich und selbstmörderisch. Ich kann Ihnen helfen. Ich kann Julia helfen. Wenn es stimmt, was Sie sagen, dann …"

„Ich sage es nicht noch einmal. Verschwinden Sie!"

Und genau das waren Walter Wendts letzte Worte. Bereits in der nächsten Sekunde wurde sein Kopf nach hinten geschleudert, und Susanne sah das Loch mit den zerfransten Rändern aus verbrannter Haut in seiner Stirn.

Dann sah sie eine Gestalt im Schnee, etwa zwanzig Meter von ihnen entfernt. Und sie sah, wie diese Gestalt die Pistole erneut anhob. Sie schrie: „Laufen Sie!" Und noch während sie es schrie, setzte sie sich in Bewegung und rannte so schnell sie konnte von der Gestalt weg.

Sie konnte es nicht überprüfen, sie konnte nur hoffen, dass der Professor ihr folgte. Und das tat er. Sehen konnte sie ihn nicht, aber hören. Sie hörte, wie er ausrutschte, hinfiel und sich schnell wieder aufrappelte.

Ein zweiter Schuss ertönte.

„Schnell!", schrie Susanne.

Vor ihnen erschien ein niedriger Zaun, dahinter der weite Wald.

Susanne rannte so schnell sie konnte darauf zu. „Kommen Sie!"

Sie sprangen über den Zaun und verschwanden kurz darauf im weißen, eisigen Nichts.

24. KAPITEL

„Sagen Sie mal, wollen Sie mich verarschen?“

Mainz

Julia betrat das Café, das Jakob Engel ihr genannt hatte, ging zur Theke und sagte zu der Frau, die dahinter stand: „Ich suche eine Inge.“

„Das bin ich.“

„Prima. Ich bin Julia Wagner und soll …“

„Gibt es hier eine Toilette?“, fragte Eva dazwischen.

Die Frau mit dem Namen Inge deutete in die entsprechende Richtung, und während Eva verschwand, wandte sie sich wieder an Julia und nannte ihr eine weitere Adresse. „Sie sollen sich so schnell wie möglich dorthin begeben.“

Julia sah auf. „Wie bitte?“

„Sie werden dort angerufen und erhalten weitere Anweisungen. Und jetzt müssen Sie wieder gehen. Hier werden Sie nicht mehr erfahren.“

Eva kam von der Toilette zurück.

„Was soll das?“, fragte Julia im selben Moment.

Eine Antwort darauf bekam sie jedoch nicht.

Es kostete sie über eine halbe Stunde, den Kiosk ausfindig zu machen, den man ihr genannt hatte, was daran lag, dass er sich an einsamen Bahngleisen befand, weit weg von jeder normalen Behausung und außerhalb der Innenstadt. Sie mussten den Bus nehmen, womit es nur langsam voranging.

Sie warteten in der Kälte, die ihnen bis ins Mark kroch, wippten auf den Füßen und rieben sich die Hände, um die Blutzirkulation aufrechtzuerhalten.

Der Kioskbesitzer reichte Eva einen Styroporbecher mit Tee. „Möchten Sie Zucker?“

„Nein, danke“, sagte sie und griff nach dem Becher.

Dann vergingen weitere zehn Minuten, ohne dass etwas geschah.

Julia spürte, wie ihre Zehen langsam taub wurden. „Noch zwei Minuten, dann ist Schluss.“

Eva nickte.

Eine Minute später rief der Besitzer des Kioskes: „Frau Wagner? Telefon für Sie.“

Julia ließ sich den Hörer geben.

„Sind Sie da?"

„Ja", gab sie zurück. „Und ich habe nicht mehr viel Geduld. Falls das ein Spiel sein soll, dann verstehe ich die Regeln nicht und habe überhaupt keine Lust, noch weiter mitzuspielen. Glauben Sie, ich habe nichts Besseres zu tun, als …?"

„Fahren Sie jetzt wieder zurück in die Stadt. Zum Marktplatz. Und achten Sie darauf, dass niemand Ihnen folgt."

„Zurück zum Marktplatz?", spie Julia aus. „Sagen Sie mal, wollen Sie mich verarschen?"

„Das würde ich niemals tun. Machen Sie, was ich Ihnen sage. Bitte."

Das Gespräch war beendet und nur noch ein Tuten in der Leitung zu hören.

Julia starrte den Hörer an und reichte ihn dann dem Kioskbesitzer zurück. An Eva gewandt sagte sie: „Wir müssen zurück in die Innenstadt."

„Was? Warum?"

„Das hat er nicht gesagt."

Eva benötigte einen Moment, um die Neuigkeit zu verarbeiten, dann zog sie den Kopf zwischen die Schultern und stopfte die Hände in die Taschen ihrer Jacke. „Na dann", brummte sie, „lass uns gehen. Kleine Spaziergänge an der frischen Luft sollen ja gesund sein." Damit setzte sie sich in Bewegung und ging voraus.

Fünfunddreißig Minuten später standen sie erneut in der Kälte und warteten. Um sie herum befanden sich jetzt wieder jede Menge Geschäfte, Cafés, ein kleiner Gemüseladen und ein Metzger. Fröstelnd zog Julia den Kopf in den Jackenkragen und stellte ungläubig fest, wie viele Menschen trotz des schlechten Wetters auf der Straße waren. Männer, Frauen, Eltern mit Kindern, die diese mühsam zu bändigen versuchten. Alle in dicke Winterkleidung gehüllt, und ihr Atem hing wie Nebel in der Luft, während der Wind den Schnee beinahe waagerecht um sie herumtrieb.

„Oh bitte, beeil dich", murmelte Eva frierend.

Mehrere Fußgänger eilten vorbei, sonst war niemand zu sehen.

Nach fünf Minuten näherte sich ein Mann und eilte ebenfalls vorbei.

Dann vergingen wieder zwei Minuten.

Und noch zwei.

Und dann stand er plötzlich vor ihnen.

Er sah Julia an und sagte: „Guten Tag, Frau Wagner."

Erst hinterher wurde Julia klar, dass sie den Mann schon einmal gesehen hatte. Sie konnte sich nicht mehr daran erinnern, wann und wo es gewesen war. Aber sie hatte ihn schon einmal gesehen.

Er war nicht sehr groß, vielleicht einen Meter siebzig, und hatte eine spitze Nase, die wie ein Vogelschnabel wirkte.

„Sind Sie Jakob Engel?", fragte sie.

Er nickte und antwortete: „Würden Sie mir Ihren Ausweis zeigen, bitte?"

Julia wunderte sich, zog aber ihren Ausweis aus der Tasche und zeigte ihn ihm.

Engel studierte das Dokument ausgiebig, dann nickte er zufrieden und gab es ihr zurück. „Schön, dass wir uns endlich treffen. Ein schreckliches Wetter, nicht wahr?" Er blickte in den grauen Himmel. „Es ist, als hetze der Teufel bereits die Erde gegen uns auf, um uns zu verschlingen."

„Ich glaube nicht, dass der Teufel einen Schneesturm benötigt, um die Menschen zu erschrecken", gab Julia zurück.

„Wie auch immer", bemerkte Engel, „eins ist jedenfalls sicher: Es sind Mächte am Werk, denen man besser aus dem Weg geht. Auch wenn ich natürlich weiß, dass nichts uns würde schützen können, sollte uns die schwarze Wolke tatsächlich auslöschen wollen."

„Könnten wir bitte zum Thema kommen?", sagte Julia ungeduldig. „Warum dieses Versteckspiel? Woher kannten Sie Rabijo?"

Engel rieb sich ein paarmal über die krumme Nase, ehe er sagte: „Das kann ich Ihnen leider nicht beantworten."

„Warum nicht?"

„Weil Sie noch nicht so weit sind."

Julia blinzelte. „Wofür?"

Engel griff in seine Manteltasche und zog einen Umschlag heraus, den er ihr reichte. Weiß, klein, keine Anschrift, kein Absender.

„Was soll ich damit?", fragte Julia.

„Er ist für Sie bestimmt. Öffnen Sie ihn."

Sie tat es widerwillig und blickte in den Umschlag hinein. Darin befanden sich ein Foto und ein Schlüssel, silberfarben und merkwürdig geschwungen.

„Holen Sie das Foto heraus", sagte Engel.

„Hören Sie, ich weiß wirklich nicht, was …?"

„Bitte."

Julia seufzte leise und zog das Foto heraus. Es musste aus den Achtzigerjahren stammen, war fleckig und abgegriffen. Es zeigte eine Frau, die für die Kamera posierte und deren Gesicht ihr ebenfalls irgendwie vertraut vorkam. Sie musste damals um die fünfzig gewesen sein, hatte hohe Wangenknochen und trug einen Rock und eine Strickweste.

„Dieses Foto wird Sie weiter leiten“, sagte Engel.

„Wohin leiten?“, gab Julia zurück. „Wer ist diese Frau? Und was ist das für ein Schlüssel?“

„Es ist nicht an mir, Ihnen die Dinge zu erklären, Frau Wagner. Es war meine Aufgabe, den Umschlag zu hüten und zur gegebenen Zeit an Sie weiterzureichen.“

Julia runzelte die Stirn. „Zur gegebenen Zeit? Was soll das bedeuten?“

„Es muss alles in der richtigen Reihenfolge und zum rechten Zeitpunkt geschehen.“

Julia erstarrte. „Was haben Sie gerade gesagt?“

Es muss alles in der richtigen Reihenfolge und zum rechten Zeitpunkt geschehen. Rabijos Worte, nachdem er ihr vor das Auto gelaufen war.

„Halten Sie Augen und Ohren offen“, sagte Engel. „Und denken Sie gut nach, bevor Sie die nächsten Entscheidungen treffen. Hüten Sie sich vor falschen Spielern, die sich im Schafspelz dem Spielfeld nähern, denn es sind reißende Wölfe darunter. Sie sind eine Bedrohung für deren Ziel.“ Er deutete auf den Umschlag in Julias Hand. „Nehmen Sie beides an sich und bewahren Sie es gut auf. Wenn es in die falschen Hände gerät, ist alles verloren.“

„Was ist dann verloren? Wovon sprechen Sie, zum Teufel?“

„Wechseln Sie die Hotels und wechseln Sie den Wagen. Bestimmt hält man längst nach Ihnen Ausschau.“

„Wer? Die Kraniche? Was wissen Sie darüber?“

„Zu wenig, als dass es Ihnen nützen würde.“

„Dann sagen Sie mir, was Sie wissen.“

„Sie müssen es alleine herausfinden.“

„Ich muss …?“ Julia kniff die Augen zu schmalen Schlitzen zusammen. „Ich muss überhaupt nichts. Ein guter Freund von mir ist verschwunden. Ihn zu finden ist das Einzige, was ich *muss*.“

„Sie haben das Foto“, sagte Engel. „Und Sie haben Ihre Erinnerungen. Kümmern Sie sich darum, dann fügen sich die Dinge zusammen.

Und dann finden Sie auch Ihren Freund. Tot oder lebendig. Beten wir für ihn."

„Was?", stieß Julia noch aus, doch Engel war schon in den dichten Schneeflocken verschwunden.

Die Scheiben der Telefonzelle, in die er wenige Minuten später trat, waren schmutzig. Überhaupt alles in dieser Telefonzelle war schmutzig, doch Engel nahm es gar nicht wahr. Er wählte eine Nummer, wartete und sagte dann: „Es ist geschehen."

„Gut", kam es vom anderen Ende. „Was für einen Eindruck haben Sie? Trauen Sie es ihr zu?"

„Sie sieht schlecht aus, es ist ein großes Risiko."

„Das wussten wir immer."

„Wir hätten sie einweihen sollen. Sie so unvermittelt in die Schusslinie zu stellen ..."

„Wir wurden alle unschuldig geboren und gerieten ins Feuer."

„Aber sie ..." Engel drehte sich etwas, blickte durch die schmutzige Scheibe. „Sie war ein unschuldiges Kind."

„Verwechseln Sie Unschuld nicht mit Schwäche. Ein Schwert ist ein Schwert, egal, wie unschuldig es auch erscheinen mag."

„Ich verwechsle nichts. Es wäre dumm, das zu tun. Aber ..."

„Wenn Sie ihr jetzt schon die ganze Wahrheit gesagt hätten, hätte das fatale Folgen gehabt. Für uns alle. Aber vor allem für sie selbst." Die Stimme am anderen Ende sprach ruhig und besonnen. „Sie hätte begonnen, alles in Zweifel zu ziehen, einschließlich der Wichtigkeit dieser Mission."

„Wir wissen trotzdem nicht, was sie als Nächstes tun wird."

„Nein, das wissen wir nicht."

Engel beobachtete einen Fußgänger, der zu einem Taxi am Straßenrand eilte, einstieg und dann damit davonfuhr.

„Wir haben nicht mehr viel Zeit", sagte die Stimme am anderen Ende. „Denken Sie an die 12."

„Ich denke an nichts anderes."

„Wie lange wird sie für den nächsten Schritt benötigen?"

Engel starrte einen Moment lang vor sich hin. „Nur einen Moment, so hoffe ich", sagte er dann. „Den richtigen Moment."

Damit war das Gespräch beendet.

25. KAPITEL

Wahnsinn! Einfach nur Wahnsinn!

Draußen auf dem Parkplatz steckte ein Autofahrer im Schnee fest. Das Geräusch durchdrehender Räder drang bis ins Büro.

Tech nieste und riss mehrere Blatt Klopapier von der Rolle, um sich ausgiebig und vernehmlich die Nase zu putzen. „Sie war es, ich fühle es."

„Sie sollen nicht fühlen, Herr Tech", bemerkte Charlotte Gärtner. „Sie sollen beweisen."

„Warum ist sie vom Tatort verschwunden, wenn sie nichts mit dem Mord zu tun hat?"

„Weil sie genau weiß, was passiert, wenn sie der Polizei in die Finger gerät."

Tech wischte sich mit der Hand über die Stirn. „Wir müssen es der Staatsanwaltschaft sagen. Wir müssen ihr Foto an die Presse geben. Wir …"

Als die Tür mit einem Ruck aufgestoßen wurde, zuckten beide zusammen und sahen auf. Es war Ralf Jockel, der Chef persönlich.

„Haben Sie einen Moment?", fragte er an Charlotte gewandt.

Sie nickte, und Tech erhob sich augenblicklich. Kurz darauf war die Tür hinter ihm zugefallen.

„Wie geht es mit der Aufklärung des Falles voran?", fragte Jockel dann an Charlotte gewandt.

„Sie meinen den Mord an der Anwältin?", sagte sie. „Wir arbeiten mit Hochdruck daran."

„Es gibt also noch keine heiße Spur. Wollen Sie das damit sagen?"

„Wenn es eine heiße Spur gäbe, wäre ich ohne Zögern zu Ihnen gekommen. Und zur Staatsanwaltschaft selbstverständlich. Aber immerhin, wir bekommen seit der Pressekonferenz heute Mittag jede Menge Anrufe."

„Was für Anrufe?"

„Anrufe von Verrückten. Ein Typ rief sogar schon dreimal an und behauptete, seine Mutter wäre die Mörderin."

„Wirklich?" Jockel hob die Augenbrauen. „Und Sie sind sich sicher, dass er nicht die Wahrheit sagt?"

„Absolut." Charlotte legte ihren Kugelschreiber zur Seite. „Die Mutter ist bereits vor zehn Jahren gestorben."

„Hm. Und sonst haben wir nichts? Das ist ja nicht besonders viel."

„Wie gesagt, wir arbeiten mit Hochdruck."

„Und was glauben Sie? Haben Sie wenigstens einen Verdacht?"

„Nur den, dass es über die Weihnachtsfeiertage weiter schneien wird."

Jockel starrte Charlotte einen Moment lang an. Dann ließ er sich auf einen Stuhl sinken und sagte: „Die Staatsanwaltschaft und ich hatten vorhin eine Unterredung. Es ging um mehrere Dinge, vor allem um das, was schon morgen wegen des Falles in den Zeitungen stehen wird."

„Ich nehme an, mit ‚Staatsanwaltschaft' meinen Sie Frau Venczel."

„Ja. Wir waren uns darüber einig, dass jedwede Spekulation sowie jedwede Panikmache im Keim erstickt werden muss, oder wir verlieren die Kontrolle, was wir nicht wünschen."

„Na, dann haben Sie mit der Pressekonferenz ja Ihr Ziel erreicht", bemerkte Charlotte mit leisem Sarkasmus in der Stimme.

Wieder sah Jockel sie einen Moment lang an. „Das ist eines der Dinge, über die wir geredet haben", sagte er dann.

„Ich nehme an, Sie werden mir jetzt auch noch sagen, worüber Sie sonst noch so geredet haben?"

„Natürlich ist das unser Hauptanliegen." Jockel knöpfte seine dunkle Anzugjacke auf. „Wir wissen natürlich, dass Sie Tag und Nacht arbeiten, Frau Gärtner ..."

„Aber ...?"

„Nun ja ... Sagen wir es so: Frau Venczel war so freundlich, mir ihre Ansichten mitzuteilen."

„Die wären?"

„Sie hegt gewisse Bedenken gegen Sie und Ihre Arbeit."

„Na, da hat sie sich ja nicht viel Zeit gelassen." Charlotte nahm den Kugelschreiber wieder auf. „Und ich kann guten Gewissens sagen, dass dieses Gefühl auf Gegenseitigkeit beruht."

Jockel blickte einen Moment in Richtung Fenster, sah dann Charlotte wieder an. „Frau Venczel fragt sich, ob Sie die richtige Besetzung für die Leitung des aktuellen Falles sind."

„Welcher Art sind ihre Bedenken denn?", wollte sie wissen. „Sieht man davon ab, dass ich sie nicht sekündlich am aktuellen Ermittlungsstand teilhaben lasse."

„Sie denkt, dass Sie sich noch nicht gut genug von der Sache damals erholt haben."

„Von welcher Sache?"

„Frau Gärtner." Jockel beugte sich etwas nach vorn. „Sie wissen sehr genau, wovon ich spreche."

„Ich würde es aber gerne von Ihnen hören."

„Ich spreche von der tragischen Geschichte mit dem kleinen Mädchen."

„Es handelte sich um einen Querschläger."

„Das weiß ich doch." Jockel lehnte sich wieder zurück. „Frau Venczel glaubt allerdings, dass Sie sich niemals richtig von dem Vorfall erholt haben und dass Sie psychisch labil sind."

Charlottes Blick blieb unverändert auf ihren Chef gerichtet. „Und was denken Sie?"

„Ich denke auch, dass Ihnen die Geschichte sehr zugesetzt hat."

„Halten Sie mich auch für psychisch labil?"

„Sagen wir, ich bin besorgt." Jockel schüttelte den Kopf. „Sie haben nach dem Vorfall keine psychologische Betreuung in Anspruch genommen, und das kann gefährlich werden."

„Ich habe keine entsprechenden Anweisungen erhalten."

„Ich bitte Sie, es wäre das erste Mal, dass Sie etwas tun, was Ihnen befohlen wird, Frau Gärtner."

„Ich hatte nicht das Gefühl, dass ich eine Therapie benötige. Davon abgesehen arbeiten andere Kollegen in vergleichbaren Situationen auch."

„Es sei denn, sie sind freigestellt."

Charlotte zwang sich, Jockel auch weiterhin ruhig in die Augen zu sehen. „Ich habe hier einen Mordfall aufzuklären."

„Das ist mir klar. Aber ich kann es nicht einfach ignorieren, wenn eine Staatsanwältin zu mir kommt und mir ihre Bedenken darlegt. Das verstehen Sie sicher."

„Offen gestanden halte ich Diana Venczel nicht unbedingt für eine zuverlässige Quelle."

Jockel winkte ab. „Ich weiß, dass Sie sie nicht mögen."

„Nicht weniger, als sie mich mag", gab Charlotte zurück.

„Sie müssen dennoch mit ihr arbeiten. Und ich erwarte, dass Sie das mit der nötigen Professionalität tun, weil alles andere den Ermittlungen schaden kann."

„Haben Sie das auch zu ihr gesagt?"

Jockels Blick war ernst. „Haben Sie gehört, was ich gesagt habe?“

„Ja.“

„Prima.“ Er erhob sich. „Dann haben wir hiermit darüber gesprochen. Sie haben mir zugehört. Wir wissen alle, was wir jetzt zu tun haben. Konzentrieren wir uns wieder auf unsere Arbeit.“

„Natürlich.“

„Und im Übrigen nehmen Sie von jetzt an auch wieder am Schießtraining teil.“ Bei der Tür angekommen, wandte Jockel sich noch einmal zu ihr um. „Ich habe Sie im Auge, Frau Gärtner.“

Keine Sekunde später war die Tür hinter ihm zugefallen.

Charlotte blieb hinter ihrem Schreibtisch sitzen und hörte ihr eigenes Blut in den Ohren rauschen. Sie saß einfach nur da und erinnerte sich noch einmal an das Chaos, das ein paar Sekunden lang auf der Straße geherrscht hatte. Dann an die Stille. Dann an das Mädchen, das mit einem leisen Wimmern zu Boden ging, von ihrer Kugel mitten in den Unterleib getroffen.

Der Lärm des Schusses erklang wieder in Charlottes Ohren. Sie erinnerte sich, wie sie auf das Kind zugegangen war und dabei gar nicht bemerkt hatte, dass ihre Beine sich bewegten.

Dann die Notaufnahme.

Niemals würde sie das schmatzende Geräusch vergessen, das die Türen von sich gaben, als sie sich öffneten und das Mädchen hineingefahren wurde. Die Stimmen der Sanitäter, die laut ihre Angaben machten, erste Zugänge legten und das Kind intubierten.

Die Ärzte taten, was sie konnten, aber der Schaden war angerichtet. Das Mädchen starb drei Stunden später.

Charlotte erinnerte sich an ihr eigenes Entsetzen. Aber noch mehr an das Entsetzen der Eltern des Kindes, die nicht verstehen konnten, warum ihr kleines Mädchen sterben musste.

„Mein Baby. Sie war doch mein Kind. Wie konnte das passieren? Wie, um Himmels willen, konnte das passieren?“

Charlotte hatte es ihnen erklären wollen, aber sie hatte es nicht über die Lippen gebracht. Ein Querschläger. Abgegeben bei einem Polizeieinsatz.

Reiner Zufall.

Zur falschen Zeit am falschen Ort.

Und dann … tot.

Charlotte erinnerte sich, wie sie zu ihrem Wagen gegangen war und sich hineingesetzt hatte und irgendwann später den Wagen starten wollte. Und dass dann plötzlich der Abend und die Welt um sie herum pechschwarz geworden waren.

Und seitdem?

Posttraumatische Belastungsstörung.

Man musste kein Psychologe sein, um diese Diagnose zu erstellen.

Schuld? Natürlich ging es um Schuld.

Und um Reue.

Selbst wenn sie, Charlotte Gärtner, nichts dafürkonnte, das Kind war und blieb tot. Daran gab es nichts mehr zu ändern.

„Das ist doch Wahnsinn!", stieß Susanne zur gleichen Zeit aus. „Das ist doch einfach nur Wahnsinn! Sagen Sie mir bitte, dass das nur ein schlechter Traum ist!"

„Kein Traum", gab der Professor schnaufend zurück.

„Dann sagen Sie mir wenigstens, dass Sie wissen, wo wir sind!"

„Tut mir leid. Ich habe schon seit einer Stunde keine Ahnung mehr ... wo wir ... sind."

Und so war es.

Sie waren einfach nur gelaufen.

Und gelaufen.

Kreuz und quer und ohne zu wissen, wohin sie liefen – nur eins war klar: Zurück war unmöglich. In jeder Beziehung.

Und so liefen sie weiter. Immer weiter, durch dichten Wald, bis sie endlich eine Straße erreichten, von der sie aber auch nicht wussten, wohin sie führte.

Susanne war inzwischen völlig am Ende. Alles, was sie sah, war ihr eigener Atem, der mit den weißen Schneeflocken vor ihrem Gesicht verschmolz. Sie fror fürchterlich, spürte, wie die eisige Kälte immer mehr in sie eindrang. Dann wurde ihr plötzlich schwarz vor Augen. Ihr Körper begann, sich zu drehen. Vor ihren Augen verschwand das Weiß und mischte sich mit anderen Farbtönen. Sie bekam Angst und begann, hektisch zu atmen, musste husten, versuchte, zu schreien, doch aus ihrem Mund drang kein Laut. Im nächsten Moment sah sie etwas vor sich auftauchen, eine Gestalt, die sie berührte, die ihre Schultern packte.

„Beruhigen Sie sich!" Es war der Professor. „Beruhigen Sie sich!"

Aber das war leichter gesagt als getan. „Beruhigen?“ Susanne stieß das Wort regelrecht in die Schneeflocken. „Ich kann mich nicht beruhigen! Die Anwältin ist tot! Wendt ist tot! Und wir wären auch um ein Haar umgebracht worden!“

„Aber wir haben es geschafft. Wir sind davongekommen. Und jetzt müssen wir versuchen, zurück in die Stadt zu kommen.“

„Und wie sollen wir das anstellen? Wir befinden uns irgendwo im Nirgendwo und brauchen ein Wunder! Haben Sie zufällig eins in der Tasche, Professor?“

„Wir müssen weitergehen. Wir dürfen nicht stehen bleiben. Sobald wir stehen bleiben, sind wir verloren.“

In der nächsten Sekunde hörte Susanne ein Geräusch. Ein seltsames Summen, das durch den Wind an ihre Ohren drang. „Haben Sie das auch gehört?“, fragte sie.

Der Professor schüttelte den Kopf. „Nein. Was meinen Sie?“

„Ich habe etwas gehört. Etwas …“ Susanne lauschte. Und dann hörte sie es wieder. Ein dumpfes Rauschen, wie der Atemzug eines herannahenden Zuges. Zugleich sah sie ein helles Licht, das wie von Geisterhand auf sie zukam und sich ihnen auf einer geraden Bahn durch die dichten Schneeflocken entgegenfraß. Während sie versuchte, durch das dichte Schneegestöber hindurchzublicken, war das Geräusch immer deutlicher zu hören. Sie glaubte, auch eine Vibration in der Luft zu spüren. Dann erkannte sie, dass es sich um ein Streufahrzeug handelte, und ihr Herz begann, noch mehr zu hämmern, dieses Mal jedoch vor Freude und Erleichterung. Jeder einzelne Schlag schien bis in ihre Ohren zu schwingen.

„Ein Streufahrzeug! Oh mein Gott! Es ist ein Streufahrzeug!“ Und dann lief Susanne, ohne noch einmal darüber nachzudenken, mitten auf die Straße.

„Frau Grimm!“, hörte sie den Professor schreien. „Kommen Sie zurück!“

Sie hörte nicht auf ihn. Sie brüllte und winkte, in der Hoffnung, dass der Fahrer sie rechtzeitig sah und stoppte.

Das gleißende Licht der Scheinwerfer erfasste und blendete sie. Sie kniff die Augen zusammen, während der Professor in wilder Panik hinter ihr herstürmte. Er stürzte und rappelte sich wieder auf, um erneut zu Boden zu gehen. „Kommen Sie von der Straße!“, schrie er und versuchte verzweifelt, wieder auf die Füße zu kommen.

Susanne stand vollkommen starr. Sie konnte jetzt auch nichts mehr erkennen, sondern sah nur noch die blendenden Lichter des Lasters, gepaart mit Millionen von Schneeflocken. Sie hörte, wie der Professor völlig außer sich ihren Namen rief …

… und dann blieb das Streufahrzeug keine zehn Zentimeter vor ihr stehen.

26. KAPITEL

„Oh!“

Währenddessen stapften Julia und Eva nebeneinander durch das dichte Schneetreiben.

„Okay“, sagte Eva, die Hände tief in den Taschen ihrer Jacke vergraben und den Kopf zwischen die Schultern gezogen. „Lass uns mal versuchen, die Lage in ein paar Worten zusammenzufassen. Ich bin mir nämlich nicht sicher, ob ich das alles richtig verstehe.“

„Erwarte nicht von mir, dass ich es richtig verstehe“, gab Julia zurück. „Das ist alles viel zu verdreht, um eine gerade Linie reinbringen zu können.“

Das traf es ziemlich auf den Punkt.

Zanders Verschwinden.

Rabijos Nachricht.

Jakob Engel.

Ein Schlüssel.

Ein Foto.

Eva begann, an den Fingern abzuzählen. „Du vernimmst vor drei Jahren einen Obdachlosen namens Rabijo, der sich während des Verhörs ganz merkwürdig benimmt. Nun verschwindet Zander, wir kommen zurück nach Mainz, und du findest einen Hinweis von ihm, dass du nach genau diesem Rabijo suchen sollst. Der ist aber inzwischen nicht mehr am Leben, so erfahren wir. Aber er hinterlässt dir eine Bibel und eine Postkarte. Über diese Postkarte wiederum kommen wir zu einem Mann namens Jakob Engel, der uns zuerst durch die halbe Stadt jagt und dann auch nicht viel weiterhilft – weil er nicht will oder kann –, aber er übergibt dir einen Schlüssel und ein Foto.“

„Das ist in etwa die Geschichte. Und sie ergibt keinen Sinn.“ Doch kaum hatte Julia das ausgesprochen, tat sich etwas in ihrem Kopf. Sie erinnerte sich plötzlich, wie sie mit ihrem Vater in einem Café gesessen und Kuchen gegessen hatte. Da war er durch die Tür gekommen. Jakob Engel. Zuerst sah es so aus, als suche er nach einem freien Platz, doch dann hatte sich sein Blick auf Julia gelegt, und er hatte gelächelt.

Hatte einfach nur dagestanden und gelächelt. Für eine Sekunde oder zwei. Dann war er an ihren Tisch gekommen und hatte sich mit ihrem Vater unterhalten. Worum es bei der Unterhaltung ging, hatte sie nicht mitbekommen.

Als er wieder gegangen war, hatte erneut ein leises Lächeln seinen Mund umspielt. Mit einem letzten Blick auf Julia war er dann verschwunden.

„Was hat das zu bedeuten?", murmelte sie leise und blieb stehen.

Eva blieb ebenfalls stehen und wandte sich zu ihr um. „Nun ja, wir hatten ja schon festgestellt, dass Zander und Rabijo noch miteinander gesprochen haben müssen, bevor … Rabijo muss aber auch diesen Jakob Engel gekannt haben, denn sonst hätte er dich ja nicht zu ihm geschickt."

„Und Engel wiederum kannte mich", sagte Julia. „Ich habe mich eben gerade daran erinnert, dass ich ihm schon einmal begegnet bin. Zusammen mit meinem Vater."

„Wirklich?" Eva machte einen Schritt auf sie zu. „Erzähl mir davon."

Julia tat es, und als sie geendet hatte, sahen sie sich einen Moment lang verwirrt an.

„Und du weißt nicht mehr, worüber er und dein Vater sich unterhalten haben?", fragte Eva.

„Nein."

„Aber wenn du ihn zuvor schon einmal gesehen und erkannt hast, dann hast du vielleicht auch die Frau auf dem Foto schon einmal getroffen."

Julia zögerte. „Ich bin mir nicht sicher."

„Bitte denk nach", sagte Eva. „Woher könntest du sie kennen?"

„Ich bin mir wirklich nicht sicher. In meinem Kopf ist alles so durcheinander, dass ich Fantasie und Wirklichkeit gar nicht mehr voneinander unterscheiden kann."

Sie setzten sich wieder in Bewegung.

„Ich hab kalte Füße", sagte Julia nach ein paar Metern.

„Ich auch."

„Das meine ich nicht. Ich meine: Woher nehme ich die Gewissheit, dass mich das hier tatsächlich zu Zander und nicht völlig in die Irre führt?"

„Das weiß ich nicht. Aber was wollen wir sonst tun? Hier abbrechen und noch einmal irgendwo anders ansetzen? Den Schlüssel vergessen und das Foto? Rabijo und Jakob Engel?"

Julia blieb wieder stehen.

„Was ist?", fragte Eva.

„Warte kurz. Ich bin gleich wieder da."

Gleich darauf betrat Julia einen Mister-Minit-Laden. Der Mann hinter der Theke hatte dunkles Haar und freundlich blickende Augen. Das Schild auf seiner Jacke verriet, dass er Mohamed hieß. „Was kann ich für Sie tun?", fragte er.

„Ich habe hier einen Schlüssel", sagte Julia, „und wüsste gerne, zu welcher Art von Schloss er gehört."

„Nichts leichter als das", gab Mohamed zurück. „Zeigen Sie ihn mir."

Julia zog den Umschlag aus ihrer Jackentasche und holte den Schlüssel hervor, den sie von Jakob Engel erhalten hatte.

Mohamed griff danach, begutachtete ihn von allen Seiten und sagte dann: „Solch einen Schlüssel habe ich noch nie gesehen. Er muss sehr alt sein."

„Meinen Sie?", sagte Julia.

„Absolut. Sehen Sie, hier ist nirgendwo ein Herstellername eingeprägt, wie es heutzutage üblich ist." Mohamed sah auf und ihr in die Augen. „Wo haben Sie ihn denn gefunden?"

„Ich habe ihn … geschenkt bekommen."

„Und die Person, die ihn Ihnen geschenkt hat, hat Ihnen nicht gesagt, zu was für einem Schloss er gehört?"

„Nein. Ich nehme an, Sie können mir das auch nicht sagen?"

„Nein. Tut mir leid. Beim besten Willen nicht." Mohamed gab Julia den Schlüssel zurück.

Sie steckte ihn wieder in den Umschlag, bedankte sich und verließ den Laden.

„Er konnte nicht einmal sagen, wie alt der Schlüssel ist?", fragte Eva, als Julia kurz darauf wieder neben ihr stand.

„Nein", gab Julia zurück.

„Na, dann komm, lass uns zurück zur Pension gehen. Es tut zwar gut, frische Luft zu atmen, aber dieses Wetter hier ist mir eindeutig zu heftig, und wir laufen schon viel zu lange hier draußen rum."

Sie stapften eilig durch den Schnee.

Zehn Minuten später blieb Julia erneut abrupt stehen.

„Was ist?" Eva folgte ihrem Blick mit den Augen, und dann sah sie es auch. In einer Seitengasse standen drei Männer.

„Was wollt ihr?", fragte der Mann in der Mitte ängstlich. Er war alt, trug einen langen, ungepflegten weißen Vollbart und einen viel zu großen Mantel. „Was wollt ihr von mir?"

Die beiden anderen waren ziemlich groß und kräftig, einer trug eine Glatze und einen Baseballschläger, der andere hatte hellblonde, kurze Haare, die auf die rechte Seite gekämmt waren.

„Wir wollen nur ein bisschen mit dir spielen", sagte Glatze.

„Lasst mich in Ruhe!", wimmerte der alte Mann.

„Was ist los mit dir?", fragte der Blonde. „Hast du etwa Angst? Alter, du stinkst ja vor Angst. Dreckiger Penner!"

Und dann kam der Schlag mit dem Baseballschläger. Er traf den alten Mann an der rechten Schulter. Er schrie auf und taumelte zur Seite. Dann traf ihn ein Stiefel in der Kniekehle, und er sackte in den Schnee. „Bitte nicht", wimmerte er. „Bitte, bitte, bitte nicht."

Es half nichts. Den zweiten Schlag bekam er gegen die Stirn. Blut sickerte aus seinen Haaren und färbte den Schnee rot.

Der Oberkörper des kleinen Mannes kippte nach vorne, und Glatze ließ seinen Springerstiefel mit voller Wucht auf seinen Nacken krachen.

Dann hagelte es Fußtritte. Der alte Mann versuchte, mit den Armen sein Gesicht zu schützen, und vergrub den Kopf darin.

„Was soll 'n das hier werden?"

Die Tritte hörten auf.

Stille legte sich über die Gasse.

In diese Stille zwischen zwei fauchenden Windböen trat Julia auf die beiden Schläger zu. „Abendgymnastik?"

Der Mund des Glatzkopfes verzog sich zu einem breiten Grinsen. „Hey, Ladies, habt ihr euch verlaufen?"

Der Blonde fügte hinzu: „Wenn ja, dann ist das heute euer Glückstag. Wir haben den Champagner schon kalt gestellt." Mit schwingenden Hüften bewegte er sich auf Julia zu.

Deren Gesicht verriet nichts – nicht ihre nächste Bewegung, nicht, was sie dachte. Null. Sie sagte nur: „Überleg dir das gut."

Er zog einen Schmollmund. „Ach komm, jetzt sei nicht so zickig … Wir können viel Spaß zusammen haben."

In dem Moment, in dem er nach ihr griff, hatte Julia ihn schon an seiner Jacke gepackt. Sie zog so heftig daran, dass er das Gleichgewicht verlor und auf die Knie fiel. Er schrie überrascht auf, und als er versuchte, wieder auf die Füße zu kommen, trat sie ihm mit voller Wucht in die Seite. Noch einmal schrie er auf, dieses Mal jedoch ganz klar vor Schmerzen, und sackte nach Atem ringend zurück auf den Boden.

Sein Kumpel, der Glatzkopf, begriff zuerst nichts, vermutlich, weil es viel zu schnell gegangen war. Dann jedoch stieg er über seinen gefallenen Freund hinweg, wobei er eine wahre Flut an Schimpfwörtern ausstieß, und kam auf sie zu.

In dem Moment, in dem er den Baseballschläger hob, fühlte er den eisigen Lauf von Julias Pistole in seinem Schritt. Sofort ließ er den Schläger fallen und hob die Hände. „Hey! Ganz ruhig, okay? War doch alles nur Spaß!"

„Ich steh nicht auf eure Art von Humor", sagte Julia.

„Mann, nimm das Ding da unten weg!"

Sie verstärkte den Druck der Pistole noch etwas. „Wenn du noch einmal schwächere und wehrlose Leute angreifst, du oder dein Kumpel, dann werde ich dich finden. Und dann ist dein kleiner Freund da unten nicht mehr da, um mit ihm zu spielen. Hast du das verstanden?"

Der Glatzkopf nickte eifrig.

„Ich will es hören."

„Ja, ja! Es tut mir leid! Es kommt nicht mehr vor! Jetzt nimm endlich das Ding da unten weg!"

Julia sah ihm noch einen Moment lang in die Augen, dann nahm sie die Pistole zurück, und er stürzte so hastig los, dass er über seinen Kumpel flog, der immer noch im Schnee lag.

Gemeinsam rappelten sie sich auf und rannten davon, ohne sich noch einmal umzudrehen.

„Können Sie gehen?", fragte Julia den alten Mann.

Der nickte. Er hatte offenbar Schmerzen, riss sich aber zusammen. Mühsam erhob er sich und schüttelte sich dann wie ein nasser Hund. „Scheint alles in Ordnung zu sein."

„Das ist gut."

„Glauben Sie, die kommen noch mal zurück?"

„Ich denke eher nicht."

Noch einmal schüttelte sich der alte Mann. Dann lächelte er und entblößte zwei Zahnlücken zwischen gelben Zahnstümpfen. „Mann, denen haben Sie's aber gegeben. Alle Achtung." Er streckte die Hand aus. „Ich heiße Friedrich. Und Sie sind?"

„Julia." Sie griff nach der Hand und drückte sie. „Das dort ist Eva. Kommen Sie jetzt wieder alleine klar?"

„Ich denke schon. Aber kann ich vielleicht ein Stück mit Ihnen gehen?"

„Klar.“
Sie setzten sich in Bewegung.
„Wo gehen Sie denn hin?“, fragte Friedrich nach ein paar Metern.
„Nach Hause“, sagte Julia.
„Und wo ist das?“
„Überall und nirgends.“
„Da geht’s Ihnen wie mir. Sind Sie von der Polizei?“
„Wie kommen Sie darauf?“
Friedrich lächelte leicht. „Na, wegen der Pistole. Und der Art, wie Sie mit den Typen klargekommen sind. Also, sind Sie von der Polizei?“
„Nein“, sagte Julia. „Aber ich war mal bei der Polizei.“
„Und jetzt sind Sie’s nicht mehr?“
„Nein.“
„Warum nicht? Hat’s Ihnen nicht mehr gefallen?“
„Nein.“
„Und jetzt? Sind Sie privat unterwegs?“
„So ähnlich.“
Friedrich lächelte wieder. „Sie sind kein Fan von Unterhaltungen, was?“
Julia sah zu ihm hin. „Bin ich nicht?“
„Sie verschwenden keine zehn Worte, wenn zwei genügen.“
„Ist das so?“
„Und Sie beantworten eine Frage fast immer mit einer Gegenfrage.“
„Tue ich das?“
„Da haben Sie’s.“
Julia lächelte, und Eva sagte mit blitzenden Augen: „Schachmatt.“
„Es ist echt nicht leicht, zu ahnen, was Sie gerade denken“, fügte Friedrich hinzu.
„Sie wären schockiert, wenn Sie es wüssten“, sagte Julia.
„Aha. Verstehe.“
Ein paar Meter weiter blieb der alte Mann stehen und wandte sich zu ihnen um. „Hier werde ich mich verabschieden. Vielen Dank noch mal. Sie sind gute Menschen. Ihnen fehlt nur noch der Heiligenschein.“
„Wir verzichten“, sagte Julia. „Wo gehen Sie jetzt hin?“
„Oh, es gibt da ’nen Pfaffen. Entschuldigung, einen Pastor. Bei ihm werd’ ich heute Nacht unterkriechen, schätze ich. Bin katholisch, das macht’s mir leichter.“
„Betreibt er ein Obdachlosenheim?“, wollte Eva wissen.

„Nein.“ Friedrich tippelte frierend von einem Bein auf das andere. „Ich übernachte im Hinterzimmer seiner Kirche. Das machen wir schon immer so. Ist ganz nett dort, man darf nur keine Platzangst haben. Also …“

Julia griff in die Tasche ihrer Jacke, um einen Geldschein herauszuziehen, dabei fiel der Umschlag heraus und in den Schnee. Da er offen war, rutschte der Schlüssel heraus.

Friedrich bückte sich und hob ihn auf. „Oh!“ Seine Hand, mit der er den Schlüssel hielt, begann zu zittern. Noch einmal sagte er: „Oh!“ Dann gab er den Schlüssel eilig an Julia zurück, als hätte er sich gerade daran verbrannt. „Seien Sie vorsichtig.“

Dann eilte er davon und war gleich darauf im Schneetreiben verschwunden.

27. KAPITEL

Psycho

Es wollte einfach kein Ende nehmen.

Nichts wollte irgendwie besser werden.

Aber auch wirklich gar nichts.

„Offen gestanden erinnert mich das ein bisschen sehr an *Psycho*", bemerkte Susanne zweifelnd. „Wir sind gerade erst einem Mordanschlag entkommen, und ich habe überhaupt keine Lust, jetzt auch noch die Nacht mit Norman Bates zu verbringen."

„Wir wollen hier ja nicht übernachten", gab der Professor zurück. „Aber es gibt sonst weit und breit nichts, und wir müssen schon froh sein, dass der Fahrer des Streufahrzeugs uns überhaupt bis hierher gebracht hat."

So war es.

Der Fahrer hatte sie nur unter heftigem Fluchen und Schreien in seinem Laster mitgenommen, und auch während der gesamten Fahrt wollte er sich gar nicht mehr beruhigen, aber immerhin hatte er sie bis hierher gebracht.

Und nun standen sie da.

Das Hotel vor ihren Augen war eigentlich kein Hotel, auch wenn eine blinkende Leuchtreklame am Dachgiebel das behauptete. Es handelte sich vielmehr um eine heruntergekommene Absteige. Das Gebäude war grau, die Giebel spitz, und es hatte zwei Schornsteine, die in den düsteren Himmel ragten. Lediglich im Erdgeschoss brannte Licht, und der Schnee türmte sich auf der Eingangstreppe. Auf dem unbeleuchteten Parkplatz standen nur zwei Autos.

„Wirklich, Hitchcock hätte hier seinen Spaß gehabt", murmelte Susanne.

„Alles ist besser, als zu erfrieren", sagte der Professor.

Sie nickte zwar, bewegte sich aber nicht.

„Was ist?", drängte er. „Gehen wir rein?" Ohne eine Antwort abzuwarten, griff er nach ihrer Hand und zog sie ins Innere des vermeintlichen Hotels.

Eine Glocke schickte einen hohen, traurigen Ton durch das Gebäude, als sie durch die Tür traten. Danach herrschte vollkommene Stille.

Nirgendwo war ein Geräusch zu hören, auch keine Schritte, die darauf hindeuteten, dass irgendwer kam, um nach ihnen zu sehen.

Susanne blickte sich um. Die Tapete an den Wänden mochte vielleicht irgendwann einmal hübsch gewesen sein, aber das war lange her; inzwischen war sie mit einer jahrzehntelangen Schicht aus Staub und Schmutz bedeckt. Links führte eine steile Treppe nach oben ins Dunkel.

Der Professor trat an den niedrigen Empfangstresen und wartete. Sie folgte ihm widerwillig.

„Hallo?“, rief er.

Niemand kam.

Noch einmal: „Hallo?“

Jetzt waren Schritte zu hören. Sie kamen die Kellertreppe herauf. Dann erschien ein Mann, übergewichtig, mit grauen Haaren und schlaffen Wangen. An den Füßen trug er schwere Stiefel, sein massiger Körper wurde von einer schmutzigen Schürze umhüllt.

Sein wachsamer und kritischer Blick erfasste erst den Professor, dann Susanne und schließlich wieder den Professor. „Wo kommen Sie denn her? Bei dem schlechten Wetter sollte überhaupt niemand mehr vor der Tür sein. Haben Sie die Warnmeldungen im Radio nicht gehört?“

„Wir hatten einen … Unfall mit dem Wagen“, log der Professor.

„Hm.“ Der Wirt pulte unfein mit einem Fingernagel zwischen den Zähnen. „Und jetzt? Wollen Sie ein Zimmer?“

„Nein, wir wollen eigentlich nur etwas Heißes trinken. Vorerst.“

Noch einmal machte der Wirt „Hm.“ Dann deutete er mit dem Daumen nach links. „Da drüben ist das Frühstückszimmer. Wenn Sie wollen, koche ich Ihnen einen Tee.“

„Das wäre sehr nett von Ihnen“, sagte der Professor. „Frau Müller, kommen Sie.“

Susanne gab sich einen Ruck und folgte ihm.

Und dann saßen sie alleine in einem ungemütlichen, mit Holz vertäfelten Raum, von dem man sich keine Sekunde lang vorstellen konnte, friedlich und entspannt und schon gar nicht freiwillig darin zu sitzen und zu plaudern.

Susanne rieb sich über die Stirn. Wahnsinn, einfach nur Wahnsinn. Sie zweifelte ernsthaft an ihrem Verstand. Hätte sie auch nur eine Sekunde darüber nachgedacht, sie wäre niemals einfach so mitten auf die

Straße gerannt, um den Laster anzuhalten. Aber sie hatte es getan, und immerhin bekamen sie nun heißen Tee.

Und wussten nicht weiter.

Der Professor rührte mit dem Löffel in seiner Tasse. „Damit hätte ich nicht gerechnet. Mit allem hätte ich gerechnet, aber nicht damit. Das Projekt *Kassette* ist hiermit für mich erledigt."

„Ich wollte da sowieso nicht hin", schnauzte Susanne unfreundlicher, als sie es eigentlich wollte. „Ich wollte niemals zu diesem Turm, und ich wollte auch nicht mit Wendt sprechen. Jetzt ist der auch noch tot." Sie trank einen Schluck heißen Tee und fügte unglücklich hinzu: „Langsam komme ich mir vor wie ein Todesengel. Jeder, dem ich über den Weg laufe, ist früher oder später nicht mehr am Leben."

„Ich schon", bemerkte der Professor.

„Ja, aber es war verdammt knapp."

„Allerdings, das war es."

Sie schwiegen ein paar Sekunden.

Dann sagte der Professor: „Das bedeutet wohl, dass die Kraniche näher an der Kassette dran sind, als wir dachten."

Susanne nickte. „Und so wie es aussieht, werden sie sie kriegen."

„Ja. Vielleicht."

„Wir hätten es so oder so nicht verhindern können", fuhr Susanne fort. „Und ich für meinen Teil will es auch gar nicht mehr verhindern. Ich will zurück nach Norwegen und mit alldem nichts mehr zu tun haben. Das ist alles nicht gut. Das ist, verdammt noch mal, alles nicht gut."

„Und was ist mit Julia Wagner?", fragte der Professor.

Susanne zuckte müde mit den Schultern. „Ich dachte, ich wäre ihr etwas schuldig. Und sicher ist das auch so. Immerhin habe ich ihr meine Freiheit zu verdanken, aber ..." Sie brach ab.

„Sie hat eine Menge für Sie in Kauf genommen, als sie Ihnen bei der Flucht aus der Psychiatrie geholfen hat", stellte der Professor fest.

„Ja, das hat sie."

„Und das, obwohl Sie sie zuvor verraten haben."

„Das weiß ich alles", begehrte Susanne auf. „Julia ist ein guter Mensch, tapfer und anständig. Ich bin das offensichtlich nicht." Sie klappte den Mund zu, schwieg einen Moment und fügte dann hinzu: „Ich würde ihr wirklich gerne helfen, aber ich bin zu feige. Es tut mir leid. Ich kann das nicht mehr, das ist alles eine Nummer zu groß für mich, verstehen Sie das?"

„Ich verstehe Ihren Standpunkt", sagte der Professor.

„Danke. Und was machen wir jetzt?"

„Wir müssen eine neue Bleibe finden. Wir können nicht in die Wohnung meines Freundes zurück."

„Warum nicht?"

„Ich glaube nicht, dass wir dort noch sicher sind. Genau genommen glaube ich nicht, dass wir irgendwo auf dieser Welt noch sicher sind." Der Professor winkte dem Wirt, um zu bezahlen. „Aber ich habe da schon eine Idee."

„Wirklich? Lassen Sie mich daran teilhaben."

„Wir rufen einen Menschen an, der nicht begeistert sein wird, mich zu sehen."

Frierend trat Susanne wenig später von einem Bein auf das andere, während der Professor nicht weniger frierend in seine Hände blies.

Als ein blauer Golf neben ihnen hielt, öffnete er die Beifahrertür, steckte den Kopf hinein und sagte: „Hallo, Gabriele, meine Liebe, du siehst … äh … toll aus."

Die Frau mit dem Namen Gabriele wäre vermutlich tatsächlich eine attraktive Frau gewesen, wenn sie etwas dafür getan hätte, diesen Eindruck zu verstärken. Dies jedoch lag offenbar nicht in ihrer Intention. Ihre Kleidung war – soweit Susanne das von ihrer Position aus beurteilen konnte – so nüchtern, dass sie beinahe männlich wirkte, die dunklen, mit grauen Strähnen durchzogenen Haare trug sie zu einem schlichten Zopf zusammengebunden, und ihre Augen blickten alles andere als freundlich, schon gar nicht einladend. Ohne eine Miene zu verziehen, sagte sie: „Hallo, Karl. Lange nicht mehr gesehen." Bevor er etwas darauf erwidern konnte, fügte sie hinzu: „Und wenn es nach mir gegangen wäre, wäre das auch so geblieben. Was ist nun schon wieder passiert?"

„Tja, na ja", setzte der Professor an, „wir brauchen dringend deine Hilfe."

„Was an sich schon außergewöhnlich ist, denn dringend ist es bei dir ja eher selten."

„Das war eine unnötige Spitze, Gabriele. Können wir einsteigen?"

„Wer ist deine Freundin?"

„Claudia Müller", sagte Susanne. „Und ich bin nicht seine Freundin. Wir sind nur … äh … befreundet. Aufgrund von … Umständen."

„Aha.“

„Dürfen wir einsteigen?“, fragte der Professor noch einmal.

Gabriele blickte von ihm zu Susanne und wieder zurück und seufzte schließlich ergeben auf. „Ich hoffe, ich werde das nicht bereuen. Steigt ein.“

Die Atmosphäre im Wagen war während der Fahrt in etwa so düster wie das Wetter.

„Also, Karl, was ist passiert?“, wollte Gabriele wissen.

„Wir sind in Schwierigkeiten …“, setzte der Professor an.

„Das habe ich schon verstanden.“

„… und brauchen einen Unterschlupf.“

„Das kannst du dir sofort wieder aus dem Kopf schlagen.“

„Ich bitte dich, Gaby …“ Der Professor zeigte ein zaghaftes Lächeln. „Nur für eine Nacht. Um der alten Freundschaft willen.“

„Freundschaft?“ Jetzt musste Gabriele lachen.

„Gaby, die Sache ist todernst. Es geht um Mord.“

„Mord?“ Sie zuckte zusammen. „Was soll das heißen?“

„Wir sind … waren einer Story auf der Spur.“

„Einer Story? Heißt das etwa, du hast mal wieder gearbeitet?“

Der Professor wirkte sichtlich beleidigt.

„Und jetzt seid ihr in Schwierigkeiten und wollt ausgerechnet bei mir unterschlüpfen?“, fragte Gabriele.

„Ja.“

„Warum bei mir?“

„Auf die Schnelle fiel mir niemand anderes ein.“

Entschieden schüttelte Gabriele den Kopf. „Vergiss es.“

„Gaby, es ist ernst.“ Der Professor erzählte, was in den letzten Tagen und Stunden passiert war.

„Zwei Morde?“, stieß Gabriele aus, als er geendet hatte. „Und das alles wegen einer Kassette?“

„Es ist anzunehmen, dass sich darin höchst brisante Dinge befinden. Dinge, für die gewisse Leute über Leichen gehen. Wir wissen nur leider nicht, worum genau es sich handelt.“

„Tja, dann habt ihr wohl tatsächlich ein Problem. Und trotzdem werdet ihr nicht bei mir unterschlüpfen.“

„Hast du gerade nicht zugehört?“, drängte der Professor. „Zwei Menschen sind tot. Und wenn sie uns finden, dann sind wir es auch.“

„Warum hast du dich überhaupt darauf eingelassen?“, fragte Gabriele. „Bisher hat es dich doch nie weiter als bis zum Kaninchenzüchterverein gedrängt, und das hat dich überhaupt nicht gestört.“

„Woher hätte ich wissen sollen, dass diese Sache so verdammt gefährlich ist?“

Als daraufhin zu lange nichts von ihr kam, fügte der Professor hinzu: „Gaby, ich bitte dich, es hat uns doch einmal etwas verbunden.“

„Das ist jetzt nicht dein Ernst, oder?“, fuhr sie auf. „Du willst mich jetzt tatsächlich emotional erpressen?“

„Also“, kam Susanne dem Professor zu Hilfe, „es würde uns schon helfen, wenn wir wenigstens eine Nacht unterkommen könnten. Bis morgen ist uns sicher etwas anderes eingefallen. Ich verspreche Ihnen, wir sind so bald wie möglich wieder verschwunden.“

„Bitte, Gaby“, setzte der Professor hinzu. „Tu es nicht für mich. Tu es für sie. Und ein kleines bisschen auch für mich. Ich weiß, ich habe viele Fehler gemacht, aber sie …“, er deutete mit dem Daumen nach hinten in Richtung Susanne, „hat dir doch nichts getan.“

Gabriele starrte durch die Frontscheibe.

Sekunden vergingen.

Lange Sekunden.

Bis sie endlich sagte: „In Ordnung. Aber nur für eine Nacht.“

28. KAPITEL

Emmy Jaburek

Es gab immer weniger klare Momente. Dies war einer davon, und in diesem überlegte Zander verzweifelt, ob er genug getan hatte – und ob er es schaffen würde? Oder würde das Gift, das durch seine Adern floss und ihn allmählich umbrachte, schneller sein?

Bitte, Julia, beeil dich.

Durch den Nebel in seinem Kopf hörte er Schritte. Die Tür wurde geöffnet. Jemand kam herein, sah ihn an, musterte ihn, als sei er ein Tier in einem Versuchslabor.

Durch halb geöffnete Lider glaubte Zander, im Blick seines Beobachters Verachtung zu lesen. Oder war es Mitleid? Er hätte es nicht zu hundert Prozent sagen können. In seinem Job, mit klarem Kopf, hatte er Menschen einschätzen können. Er hatte selten falsch gelegen. Jetzt war er nicht mehr in der Lage dazu.

Nicht in diesem Zustand.

Er driftete wieder davon. Schwebte. Körperlos. Schwerelos. Nur noch ein letzter Gedanke, bevor die Welle ihn wieder endgültig verschlang: *Denk du für mich, Julia.*

20:56 Uhr
Mainz

„Du zitterst immer noch“, stellte Julia fest.

„Ich weiß“, gab Eva zurück. „Hier drinnen ist es aber auch eiskalt. Können wir die Heizung etwas höher drehen?“

„Sie läuft auf Hochtouren.“

„Na prima.“ Eva schlang sich die Arme um den Oberkörper, als könne sie sich so wärmen.

„Du sollest dich ins Bett legen“, sagte Julia. „Ich friere ja schon, wenn ich dich nur ansehe.“

Nach einem kurzen, ergebenen Nicken wandte Eva sich in Richtung Bett. „Du hast recht. Vielleicht sollten wir einfach mal für ein paar Stunden zur Ruhe kommen.“ Gleich darauf schlüpfte sie unter die Decke.

„Das würde ich wirklich gerne.“ Julias Blick war auf die Tischplatte gerichtet. „Zur Ruhe kommen. Aber ich kann es nicht. Zander ist immer noch verschwunden, und wir haben nichts. Nichts außer einem Schlüssel, von dem wir nicht wissen, was wir damit anfangen sollen."

„Dieser Friedrich sah aus, als bekäme er jeden Moment einen Schlaganfall, als er ihn in der Hand hielt", bemerkte Eva. „Hast du gesehen, wie er anfing zu zittern?"

„Ja. Das war merkwürdig."

„Und dann ist er so schnell verschwunden, wie er nur konnte. Als hätte er den Teufel persönlich in den Händen gehalten. Kannst du dir das erklären?"

„Nein. Beim besten Willen nicht. Ich habe überhaupt keine Ahnung, was es mit diesem Schlüssel auf sich haben könnte, geschweige denn, wozu er gut ist. Und das Foto … Es könnte sein, dass ich die Frau schon einmal irgendwo gesehen habe, aber sicher ist das nicht." Julia seufzte und starrte vor sich hin.

„Komm her."

Julia hob den Blick.

„Komm her." Eva hob die Bettdecke etwas an.

Ein paar Sekunden bewegte Julia sich nicht, dann erhob sie sich, trat zum Bett und legte sich unter die Decke. Gleich darauf spürte sie, wie Eva die kalten Zehen ausstreckte, bis sie ihre Fesseln berührten. „Meine Güte, bist du kalt."

„Sag ich doch." Zitternd schmiegte Eva den Kopf an ihre Schulter, und Julia zog sie enger an sich. „Es wird gleich besser werden."

„Hoffentlich."

Die Uhr tickte.

Und tickte.

Julia öffnete den Mund, um etwas zu sagen, schloss ihn jedoch sofort wieder.

„Was ist?", fragte Eva.

„Nichts, ich wollte dir nur sagen, dass du dich bis hierher wirklich tapfer geschlagen hast. Tapferer, als ich jemals gedacht hätte. Du bist eine tolle Frau, Eva."

„Findest du?"

„Ja. Sehr mutig."

Eva schüttelte den Kopf. „Ich glaube, ich bin eher verrückt. Sonst wäre ich vermutlich nicht hier. Aber jetzt kann ich auch nicht mehr aussteigen."

„Natürlich kannst du. Du kannst jederzeit aussteigen."

„Aber ich will nicht."

Julia richtete sich etwas auf und sah Eva an. „Siehst du, und das verstehe ich nicht. Du könnest irgendwo sein, wo es sicher ist. Wo du keine Angst haben musst. Wo …“

Eva lächelte unwillkürlich. „Ich weiß schon, warum ich das alles auf mich nehme.“

„Warum?“

„Glaubst du, Zander ist noch am Leben?“, fragte Eva statt einer Antwort.

Julia blinzelte verwirrt. „Ich weiß es nicht“, sagte sie nach ein paar Sekunden. „Ich hoffe es. Ich weiß ja noch nicht einmal, ob all das hier mich tatsächlich zu ihm führt. Ich hoffe es nur. Ich hoffe es inständig, mit allem, was ich habe.“

Sie schwiegen einen Moment.

„Ich frage mich“, setzte Eva dann an, „ob du die Frau auf dem Foto vielleicht auch schon einmal gemeinsam mit deinem Vater getroffen hast? So wie Jakob Engel.“

„Kann sein. Ich weiß es nicht.“

„Denk noch mal darüber nach, Julia.“

„Ich tue seit Stunden nichts anderes, Eva.“

Wieder tickte die Uhr.

Und tickte.

Dann setzte Eva sich im Bett auf. „Lass uns etwas versuchen.“

„Was?“

„Schließ deine Augen und denk an jenen Tag.“

Julia schüttelte den Kopf. „Was soll das denn bringen? Ich weiß ja noch nicht einmal, um welchen Tag es sich handeln könnte.“

„Versuch es“, beharrte Eva. „Konzentrier dich und versuch es.“

Widerwillig schloss Julia die Augen. Sie gab sich Mühe, sich zu konzentrieren, spürte aber sofort, wie all ihre Versuche ins Leere liefen.

„Was für ein Tag war es?“, fragte Eva. „War es warm? Oder hat es geregnet?“

Julia konzentrierte sich weiter. Und dann, plötzlich, war es da. Wie aus dem Nichts. Fetzen … Spuren von Erinnerungen … Ein Bild verdichtete sich in ihrem Kopf. „Der Himmel war blau“, sagte sie. „Klar und blau.“

„Prima. Was hast du gemacht?“

„Ich war mit meinem Vater zusammen.“

„Was habt ihr gemacht?“

„Wir sind lange zusammen im Auto gefahren. Sehr lange.“

„Wohin seid ihr gefahren?“

Julia schwieg fast eine volle Minute. Sie sah eine Kurve vor sich, ihr Vater nahm Gas weg, fuhr langsamer, bog dann um eine weitere Kurve … Und dann? Nichts mehr. Nur noch Dunkelheit. „Ich weiß es nicht“, sagte sie tonlos. „Ich kann mich nicht erinnern.“

Eva insistierte geduldig: „Der Ort …“

„Ich weiß es nicht.“

„Der Name einer Straße …“

Wieder strengte Julia ihr Gedächtnis an, und wieder blieben ihre Bemühungen fruchtlos. „Da ist nichts.“

„Du erinnerst dich aber daran, dass ihr zusammen im Auto gefahren seid, du und dein Vater?“

„Ja.“

„Wohin seid ihr gefahren?“

Als hätte jemand einen Knopf auf der Fernbedienung gedrückt, tauchte das Gesicht in der nächsten Sekunde vor Julias innerem Auge auf. Wie ein Radio, das mehrere Frequenzen zugleich empfängt, wurde ihr Hirn plötzlich mit Daten geflutet, die sich von ganz allein am richtigen Ort festsetzten. Sie erinnerte sich. Sie nahm wahr. Immer mehr Klarheit materialisierte sich in ihr.

„Ich weiß es wieder!“, rief sie aus, schlüpfte aus dem Bett, zog ihren Rucksack heran und holte einen braunen Umschlag mit Fotos heraus. Dann setzte sie sich im Schneidersitz auf den Boden und schüttete den Inhalt vor sich hin. Es war, als würde mit ihnen ein vertrauter Geruch aus dem Umschlag strömen: der Geruch ihrer Kindheit. Ihr Blick wanderte über die einzelnen Fotos. Sie fand ein paar alte Schnappschüsse von sich und Eva kurz vor dem Abitur. Fotos von der Abschlussfeier nach dem Bestehen desselben. Die Fotos riefen Erinnerungen hervor, ließen etwas in ihr wach werden. Sie legte die Fotos weg und griff nach Briefen, die sie an ihre Eltern geschrieben hatte, nach deren Tod, in kaum leserlicher Handschrift. Es war eine Reise in die Vergangenheit, in eine andere Zeit, eine andere Welt und irgendwie auch in ein anderes Leben.

Julia blätterte die Fotos weiter durch, als eines davon zu Boden fiel.

Schon als es durch die Luft segelte, wusste sie, dass sie auf etwas Wichtiges gestoßen war, denn da es mit der Vorderseite auf dem Fußboden gelandet war, sah sie als Erstes den Text auf der Rückseite: *Der kleinen Julia. 1986.*

Es war, als würde ihr Körper von einer Sekunde zur nächsten zu einem Eisblock gefrieren. Julia zögerte, ehe sie das Foto aufhob und umdrehte. Es war die verblichene Aufnahme von drei Menschen: ihr Vater. Sie selbst. Und die Frau, nach der sie suchte. Sie standen vor einem Haus, das …

Und dann war plötzlich alles da.

1986

Die Schotterstraße war plötzlich zu Ende. Ihr Vater stoppte den Wagen und blickte durch die Frontscheibe. Eine schwarze Wolkenbank schob sich über den Himmel.

Dumpfes Donnergrollen ging einem einsetzenden Regenschauer voraus. Es würde ein heftiges Gewitter werden, denn die ganze Zeit war es sehr heiß gewesen.

„Wir müssen uns beeilen“, sagte ihr Vater und setzte Julia eine Baseballmütze auf. Dann stieg er aus, und sie tat es ihm nach.

Sie rannten auf das Haus zu, vorbei an einer riesigen, abgestorbenen Eiche. Sie war in der Mitte gespalten, und das Innere des Stammes war geschwärzt von dem Blitz, der vor vielen Jahren eingeschlagen war.

Eine Frau trat aus der Tür. Ihr dunkles Haar wellte sich um ihr Gesicht. „Ich dachte schon, Sie würden nicht kommen“, sagte sie.

„Da sind wir“, sagte Julias Vater.

„Haben Sie gut hergefunden?“

„Die Wegbeschreibung war präzise.“

Die Frau richtete den Blick auf Julia und lächelte. „Lasst uns hineingehen.“

Die Wände des Zimmers, das sie dann betraten, waren mit hohen Bücherregalen bedeckt, und die Bücher darin verströmten einen ganz eigenen Duft. Die Ecken des Raumes wurden vom sanften Schein der Lampen erleuchtet.

Wie ein Kätzchen schmiegte Julia sich an ihren Vater. Als sie zu ihm aufschaute, sah er sie aufmunternd an.

Die Frau nahm einen Apfel aus einer Schale und reichte ihn Julia. „Möchtest du ihn?“

Julia schüttelte den Kopf.

An das, was danach geschah, konnte Julia sich nicht mehr erinnern, aber sie wusste noch, wie sie und ihr Vater sich wieder von der Frau verabschiedet hatten. Und sie erinnerte sich daran, wie die Frau sich zu ihr hinabbeugte und sagte: *„Die Zeit wird kommen, Julia."*

Die Zeit wird kommen.

Die Zeit war da.

„Ihr Name ist Emmy Jaburek", sagte Julia. „Ich war mit meinem Vater bei ihr."

„Wirklich?", erwiderte Eva. „Wann war das?"

„Ich muss neun Jahre alt gewesen sein. Ich erinnere mich, dass ich froh war, als wir das Haus wieder verlassen haben. Ich habe den kurzen Besuch als total bedrückend empfunden. Aus irgendeinem Grund war mir ganz kalt ums Herz." Julia brach ab und schaute erneut das Foto an.

„Fällt dir sonst noch etwas ein?", sagte Eva. „Versuch, dich an alles zu erinnern."

„Es gab viele Bücher in dem Raum, in dem wir uns befanden."

„Warst du auch noch in anderen Zimmern?"

„Nein."

„Okay. Und was war mit der Frau? Was kannst du über sie sagen?"

„Es ist nicht einfach, sie zu beschreiben. Ich habe sie ja nur einmal gesehen, verstehst du, und es ist schon so lange her."

„Weißt du noch, wo ihr euch getroffen habt? Ich meine, den Ort."

Wieder blickte Julia auf das Foto. „Es war in Frankfurt."

„Wirklich?" Eva blickte verwirrt. „Bist du dir ganz sicher?"

„Ja, ich bin mir sicher. Mein Vater hat es damals extra erwähnt. Wir sind in Frankfurt, hat er gesagt. Jetzt fällt es mir wieder ein."

„Aber warum ausgerechnet Frankfurt?"

„Ich habe keine Ahnung."

„Meinst du, du würdest das Haus noch einmal finden?", fragte Eva weiter.

„Ich weiß es nicht. Aber ich sehe keine andere Möglichkeit, als es zu versuchen." Julia erhob sich. „Und zwar jetzt sofort."

„Was?"

„Jetzt. Wir fahren jetzt nach Frankfurt. Wir …" Julia brach ab, als ihr Blick auf ihre Hände fiel. Sie waren nass und scharlachrot. Auch ihr Sweatshirt und ihre Hose waren blutverschmiert.

„Julia?", hörte sie von irgendwoher Evas Stimme.

In der nächsten Sekunde war das Blut verschwunden, die Hände wieder vollkommen sauber. Erleichtert atmete Julia durch. Doch zu früh. Denn bereits in der nächsten Sekunde war die Stimme da.

Prinzessin …

Sie zuckte zusammen, als hätte man ihr einen Schlag versetzt.

Die Stimme wurde lauter. Drohender.

Prinzessiiiiiinnnn …

Hilfe suchend sah Julia zu Eva, doch die war nicht mehr im Zimmer. Stattdessen war da eine dunkle Gestalt, die auf sie zukam. Der Vorhang am Fenster wurde von kreisenden Wirbeln erfasst, und das, obwohl im Raum keine Luftbewegung zu spüren war. Er flatterte und raschelte.

In der nächsten Sekunde leuchteten Flammen hell vor Julias Augen auf und züngelten in Richtung Decke. Ein Schwindel überkam sie, sie verlor das Gleichgewicht und fiel zu Boden. Mühsam wollte sie sich wieder aufrichten, sich erheben, doch es gelang ihr nicht. Sie sank zurück auf den Boden. Gleich darauf verlor sie das Bewusstsein.

29. KAPITEL

Eine Doppel-Agentin?

Hannover

Susanne saß auf dem Deckel der Toilette und lehnte den Hinterkopf gegen die kühlen Fliesen.

„Oh Mist“, sagte sie leise. Und dann noch einmal: „Oh Mist.“

Es fühlte sich an, als weine Walter Wendts Geist in ihrem Kopf. Und dann gellten immer mehr Schreie, die Schreie aller Geister. Als wäre sie in einem Teil eines Horrorfilms gelandet, wo mit einem Mal alle Toten anfingen zu schreien und zu kreischen und nicht mehr damit aufhören wollten.

Jemand klopfte an die Tür. „Geht es Ihnen besser?“, fragte der Professor.

Susanne richtete sich auf. „Ja. Alles okay. Jedenfalls so okay, wie es unter den Umständen sein kann.“

„Kommen Sie in die Küche. Ich koche Ihnen einen Tee.“

„Danke.“ Ein paar Sekunden blieb Susanne noch sitzen, dann erhob sie sich und trat zum Spiegel. „Mach jetzt nicht schlapp, Susi“, sagte sie zu ihrem Spiegelbild. „Du musst auf den Beinen bleiben.“ Sie spritzte sich kaltes Wasser ins Gesicht und machte sich dann auf den Weg in die Küche, wo der Professor am Herd stand und Wasser in einem Topf kochte.

„Setzen Sie sich“, sagte er.

Sie ließ sich auf einen der Stühle sinken. „Wo ist Ihre Freundin?“, wollte sie wissen.

„Gabriele? Sie ist nicht meine Freundin, wie man unschwer bemerken kann.“ Er goss heißes Wasser in eine Tasse, hängte einen Teebeutel hinein und reichte sie ihr. „Sie war es einmal. Trinken Sie das.“

„Ich kann langsam keinen Tee mehr sehen.“

„Er wird Ihnen guttun.“

Susanne öffnete den Mund, und der Professor fügte schnell hinzu: „Ich glaube, Sie sind nicht in der Lage, zu widersprechen, so schlecht, wie Sie aussehen.“

„Okay.“ Sie griff nach der Tasse und trank einen kleinen Schluck. Er schmeckte süß. Zu süß. „Und wo ist sie jetzt?“

„Wer?“

„Gabriele.“

„Oh. Sie hat sich in ihr Arbeitszimmer zurückgezogen.“ Der Professor hängte einen weiteren Teebeutel in eine Tasse und setzte sich damit an den Tisch. „Ich schätze, je weniger Zeit sie mit mir verbringen muss, desto lieber ist es ihr.“

„Wie lange waren Sie zusammen?“, wollte Susanne wissen.

„Zehn Jahre. Zehn Jahre zu viel für sie. Lediglich in der ersten Hälfte unserer Beziehung war sie ganz verrückt nach mir.“

„Was haben Sie angestellt?“

„Oh, ich muss nichts anstellen.“ Der Professor beugte sich vor und stützte die Ellbogen auf die Tischplatte. „Ich muss einfach nur der sein, der ich bin. Das reicht schon.“

Sie schwiegen einen Moment.

„Erzählen Sie mir mehr“, bat Susanne dann.

„Da gibt es nicht viel zu erzählen.“

„Erzählen Sie trotzdem. Im Augenblick bin ich froh über alles, was mich irgendwie ablenkt. Wie haben Sie sich kennengelernt?“

„In einem Café. Ich habe sie angesprochen, weil ich sie vom ersten Augenblick an sehr charismatisch fand.“

„Ich verstehe. Und dann?“

„Nun ja, wir sind schnell zusammengezogen. Sehr schnell. Aber wir wussten von Anfang an, dass es nicht nur eine Affäre ist.“ Der Professor unterbrach sich und lachte trocken auf. „Kann man sich kaum vorstellen, wenn man bedenkt, dass sie heute Feuer und Schwefel heraufbeschwört, wenn sie nur meinen Namen hört.“

„Was macht sie beruflich?“

„Sie ist Dozentin an der Medizinischen Fakultät, und da haben Sie auch schon den Unterschied. Damit ist sie mehr, als ich je sein werde.“

„Sie sind auch etwas.“

„Nein, bin ich nicht. Gabriele ist ehrgeizig. Sie hat Mut. Ich habe über Kaninchenzüchter und Wellensittichwettbewerbe geschrieben. Also, als ich noch geschrieben habe.“ Der Professor wedelte mit der Hand. „Und so hat es sie irgendwann von mir fortgerissen.“

Susanne sah ihn einen Moment lang an. „Aber sie hat Ihnen heute Abend geholfen, als Sie sie brauchten. Sie hat uns abgeholt und hierhergebracht. Das muss etwas zu bedeuten haben.“

Der Professor fasste sich kurz ans Herz und seufzte leise. „Glauben Sie mir, es hat nichts damit zu tun. Ich bin mir sicher, sie hat es in der Zwischenzeit schon mindestens zehnmal bereut.“

Wieder schwiegen sie einen Moment.

„Sorry", sagte Susanne dann. „Tut mir leid, wenn ich zu viel frage."

„Sie müssen sich nicht entschuldigen. Gaby und ich waren einfach zu verschieden. Sie sind immer noch ganz blass. Möchten Sie eine Aspirin?"

„Nein, danke." Susanne trank noch einen kleinen Schluck Tee, dann fügte sie hinzu: „Wird dieser ganze Albtraum jemals ein Ende haben?"

„Es gibt immer ein Ende. Auch hier."

„Aber wie wird das aussehen?"

„Das weiß ich leider nicht. Das Einzige, was ich weiß, ist, dass wir einen Plan brauchen. Einen Plan, was wir als Nächstes tun werden."

„Vielleicht sollten wir jetzt doch besser zur Polizei gehen."

Der Professor sah auf. „Das ist nicht Ihr Ernst."

„Warum nicht?" Susanne zuckte mit den Schultern. „Wenn wir das alles an die große Glocke hängen, dann ist das vielleicht unser einziger Schutz …"

„Und was genau sollen wir an die große Glocke hängen?"

„Gute Frage."

„Eben." Der Professor schüttelte den Kopf. „Wir können nicht zur Polizei gehen. Wir vermuten nur, dass Schiller Britta Stark umgebracht hat. Beweisen können wir es nicht. Walter Wendts Mörder haben wir nicht gesehen, nur eine Gestalt im Schnee. Ebenso gibt es keinen Beweis dafür, dass es die Kassette tatsächlich gibt, von der die Anwältin gesprochen hat. Walter Wendt hat es zwar bestätigt, aber er hat uns nicht gesagt, wo sie sich befindet. Und selbst wenn wir sie finden würden, wissen wir nicht, was sich darin befindet. Vielleicht sind es Beweise, mit denen man die Kraniche zerschlagen könnte. Vielleicht aber auch nicht. Kurz: Wir haben nichts. Und davon mal ganz abgesehen, ist die Polizei von den Kranichen infiltriert. Seien Sie mir nicht böse, Frau Grimm, aber ich glaube nicht, dass wir von *denen* beschützt werden können. Nein, wir müssten Beweise finden, mit denen wir etwas anfangen können, das wäre …"

Susanne hob einen Finger in die Höhe, als wolle sie ihm verbieten, den Satz zu Ende zu sprechen. „Wir wollten aufhören, nach Beweisen zu suchen."

„Ja, das wollten wir." Der Professor brach ab. Zögerte. Schließlich sagte er: „Ich würde nur gerne noch einen letzten Gedanken loswerden. Dann rede ich nie wieder davon. Versprochen."

„Oh, wenn ich es doch nur glauben könnte."

„Es ist wegen der Anwältin", fuhr er fort. „Ich frage mich die ganze Zeit, was die beiden miteinander zu tun hatten. Britta Stark und Walter Wendt. Was für eine Verbindung bestand zwischen den beiden?"

„Keine Ahnung."

„Können Sie sich vorstellen, dass die Anwältin auf beiden Seiten aktiv war?" Der Professor machte eine kleine Pause, um die Wirkung seiner Worte zu erhöhen. „Ich meine, die beiden kannten sich. Sie *müssen* sich gekannt haben. Wendt wusste sofort, von wem wir sprachen, er hat nicht eine Sekunde gezögert oder überlegt."

„Sie meinen, Britta Stark war so etwas wie eine Doppel-Agentin?" Susanne lächelte kurz, bemerkte dann jedoch, dass dieser Gedanke durchaus Sinn ergeben könnte. „Glauben Sie das wirklich?"

„Warum eigentlich nicht? Wir wissen nichts über diese Frau, erst recht wissen wir nichts über ihre Motive. Aber sie wusste von der Kassette, und offenbar wusste sie auch, wo sie sich befindet. Und sie wusste, dass die Kraniche kurz davor stehen, sie zu finden. Gleichzeitig kannte sie offenbar Walter Wendt, der auf der anderen Seite des Spielfeldes aktiv war. Auf der Seite der Guten, sozusagen."

„Sie glauben wirklich, die Anwältin gehörte eigentlich zu den Guten, hat sich aber auf die Seite der Bösen geschlagen, um diese auszuspionieren?" Susanne dachte einen Moment darüber nach. „Es mag Sinn ergeben, aber ich kann es mir trotzdem nur schwer vorstellen."

„Weil Sie sie nicht mochten."

„So ist es. Wie Sie wissen, hatte ich das zweifelhafte Vergnügen, sie in der Psychiatrie kennenzulernen, als sie mich dort besucht und auf Julia gehetzt hat, und ich fand sie ausgesprochen unangenehm. Hinterhältig und bösartig. Wenn sie das alles nur gespielt hat, dann tat sie es sehr überzeugend. Davon abgesehen …", Susanne legte eine Fingerspitze auf den Rand der Tischplatte und begleitete jedes Wort mit einem leichten Klopfen, um ihren Worten mehr Nachdruck zu verleihen, „glaube ich nicht, dass die Kraniche so dumm sind, jeden einfach mal so in ihre Kreise aufzunehmen."

„Das denke ich allerdings auch nicht. So etwas muss sehr gut geplant sein, über einen sehr langen Zeitraum hinweg." Der Professor dachte nach. „Walter Wendt war kein Hinterwäldler, auch wenn es vielleicht auf den ersten Blick so schien. Und Britta Stark war das sowieso nicht. Nein, die beiden hatten denselben Plan."

Susanne sagte nichts.

„Halten wir mal fest", sprach der Professor weiter, als zu lange nichts von ihr kam. „Erstens, unsere Vermutung, Schiller sei ein Mörder, scheint sich zu bestätigen. Ein mögliches Motiv für den Mord an der Anwältin deutet sich ebenfalls an. Sie hat für beide Seiten gearbeitet und wollte nun auspacken. Das ist aufgeflogen, und da haben die Kraniche sie umgebracht. Also, Schiller. Denn genau das hat sie zu mir gesagt: Schiller wird mein Mörder sein."

Daraufhin folgten ein paar Momente völligen Schweigens. Ein kalter Windstoß fegte gegen das Fenster. Dann war es wieder still in der Küche, bis auf die Heizung, die bollerte und noch mehr warme Luft in den ohnehin schon sehr warmen Raum abgab.

„Gut gegen Böse", sagte Susanne dann. „Und wir sind zwischen die Fronten geraten."

„Ja", gab der Professor zurück.

„Das erklärt aber immer noch nicht, was Julia mit alldem zu tun hat. Was ist ihr Part in der Geschichte?"

„Wer weiß? Vielleicht ist sie auch eine Doppel-Agentin."

„Nein, das ist Quatsch. Wenn Julia eine von denen wäre, dann wären sie nicht hinter ihr her." Susanne hob eine Hand, um die nächsten Worte des Professors abzublocken. „Sie gehört zu den Guten. Sie haben doch Wendts Worte gehört. Er hat auf sie gewartet. Und Wendt war ja wohl auch einer von den Guten."

„In Ordnung", gab der Professor nach. „Gehen wir davon aus, dass sie eine von den Guten ist. Wissen Sie, wo sie gerade steckt?"

„Das haben Sie mich schon einmal gefragt, und die Antwort ist immer noch: Nein."

„Was wissen Sie über sie?"

Susanne schwieg. Ihre Gedanken bewegten sich Stück für Stück durch die Erinnerungen. Die erste Begegnung mit Julia in der Psychiatrie. Die erste und einzige gemeinsame Nacht, die in völligem Chaos endete. Julia, wie sie ihr eine schallende Ohrfeige verpasste, und ihre gezischten Worte: „Was bist du nur für ein Miststück? Was bist du für ein hinterhältiges Miststück?" Ihre Hilfe bei der Flucht aus der Psychiatrie. Schließlich sagte sie: „Nicht sehr viel, leider. Der Zeitraum, in dem wir uns begegnet sind, war zu kurz, um mehr über sie sagen zu können. Ich weiß nur, dass Julia ein guter Mensch ist. Schwierig, das ganz bestimmt, aber gut. Und das lasse ich mir auch von niemandem ausreden."

„Hm", machte der Professor: „Ich glaube sowieso nicht, dass wir einen Sinn in alldem finden, solange wir nicht weiter nach Antworten suchen. Und nach weiteren Antworten wollen wir ja nicht mehr suchen."

„Nein." Susanne schüttelte den Kopf. „Ich kann mich zwar kaum an den Gedanken gewöhnen, dass kaltblütige Mörder einfach so davonkommen sollten, aber ich weiß beim besten Willen auch nicht, was ausgerechnet ich dagegen tun könnte."

„Sie werden weiter morden und ihr Ziel verfolgen."

„Vermutlich, aber wie ich gerade sagte, ich wüsste nicht, wie ausgerechnet ich sie daran hindern sollte." Susanne trank ihren Tee aus, erhob sich und ging in Richtung Tür. „Es gibt nur noch eins, was ich jetzt tun kann. Und das ist telefonieren."

Die Verbindung war schon wieder mehr als beschissen.

„Was ist … Julia?", fragte Jo am anderen Ende.

„Ich glaube, sie steckt in Schwierigkeiten", sagte Susanne.

„Schwieri…? Was … Schwierigkei…?"

„Ich kann es dir nicht sagen, weil ich zu wenig weiß. Aber ich muss dringend mit ihr reden. Weißt du, wo sie gerade steckt?"

„Ich habe … Wochen nichts … ihr gehört. Jetzt sag … endlich … los ist!"

Susanne schwieg einen Moment. „Bevor wir den Namen in der E-Mail gelesen haben, die ich in Norwegen bekam", sagte sie dann, „hattest du da schon einmal etwas von den Kranichen gehört?"

„Nein."

„Denk bitte ganz genau nach, Jo."

„Wenn ich … sage, nein. Ich … nicht einmal, ob … Name oder … Metapher. Warum … du mich das?"

„Das weiß ich gerade auch nicht."

Falls das überhaupt möglich war, wurde die Verbindung jetzt noch schlechter.

„Susanne, ich … nicht … los ist, aber … komm … zurück nach … Norwe… wie geplant."

„Ja. Wenn Julia sich meldet, sag ihr Bescheid, dass ich angerufen habe. Sag ihr, dass ich sie suche. Das ist wirklich wichtig, Jo."

Die Verbindung brach ab.

Nachdem sie den Hörer zurück auf die Gabel gelegt hatte, ging Susanne wieder in die Küche und stellte fest, dass sie alleine war. Der Professor war gegangen. Sie setzte sich an den Tisch und starrte vor sich hin.

Als Gabriele eintrat, zuckte sie zusammen.

„Entschuldigen Sie, ich wollte Sie nicht erschrecken."

„Ist nicht Ihre Schuld." Susanne atmete tief durch. „Die letzten beiden Tage haben mir einen echten Schrecken eingejagt. Ich habe das Gefühl, ich müsste ständig über meine Schulter blicken."

Gabriele nickte verständnisvoll. „Kann ich mich setzen?"

„Es ist Ihre Wohnung."

„Stimmt. Kommt mir gar nicht mehr so vor." Gabriele nahm am Tisch Platz. „Wie geht es Ihnen?"

„Ging mir schon besser."

„Sind Sie auch Journalistin?"

Susanne lachte auf. „Nein. Ich war Punkerin. Hab dem Wind zugehört und mich treiben lassen. Morgens, mittags, abends. Zwischendurch hab ich in einer Band Bass gespielt. Das war es."

„Und wie sind Sie ausgerechnet an Karl geraten?"

„Er hat mir vermutlich das Leben gerettet."

„Wirklich?"

„Ja." Susanne erzählte Gabriele von ihrem ersten Zusammentreffen mit dem Professor und endete mit den Worten: „Sie sollten nicht so hart zu ihm sein."

„Ich weiß, aber ich kann nicht anders." Gabriele zuckte mit den Achseln. „Karl ist ein sturer Bär. Ein dickköpfiger Bison. Wirklich, er schaffte es, mich von morgens bis abends in den Wahnsinn zu treiben. Und er schafft es immer noch."

„Aber er ist ein guter Mensch. Ein intelligenter Mensch. Vielleicht der intelligenteste, den ich je kennengelernt habe."

„Ich habe nie gesagt, dass er nicht intelligent ist. Er hatte alle Voraussetzungen für eine große Karriere, aber er hat nichts daraus gemacht. Er …"

„Hallo." Der Professor erschien wieder in der Tür. „Darf ich eintreten, oder störe ich?"

Sie sahen zu ihm hin.

„Nein", sagte Gabriele. „Komm nur rein. Mi casa es su casa."

„Danke." Er zog sich einen Stuhl heran. „Worüber habt ihr euch unterhalten?"

„Darüber, wie es jetzt weitergeht." Gabriele beugte sich etwas nach vorne und schaute zwischen ihm und Susanne hin und her. „Warum geht ihr nicht zur Polizei?"

„Wir haben nicht genügend Beweise", antwortete der Professor.

„Nicht einen, um genau zu sein“, fügte Susanne hinzu.

„Die Leute, mit denen wir es zu tun haben, gehören zu einer Spezies, die sehr gefährlich ist, sich im Verborgenen aufhält und sich sehr gut tarnt. Wer immer versucht, an sie heranzukommen, rennt im Nebel.“ Der Professor legte die Hände auf die Tischplatte. „Wie soll man vorgehen, wenn man Gespenster fassen will?“

Susanne sah ihn an. Merkwürdigerweise war es genau dieser Satz, der sich in ihrem Gehirn festbiss. *Wie soll man vorgehen, wenn man Gespenster fassen will?*

„Und was hat es mit dieser Kassette auf sich?“, wollte Gabriele wissen.

„Wir nehmen an, dass es sie gibt, aber wir wissen nicht, wo sie sich befindet“, antwortete der Professor. „Und wir wissen auch nicht, was sie enthält. Wendt wollte leider nicht mit uns darüber sprechen.“

„Na, das klingt tatsächlich nicht sehr glücklich.“

„Nein, wirklich nicht.“

Daraufhin schwiegen sie alle einen Moment lang.

So lange, bis Susanne plötzlich den Kopf hob und sagte: „Indem man schneller ist.“

Die beiden anderen sahen sie fragend an.

„Und indem man sie irritiert“, fügte Susanne hinzu.

„Was meinen Sie?“, fragte der Professor.

Sie beugte sich etwas nach vorn. „Wenn man einen Gegner besiegen will, der unglaublich gefährlich ist und sich einem gleichzeitig wie ein Geist ständig entzieht, sodass er nicht zu fassen scheint, wie würde man es anstellen?“ Sie beantwortete die Frage sofort selbst: „Indem man ihn irritiert. Ihn sozusagen an allen Fronten beschäftigt. Ihn durcheinanderbringt.“

„Reden wir gerade von diesen Kranichen?“, fragte Gabriele.

„Ja.“ Susanne wandte sich an den Professor. „Vielleicht hatten Sie gar nicht so unrecht mit Ihrer Vermutung, dass Britta Stark auf beiden Seiten aktiv gewesen sein könnte. Sie war Anwältin und hatte zweifellos eine wichtige Funktion im Kreise der Kraniche. Sie hat sich um alles gekümmert – sogar um mich, als sie mich auf Julia gehetzt hat. Also letztlich haben alle ihr vertraut. Das bestimmte ihre Position. Damit konnte sie frei schalten und walten.“

„Und jetzt ist sie tot“, bemerkte Gabriele.

„Worauf wollen Sie hinaus?“, fragte der Professor.

„Das habe ich doch gerade gesagt. Man kann den Gegner nur besiegen, indem man ihn irritiert, verwirrt. Und indem man immer einen Schritt schneller ist.“ Susanne brach ab, suchte nach den richtigen Worten. „Die Guten haben die Kassette versteckt, damit sie den Bösen nicht in die Hände fällt. Um zu verhindern, dass die Bösen sie kriegen, haben sich die Guten alle möglichen Finten ausgedacht, um sie in die Irre zu locken und zu beschäftigen und ihnen möglichst immer einen Schritt voraus zu sein.“

„Aber was, um Himmels willen, kann es mit dieser Kassette auf sich haben, dass beide Seiten so einen Wirbel darum machen?“, wandte Gabriele ein.

„Tja, das wissen wir leider nicht“, gab Susanne zu.

„Aber es muss etwas Gewaltiges sein“, bemerkte der Professor.

„Ja. Vermutlich.“ Susanne schüttelte den Kopf. „Versetzen wir uns noch einmal in die Lage der Guten, ja? Nehmen wir an, wir sind es. Wir sind die Guten und haben es mit einem wirklich gefährlichen und großen Gegner zu tun. Um uns ihm entgegenstellen zu können, müssen wir alle möglichen Finten anwenden.“ Sie wartete einen Moment, um die Worte sacken zu lassen, dann sprach sie weiter: „Finten, mit denen wir die Bösen so lange wie möglich von der Kassette fernhalten können. Das Wichtigste ist dann doch, bei den Finten keinen Fehler zu machen. Man darf sich keinen Fehler beim Codieren der Hinweise erlauben. Und ebenso wenig darf ein Fehler bei der Decodierung gemacht werden.“ Susanne blickte vom Professor zu Gabriele und wieder zurück. „Es geht darum, den Gegner zu irritieren und ihm immer wieder den Weg zu versperren, während die richtigen Leute das Ziel finden müssen. In dem Fall bedeutet *richtige Leute*, wenn wir Walter Wendt glauben, eine Person: Julia Wagner. Und das Ziel ist die Kassette.“

„Das hört sich verdächtig nach einer Schnitzeljagd an“, bemerkte Gabriele mit einem bitteren Lachen.

„Nun ja, das ergibt durchaus Sinn“, sagte der Professor. „Aber es gäbe da doch noch ein paar Einwendungen meinerseits. Zum einen würde Ihre Theorie bedeuten, dass Julia Wagner ebenfalls Hinweise bekäme.“

„Ja.“

„Dies wiederum würde bedeuten, dass sie sich ebenfalls auf der Suche nach der Kassette befindet.“ Er schüttelte den Kopf. „Aber nach allem, was Sie mir bis jetzt von ihr und über sie erzählt haben, macht es mir nicht den Eindruck, als wäre sie auf der Suche. Jedenfalls nicht nach einer Kassette."

Susanne schüttelte den Kopf. „Ich habe sie zum letzten Mal vor fünf Monaten gesehen. Damals war sie es bestimmt auch noch nicht, aber ich weiß nicht, was in der Zwischenzeit passiert ist. Heute Abend, vor Walter Wendts Haus, habe ich zu Ihnen gesagt, dass ich damals dachte, es ginge um Julias Vater, darum, dass er umgebracht wurde, erinnern Sie sich? Zu jenem Zeitpunkt wusste ich ja noch nicht einmal, dass es die Kraniche sind, die hinter ihr her sind und die ihn vermutlich auch umgebracht haben. Aber inzwischen haben sich die Dinge verändert. Bei mir. Und vielleicht auch bei ihr."

Der Professor sagte: „Wenn am Ende alles darauf hinausläuft, dass nur sie diese Kassette bekommt – warum hat Britta Stark dann ausgerechnet Ihnen die Visitenkarte gegeben?"

„Sie hat sie mir nicht gegeben, sie hat mir gesagt, wo ich sie finde", erwiderte Susanne, „aber ich weiß natürlich, was Sie meinen. Ich habe keine Ahnung. Vielleicht war die Situation zu dem Zeitpunkt schon so brenzlig, dass ... Ich weiß es nicht." Sie brach ab und blickte einen Moment zur Decke. Dann sah sie den Professor wieder an. „Aber aus irgendeinem Grund bin ich mir sicher, dass Julia auf dem Weg zu der Kassette ist. Also auf dem Weg hierher."

„Wenn sie noch am Leben ist", bemerkte Gabriele.

Susanne sah sie an. „Ich hoffe, dass es so ist, denn alles andere wäre schrecklich, grauenhaft."

„Und was macht Sie so sicher, dass die Kassette sich hier in Hannover befindet?", wollte der Professor wissen.

„Weil, so wie ich es verstehe, Walter Wendt sich als Hüter der Kassette sah, also wird er sich wohl nicht sehr weit von ihr entfernt haben", erwiderte Susanne. „Aber ich glaube auch nicht, dass sie sich im Turm der Seelen befindet. Das wäre viel zu gefährlich. Gerade im Sommer ist dort zu viel los, das haben Sie selbst gesagt. Der Turm ist ein beliebtes Ausflugsziel, und die Gefahr, dass sie durch Zufall irgendeinem Fremden in die Hände fällt, wäre viel zu groß. Nein, ich glaube, dass der Hinweis mit dem Turm schon Sinn ergibt, aber nur die ungefähre Richtung beschreibt, in der die Kassette zu suchen ist. Sie ist irgendwo in der Nähe, aber nicht in dem Turm."

„Das ist leider immer noch zu vage."

„Ja, ich weiß." Susanne rieb sich über die Augen. „Mir sitzt noch ein anderer Gedanke wie ein Insekt im Kopf."

„Welcher?“, wollte der Professor wissen.

Sie bemühte sich, ihren Gedanken freien Lauf zu lassen, und tatsächlich lichtete sich der Nebel nach einer Weile.

Das waren die letzten Worte der Anwältin gewesen:

Du musst dich darum kümmern.

Die Kassette. Du musst sie vor ihnen finden.

Nicht öffnen.

Die Engel werden dich leiten.

Die Gedanken flogen wie Funken in alle Richtungen. Sie nahmen Gestalt an und kristallisierten sich zu einem einzigen. Plötzlich und sehr deutlich sah Susanne es ganz klar vor sich. Sie verstand überhaupt nicht, warum sie nicht schon viel früher daraufgekommen war. „Die Engel!“

Der Professor hob den Kopf und sah sie an. „Wie bitte?“

„Die Engel!“, wiederholte Susanne. „Sie werden mich leiten, das hat die Anwältin zu mir gesagt, ehe sie starb, erinnern Sie sich?“

Der Professor bestätigte mit einer Geste und wartete ab, was als Nächstes kam.

„Das Gemälde! Die Antwort war direkt vor unserer Nase.“

„Frau Grimm, ich kann Ihnen gerade nicht folgen.“

„Erinnern Sie sich denn nicht an das fürchterlich hässliche Gemälde in Wendts Haus?“

„Doch, aber …“

„Das muss es sein. Das ist der Hinweis.“ Susanne stockte und fügte dann hinzu: „Das Gemälde. Vielleicht ist es ein verschlüsseltes Dokument. Oder vielleicht ist es mehrschichtig bemalt oder so etwas in der Art. Vielleicht ist es eine Karte.“

Der Professor blickte skeptisch. „Finden Sie nicht, dass das ein bisschen weit hergeholt ist?“

„Ja, vielleicht“, gab Susanne zu. „Aber es ist einen Versuch wert, oder nicht? Ich meine, die Anwältin hat *das* zu mir gesagt, und das hat sie bestimmt nicht ohne Grund getan – in den letzten Atemzügen ihres Lebens.“

„Und was heißt das jetzt? Dass wir noch einmal zu Wendts Haus fahren und das Gemälde holen?“, fragte der Professor unsicher. „Waren wir uns nicht eben noch einig, dass wir uns raushalten wollen?“

„Ja, wollten wir.“ Susanne wäre am liebsten in hysterisches Lachen ausgebrochen, weil sie selbst nicht glauben konnte, was sie als Nächstes sagte: „Aber wenn wir es nicht machen, dann lassen wir vielleicht zu, dass doch die Bösen gewinnen."

„Dann bräuchten wir einen Wagen." Der Professor wandte den Kopf in Gabrieles Richtung.

„Was …?" Sie holte tief Luft. „Oh nein. Auf gar keinen Fall."

„Ich bitte dich, Gabriele."

„Weißt du eigentlich, um was du mich da bittest?" Die Frage war rein rhetorisch. Aus Gabrieles Augen schossen Blitze. „Seid ihr jetzt völlig verrückt geworden? Ihr wollt euch *meinen* Wagen ausleihen, um noch einmal zu diesem Haus zu fahren? Weil ihr glaubt, ein Gemälde, das dort an der Wand hängt, bringt euch vielleicht zu einer Kassette, von der ihr noch nicht einmal wisst, ob sie tatsächlich existiert? Weil eine Frau kurz vor ihrem Tod gesagt hat: *Die Engel werden dich leiten*?"

„Was haben wir denn schon zu verlieren?", fragte der Professor. „Was kann denn schlimmstenfalls passieren? Dass wir uns täuschen, oder?"

„Ist das eine ernst gemeinte Frage? Schau dir doch nur an, wohin euch das Ganze jetzt schon gebracht hat." Gabriele schüttelte den Kopf. „Was ist, wenn diese Kraniche dort auf euch warten?"

Das war ein schlagendes Argument.

Der Professor, der gerade etwas hatte sagen wollen, klappte den Mund wieder zu.

„Nein, das werde ich nicht machen. Tut mir leid."

„Dieses Gemälde ist vielleicht die entscheidende Spur, die wir noch brauchen", versuchte der Professor es noch einmal.

Noch einmal schüttelte Gabriele den Kopf. „Meine Antwort ist Nein. Ihr kriegt meinen Wagen nicht. Und dabei bleibt es."

„Möchtest du, dass wir wieder von hier verschwinden, oder nicht?"

„Sehr gerne, aber nicht mit meinem Wagen."

„Ich bitte dich, Gaby."

„Nein." Gabriele fuchtelte ungeduldig mit der Hand. „Herrgott noch mal, es sind zwei Menschen gestorben, Karl. Tot! Du glaubst doch nicht, dass ich zusehe, wie ihr beide jetzt auch noch umgebracht werdet."

„Wir kommen wieder. Garantiert."

„Das letzte Mal, als du das zu mir gesagt hast, hast du mich umarmt und bist dann von der Bildfläche verschwunden. Aber davon mal ganz abgesehen, habt ihr schon mal aus dem Fenster geschaut? Es ist stockdunkel, und eine weitere Unwetterfront kommt auf uns zu. Wir werden unter noch mehr Schnee und Eis begraben und ihr beide mittendrin. Nein und Ende."

Während Susanne resigniert mit den Schultern zuckte, gab der Professor noch nicht auf. Mit ungewohnter Entschlossenheit in der Stimme sagte er: „Wenn du uns nicht hilfst, dann machen wir es eben alleine."

Gabriele stieß ein glucksendes Geräusch aus. „Und wie? Indem ihr euch Flügel wachsen lasst?"

„Egal wie. Ich gehe auch zu Fuß, wenn es sein muss. Ich gehe zu Fuß."

„Na dann, viel Erfolg." Gabriele erhob sich und wollte die Küche verlassen.

„Bitte, Gaby", sagte der Professor. „Hilf mir nur noch dieses eine Mal."

Sie wandte sich noch einmal zu ihm um und bedachte ihn mit einem Blick, der nicht zu deuten war.

„Bitte, Gaby", drängte er. „Bitte." Er schenkte ihr ein kleines, aufmunterndes Lächeln, das sie nicht erwiderte.

Die Uhr tickte.

Es vergingen zehn Sekunden.

Zwanzig.

Erst als Gabriele sprach, wurde Susanne klar, dass sie die ganze Zeit stumm und angespannt dagesessen hatte.

„Meinetwegen. Aber ich schwöre dir, Karl, solltet ihr beide samt meinem Wagen nicht in einem Stück wieder zurückkommen, werde ich dich bis in die Hölle verfolgen."

30. KAPITEL

Die Engel leiten dich

21:44 Uhr
Hannover

Sie waren vielleicht noch zwei Minuten von Wendts Haus entfernt, als der Professor plötzlich stehen blieb und sagte: „Halt! Wir brauchen zuerst einen Plan."

Susanne blieb ebenfalls stehen und wandte sich zu ihm um. „Wirklich? Das fällt Ihnen *jetzt* ein?"

„Vielleicht haben wir das alles doch nicht gut genug durchdacht."

„Haben wir. Und wir haben auch einen Plan."

„Wirklich? Ich habe bisher noch keinen gehört."

„Der Plan ist: Wir gehen in dieses Haus." Susanne setzte sich wieder in Bewegung.

„Und wissen Sie auch schon, wie wir hineingelangen werden?" Der Professor folgte ihr widerwillig.

Susanne antwortete nicht, sondern ging einfach weiter.

„Haben Sie denn gar keine Angst?", fragte der Professor hinter ihr.

„Machen Sie Witze?", gab sie zurück. „Ich hab schon gar keine Ahnung mehr, was es heißt, keine Angst zu haben. Aber jetzt sind wir nun mal hier, und wir gehen auch nicht mehr zurück. Und immerhin habe ich ja noch das hier." Sie zog das Pfefferspray aus ihrer Handtasche.

„Ja, damit …", der Professor blickte skeptisch, „haben wir zweifellos alle Trümpfe in der Hand."

Sie erreichten das Haus und stellten fest, dass Walter Wendts Leiche nicht mehr dort lag, wo er am vorigen Abend erschossen worden war.

„Wo ist er hin?", fragte der Professor irritiert.

„Keine Ahnung." Susanne sah sich um. „Vielleicht ist er … noch am Leben."

„Mit einem Loch in der Stirn?" Der Professor deutete auf die Tür des Hauses. „Und lässt die Tür offen stehen, nachdem er sich in sein gemütliches Heim zurückgezogen hat?"

Susanne schluckte, als sie sah, dass die Tür tatsächlich einen Spalt offen stand. Langsam … langsam … langsam drückte sie mit den Fingerspitzen dagegen und schob sie etwas auf.

Zentimeter für Zentimeter.

„Was ist, wenn da drinnen jemand ist?“, flüsterte der Professor. „Jemand, der auf uns wartet.“

Susanne hob das Pfefferspray etwas an, während sie mit der anderen Hand die Tür weiter aufschob.

Ein Viertel offen.

Dann halb.

Im Inneren war es stockfinster.

„Wirklich, wir sollten da nicht reingehen“, sagte der Professor leise. „Wir sollten umdrehen und schnell wieder verschwinden.“

Das Pfefferspray fest umklammert, hörte Susanne sich selbst sagen: „Sie können ja hier stehen bleiben und warten.“ Kaum hatte sie es gesagt, überlief es sie eiskalt. Sie empfand Angst, wie sie sie noch nie zuvor empfunden hatte.

Trotzdem betrat sie das Haus – und was immer sie in diesem Moment erwartet hatte, es war nicht das, was sie dann sah, auch wenn man mit ein bisschen Nachdenken darauf hätte kommen können.

Niemand war im Haus. Im Lichtkegel ihrer beider Taschenlampen sahen sie immer nur Bruchstücke des Chaos, das gestern noch nicht geherrscht hatte. Alles war durcheinander, die Möbel zerbrochen, die Regale umgekippt, der Holzboden teilweise herausgerissen, die Schränke auseinandergenommen.

„Meine Güte!“, entfuhr es dem Professor, dem der Schreck in den Augen stand. „Die haben wirklich alles zerstört.“

„Ja.“ Susanne stieg über eine zerbrochene Lampe. „Sie haben nichts ausgelassen, und anscheinend gibt es nichts, was sie nicht angefasst haben. Und trotzdem haben sie nicht gefunden, was sie suchten.“ Sie wollte sich auf das Gemälde mit den Engeln zubewegen, als der Professor entsetzt ausstieß: „Oh mein Gott!“

Susanne hielt in der Bewegung inne und folgte seinem Blick mit den Augen. Und dann sah auch sie es. Doch selbst als sie es sah, dauerte es noch einen Moment, bis sie begriff, was sie sah. „Ach du Scheiße!“

An der Wand hing ein Körper. Walter Wendts Körper. Er war offensichtlich an die Wand genagelt worden, hing dort wie Jesus am Kreuz, und seine offenen Augen starrten sie an.

Susanne, der, spätestens seit sie Britta Stark gefunden hatte, bewusst geworden war, dass sie lange nicht so abgebrüht war, wie sie immer dachte, wandte sich in Sekundenschnelle ab, um sich zu übergeben.

Erst als sie sich langsam wieder aufrichtete, sagte der Professor, ebenfalls kreidebleich und aschfahl: „Das ist … furchterregend. Was für Monster tun so etwas?"

Susanne wusste keine Antwort darauf.

Der Professor starrte immer noch auf die Leiche. Er schien nicht in der Lage, den Blick abzuwenden. „Wir sollten schnellstens wieder von hier verschwinden."

„Gleich." Susanne bewegte sich langsam auf das Gemälde zu.

„Frau Grimm, wenn die hier noch irgendwo sind, dann wird uns kein Pfefferspray dieser Welt mehr retten können!"

Dessen war Susanne sich vollkommen bewusst. Sie glaubte bereits, einen eisigen Hauch im Nacken zu spüren. „Gleich", wiederholte sie bemüht ruhig, auch wenn ihr beileibe nicht ruhig zumute war. Ihr Herz wollte sich einfach nicht mehr beruhigen. Als sie ein Geräusch hinter sich hörte, wandte sie sich abrupt um und hob das Pfefferspray an. Doch es war nur der Professor, der hinter sie getreten war.

„Hören Sie, wenn Sie mich umbringen wollen, dann machen Sie so weiter!"

„Ich wollte nicht alleine dort bei … dem Toten stehen bleiben."

Susanne atmete tief durch und konzentrierte sich wieder auf das Gemälde. Mit zitternden Händen nahm sie es von der Wand.

„Wir sollten jetzt wirklich wieder verschwinden", sagte der Professor eindringlich. „Wirklich. Ich zittere und bibbere am ganzen Körper."

„Ich auch." Susanne drückte auf den Lichtschalter.

„Sind Sie verrückt geworden?", stieß der Professor aus. „Warum stellen wir uns nicht gleich auf den Marktplatz und schreien: ‚Hier sind wir!'?"

Susanne hob das Gemälde gegen das Licht.

„Ich bitte Sie, Frau Grimm", flehte der Professor. „Kommen Sie jetzt! Kommen Sie!"

Susanne reagierte nicht. Sie hielt die Engel noch etwas mehr ins Licht. Es ließ sie etwas blasser wirken, gespenstischer, aber ansonsten war da nicht die Spur von einer Karte oder einem anderen Hinweis zu erkennen. Sie starrte so lange darauf, bis die Farben vor ihren Augen verschwammen. „Physisch sieht es sehr sauber aus. Nicht sehr hübsch, wirklich nicht, aber ich sehe keine Anzeichen für ein Überschreiben. Shit. Andererseits handelt es sich eventuell um einen versteckten Hinweis, also kann es nicht so einfach sein.“ Sie trat mit dem Gemälde genau unter die Deckenlampe und hob es noch etwas weiter an, sodass das Licht genau durch das Papier schien. „Da! Sehen Sie!“

Der Professor trat neben sie und blinzelte. „Das glaube ich nicht!“

Auf der Oberfläche des Gemäldes tauchten mehrere Striche auf. Als Erstes ein langer, fast gerader Strich, dann eine weniger exakte Linie. Dann ein dritter Strich und ein vierter. In dem richtigen Winkel war das gesamte Bild mit ungeraden Linien und Formen bedeckt.

„Heilige Mutter Gottes!“, stieß der Professor aus. „Das ist tatsächlich eine Karte. Nicht zu leugnen.“

Nein, es war nicht zu leugnen. Es handelte sich um eine detaillierte Karte, eine penibel von Hand angefertigte Skizze. Es gab Landmarken und Entfernungsangaben. Die Linien und Bögen schufen geometrische Formen. Und in der Mitte befand sich ein rotes X.

Susanne deutete darauf. „Hier befindet sich das Ziel. Wenn wir Glück haben, ist es die Kassette.“

„Warten Sie …“ Der Professor griff nach seinem Handy und gab einen Suchbegriff ein. Dann deutete er mit dem Finger zuerst auf die Karte, dann auf das Display. „Das ist Hannover.“ Er brach ab, verglich die gezeichnete Karte mit der auf seinem Handy und sagte: „Wir sind hier, sehen Sie?“ Er hielt Susanne das Display vor die Nase, und als sie nickte, deutete er auf die gezeichnete Karte. „Das X befindet sich nicht weit von uns. Im Gegenteil, es ist ganz in der Nähe. Sie hatten recht, die Kassette ist hier ganz in der Nähe!“

„Hier ist noch etwas.“ Susanne deutete auf eine Stelle neben dem X. „Buchstaben.“

„Ja, stimmt“, sagte der Professor. „Aber ich kann sie nicht entziffern, sie sind zu schwach.“ Er ließ das Handy sinken und konzentrierte sich ganz auf die Buchstaben. „Können Sie es noch etwas näher an die Lampe halten?“

Susanne tat es, und er hielt weiter den Blick unverwandt auf die Buchstaben gerichtet. „Es ist ein Wort. Sieht aus wie *cimiterium*. Könnte lateinisch sein, was Gottesacker bedeuten würde.“

„Könnte man das auch mit *Friedhof* übersetzen?“

„Ja.“ Der Professor blickte wieder auf das Display seines Handys. „Nur einen Kilometer von hier befindet sich ein Friedhof.“

Sie sahen einander an.

„Na, das sollte doch zu schaffen sein“, sagte Susanne und machte sich bereits auf den Weg nach draußen.

„Warten Sie!“, rief der Professor schnell. „Sie werden ja wohl nicht das ganze Gemälde mitschleppen wollen. Wir sollten die Karte abfotografieren und das Bild an die Wand zurückhängen. Irritieren und täuschen, Sie erinnern sich?“

„Sie sind ein wirklich schlauer Kopf, Professor. Fotografieren, wieder an die Wand hängen und dann nichts wie los.“

22:32 Uhr

Nebeneinander spähten sie durch die dichten Schneeflocken.

„Es ist tatsächlich ein Friedhof“, sagte Susanne.

„Und es ist mitten in der Nacht“, gab der Professor zurück. „Was den Ort nicht einladender macht.“

Dazu war es Schwerstarbeit gewesen, ihn überhaupt zu erreichen. Der Friedhof lag an einem hügeligen, baumlosen Hang und war Wind und Wetter somit vollkommen ausgeliefert.

Und natürlich war die Pforte verschlossen.

„Damit war zu rechnen“, bemerkte der Professor.

„Tja, na ja“, machte Susanne, „dann müssen wir eben über die Mauer klettern.“

„Sie wollen widerrechtlich in einen Friedhof eindringen?“

„Ich glaube nicht, dass es bei mir noch einen Unterschied macht, wenn jetzt auch noch der Tatbestand des Einbruchs hinzukommt.“

„Wir sollten eher von Störung der Totenruhe reden.“

„Wie auch immer.“ Susanne trat an die Friedhofsmauer und machte sich daran, darüberzuklettern. „Kommen Sie“, sagte sie über die Schulter.

Der Professor mühte sich, und kurz darauf befand auch er sich auf der anderen Seite.

„Nicht schlecht“, sagte Susanne. „Einen Moment dachte ich, Sie würden es nicht schaffen.“

„Das dachte ich auch, aber mein Ego hat ein Versagen nicht zugelassen.“

Sie sahen sich um und stellten fest, dass der Friedhof nicht sehr groß war, dafür aber offenbar sehr alt. Es gab hier keine aufrecht stehenden modernen Grabsteine, sondern in den Boden eingelassene Granitplatten, die vollständig eingeschneit waren.

„Was sagen wir eigentlich, wenn uns jemand sieht?“, fragte der Professor.

„Im Dunkeln?“, gab Susanne zurück. „Um diese Uhrzeit?“
„Es wäre dennoch möglich.“
„Dann sagen wir, dass wir nach einem Grab suchen.“ Susanne richtete den Strahl der Taschenlampe auf das Gesicht des Professors. „Was ist? Es weiß doch keiner, wonach wir wirklich suchen. In welche Richtung müssen wir gehen?“
Der Professor nieste und putzte sich die Nase, dann zog er sein Handy aus der Manteltasche. Nachdem er ihren Standpunkt überprüft hatte, sagte er: „Das Kreuz befindet sich etwa zweihundert Meter nördlich von hier.“
Susanne ging voraus quer über den Friedhof.
Schließlich blieben sie wieder stehen, und sie sagte: „Hier?“
Der Professor nickte und sah sich um. „Sehen Sie hier etwas? Also, ich sehe nichts, was uns weiterhelfen könnte.“
„Ich auch nicht.“ Susanne kniff die Augen zusammen. Da die Windböen launisch waren und ständig die Richtung wechselten, sah sie nur ein wirbelndes weißes Muster, wie Prismen, die sich in ihrem Gesichtsfeld immer neu formten. Sie senkte den Blick und stellte fest, dass sich zu ihren Füßen eine Grabplatte befand. „Vielleicht befindet sich die Kassette in diesem Grab“, sagte sie.
„Nein, wirklich.“ Der Professor schwankte im Wind, suchte nach Balance. „Ich bin kein Grabräuber.“
„Regen Sie sich ab, wir haben ja noch gar nichts getan.“ Susanne versuchte, etwas Wärme in die Füße zu trampeln, während sie erneut die Augen zusammenkniff und sich umsah. „Wir müssen ganz nah dran sein. Vielleicht haben wir den Standort nicht ganz richtig lokalisiert und müssen unsere Position ein wenig verändern.“
„Also, falls Sie damit recht haben und das X nicht wirklich die Stelle markiert, die wir suchen, dann kann die Kassette überall sein. Und dann haben wir ein Problem.“
„Wenn man etwas wirklich gut verstecken will, dann muss man es vielleicht noch etwas komplizierter machen.“
„Sie meinen, es war bis hierher noch nicht kompliziert genug?“
„Vielleicht.“ Susanne setzte sich in Bewegung und marschierte zum hinteren Ende des Friedhofs. Hier waren die Grabsteine groß und alt und mit unzähligen Namen und Titeln versehen. Sie bewegte sich auf einen Baum zu, dessen kahle Äste sich merkwürdig in alle Richtungen streckten. Einer der Äste jedoch hob sich besonders hervor. Er war dicker als die anderen und sah aus wie ein mensch-

licher Arm, der die Finger ausstreckte und in eine bestimme Richtung zeigte.

„Was ist das für ein Baum?", wollte sie wissen.

„Nun ja, ich bin kein Botaniker", sagte der Professor, „aber hierbei dürfte es sich wohl um einen Apfelbaum handeln."

„Ist das nicht ungewöhnlich? Ein Apfelbaum auf einem Friedhof?"

„Ja ... allerdings."

„Dann ist es das vielleicht."

Fragend zog der Professor die Augenbrauen hoch. „Sie meinen, der Baum birgt einen Hinweis?"

„Sehen Sie sich den Ast genauer an. Er zeigt in Richtung der Kapelle dort."

„Also, ich bin mir nicht sicher, ob er tatsächlich in diese Richtung zeigt."

„Wir sollten es uns wenigstens ansehen." Susanne war schon auf dem Weg.

„Wirklich, ich bewundere Ihre Hartnäckigkeit", sagte der Professor und folgte ihr schnaufend. „Ich meine, bedenkt man, dass Sie heute Morgen noch nichts sehnlicher wollten, als auf Nimmerwiedersehen zu verschwinden."

„Keine Angst, das werde ich noch. Aber wo wir schon einmal hier sind ..." Vor der Kapelle blieb Susanne stehen. „Kommen Sie. Gehen wir rein."

Das Innere der Kapelle war winzig, und es war eiskalt. In der Mitte standen Bänke und vor der gegenüberliegenden Wand ein kleiner Altar. Dahinter befand sich ein großes Kruzifix. An der Wand rechts gab es Gedenktafeln aus Stein, Gips oder Messing, die teils in die Wände eingelassen waren, aber auch einen Großteil des Bodens bedeckten und in die man die Namen der Verstorbenen sowie das Geburts- und Todesjahr eingemeißelt hatte.

Susanne schritt darauf zu, der Professor folgte ihr.

Dem Licht der Taschenlampen gelang es nicht, die Schatten zurückzudrängen, die sich auf den Bänken und in den Seitengängen versammelt hatten.

Beim Altar angekommen, blieben sie stehen. Auf dem Boden befanden sich Steintafeln, die jedoch so abgewetzt waren, dass sie nur mühsam zu entziffern waren.

„Und jetzt?", fragte der Professor.

„Hm.“ Susanne stellte sich aufrecht hin, machte einen Schritt nach vorne, und dann, während sie den Blick schweifen ließ, fiel es ihr auf. „Da! Sehen Sie das?“

„Was?“

„Dort drüben.“ Sie streckte den Arm aus.

Der Professor folgte ihm mit den Augen. „Ich weiß nicht, was Sie meinen.“

„Dort ist noch eine Steintafel.“ Susanne setzte sich in Bewegung und ging auf ein paar aufeinandergestapelte Klappstühle zu. Dort blieb sie stehen und sah, dass darunter eine weitere abgewetzte Steintafel in den Boden eingelassen war. „Helfen Sie mir.“

Gemeinsam schoben sie die Stühle beiseite.

Dann ging Susanne in die Hocke und stellte fest, dass die Platte keinen Namen trug, in der Mitte eingesunken und an einer Ecke zersprungen war. Sie sah noch etwas genauer hin, und plötzlich war sie sich sicher. „Hier“, sagte sie und legte den Zeigefinger auf den Stein. „Das ist doch ein X, oder nicht?“

„Tatsächlich“, sagte der Professor.

„Wir müssen versuchen, den Stein hochzuheben. Helfen Sie mir.“

Er tat es, doch er musste sich dermaßen anstrengen, dass sein Gesicht innerhalb kürzester Zeit dunkelrot anlief. „Das schaffen wir nicht!“, stöhnte er. „Der ist wie festgewachsen.“

Susanne starrte den Stein böse an, als ob das etwas an seiner Position ändern würde, was nicht der Fall war. „Wir probieren es noch einmal“, sagte sie.

Erneut zogen und zerrten sie mit aller Kraft.

„Komm schon!“, presste Susanne zwischen den Zähnen hervor. „Verdammt noch mal! Komm schon!“

Sie schafften es nicht.

„Das ist sinnlos“, sagte der Professor entmutigt.

„Ja, das schaffen wir nicht“, gab Susanne enttäuscht zu. „Und dabei bin ich mir sicher, dass wir hier richtig sind.“ Sie richtete sich auf und setzte sich in Bewegung, jedoch hielt sie noch einmal an. „Der Vorhang dort drüben rechts.“ Sie ging darauf zu und zog den samtenen Vorhang zur Seite. Doch dahinter befand sich nichts außer einem Kruzifix.

„Nicht ungewöhnlich in einer Kapelle“, bemerkte der Professor.

„Fällt Ihnen daran nichts auf?“, fragte Susanne.

„Was soll mir daran auffallen?“

„Christus hängt am Kreuz …“

„… wie es sich für ihn gehört."
„… aber kein einziger Nagel durchbohrt seinen Körper." Susannes Herz klopfte plötzlich schneller als je zuvor. „Das passt."
„Was passt? Ich verstehe Sie nicht."
„Es passt, weil niemand unter normalen Umständen auf den Gedanken käme, das zu tun, was ich jetzt gleich tun werde, und deshalb ist es perfekt. Wir brauchen einen Schraubenzieher."
„Und was haben Sie damit vor?"
„Das werden Sie schon sehen. Haben Sie einen?"
„Ich trage selten Schraubenzieher mit mir herum. Aber ich habe ein Schweizer Messer." Der Professor suchte in seinen Manteltaschen, reichte Susanne das Messer und beobachtete, wie sie den Schraubenzieher herauspulte, um dann damit auf die Innenfläche der linken Hand Christi zu zielen und auf ihr herumzudrücken. „Oooooooh …", machte er. „Dafür werden wir in der Hölle schmoren."
Er hatte es noch nicht vollständig ausgesprochen, als hinter ihnen ein Geräusch erklang. Sie drehten sich um und beobachteten aus großen Augen, wie die Steinplatte, an der sie vor ein paar Minuten noch gezogen und gezerrt hatten, sich wie von selbst bewegte. Sie fuhr ein paar Zentimeter nach unten und dann zur Seite, wodurch eine viereckige Öffnung dort entstand, wo sie sich eben noch befunden hatte.
„Schnell!", sagte Susanne.
Sie eilten auf die Öffnung zu, blickten hinein und schrien dann gleichzeitig auf.
In dem Loch befand sich ein Totenkopf.
„Oh mein Gott!", entfuhr es dem Professor. „Das ist ein Grab! Wir betreiben hier Grabschändung!"
„Das ist ganz bestimmt kein Grab", gab Susanne zurück. „Der Kopf muss eine Finte sein, die ablenken und Angst machen soll."
„Wissen wir das sicher?"
„Nein. Geben Sie mir mal Ihre Mütze."
„Meine Mütze? Warum?"
„Weil ich den Kopf nicht mit meinen bloßen Händen anfasse."
Widerwillig zog der Professor die Mütze vom Kopf und reichte sie an Susanne weiter.
Wenig später lag der Totenkopf zwischen ihnen auf dem Boden. „Mein lieber Freund, falls du doch keine Finte bist, dann tut es mir leid", sagte Susanne zu ihm. „Ich hatte mir das auch anders vorgestellt,

und ich verspreche, ich hole nur schnell die Kassette heraus und lege dich dann wieder zurück." Sie wandte sich wieder dem Loch zu und blickte hinein. „Das glaub ich nicht", murmelte sie. „Da ist tatsächlich die Kassette!"

Und tatsächlich. Sie war es. Etwa dreißig Zentimeter breit und zwanzig Zentimeter lang und aus Metall.

„Mich trifft der Schlag." Der Professor schluckte.

Susanne legte sich auf den Bauch und griff mit beiden Händen in die Öffnung, die nicht sehr geräumig war. Sie konnte den Kasten gerade noch umfassen. Vorsichtig hob sie ihn heraus und stellte dabei fest, dass er ziemlich schwer war.

Als die Kassette schließlich zwischen ihnen auf dem Boden stand, sahen sie, dass sie mit drei Schlössern gesichert war.

Susanne tastete noch einmal den Hohlraum ab. Doch da war sonst nichts. Keine Schlüssel.

„Sie ist … hübsch", sagte der Professor.

Das war sie tatsächlich. Verschlungene Gravuren bedeckten die Kassette. Faszinierende Gravuren, die aufwendig hineingearbeitet worden waren. Die Details waren fast fotografisch genau, und jede einzelne Gravur war ein Kunstwerk für sich. Unter anderem waren sonderbare Zeichen zu sehen, die wirkten wie eine fremdartige Schrift, verschlungene Spiralen, Kreissymbole. Dann Gestalten, eine davon groß, sie trug ein langes Gewand und darüber einen ebenso langen Umhang. Mit der linken Hand umklammerte sie ein langes, furchterregendes Schwert. Ihr gegenüber stand eine andere Figur, die etwas in den Händen hielt, was nicht einfach zu erkennen war. Die beiden standen sich in Angriffshaltung gegenüber. Dann ein großer Vogel, der durch Wolken flog.

„Was meinen Sie, was das zu bedeuten hat?", fragte Susanne.

„Ich habe keine Ahnung", gab der Professor zurück, „aber ich würde zu gerne wissen, was sich im Inneren befindet."

„Wir werden es nicht erfahren, solange wir die passenden Schlüssel nicht haben. Außerdem hat die Anwältin ganz klar gesagt, dass ich nicht hineinsehen soll. Wir sollten uns zuerst einmal darauf konzentrieren, die Kassette sicher nach Hause zu bringen."

„Ich bin ganz bei Ihnen, nur sollten wir eines nicht vergessen." Der Professor hob einen Finger in die Höhe. „Dass eigentlich nicht wir es sind, die diese Kassette finden sollten. Was ist, wenn Julia Wagner hierherkommt und die Kassette ist nicht mehr da?"

„Und was ist, wenn die Kraniche vor ihr hier sind und sich das Ding schnappen?", gab Susanne zurück.

„Das ist ein Argument. Ich frage mich nur …"

Vorsichtig hob Susanne die Kassette auf und steckte sie in ihre Handtasche. „Wenn ich sie habe, weiß ich, dass sie in Sicherheit ist."

„Aber Sie wissen nicht, was Sie damit anfangen sollen."

„Es wird sich alles finden." Doch Susanne hatte kein gutes Gefühl. Vielleicht hatte der Professor recht und sie sollte die Kassette wieder zurücklegen. Vielleicht war das hier ein fataler, ein wirklich fataler Fehler. „Sie haben recht", sagte sie schließlich. „Ich sollte die Kassette zurücklegen und mich stattdessen auf die Suche nach Julia machen und ihr sagen, wo sie sie findet." Kaum hatte sie die Worte ausgesprochen, spürte sie es: Gefahr!

Und dann ging alles ganz schnell.

Ein Schrei zerriss die Luft, ein Aufschrei blanken Entsetzens. Erschrocken wandte sie sich um und sah das Blut auf der Brust des Professors.

Gleich darauf sackte er in sich zusammen und fiel zu Boden.

„Gib mir die Kassette."

Es dauerte einen Moment, bis Susannes Verstand verarbeitete, was ihre Augen in der Tür zur Kapelle ausmachten: Eduard Schiller, der zwar ziemlich durchnässt war, aber ansonsten immer noch echt gut aussah. Lächelnd kam er näher, hob die Pistole in seiner Hand etwas an und zielte damit auf Susannes Stirn. „Ich muss anerkennen, dass ihr beide nicht schlecht wart, aber eigentlich seid ihr einfach nur dumm."

Woher kam er? Wie hatte er sie gefunden?

Susanne spürte ihren Puls schlagen, als wäre er eine Trommel. Sie saß in der Falle, konnte weder vor noch zurück. Im Rücken hatte sie die Wand der Kapelle, vor ihr stand Schiller mit der Pistole. Mühsam biss sie die Zähne zusammen, damit sie nicht vor Angst klapperten, und als sie ihre Stimme wiedergefunden hatte, sagte sie: „Sie … haben Sie uns die ganze Zeit beobachtet?"

„Aber ja." Schiller lächelte dünn. „Vor dem Haus der Anwältin bist du uns noch knapp entwischt, aber wir hatten ja dein Handy. So haben wir immerhin herausgefunden, wo du abgestiegen bist. Vermutlich hätten wir dich trotzdem nicht gleich gefunden, aber dann hast du uns in die Karten gespielt, als du mich so dilettantisch verfolgt hast. Von dem Moment an, in dem ich dich bemerkt habe, habe ich dich nicht mehr aus den Augen gelassen. Das ist dir gar nicht aufgefallen, richtig?“ Schiller lächelte kühl. „Wie heißt es so schön? Am Ende ist es meist die Dummheit des Menschen, die ihn das Leben kostet.“

Was sollte Susanne darauf sagen? Unschlüssig, was sie nun tun sollte, blieb sie erst einmal reglos stehen und suchte nach einer Lösung, nach einer Fluchtmöglichkeit, aber die Pistole in Schillers Hand beraubte sie jeder Chance.

„Wir wollten wissen, wo die Kassette ist“, fügte er hinzu. „Wir haben euch suchen lassen, und jetzt haben wir sie. Vielen Dank. Der dumme Wendt hätte uns das Versteck niemals verraten, selbst wenn wir ihn zu Tode gefoltert hätten. Das wussten wir, und damit hatten wir ein Problem. Wir wussten, sie ist irgendwo hier in der Gegend, aber wir wussten nicht, wo. Und dann seid ihr auf einmal bei ihm aufgetaucht. Ich habe euch belauscht, als ihr im Haus wart, bevor ich ihn erschossen habe. Nun ja, der Rest ist Geschichte. Ich habe gewartet, aus irgendeinem Grund war ich mir sicher, dass ihr noch einmal zurückkommen würdet. Und so war es. Ich habe beobachtet, wie ihr euch auf die Suche gemacht habt. Und jetzt haben wir das wunderbare Stück. Noch einmal danke.“

„Ich werde Ihnen die Kassette nicht geben.“

„Oh doch, das wirst du.“ Schillers Blick bohrte sich in Susannes Augen. „Ich bin mir sicher, dass du noch nicht sterben willst. Gib sie mir, und du bleibst am Leben. Das ist doch ein guter Tausch, oder nicht?“

„Was befindet sich in der Kassette, dass Menschen dafür sterben müssen?“, fragte sie.

„Glaub mir, das würdest du nicht verstehen. Du kennst nicht einmal einen Bruchteil der Fragen, die du stellen müsstest, um zu begreifen, worum es hier geht. Und jetzt gib sie mir.“

Sekunden vergingen, in denen keiner von beiden sich rührte.

„Aber Julia weiß es, richtig?“, stieß Susanne dann aus. „Sie kennt die Antworten, und deshalb seid ihr hinter ihr her.“

Für einen Moment veränderte sich etwas in Schillers Blick, jedoch nur kurz, er hatte sich sofort wieder im Griff. „Ich werde nicht mit dir über sie sprechen.“

„Was passiert wohl, wenn ich ihr die Kassette gebe?“

„Das wird nicht geschehen. Sie wird nicht mehr lange genug leben, um sie auch nur anzufassen.“

„Gut zu wissen“, sagte Susanne, „dass sie noch am Leben ist.“

„Gib mir die Kassette."

Susanne verwarf die Idee, auf Schiller zuzustürmen. Er würde sofort schießen. Sie musste etwas tun, das er nicht erwartete. Aber was? Womit rechnete dieser Mann nicht? Während sie noch darüber nachdachte, sagte er: „In Ordnung. Du hattest deine Chance." Der Zeigefinger am Abzug bewegte sich etwas.

„Warten Sie!", rief Susanne eilig. „Ganz ruhig! Was ist, wenn ich Ihnen die Kassette gebe? Lassen Sie mich dann gehen?"

„Ja."

„Und wenn ich Ihnen das nicht glaube?"

„Dann ist das dein Problem. Und dann können wir es ja auch gleich zu Ende bringen." Wieder bewegte sich der Finger am Abzug etwas.

Susannes Körper spannte sich unwillkürlich an. Fest blickte sie Schiller in die Augen. „Habe ich Ihr Wort? Habe ich Ihr Wort, dass ich lebend hier rauskomme und Sie nicht schießen, wenn ich Ihnen die Kassette gebe?"

Er nickte.

„Okay." Ganz langsam griff Susanne in ihre Handtasche. Jedoch holte sie nicht die Kassette hervor, sondern das Pfefferspray. Ohne noch einmal darüber nachzudenken, zielte sie damit auf Schillers Augen und drückte auf den Spraykopf.

Zischend stieß er den Atem aus, heulte auf und griff sich an die Augen. „Du Miststück!"

Susanne hoffte, die Waffe würde seiner Hand entgleiten und dumpf polternd zu Boden fallen, doch das geschah nicht, im Gegenteil, es knallte aus ihrem Lauf. Putz rieselte von der Decke.

Bevor sie völlig in Panik verfiel, zwang sie sich, die kleine Chance zu nutzen, die sich ihr jetzt bot, und rammte Schiller mit aller Kraft die Handtasche mit der Kassette in die Magengrube. Für eine Sekunde blieb ihm die Luft weg. Sie holte noch einmal aus und zog ihm die Handtasche über den Kopf. Sie traf ihn genau an der Stirn, er gab ein blubberndes Geräusch von sich und sackte in sich zusammen.

Und dann war es keine Entscheidung mehr, weil es kein Pro und Kontra gab. Es war eine Tatsache, dass ihrer beider Leben davon abhing, weshalb Susanne zum Professor stürzte und erleichtert feststellte, dass er noch atmete. Aber er schien große Schmerzen zu haben. Die Kugel hatte ihn oberhalb des Herzens getroffen.

„Können Sie aufstehen?", fragte sie.

„Ich bin … angeschossen." Seine Stimme klang ganz dünn.

„Ich weiß. Es sieht verdammt schmerzhaft aus, aber ich glaube nicht, dass es Sie umbringen wird.“ *Ich hoffe es.* „Können Sie aufstehen?“

Der Professor legte seine rechte Hand auf seine blutverschmierte Brust. Mit den Fingern strich er darüber, bis der Zeigefinger in ein Loch rutschte, das dort nicht hingehörte. „Ooooohhh … Mir wird schlecht …“

„Verschieben Sie das auf später. Kommen Sie jetzt und stehen Sie auf. Geben Sie sich Mühe. Ich helfe Ihnen auf die Beine.“ Susanne griff nach dem Arm des Professors und wollte ihn nach oben ziehen, wobei sie feststellte, dass er unglaublich schwer war. Sein Arm entglitt ihr sofort wieder. „Verdammt“, entfuhr es ihr mit einem lauten Schnaufen. „Sie müssen schon ein bisschen mitmachen!“

Der Professor sah sie aus glasigen Augen an. „Wir werden … nicht schnell genug … sein.“

Susanne murmelte etwas Unverständliches und griff wieder nach seinem Arm. Laut sagte sie: „Ich schwöre Ihnen, ich werde diesen Ort nicht ohne Sie verlassen! Also geben Sie sich gefälligst ein bisschen Mühe!“

Ihre Beharrlichkeit brachte den Professor immerhin dazu, sich aufzurichten. Wenig später stand er auf den Beinen, allerdings schwankte er stark. Susanne griff nach seinem rechten Arm und legte ihn um ihre Schultern. Unter seinem Gewicht brach sie fast zusammen.

„Beten wir … dass er … lange genug … ohnmächtig ist.“

„Ja. Beten wir.“ Susanne setzte sich in Bewegung. Mit zusammengebissenen Zähnen schleppte sie das Gewicht des Professors.

Kaum hatten sie die Kapelle verlassen, schlug ihnen Kälte und Nässe entgegen und suchte sich sofort einen Weg unter Susannes Kragen. Ihr Herz hämmerte wie wild, ihr ganzer Körper, alle Muskeln brannten schon nach wenigen Minuten. Auch in der bangen Erwartung einer Kugel, die sich jeden Moment zwischen ihre Schulterblätter graben könnte.

„Wir hätten … seine Pistole … mitnehmen sollen“, sprach der Professor es stöhnend aus. „Das wäre … besser für uns … gewesen.“

Susanne schwieg, weil in dieser Sekunde ein ganz anderer Gedanke die Drähte ihrer Sinne kurzschloss: Vielleicht war Schiller nicht alleine. Vielleicht wartete hier draußen noch jemand.

Sie hatten keine Wahl, sie mussten es darauf ankommen lassen. Und so zerrte sie den Professor weiter mit sich, stolperte mit ihm durch knöcheltiefen Schnee, wagte nur einen kurzen Blick über die Schulter und sah, dass Schiller ihnen noch nicht folgte.

Sie sah wieder nach vorne. Noch etwa zehn Meter bis zur Friedhofsmauer. Jeder Schritt erforderte ihre ganze Kraft. Dennoch zog sie den Professor weiter hartnäckig mit sich.

Sie stolperten. Susanne landete mit dem Gesicht im Schnee. Mühsam richtete sie sich wieder auf, zog den Professor mit sich in die Höhe. „Sie müssen mithelfen!"

Schließlich erreichten sie die Mauer.

„Wir müssen da rüber!"

„Ich … kann nicht."

„Sie können. Ich helfe Ihnen. Bitte, Professor, geben Sie sich Mühe!" Susanne steckte die Finger ineinander und machte eine Räuberleiter. „Bitte!"

Der Professor stieg mit einem Fuß auf ihre Hände und zog sich dann, unter Schmerzen schreiend, über die Mauer.

„Gott sei Dank", murmelte Susanne und folgte ihm.

Auf der anderen Seite sah sie, dass der Professor reglos im Schnee lag.

„Hallo?", schrie sie und packte ihn am Arm. „Kommen Sie! Kommen Sie hoch!" Sie zog ihn nach oben und bewegte sich mit ihm in Richtung Wagen.

Bis dahin waren es noch etwa vierzig Meter.

Vor Susannes Augen begannen weißgraue Schatten zu flimmern. Ihre Beine wurden immer kälter. Sie bekam Seitenstechen, das sie kaum unter Kontrolle brachte. „Ich bitte Sie, Professor, machen Sie mit, Sie sind schwer wie eine Tonne!"

„Ich gebe mir ja … Mühe."

Noch zwanzig Meter.

Susanne hatte das Gefühl, dass sich all ihre Muskeln gleichzeitig verkrampften, während die Bronchien sich schmerzhaft verengten und ihr Herz wie ein Presslufthammer ratterte. Sie zählte die Schritte, mobilisierte ihre letzten Kräfte, schüttelte sich Schweiß und Schnee aus den Augen. Alles um sie herum schien sich immer mehr zu bewegen.

Noch fünf Meter.

Vielleicht.

Vielleicht schafften sie es ja tatsächlich.

Und sie schafften es.

Kurz darauf hatten sie den Wagen erreicht.

„Ich brauche den Schlüssel“, sagte Susanne schnaufend.

„In meiner … Mantel…tasche.“

Sie suchte danach und fand den Schlüssel.

Anschließend verfrachtete sie den Professor auf den Beifahrersitz, warf sich selbst hinters Lenkrad und wollte den Schlüssel ins Zündschloss stecken, doch sie zitterte so sehr, dass sie ihn nur mit größter Mühe hineinbekam. Schließlich hatte sie es geschafft und drehte ihn. Doch Gabrieles Golf gab nur ein lautes Stottern von sich.

„Oh nein, oh nein, oh nein, oh nein“, entfuhr es Susanne. „Komm schon! Komm schon! Komm schon!“

Wenn der Wagen jetzt nicht ansprang, saßen sie in der Falle.

„Fahren … Sie“, stöhnte der Professor.

„Er springt nicht an“, gab Susanne zurück.

„Fahren … Sie!“

Noch einmal drehte sie den Schlüssel.

Und noch einmal.

„Komm schon, du verdammtes Ding! Komm!“

Wertvolle Sekunden vergingen.

Eins.

Zwei.

Drei.

Dann startete der Motor, und gerade als Susanne den Rückwärtsgang einlegte, erschien Schillers Kopf neben ihrem Fenster. Dann sein rechter Arm. Er hatte die Pistole in der Hand und zielte damit direkt auf ihren Kopf.

Susanne duckte sich und trat gleichzeitig aufs Gas. Der Golf machte einen Satz nach hinten, Schnee schlug gegen die Unterseite.

Der erste Schuss pfiff über das Dach hinweg.

„Verdammt! Verdammt!“ Das Blut pulsierte in Susannes Adern. Ihre Hände zitterten so stark, dass sie Mühe hatte, das Lenkrad festzuhalten.

Der zweite Schuss war ein Treffer. Sie hörten, wie er irgendwo in die Motorhaube einschlug.

„Ooooooh … das wird … Gaby … mir nie … verzeihen“, stöhnte der Professor.

Susanne wollte den Wagen wenden, doch alles, was sie hörte, war ein mahlendes Geräusch. Mit der Hand schlug sie auf den Schalthebel, der widerspenstig im Rückwärtsgang stecken blieb.

Aus den Augenwinkeln sah sie Schillers Silhouette, sah, wie er erneut den Arm anhob und zielte.

Der Schuss verfehlte den Wagen.

Noch einmal schlug Susanne auf den Schalthebel, und dieses Mal fand er den ersten Gang. Sie wendete und gab Gas.

„Schalten Sie … die Scheinwerfer … aus“, stöhnte der Professor.

„Wenn ich die Scheinwerfer ausschalte, sehe ich nicht, wohin ich fahre!“

Dann, endlich, hatten sie es geschafft. Sie hatten die Reichweite von Schillers Pistole verlassen.

Susanne gab so viel Gas wie möglich.

Gleich darauf war Schiller nicht mehr im Rückspiegel zu sehen.

TEIL 2

31. KAPITEL

Nur irre, sonst nichts

22. Dezember
7:12 Uhr
Mainz

Es fühlte sich an, als würde sie aus einer Nebelbank auftauchen. Julia spürte eine Hand an ihrem Gesicht, warm und weich.

„Hörst du mich? Kannst du mich verstehen?"

Nur quälend langsam verzogen sich die Schleier, als Julia die Augen öffnete. Und ebenso langsam nahmen die weiße Decke und der kalte Leuchtstrahler über ihr Konturen an. Sie drehte den Kopf und stellte fest, dass sie sich in einem fremden Zimmer befand. Dass sie in einem fremden Bett lag und in ihrer rechten Hand der dünne Schlauch einer Infusionsnadel steckte. Sie blinzelte mehrmals, als Evas Gesicht über ihrem erschien. „Was ist los? Was ist passiert?"

„Ich habe dich gestern Nacht in ein Krankenhaus gebracht."

„Warum?"

„Weil du zusammengebrochen bist." Ernst sah Eva Julia an. „Du brauchst Hilfe, dringend. Du würdest erschrecken, wenn du dich im Spiegel sehen könntest."

„Ich fühle mich okay." Julia schlug die Decke zurück. „Du kannst dich darauf verlassen, wenn ich es sage."

„Was tust du?"

„Wonach sieht es denn aus? Ich entlasse mich selbst. Wo sind meine Sachen?"

„Bist du verrückt? Du kannst ja kaum laufen."

„Zur Not krieche ich eben."

In diesem Moment ging die Tür auf und ein Arzt kam herein. Dr. Michael Rayner-Brandes stand auf seinem Namensschild.

„Was tun Sie da?", fragte auch er.

„Ich entlasse mich selbst."

„Julia, ich bitte dich", sagte Eva. „Vielleicht hast du den Ernst der Situation noch nicht ganz begriffen …"

„Oh doch, das habe ich. Und genau deshalb muss ich hier raus." Julia stieg aus dem Bett, nur mit einem am Rücken offenen Nachthemd bekleidet. „Wo sind meine Sachen?"

„Julia, bitte, lass dich untersuchen. Wenn sie nichts finden, wären wir beide beruhigt. Vor allem ich. Und wenn sie etwas finden, kann man etwas dagegen tun."

Julia hielt in der Bewegung inne und wandte sich zu Eva um. „Du denkst, ich habe vielleicht einen Tumor, richtig?"

„Es wäre", setzte Eva an, „immerhin möglich."

„Nun ja, wir müssen ja nicht sofort vom Schlimmsten ausgehen", wandte Dr. Rayner-Brandes ein. „Kopfschmerzen und Sinnestäuschungen müssen nicht heißen, dass es sich um eine Geschwulst handelt."

Julia sah ihn an. „Woher wissen Sie das?"

„Ich habe mit ihm darüber gesprochen, während du … weggetreten warst", sagte Eva.

„Du hast …?", stieß Julia aus. „Warum? Ohne mich vorher zu fragen."

„Gehen wir doch gemeinsam die Anzeichen durch", sagte der Arzt und fasste zusammen: „Ist Ihnen regelmäßig übel, Frau Wagner? Müssen Sie sich erbrechen?"

„Nein."

„Krampfanfälle? Unwillkürliche Zuckungen in Armen, Beinen oder einer Körperhälfte?"

„Nein."

„Koordinationsstörungen?"

„Nein. Ich habe nur Halluzinationen."

„Und die müssen eine Ursache haben", wandte Eva ein. „Ebenso wie das ständige Nasenbluten."

„Natürlich." Der Arzt nickte langsam. „Nehmen Sie zurzeit Medikamente?", wollte er von Julia wissen.

„Nein", antwortete sie. „Nur Kopfschmerztabletten."

Ernst sah Dr. Rayner-Brandes Julia an. „Wir sollten ein paar neurologische Untersuchungen durchführen, um festzustellen, ob da etwas ist – was ich nicht glaube. Sind Sie damit einverstanden, Frau Wagner? "

Als Julia daraufhin schwieg, sagte Eva eindringlich: „Bitte."

Es dauerte noch einen Moment, dann, endlich, nickte Julia langsam.

„Wir machen jetzt das EEG", sagte eine Schwester zehn Minuten später. „Keine Angst, Sie spüren nichts."

Julia erwiderte nichts, da sie nicht wusste, was sie sagen sollte.

„Es vermittelt einen Blick auf Ihre Hirnströme“, fügte die Schwester hinzu. „Wenn es eine krankhafte Fehlfunktion gibt, würde es sich hierbei zeigen.“

„Mit Sicherheit?“

„Nun ja, das menschliche Gehirn setzt sich aus Milliarden Zellen zusammen. Keine Untersuchung kann hundertprozentig sicher sein. Aber hätten Sie einen Tumor, würden wir ihn finden.“ Die Schwester rollte eine Maschine aus einer Ecke des Raumes neben den Stuhl, auf dem Julia saß, und befestigte Elektroden an ihrem Kopf.

Es brachte kein Ergebnis. Die Wellen verliefen gleichmäßig ohne Spitzen, ohne Abflachungen.

„Das ist das Enzephalogramm eines gesunden Menschen“, sagte die Schwester.

„Darüber sollte ich mich wohl freuen“, bemerkte Julia.

„Natürlich. Und wir sind ja auch noch nicht am Ende.“

„Nein? Was machen wir jetzt noch?“

„Jetzt …“, die Schwester entfernte die Elektroden von Julias Kopf, „werden in der Radiologie Röntgenaufnahmen von Ihrem Schädel gemacht.“

Auch die Röntgenstation war ganz in Weiß gehalten, und die Prozedur war mehr als ermüdend.

Es wurden zahlreiche Aufnahmen gemacht, und oft fiel es Julia schwer, auszuharren, bis die Aufnahme vorbei war.

Dr. Rayner-Brandes betrachtete die Bilder, verglich verschiedene Aufnahmen miteinander und wandte sich ihr schließlich zu. „Es ist alles in Ordnung. Keine Flüssigkeitsansammlung, kein Anzeichen eines inneren Drucks. Auch keine krankhafte Veränderung der Zirbeldrüse. Alles klar und sauber. Sie haben keinen Grund zur Besorgnis.“

„Das sehe ich zwar anders. Aber trotzdem danke.“

„Es gäbe noch die Möglichkeit einer Lumbalpunktion …“

„Was ist das?“

„Wenn dem EEG und den Röntgenbildern etwas entgangen ist, wird es uns die Rückenmarksflüssigkeit verraten.“

„Auf gar keinen Fall.“ Julia winkte ab. „Das können Sie vergessen. Wir haben es versucht, Sie haben nichts gefunden. Prima. Vielen Dank. Aber mein Rückenmark bleibt außen vor.“

Vor der Tür wartete Eva auf sie. „Und?“, fragte sie angespannt.

„Nichts“, sagte Julia. „Ich bin gesund. Kein organisches Problem, ich bin bloß verrückt. Nichts weiter. Nur verrückt.“ Sie ging in Richtung Ausgang.

Eva folgte ihr. „Wenn deine Träume und die Visionen, die du hast, von deinem Unterbewusstsein gesteuert werden, dann sollten wir vielleicht einen Psychiater aufsuchen.“

„Nein, nein. Nein, danke. Wirklich nicht.“ Julia war schon an der Tür. „Ich konzentriere mich jetzt wieder auf meine eigentliche Aufgabe. Noch bin ich nicht völlig übergeschnappt, und solange ich noch mehr klare Momente als andere habe, sollte ich diese nutzen.“

Damit eilte sie so schnell aus dem Krankenhaus, dass Eva Mühe hatte, ihr zu folgen.

32. KAPITEL

Chuzpe

8:12 Uhr
Hannover

Michael Tech versuchte es mit einem unsicheren Lächeln. „Guten Morgen. Ich möchte zur Frau Staatsanwältin."

„Erwartet sie Sie?", fragte die Sekretärin, eine ältere Frau mit verbissener Miene und blasser Haut.

„Ja. Sie hat ... mich gerade angerufen. Sie ... möchte mit mir sprechen. Mein Name ist Tech. Michael Tech."

Die Sekretärin kniff die Augen zusammen, griff nach dem Telefonhörer, wählte eine Nummer und wandte sich ab. Schließlich sagte sie: „Herr Tech ist da. Er sagt ... Ah ja. In Ordnung." Sie legte den Hörer zurück auf die Gabel, sah ihn an und machte eine Kopfbewegung in Richtung Tür. „Sie können hineingehen."

Drinnen tat Diana Venczel so, als wäre er überhaupt nicht da. Sie telefonierte, suchte nach einer Akte und hielt ihre Sekretärin über die Sprechanlage auf Trab. Erst nach einer ganzen Weile sah sie Tech an und wies auf einen der beiden Sessel, die links und rechts von einem Tischchen am Fenster standen. Sie wartete, bis er Platz genommen hatte, dann setzte auch sie sich und schlug die Beine übereinander. „Ich hätte gerne einen kurzen Zwischenbericht, Herr Tech. Wie steht es mit den Ermittlungen im Mordfall Britta Stark?"

Tech schluckte hart. „Na ja, also ... Die Ermittlungen geben noch nicht viel her. Jedenfalls nichts, was ... die Staatsanwaltschaft interessieren könnte."

„Und da sind Sie sicher?"

„Ja."

Diana Venczel ließ Tech nicht aus den Augen. „In Ordnung. Dann sagen Sie mir doch bitte etwas anderes. Sagen Sie mir, was Sie über die gegenwärtige Situation denken."

„Ich verstehe nicht ...?"

„Wir ermitteln gemeinsam im Bereich Kapitalverbrechen, und von daher müssen wir uns auch als Einheit präsentieren. Ist es nicht so?"

„J... Ja."

„Das beruhigt mich. Denn mir würde der Gedanke nicht behagen, dass jemand, mit dem ich zusammenarbeite, Informationen zurückhält, um mich bewusst im Dunkeln zu lassen."

Tech stopfte sich den Zeigefinger ins Ohr. Sein Herz begann, schneller zu schlagen. Sie wusste etwas, deshalb saß er hier. Sie hatte ihn nicht aufs Geratewohl in ihr Büro bestellt. Nicht sie. Er konnte dem Blick der Staatsanwältin nicht standhalten und sah auf den Boden.

„Wie stehen Sie zu Frau Gärtner?", fragte diese.

„Frau Gärtner?" Tech sah wieder auf.

„Wie stehen Sie zu ihr? Das ist eine ganz einfache Frage. Für wie kompetent halten Sie sie?"

„Ich? Also … Na ja, sie macht …" Tech hustete. „Einen … guten Job."

„Und was halten Sie privat von ihr?"

„Ich … Also, dazu kann ich nichts sagen. Wir kennen uns privat … nicht."

Die Staatsanwältin warf Tech einen Blick zu, der ihm das Herz in die Hose sinken ließ. „Finden Sie nicht auch, dass Charlotte Gärtner ein sehr einsamer Mensch ist?", fragte sie weiter.

„Ich weiß nicht … Ist sie das?"

Diana Venczel beugte sich etwas vor. „Es gibt da etwas, das Sie wissen sollten, Herr Tech. Frau Gärtner hat schwere psychische Probleme."

„Hat sie?"

„Ja. Sie hat vor ein paar Jahren im Dienst ein Kind erschossen, ein kleines Mädchen. Das hat sie sehr verzweifelt werden lassen. Seitdem ist ihre Karriere nicht mehr das, was sie einmal war, und ich kann ihr bald nicht mehr länger helfen. Sie ist zu alt, sie ist zu verschlissen. Sie ist krank."

Tech öffnete den Mund und schloss ihn wieder. Es war besser, nichts darauf zu sagen. Es war klar, dass es hier um eine Sache zwischen der Staatsanwältin und Charlotte Gärtner ging, und er hatte überhaupt keine Lust, bei diesem Kampf zwischen King Kong und Godzilla zu geraten.

„Sie steht unter besonderer Beobachtung seit dem Unglück damals", fügte Diana Venczel hinzu. „Das wussten Sie nicht, oder?"

„Nein."

„Nun ja, das war auch vor Ihrer Zeit. Eine tragische Geschichte, aber sie ist nun einmal passiert. Seitdem weigert Frau Gärtner sich übrigens auch, im Dienst eine Waffe zu tragen."

„Ich weiß." Tech hustete wieder. „Ich meine, ich weiß, dass sie keine Waffe trägt."

Die Staatsanwältin lehnte sich etwas zurück. „Was soll man davon halten? Eine Kriminalbeamtin, die keine Waffe trägt?"

„Ich kann ... dazu wirklich nichts sagen."

„Und warum nicht?"

„Weil ... Weil ..."

„Frau Gärtner hat Probleme mit Stresssituationen, das wissen Sie selbst sehr genau, Herr Tech. Sie hat sich in gefährlichen Situationen nicht unter Kontrolle. Man hätte sie nach der tragischen Geschichte damals gar nicht mehr in der Mordkommission arbeiten lassen dürfen." Diana Venczel blickte Tech tief in die Augen. „Sie hingegen halte ich für einen guten Polizisten."

„Wirklich?" Er blinzelte.

„Aber ja. Sie scheuen sich nicht vor der Arbeit, und obwohl ich mir sicher bin, dass Sie einige Probleme mit Frau Gärtner haben, beweisen Sie Teamgeist. Sie sagen nichts Schlechtes über sie. Das ist gut. Das macht einen guten Polizisten aus. Sie haben eine große Zukunft vor sich."

Tech schwieg, weil er nicht wusste, was er darauf sagen sollte, und die Staatsanwältin fuhr fort: „Ich will ganz offen zu Ihnen sein. Wir arbeiten gerade an der Aufklärung eines brutalen Mordes, haben keinen Hauptverdächtigen und eine psychisch angeschlagene Hauptkommissarin. Sie verstehen sicher, dass mir das Sorge bereitet. Dieser Fall wird die Schlagzeilen beherrschen, und ich möchte nicht, dass Sie Probleme kriegen."

„Ich?"

„Sie sollten sich klar von Frau Gärtners Methoden distanzieren. Denn wenn Sie es nicht tun, kann Sie das Ihre aussichtsreiche Karriere kosten."

Die Worte hingen wie Blei in der Luft.

Die Uhr an der Wand tickte laut.

„Herr Tech?", sagte Diana Venczel, als sie zu lange tickte, ohne dass ein Wort fiel.

Er hob langsam den Kopf und sah sie an.

„Also? Gibt es etwas, was Sie mir zu sagen haben?"

Die Uhr tickte noch ein paar Sekunden weiter, dann hörte Tech sich selbst sagen: „Wir haben Fingerabdrücke im Haus des Opfers gefunden. Und wir wissen auch, zu wem sie gehören. Zu einer polizeilich gesuchten Person mit dem Namen Susanne Grimm."

Die Staatsanwältin zog die Augenbrauen in die Höhe. „Seit wann wissen Sie von diesen Fingerabdrücken?“

„Seit gestern.“

„Und wer wollte, dass Sie mir diese Information vorenthalten?“

Tech schluckte. „Frau Gärtner.“

Wieder tickte die Uhr ein paar Sekunden. „In Ordnung.“ Diana Venczel richtete sich auf. „Danke für Ihre Offenheit, Herr Tech.“

Das war es. Damit war er entlassen.

Tech verließ das Büro.

Exakt zweiunddreißig Minuten später wollte Charlotte Gärtner gerade nach dem Telefonhörer greifen, als ein Anruf ihres Chefs dazwischenkam, bei dem er ihr mitteilte, dass er sie zu sprechen wünschte.

„Okay“, sagte Charlotte. „Ich komme.“

Bereits da läuteten alle Alarmglocken in ihr.

„Setzen Sie sich“, sagte Jockel, als sie sein Büro betreten hatte.

„Worum geht es?“, wollte Charlotte wissen und griff nach einem Stuhl.

„Wir müssen mit Ihnen reden“, sagte eine dritte Stimme aus dem toten Winkel hinter der Tür.

Charlotte zuckte zusammen, und die Alarmglocken in ihrem Kopf schrillten noch lauter.

„Es gibt doch einiges zu bereden, nicht wahr, Frau Gärtner?“, setzte Diana Venczel hinzu, so kühl und distanziert wie ein Holzsarg.

Charlotte entschied sich dafür, sich doch nicht zu setzen. Bemüht, die Staatsanwältin zu ignorieren, fragte sie an Jockel gewandt noch einmal: „Worum geht es?“

Er musterte sie einen Moment lang über den Schreibtisch hinweg, dann sagte er: „Warum schützen Sie eine potenzielle Mörderin?“

Peng. Charlottes Gedanken zerstoben explosionsartig in alle Richtungen wie eine Pusteblume im Wind und sammelten sich dann wieder zu einem einzigen Satz: Sie wussten es! Woher? Weil Tech geredet hatte. Wer sonst? Es blieb ihr nichts anderes übrig, als zu stammeln: „Wie?“

„Ich möchte von Ihnen wissen, weshalb Sie eine potenzielle Mörderin schützen“, wiederholte Jockel.

„Ich weiß nicht, was Sie meinen. Ich schütze niemanden.“

„Und wir wissen, dass Sie es doch tun.“ Diana Venczel trat zum Schreibtisch, und während sie einen Ausdruck mit mehreren Fingerabdrücken darauflegte, überrollte ihr schweres, blumiges Parfum

Charlotte wie eine Welle. „Ich gehe doch davon aus, dass Ihnen diese Fingerabdrücke nicht unbekannt sind, Frau Gärtner."

Charlotte hob die Augenbrauen und schwieg.

„Diese Fingerabdrücke gehören zu einer Frau, die seit fünf Monaten von der Polizei gesucht wird", fügte die Staatsanwältin hinzu. „Weil sie aus einer geschlossenen Psychiatrie ausgebrochen ist, nachdem sie einen Mann mit einer Glasscherbe angegriffen hat."

„Ich fordere eine Erklärung", sagte Jockel.

Und als Charlotte daraufhin immer noch nichts sagte, fügte er hinzu: „Sie haben nichts dazu zu sagen, dass Sie relevante Beweismittel zurückhalten?"

„Ich habe nichts zurückgehalten, ich wollte lediglich zuerst mit Susanne Grimm sprechen."

„Wann?"

„Wenn ich sie gefunden habe."

„Warum?"

„Weil ich sie nicht für eine Mörderin halte."

Die Lippen der Staatsanwältin verzogen sich zu einem schmalen Lächeln. „Erklären Sie uns, wie Sie darauf kommen."

„Wir wollten ..."

„*Sie* wollten, Frau Gärtner."

„Ich wollte ..." Weiter kam Charlotte nicht.

Jockels Hand klatschte so heftig auf die Schreibtischplatte, dass der Kaffee aus seiner Tasse schwappte. „Was bilden Sie sich eigentlich ein? Wir ermitteln in einem Mordfall, und Sie behindern die polizeilichen Abläufe, indem Sie sich erdreisten, Informationen zurückzuhalten? Haben Sie auch nur den Hauch einer Ahnung, was Sie gerade anrichten?"

Charlotte schielte in Richtung Fenster. Das Geschrei war bestimmt bis unten auf die Straße zu hören. „Die Fingerabdrücke beweisen nur, dass Susanne Grimm am Tatort war", sagte sie. „Mehr nicht. Dafür, dass sie die Mörderin der Anwältin ist, gibt es weder ein Motiv noch einen Beweis."

„Korrigieren Sie mich, wenn ich falschliege", bemerkte Diana Venczel, „aber versteckt sie sich etwa nicht seit Monaten vor der Polizei? Hat sie in den letzten beiden Tagen Anstalten gemacht, ihre Unschuld zu beweisen, wenn sie denn tatsächlich unschuldig ist und nur rein zufällig in dem Haus war? Hat sie mit uns Kontakt aufgenommen?" Alles rhetorische Fragen, die Staatsanwältin war noch nicht am Ende. „Eine Patientin, die aus der geschlossenen Psychiatrie ausgebrochen ist, deren Fingerabdrücke an einem Tatort gefunden wurden, und wir halten diese Tatsache zurück? Was wird Ihrer Meinung nach passieren, wenn das die Bürger erfahren? Brave Steuerzahler, die sich auf uns Gesetzeshüter verlassen."

Charlotte wandte sich ihr zu. „Wenn Sie mich weiter meine Arbeit machen lassen, werde ich Ihnen beweisen, dass der Mörder ein anderer ist", zischte sie.

„Wenn das herauskommt, wird die Presse sich darauf stürzen", fuhr die Staatsanwältin fort. „Die werden uns fertigmachen. Sie werden schreiben, dass eine Kommissarin unserer Abteilung besessen ist von einer verrückten Mörderin."

„Jetzt reden Sie doch keinen Unsinn!", fuhr Charlotte auf. „Ich bin nicht besessen, und Susanne Grimm ist nicht verrückt!"

„Beides werden Presse und Öffentlichkeit nicht glauben. Was Sie gerade abliefern, klingt mehr als zwanghaft, Frau Gärtner, und die Presse wird es benutzen, um Sie zu belasten. Und damit uns alle."

Charlotte starrte der Staatsanwältin in die Augen. „Daran haben Sie Spaß, nicht wahr?", zischte sie. „Sie konnten mich noch nie leiden. Sie haben immer nach einem Grund gesucht, mich auf offener Flamme zu rösten."

Wie zwei Kampfhähne standen sie einander gegenüber.

„Je länger Sie bei der Kriminalpolizei sind, Frau Gärtner", gab Diana Venczel zurück, „desto höher wird der Stapel Ihrer Verfehlungen. Sie machen es mir also nicht besonders schwer."

„Ich bin seit über zwanzig Jahren bei der Polizei!"

„Richtig", schaltete Jockel sich wieder ein. „Und wir haben ja bereits darüber gesprochen, dass Sie eine gute Polizistin waren ..."

„Waren?" Charlotte wandte den Kopf in seine Richtung.

„Sie sind hiermit beurlaubt."

„Wie bitte?"

„Und danach werden Sie in den Innendienst versetzt. Tut mir leid. Eine andere Lösung gibt es nicht."

„Was ist hier eigentlich los?", brauste Charlotte auf.

„Sie hätten nach der Katastrophe mit dem Kind gar nicht mehr in den Dienst zurückkehren dürfen."

„Hören Sie eigentlich, was Sie da von sich geben? Ich habe den Fall in der Klinik Mönchshof gelöst, nachdem Sie mich – nur für den Fall, dass Sie das schon wieder vergessen haben sollten – schon einmal vom Dienst suspendiert haben. Das ist doch kein Zufall!"

„Ich habe die Nase jetzt endgültig voll“, sagte Jockel so ruhig wie möglich. „Sie sind suspendiert, dabei bleibt es. Sie können gehen.“

Charlotte starrte ihn an, dann Diana Venczel, dann wieder ihn, dann wandte sie sich in Richtung Tür.

„Ihren Ausweis“, sagte die Staatsanwältin.

Mit einer raschen Bewegung drehte Charlotte sich wieder um, und einen Moment lang dachte sie darüber nach, die andere Frau am Hals zu packen. Doch dann zog sie ihren Dienstausweis aus der Tasche und warf ihn auf den Boden. Danach drehte sie sich erneut um, stürzte aus dem Büro und knallte die Tür hinter sich zu.

Wenig später stieß sie die Tür zu ihrem eigenen Büro wieder auf.

„Das haben sie von Ihnen, nicht wahr?“, zischte sie. „Von wem sollen sie es sonst haben?“

Tech, der an seinem Schreibtisch saß, drückte den Rücken durch und schob das Kinn nach vorne. „Ich hatte keine Wahl, ich musste es ihr sagen.“

„Wem? Der Staatsanwältin?“

„Es geht um meinen Job, das müssen Sie verstehen.“

„Oh, ich verstehe sehr wohl, nämlich, dass Sie Ihre Kollegin verraten haben.“

„Wie ich gerade sagte, ich konnte nicht anders.“

„Man hat mir den Fall entzogen!“

Sie starrten einander in die Augen.

„Wirklich“, sagte Charlotte, „ich kann Ihnen gar nicht sagen, wie enttäuscht ich von Ihnen bin.“

Tech holte tief Luft. „Oh. Tatsächlich? Das überrascht mich aber. Ich wäre nie auf den Gedanken gekommen, dass *ich* Sie enttäuschen könnte, so wenig, wie Sie sich für meine Person interessieren.“

„Wie bitte?“

„Sie interessieren sich doch überhaupt nicht für andere Menschen, Frau Gärtner. Sie benehmen sich arrogant und überheblich, alle anderen sind Ihnen doch völlig egal. Das sind in Ihren Augen nur Idioten, denen Sie sich haushoch überlegen fühlen und von denen Sie erwarten, dass sie Ihnen den Ring küssen. Oder den Hintern. Ich weiß nicht, was ist Ihnen denn lieber?“

Charlottes Mund stand offen. „Was zum Teufel …? Sagen Sie mal, spinnen Sie jetzt völlig?“

„Wir haben Beweismittel zurückgehalten. Das ist eine Tatsache.“

„Und da hat Sie Ihr schlechtes Gewissen gebissen, oder wie? Oder dachten Sie, Sie machen sich ein bisschen beliebt in den oberen Etagen?“

„So war es nicht.“

„Nein?“ Charlotte trat zum Schreibtisch, stützte sich mit beiden Händen darauf ab und sah Tech in die Augen. „Dann sagen Sie mir doch, wie es war. Wie war es denn so, ganz vertraulich und intim mit der Staatsanwältin zu plaudern?“

Tech steckte sich den Finger ins Ohr und senkte den Blick.

„Diese Frau ist eine Eiskönigin, Herr Tech. Eine gottverdammte Schlange. Eine boshafte und falsche Hexe, die von jetzt an nichts anderes mehr tun wird, als Susanne Grimm zu jagen, bis sie endgültig am Boden liegt.“

„Und dafür gibt es einen guten Grund“, sagte er.

„Ich weiß wirklich nicht, was ich gerade lieber tun würde.“ Charlotte richtete sich wieder auf. „Gehen oder Ihnen eine scheuern.“

„Ich habe mich nur an die Regeln gehalten. Mehr nicht.“

„Ich habe schon einmal erlebt, wie Sie Mist gebaut haben, Herr Tech. Und zwar so richtig. Und jetzt sind Sie schon wieder dabei, Mist zu bauen. Vielleicht sogar noch größeren als damals in der Psychiatrie. Oder haben Sie das etwa schon wieder vergessen?“

„Wie könnte ich es vergessen, wo Sie mich doch ständig daran erinnern!“

„Ich erinnere Sie ständig daran, weil ich nicht möchte, dass Sie den gleichen Fehler noch einmal machen.“

„Das werde ich nicht.“

„Sie sind doch schon wieder dabei!“ Charlotte sah jetzt richtig rot. Sie beugte sich noch einmal vor und piekste Tech mit dem Zeigefinger in die Brust. „Und genau deshalb werden Sie niemals ein guter Polizist. Weil Sie dafür gar nicht die nötige Chuzpe haben!“

Damit eilte sie mit großen Schritten auf die Tür zu, riss sie auf und stolzierte hinaus.

33. KAPITEL

Aus dem Tagebuch von Sven Wagner

Niemals hätte ich ahnen können, wohin das alles führen würde. Alles, wirklich alles bricht zusammen. Alles, was ich mir vom Leben erträumt habe, meine Karriere, meine Familie, nur noch Scherben.

Einmal konnte ich Julia aus ihren Fängen befreien und sie zurückdrängen. Jetzt aber stehe ich am Ende des Weges, und ich frage mich, was ich jetzt noch tun kann? Mir wird ganz schwindlig, wenn ich nur daran denke, was passiert, wenn mir nichts einfällt.

Ich weigere mich, schwach zu sein. Gebrochen. Ich will nicht aufgeben, weil das den Tod meiner Tochter bedeuten würde. Ich kann und will nicht akzeptieren, dass sie für immer verloren ist. Eben erst hat sie mich mit ihren großen braunen Augen angesehen und gesagt: „Papa." Das schönste Wort auf Erden.

Und jetzt, auf einmal, bin ich mir sicher.

Sie wird leben.

In mir reift ein Plan. Ein wahnwitziger Plan. Aber es ist der einzige, den ich habe. Es gibt keinen besseren.

Jetzt gibt es viel zu tun.

Es ist keine Zeit mehr zu verlieren.

34. KAPITEL

Das Vermächtnis eines Toten

11:37 Uhr
Frankfurt

„Wo sind wir hier?“, fragte Julia nach einem Blick aus dem Seitenfenster.

„Wir sind in Frankfurt“, antwortete ihr Vater.

„Und was machen wir hier?“

„Wir treffen jemanden.“

„Wen?“

„Das wirst du gleich sehen.“

Julia war immer stiller geworden, seit sie Frankfurt erreicht hatten. Eva, die am Steuer saß, warf ab und zu einen kurzen Blick zu ihr hinüber, da sie die Aufgabe hatte, sie zu lotsen. Aber Julia zeigte immer nur mit dem Finger geradeaus. Auf der Straße bleiben hieß das.

Zuerst fuhren sie noch an Häusern vorbei, an Werbeplakaten und Restaurants, dann ließen sie die Stadt hinter sich, passierten alte, stillgelegte Fabriken. Das Schneetreiben wurde wieder dichter, und jedes Mal, wenn die Wischerblätter unten waren, verdunkelte sofort ein dichtes Netz von Flocken die Scheibe.

Je weiter sie kamen, desto mehr hatten sie das Gefühl, in einer alten Pferdekutsche zu sitzen. Unter der Schneedecke befanden sich Löcher, für die der alte Saab wirklich nicht gemacht war. Links und rechts ragten immer dichter werdende kahle Bäume in den Himmel. Es schien, als führen sie direkt auf das Ende der Welt zu.

„Bist du sicher, dass wir hier richtig sind?“, fragte Eva.

Julia nickte mit bleichem Gesicht. „Ja. Da vorn müssen wir rechts.“

Konzentriert spähte Eva durch die Frontscheibe. Dann bog sie etwas zu schnell ab, und sie begannen, auf einer Eisplatte zu schlingern. Glücklicherweise kam ihnen niemand entgegen, und es folgte ihnen auch niemand.

„Wohin jetzt?“, fragte Eva mit Schweißperlen auf der Stirn.

Julia blickte aus dem Seitenfenster und sagte: „Halt an.“

Eva tat es. „Was ist?“

„Sag mir, was du siehst.“

Eva blickte durch die Frontscheibe, durch die Seitenscheibe. „Nichts."

„Eben. Aber hier müsste es sein. Genau hier."

„Bist du sicher?"

„Ja."

„Aber hier ist weit und breit nichts. Das hier ist der Arsch der Welt."

Julia überlegte einen Moment, dann sagte sie: „Fahr da vorne rechts."

„Wo?"

„Dort hinten ist ein Weg. Siehst du ihn?"

Eva brummte etwas Unverständliches vor sich hin und gab wieder Gas. Ein paar Meter weiter bog sie rechts ab. „Ich habe das sichere Gefühl, dass das hier nicht gut enden wird."

Sie hatte den Satz noch nicht zu Ende gesprochen, da tauchte ein kleiner Baum vor ihnen auf, der auf die Straße gefallen war und den Weg versperrte.

Eva trat auf die Bremse. „Na super."

„Kannst du rückwärtsfahren?", fragte Julia.

„Bist du verrückt? Ich bin froh, dass ich bei dem Wetter überhaupt noch geradeaus fahren kann."

„Dann müssen wir den Baum wegschaffen."

Mit einem tiefen Atemzug brachte Eva den Schalthebel in den Leerlauf, und sie stiegen aus. In Sekundenschnelle blieben die dichten Schneeflocken auf ihren Jacken hängen und färbten sie weiß.

Sie zerrten den Baum in den Straßengraben, was ein enormer Kraftakt war, richteten sich dann erschöpft auf und erkannten plötzlich, dass sie am Ziel waren. Keine dreißig Meter vor ihnen hockte das Haus in einer Senke und blickte ihnen zwischen nackten, gespreizten Ästen entgegen. Wenn der Baum nicht umgefallen wäre, hätten sie es vermutlich gar nicht gefunden.

„Das gibt's doch gar nicht!", entfuhr es Eva.

Julia dachte dasselbe, während sie das Haus betrachtete, das aussah wie eine Festung. Ein ehemaliges Jagdhaus, dunkel und ohne ein einziges Licht in den Fenstern, rundum geschützt von einem drei Meter hohen Metallzaun. Gespenstisch in einer gespenstisch wirkenden Landschaft.

„Das ist es", sagte Julia.

Eva schaltete den Motor des Saab aus und zog den Schlüssel ab. „Ich bin wirklich gespannt, wo uns das hier hinführt."

„Ich auch."

Dann machten sie sich auf den Weg.

„Vielleicht ist sie gar nicht da", sagte Julia.

„Ich wüsste nicht, wo sie bei dem schlechten Wetter sonst sein sollte", gab Eva zurück.

„Vielleicht ist sie schon lange tot."

„Das wirst du erst herausfinden, wenn du geklingelt und den neuen Besitzer des Hauses danach gefragt hast."

Julia bewegte sich trotzdem nicht. Ihr Blick verschwamm, wurde wieder klarer, verschwamm erneut. Vielleicht sah sie eine Bewegung hinter einem der dunklen Fenster, vielleicht auch nicht.

„Julia, ich bitte dich!", sagte Eva ungeduldig.

Und dann, gerade als Julia den schweren gusseisernen Klopfer anheben wollte, flog die Tür auf, und in der Öffnung erschien eine dünne Gestalt, die den Abzug eines Gewehres spannte.

Es war die Frau auf dem Foto, nur dreißig Jahre älter. Zierlich wie ein Vögelchen, höchstens eins sechzig groß und sehr schmal. Das rehbraune Kleid hing ihr lose am Körper, weil sie nicht schlank, sondern mager war. Genau genommen sah sie aus wie ein kleines Mädchen, das im Körper einer über siebzigjährigen Frau steckte. Das Haar war weiß und zu einem Knoten zusammengefasst, und die blauen Augen blickten ernst. „Keine Bewegung!"

Eilig streckten Julia und Eva die Hände in die Höhe.

„Sind Sie Emmy Jaburek?", fragte Julia. „Wir wollen nur mit Ihnen reden."

„Ich erwarte keinen Besuch. Verschwinden Sie wieder."

„Mein Name ist Julia Wagner. Das ist meine Freundin Eva ..."

Die Frau musterte Julia über den Lauf des Gewehres hinweg. „Wer sagt mir, dass das stimmt?"

„Was?"

„Dass Sie Julia Wagner sind."

„Warten Sie, ich greife ganz langsam in meine Jacke und ziehe meinen Ausweis heraus, okay?"

„In Ordnung. Aber machen Sie keine hektischen Bewegungen." Emmy Jaburek sprach jedes Wort deutlich aus und betonte das Satzende.

Julia hielt sich daran. Mit den Fingerspitzen zog sie ihren Ausweis aus der Jacke und hielt ihn in die Höhe.

Ein paar Sekunden vergingen, in denen die Frau den Ausweis betrachtete. Dann, nach weiteren Sekunden, die sich ewig dehnten, hellte sich ihr Gesicht plötzlich auf, und sie sagte: „Sie sind es wirklich."

„Ja." Julia steckte den Ausweis zurück in die Tasche. „Können wir die Hände wieder runternehmen?"

„Natürlich." Die Züge der alten Frau entspannten sich. Sie ließ das Gewehr sinken, trat zur Seite und sagte: „Kommen Sie herein."

Der schmale Flur, den sie betraten, verlief schräg nach hinten ins Haus. Die Wände waren in einem blassen Gelbton gestrichen. Es gab keine Fenster, nur die Wände und einen Linoleumboden.

Emmy Jaburek ging voraus, und kurz darauf betraten sie einen Raum am Ende des Flurs.

Julia sah sich um und erkannte, dass es genauso aussah, wie sie es in Erinnerung hatte. In den Regalen an den Wänden befanden sich Unmengen von Büchern. Die Möbelstücke standen ordentlich und akkurat im Raum verteilt, der Teppich lag genau in der Mitte, und die Fransen waren so glatt gestrichen, dass sie wie gekämmt aussahen. Und alles, wirklich alles schien mit Samt bezogen. In einer Ecke stand ein üppig wachsender Efeu in einem Topf auf einem Tisch.

„Treten Sie ein."

Nach kurzem Zögern betrat Julia den Raum, und mit einem Schlag wurde der Geruch in dem Zimmer noch viel intensiver. In ihrem Kopf kreiste ein blendend helles Licht, umgeben von Nebelschwaden, die aber gegen das helle Leuchten nichts auszurichten vermochten. Sie glaubte, die Stimme ihres Vaters zu hören, jedoch nur ganz kurz, dann war es wieder vorbei.

„Mein Gott, Ihre Augen", sagte Emmy. „Sie sind Ihrem Vater so ähnlich."

„Das habe ich schon oft gehört", sagte Julia mit rauer Stimme.

Emmy sah sie ein paar Sekunden lang an. „Es geht Ihnen nicht gut, richtig?"

„Nein."

Die alte Frau nickte und verschwand im Nachbarzimmer. Kurz darauf kehrte sie mit einer kleinen Flasche zurück. „Trinken Sie einen Schluck davon."

„Was ist das?", fragte Julia skeptisch.

„Glauben Sie mir, das möchten Sie nicht wissen. Aber es wird Ihnen helfen."

„Sie denken doch nicht wirklich, dass ich etwas trinke, wovon ich nicht weiß, was es ist?"

Emmy lächelte nachsichtig. „Denken Sie, ich würde Sie umbringen?"

„Ich denke schon lange alles Mögliche."

„Sie umzubringen gehört nicht zu meinem Auftrag, Frau Wagner. Mein Auftrag beinhaltet das Gegenteil."

„Von was für einem Auftrag sprechen Sie? Will mir mal bitte jemand erklären, was hier vor sich geht?"

„Trinken Sie."

Julia bewegte sich immer noch nicht.

„Vertrauen Sie mir, es wird Ihnen helfen, Frau Wagner."

Widerwillig griff Julia nach der Flasche und trank einen kleinen Schluck. Das Gebräu schmeckte wie Erbrochenes. Sie musste würgen, behielt das Zeug aber in sich. „Pfui Teufel!", entfuhr es ihr. Doch bereits zwei Sekunden später spürte sie, wie Ruhe sie überkam. Ein gutes Gefühl. Ein wirklich gutes Gefühl. Auch die Kopfschmerzen ließen nach.

„Besser?", fragte Emmy.

„Ja. Tatsächlich. Was ist das?"

„Wie ich gerade sagte, das wollen Sie nicht wissen." Aufmerksam sah Emmy Julia an. „Ich kann mich noch gut an das kleine Mädchen erinnern, das Sie einst waren. Jetzt sind Sie groß, erwachsen. Und Sie haben sich an mich erinnert."

„Ja. Ich war schon einmal hier. Mit meinem Vater. Aber leider ist das auch alles, was ich noch weiß."

„Schon bald werden Sie sich wieder an alles erinnern."

Julia sah auf. „Wie meinen Sie das?"

Emmy griff nach einer Aktenmappe, die auf dem Tisch lag, öffnete sie und zog einen Umschlag hervor, den sie ihr reichte. „Der hier ist für Sie."

„Was ist da drin? Schon wieder ein Schlüssel, mit dem ich nichts anfangen kann?"

„Nein. Ein Brief."

„Von wem?"

„Öffnen Sie ihn."

Widerwillig griff Julia nach dem Umschlag und zog den Brief heraus. Sie faltete ihn auseinander, starrte auf die Buchstaben, spürte, wie sich ihr Mund unwillkürlich öffnete, fühlte den Luftschwall, der ihre Lunge mit unnatürlicher Kraft aufblähte.

Die Buchstaben, auf die sie starrte, gewannen vor ihren Augen immer mehr Intensität, wurden von der Gewalt des Schocks in ihr Gehirn gehämmert. „Oh mein Gott!“, entfuhr es ihr. „Das ist …“ Ihre Gedanken rotierten wie die Rotorblätter eines Hubschraubers, alles taumelte durcheinander wie zerborstenes Glas. „Das kann nicht sein. Das ist … unmöglich.“

„Doch“, sagte Emmy. „Es ist ein Brief von Ihrem Vater. An Sie.“

Liebe Julia, mein hellster Stern,
wenn Du diese Worte liest, bin ich schon lange tot.

Die Dinge haben eine schlechte Wendung für uns genommen. Aber dass Du diesen Brief in den Händen hältst, bedeutet, dass bis hierhin alles nach meinem Plan verlaufen ist. Du hältst den ersten Schlüssel bereits in den Händen, aber das ist erst der Anfang.

Bitte verzeih die Art und Weise, wie dies alles zustande kam, aber Du wirst rasch verstehen, warum ich solche Mühe darauf verwendet habe, es auf genau diese Art zu tun.

Du musst immer auf der Hut sein. Lass Dich nicht blenden, denn die Bosheit und Gerissenheit Deiner Gegner kennt keine Grenzen. Achte auf die Zeichen, die Dir den weiteren Weg zeigen werden. Denk daran, dass das Spiel immer zu Ende gespielt wird, und vergiss niemals, hinter die Fassaden zu blicken. Denn das habe ich Dir beigebracht, nicht wahr?
In ewiger Liebe,
Dein Vater.

Eine ganze Weile war es im Zimmer so still wie nach einer Explosion. Julia betrachtete die Worte, die Buchstaben, und ihr Unglaube wuchs mit jeder Sekunde weiter an. Es war ein Schock, mit dem sie niemals gerechnet hätte, eine Wendung, die sie erschütterte. In ihren Händen hielt sie einen Brief ihres toten Vaters. Schwindlig hob sie den Kopf und sah Emmy an. „Wann hat er diesen Brief geschrieben?“

„Ein paar Monate vor seinem Tod.“

Julias Lippen zitterten. Sie ließ sich auf einen Stuhl sinken, weil ihre Beine sie nicht länger trugen.

„Sie sind der entscheidende Schachzug, den Ihr Vater zu seinen Lebzeiten noch ausgetüftelt hat, Frau Wagner.“

„Was wollen Sie damit sagen?“

„Dass er Sie sehr geliebt hat.“

„Das weiß ich. Ich ihn auch. Aber das beantwortet nicht meine Frage."

„Nun gut, Sie sollen es erfahren", sagte Emmy. „Es ist Zeit dafür." Einen kurzen Moment blickte sie vor sich hin, dann sprach sie weiter: „Zuerst wollte er mit Ihnen das Land verlassen. Er war verzweifelt. Aber dann hat er verstanden, dass Sie dazu bestimmt sind, die Hunde von Tindalos aufzuhalten."

„Wen?", fragte Eva irritiert.

„Wollen Sie es ihr sagen?", fragte Emmy an Julia gewandt.

„Eine Metapher", sagte diese. „Lovecrafts Version der Bluthunde der Hölle, die ihre Opfer über Jahrtausende hinweg durch Zeit und Raum bis in alle Ewigkeit verfolgen." Ihr Blick lag unentwegt auf Emmy. „Das erklärt mir immer noch nichts."

Emmy nickte. „Ihr Vater hat viele Jahre gegen die Kraniche gekämpft, aber gleichzeitig wusste er, dass er den Kampf nicht würde gewinnen können. Er wusste, dass er sterben würde, und so hat er vor seinem Tod noch alles, wirklich alles dafür getan, dass wenigstens Sie überleben."

Julia schaute die Frau aufmerksam an. „Was hat er getan?"

„Er hat einen ... wie sagt man auf Neudeutsch? ... Deal mit den Kranichen ausgehandelt."

„Was für einen Deal?"

„Die Kraniche würden Sie am Leben lassen, wenn Ihnen mit einem Medikament die Erinnerungen ausgelöscht würden."

Der Satz sprang Julia an wie ein tollwütiger Hund. Ungläubig starrte sie Emmy an.

„Was haben Sie gerade gesagt?"

Emmy zögerte wieder einen Moment. „Woran denken Sie, wenn Sie sich an Ihre Kindheit erinnern?", fragte sie dann.

„Sie besteht zu großen Teilen aus einem schwarzen Loch. Vor meinem achten Lebensjahr ist alles noch ziemlich klar, aber danach ... bilden sich erst wieder ... Bilder ... ab der Zeit im Waisenhaus ..." Julia brach ab. In ihrem Kopf verflochten sich die Fäden, die immer dichter wurden, zu einem Spinnennetz; gefährlich, erschütternd, bestürzend. „Nein." Ihre Kehle war wie ausgetrocknet. Sie schluckte. „Nein. Das kann nicht sein. Das hätte er mir niemals angetan. Das ..."

„Es war Ihre einzige Chance", sagte Emmy. „Zu vergessen war Ihre einzige Chance, zu überleben."

„Das ist nicht wahr! Das glaub ich nicht!"

„Es war eine Grauzone, zugegeben. Aber alles war damals eine heikle Angelegenheit. Alles. Sehr heikel."

„Und da hat mein Vater beschlossen, mich mit Drogen vollzupumpen?", stieß Julia aus. „Denn wenn das, wovon wir hier reden, ein harmloses Medikament gewesen wäre, dann wäre ja wohl kaum ein Teil meiner Erinnerung über zwanzig Jahre verloren gegangen! *Zwanzig* Jahre!"

„Was war das für ein Medikament?", schaltete Eva sich ein.

„Genaueres kann ich Ihnen darüber nicht sagen", wandte Emmy sich an sie. „Da Frau Wagners Vater stets bemüht war, Informationen nur in winzigen Dosen preiszugeben. Er sagte lediglich, es wäre die einzige Chance für seine Tochter."

„Wie lange hat Julia das Medikament genommen?"

„Über einen Zeitraum von mehreren Wochen. Jeden Morgen und jeden Abend."

„Wer hat es ihr gegeben?", fragte Eva weiter. „Es wird ja wohl kaum ein Hausarzt gewesen sein."

„Das ist eine wirklich gute Frage", mischte Julia sich wieder ein. „Wer war es, der damals an meinem Gehirn herumgepfuscht hat?"

Emmy schüttelte den Kopf. „Das weiß ich wirklich nicht."

In Julias Kopf ging es drunter und drüber. Sie brauchte ein paar Sekunden, ehe sie fragen konnte: „Und wusste mein Vater auch etwas über die Nebenwirkungen dieses Medikaments?"

Die Lippen fest zusammengepresst, sah Emmy sie an. „Nun, es war wohl bekannt, dass dadurch früher oder später eine paranoide Psychose ausgelöst werden könnte."

Fluchend erhob Julia sich vom Stuhl und drehte sich um, weil sie die Frau nicht länger ansehen wollte. Weil sie all das nicht mehr hören wollte. Weil sie es nicht *glauben* wollte.

„Das war unverantwortlich", sagte Eva. „Das war ein Spiel mit dem Feuer."

„Ja. Da haben Sie recht", stimmte Emmy ihr zu. „Und es war dennoch die einzige Karte, auf die Frau Wagners Vater setzen konnte. Solange sie sich nicht erinnerte, gab es keinen Grund für die Kraniche, sie auszuschalten."

Julia wandte sich wieder zu ihr um. „Woran erinnern? Woran erinnern, verdammt?"

Emmy stieß einen leisen Seufzer aus. „Ich kann Ihnen nur so viel sagen: Sie haben alles im Kopf, was die Kraniche ein für alle Mal ausschalten kann."

Julia öffnete den Mund und schloss ihn wieder.

„Haben Sie sich denn nie gefragt, warum die Kraniche Sie so lange am Leben gelassen haben?", sagte Emmy.

„Doch. Mehr als einmal."

„Sehen Sie? Es wäre ein Leichtes gewesen, Sie als Kind zu eliminieren. Stattdessen aber blieben Sie am Leben. Sie ließen Sie, sozusagen, an der langen Leine laufen."

„Deswegen?"

„Ja, deswegen. Und dank Gnade. Ihr größter Gegner …"

„Der Zaren?"

Emmy erstarrte für einen kurzen Moment. Dann fasste sie sich wieder. „Sie haben seinen Namen also schon herausgefunden?"

Julia nickte.

„Er hat ein einziges Mal Gnade walten lassen", sagte Emmy. „Und das wird ihm jetzt zum Verhängnis. Sie kamen mit dem Leben davon, und das war sein entscheidender Fehler."

„Warum hat er diese Gnade walten lassen?", wollte Julia wissen.

„Nun ja, Ihr Vater war ein guter Verhandler."

„Sonst nichts?", schaltete Eva sich wieder ein. „Es könnte nicht sein, dass dieser Zaren irgendwie mit Julia verwandt ist?"

„Es könnte sein, aber wenn es so ist, dann weiß ich nichts darüber. Sie werden es selbst herausfinden müssen. Ich kann Ihnen nur eins sagen: Dieser Mensch ist das Schrecklichste, was jemals zwischen Himmel und Erde erschaffen wurde. Aber er ist nicht völlig fehlerlos. Wenn er jemals einen Fehler gemacht hat, dann den, dass er Ihrem Vater vertraute, Frau Wagner, und Sie am Leben ließ. Jetzt hat er Angst vor Ihnen, deshalb jagt er Sie. Sie sind wie ein Trojaner in seinem System, er muss Sie auslöschen, er ist quasi dazu gezwungen."

„Das interessiert mich alles nicht!" Adrenalin schoss nur so durch Julias Körper. „Mein Vater … wusste überhaupt nicht, was er mir mit alldem antut! Ich habe paranoide Schübe! Ich weiß nicht, wie lange ich noch durchhalte, ich bin am Ende meiner Kräfte! Gestern Morgen hätte ich um ein Haar Eva erschossen! Ich sehe Dinge, ich höre Stimmen! Ich weiß nicht mehr, was Realität und was Einbildung ist. Und Sie stehen hier und überreichen mir einfach so einen Brief von ihm und sagen mir, dass er mir damals quasi eine Sprengladung in den Körper gejagt hat. Aber Sie sagen mir nicht, welche. Keine weiteren Erklärungen. Und ich soll das alles einfach so schlucken? Das können Sie nicht wirklich von mir erwarten. Das ist nicht Ihr Ernst!"

Emmy schüttelte langsam den Kopf. „Ich sehe ein, dass Sie es noch nicht verstehen können. Und dennoch bin ich davon überzeugt, dass Ihr Vater damals eine weise Entscheidung getroffen hat."

„Eine weise Entscheidung?" Julia schnappte nach Luft. „Eine *weise Entscheidung*? Was Sie eine weise Entscheidung nennen, Frau Jaburek, ist eine Handgranate in meinem Kopf, die inzwischen entsichert ist! Mein Vater hat meine Gesundheit aufs Spiel gesetzt, um einen Racheplan gegen die Kraniche zu starten, und ich kann noch nicht einmal behaupten, dass er nicht *gewusst hätte*, was er tat."

„Kein Racheplan", sagte Emmy. „Eine Verteidigungsstrategie."

„Eine …?" Julia brach ab und zwang sich zur Ruhe. Sie machte einen Schritt auf Emmy zu und sah ihr in die Augen. „Es war ein Deal. Ein Deal um mein Leben, und ich hatte überhaupt keine Chance. Ich war nur ein Spielball zwischen zwei Parteien, zwischen meinem Vater und den Kranichen." Sie hob verzweifelt die Hände. „Ein Deal. Mehr war mein Leben all die Jahre nicht wert. Und jetzt frage ich Sie noch einmal: Was für ein Medikament wurde mir damals verabreicht? Sie wissen mehr darüber, als Sie sagen. Immerhin haben Sie mir doch eben gerade etwas gegeben, womit es mir besser ging. Wie lautet der Name des Medikaments?"

„Ich weiß es wirklich nicht."

„Dann sagen Sie mir alles, was Sie darüber wissen. Und ich meine: wirklich alles."

Emmy seufzte leise. „Es war noch nicht ausgeforscht."

„Was?"

„Das Medikament war damals noch nicht ausgeforscht."

Julia ließ ihren Blick schneidend wie eine Rasierklinge über die alte Frau gleiten. „Das ist nicht Ihr Ernst! Sie nehmen mich doch gerade auf die Schippe!"

Langsam, wie in Zeitlupe, schüttelte Emmy den Kopf. „Ich weiß nur, dass bei Erwachsenen, deren Gehirn schon voll ausgebildet ist, dieses Medikament nur eine begrenzte Wirkung zeigen würde." Sie sah Julia an. „Sie aber hatten Ihre gesamte Entwicklung noch vor sich. Sämtliche Schaltkreise in Ihrem Gehirn waren noch unausgebildet. Vergessen Sie nicht, Sie waren damals noch nicht einmal zehn Jahre alt."

„Das vergesse ich ganz bestimmt nicht", zischte Julia.

„Und deshalb war es möglich, Ihre Erinnerungen zu blockieren." Emmy hob abwehrend eine Hand. „Aber das wird nicht so bleiben.

Gewisse Erinnerungen sickern jetzt schon durch. Es ist bald vorbei.“

Das klang so … unbedarft, dass Julia die Spucke wegblieb.

„Es wird kein Schaden zurückbleiben.“

„Ach nein? Und was macht Sie da so sicher? Haben Sie nicht gehört, was ich gerade eben gesagt habe? Die Handgranate in meinem Kopf ist längst entsichert. Der Schaden ist bereits angerichtet! Das hätte mein Vater mir niemals antun dürfen!“

„Er tat es, weil er Sie liebte. Er wusste, dass es keine andere Möglichkeit gab, um Sie dauerhaft zu schützen. Er wusste, dass hierbei viel zu viele Dinge eine Rolle spielen und dass Sie Zeit und Verbündete brauchen.“

„Und diese Verbündeten tauchen jetzt nach und nach auf und überreichen mir irgendwelche Schlüssel, oder wie hab ich das zu verstehen?“

„So ähnlich.“ Emmy durchquerte den Raum und trat an eine Kommode. Aus der Schublade holte sie einen Stapel Papier, den sie dann Julia reichte. „Das hier soll ich Ihnen noch geben.“

„Von wem? Von meinem Vater?“

„Ja. Es wird Ihnen auf dem weiteren, dornenreichen Weg helfen, der vor Ihnen liegt.“

Julia steckte die Hände in die Taschen ihrer Jacke und rührte sich nicht.

„Sieh es dir wenigstens an“, sagte Eva.

„Nein.“

Emmy hielt den Stapel Papier immer noch in den Händen. „Es ist wichtig für Ihren weiteren Weg.“

Julia betrachtete die Papiere mit zusammengekniffenen Augen.

„Bitte, Julia“, sagte Eva.

Sekunden vergingen, dann griff Julia nach den Papieren und sichtete den Stapel. Es waren die krakeligen Zeichnungen eines Kindes, dabei aber auch verblüffend genau und detailreich.

„Das habe ich gemalt“, sagte sie.

„Ja“, gab Emmy zurück. „Ihr Vater erzählte, dass Sie schon als Kind sehr gerne gemalt hätten.“

Julia blätterte weiter. Auf den meisten Bildern kam der Mond vor, groß und rund, mal am Himmel, mal als eine Figur von vielen. Oft auch ein Mond mit einem Kind an der Hand. „Der Mond, das war mein Vater“, sagte sie leise. „Er war immer da, hat immer über mich gewacht. So habe ich ihn in Erinnerung." Sie sah sich weiter Blatt für Blatt an. Und dann entdeckte sie etwas. Eine Burg, hoch oben auf einem Berg, umgeben von Bäumen. Vor einem großen Tor standen vier Personen, drei Männer und ein Kind. Sie blinzelte und blätterte weiter. Auf einem weiteren Bild waren verschiedene Versuche zu erkennen, Kreuze zu malen. Offenbar war sie aber nie richtig zufrieden gewesen, denn sie hatte alle Kreuze immer wieder durchgestrichen. Das Besondere an den Kreuzen war ihre Perspektive; sie wirkten wie Projektionen von oben. Und immer wieder tauchte auch eine dunkle Gestalt auf. Von ihr war nichts zu erkennen, außer dass sie schwarz gekleidet war. Aber sie wirkte bedrohlich. Dann die Skizze eines Dorfes mit der Burg auf der Spitze des Berges. Und der Mond war immer irgendwo mit dabei.

„Fällt dir dazu was ein?", wollte Eva wissen, die neben Julia stand.

„Nein." Julia sah auf und schaute Emmy an. „Was soll ich darin finden?"

„Hinweise, die Sie zum Ende des Weges führen."

„Ich schätze, es bringt nichts, wenn ich frage, wo dieses Ende sein soll?"

„Selbst wenn ich es wollte, könnte ich es Ihnen nicht sagen, weil ich es nicht weiß." Nach kurzem Schweigen fügte Emmy hinzu: „Vertrauen Sie Ihrem Vater." Dann reichte sie Julia einen Schlüssel, der genauso aussah wie der, den sie von Jakob Engel bekommen hatte. „Nehmen Sie ihn und dann schließen Sie die Augen."

„Warum?"

„Tun Sie es."

Nur mit sehr viel Widerwillen legte Julia die Finger um den Schlüssel und schloss die Augen.

„Was fühlen Sie?", fragte Emmy.

„Kälte. Eiseskälte."

„Lassen Sie die Augen noch einen Moment geschlossen."

Julia tat es und spürte, wie sie ein Schauder überlief. Dann begann sich in ihrem Kopf ein Karussell zu drehen. Vor ihren Augen schlug ein Blitz ein und verschwand wieder. Sie öffnete die Augen.

„Sagen Sie mir, was Sie gespürt haben", forderte Emmy.

„Es war, als würde Strom durch meine Adern fließen. Und es wurde immer kälter. Eine innerliche, eisige Kälte. Wie kann das sein? Was zum Teufel ist das?"

„Das, Frau Wagner, ist Ihre Angst."

„Wie bitte?“

„Sie spüren die Macht Ihrer Angst, und Sie müssen lernen, diese Angst zu überwinden. Wenn Ihnen das gelungen ist, dann können Sie Ihre anderen Kräfte nutzen.“

„Was für Kräfte? Wovon sprechen Sie?“

„Sie müssen verstehen, dass Sie das, was Sie fühlen, wirklich nur *fühlen*.“

„Was soll das jetzt wieder heißen? Dass ich mich nur krank fühle und alles nur Einbildung ist? Dass alles, was Sie mir eben noch erzählt haben, gar nicht wahr ist? Dass ich doch nicht mit irgendetwas vollgepumpt wurde, was mich jetzt langsam verrückt werden lässt? Na, das ist doch gut zu wissen. Da fühle ich mich doch gleich viel besser.“ Julia starrte Emmy in die Augen. „Ich glaube, Sie wissen überhaupt nicht, in was für einer Gefahr wir alle schweben!“

„Glauben Sie mir, das weiß ich nur zu gut.“

„Dann helfen Sie mir.“

Emmy schüttelte den Kopf. „Sie haben es offenbar immer noch nicht verstanden, Frau Wagner, ich bin nur eine Figur auf einem Schachbrett. Ein Bauer. Ich weiß nur das, was für Sie im Augenblick wichtig ist zu wissen. Sie sind die Spielerin. Es liegt an Ihnen, zum richtigen Zeitpunkt den richtigen Zug zu machen.“

„Und was, frage ich Sie, ist, wenn ich es nicht schaffe? Wenn ich das Ziel nicht erreiche? Wenn ich nicht gut genug dafür bin? Wenn die Kraniche schneller sind? Sobald sie herausfinden, wo ich bin, verschießen sie ihre gesamte Munition, darauf können Sie wetten!“

Emmy schwieg.

„Mein Vater konnte unmöglich alles vorausplanen“, fügte Julia hinzu. „Er konnte nicht alle Risiken einkalkulieren. Er war, verdammte Kacke, nicht allmächtig!“

„Nein“, gab Emmy zu. „Das war er nicht. Aber er war ein guter Mann, und sein Glaube an Sie war unerschütterlich.“ Sie wandte sich in Richtung Tür. „Meine Aufgabe ist hiermit erledigt. Ich werde für Sie beten.“

35. KAPITEL

„Was zum Teufel ist mit Ihnen passiert?"

13:32 Uhr
Hannover

„Denkst du noch an den Geburtstag deines Onkels?"

Charlotte bemerkte, dass sie den Anrufbeantworter anstarrte, als sei er eine Bombe, die jeden Augenblick explodieren könnte.

Sie holte tief Luft und wandte sich ab. Das Letzte, was sie jetzt gebrauchen konnte, war ein Gespräch mit ihrer Mutter.

Langsam bewegte sie sich durchs Haus. Es war eiskalt, so kalt, dass sie sich zusammenreißen musste, um nicht mit den Zähnen zu klappern. Und verlassen. Leer. Eine grauenhafte Leere, die sich nicht nur durch alle Zimmer, sondern auch durch Charlottes Seele zog, und die sich anfühlte, als würde sie nie wieder vergehen.

Ein Blick auf die Uhr. Es war 13:32 Uhr. Zwar hatte sie überhaupt keinen Hunger, aber da sie den ganzen Tag noch nichts gegessen hatte, ging sie in die Küche. Ihr Blick fiel auf die Pistole, die auf dem Tisch lag.

So fürchterlich unschuldig lag sie da.

Charlotte hätte sie abgeben müssen.

Ohne der Pistole einen weiteren Blick zu schenken, ging sie zur Anrichte und zwang sich dort, ein Stück Brot und einen heißen Tee zu sich zu nehmen. Während sie kaute, starrte sie hinaus in den winterlichen Garten.

Das Geräusch der wenigen Autos, die vor dem Fenster vorbeifuhren, war irgendwie beruhigend. Ihre Atmung wurde regelmäßiger, und die Spannung ihrer Muskeln löste sich etwas. Jedoch änderte das nichts daran, dass sich die Gedanken in ihrem Kopf drehten wie ein Karussell.

Die haben mich abserviert.

Die haben mich tatsächlich abserviert.

Schon wieder.

Charlottes Puls beschleunigte sich erneut. Sie merkte, wie sich die Spannung in ihrem Nacken und den Schultern wieder aufbaute. Das Brot lag ihr wie ein Stein im Magen, und vom Tee hatte sie einen bitteren Geschmack im Mund.

Als es an der Haustür klingelte, zuckte sie zusammen. Da sie es nicht einmal in Erwägung zog, zu öffnen, nahm sie noch einen Bissen von dem trockenen Brot, egal, was es mit ihr anrichtete.

Es folgte ein zweites Klingeln, dem sich ein heftiges Gehämmere gegen die Tür anschloss. Dann ein drittes Klingeln und eine Stimme, die rief: „Frau Gärtner! Bitte machen Sie auf! Bitte! Ich brauche Ihre Hilfe!"

Charlotte zuckte zusammen. „Also, das ...!", entfuhr es ihr. „Das darf doch nicht wahr sein!"

Zwei Minuten später stand Susanne Grimm mit bleichem Gesicht in der Küche, zitternd vor Kälte und mit blauen Lippen. „Was macht die da?", wollte sie wissen.

Charlotte folgte ihrem ausgestreckten Zeigefinger mit den Augen und stellte fest, dass sie die Pistole auf dem Tisch meinte. „Nichts." Sie griff danach, ging hinaus in den Flur und schob sie dort in die Tasche ihrer Jacke. Dann kam sie wieder zurück. „Sie wissen, dass ich sofort die Polizei rufen müsste."

„Ich hoffe, dass Sie es nicht tun werden." Susanne zog sich einen Stuhl heran und ließ sich erschöpft darauf sinken. „Warum ist es hier so verdammt kalt?"

„Die Heizung ist ausgefallen." Noch einmal verließ Charlotte die Küche und kam wenig später mit einem Stapel Wolldecken zurück. „Hier", sagte sie und reichte sie an Susanne weiter. Dann zog sie sich ebenfalls einen Stuhl heran. „Weswegen sind Sie hier?"

„Ich habe mit Britta Starks Ermordung nichts zu tun."

„Das weiß ich. Aber leider bin ich die Einzige, die das im Moment glaubt."

„Ich war im Haus der Anwältin. An dem Abend, an dem sie ermordet wurde. Und ich weiß, wer ihr Mörder ist."

Charlotte sah auf. „Wer?"

Susanne schürzte die Lippen und sah sie an. „Haben Sie ein paar Minuten Zeit, um sich die ganze Geschichte anzuhören?"

Charlotte nickte. „Ich habe alle Zeit der Welt. Fangen Sie am besten ganz von vorne an."

In den nächsten zwanzig Minuten saß Charlotte vollkommen still da und hörte zu, wie Susanne ihr von ihrer Rückkehr nach Deutschland erzählte. Von Britta Stark. Von einem Professor, dessen richtiger Name

Karl Dickfeld war, von einem Mann namens Eduard Schiller, der der Mörder der Anwältin sein sollte, und von einer Organisation, die sich Kraniche nannte.

Als sie geendet hatte, schien das darauffolgende Schweigen endlos, als wolle es ihr Zeit geben, die ganze Geschichte noch einmal vor sich ablaufen zu lassen.

Schließlich sagte Charlotte: „Also, entweder erzählen Sie mir hier dummes Zeug ..."

„Es ist die Wahrheit", sagte Susanne. „Es gibt diese Vögel, und sie arbeiten auf ein ultimatives Ziel hin." Mit der rechten Hand fuhr sie sich übers Gesicht. „Auf das Tausendjährige Reich. Diese Leute sind brandgefährlich. Sie sind überall vernetzt. Ihr Arm reicht bis in die Justiz."

„Das kann ich mir beim besten Willen nicht vorstellen, aber in Ordnung, machen wir weiter: Sie behaupten, Britta Stark wäre so etwas wie eine Doppel-Agentin gewesen, die die Kraniche ausspioniert hat. Sie ist aufgeflogen und wurde deshalb umgebracht. Von diesem Schiller."

Susanne nickte. „Er hat auch Walter Wendt umgebracht. Das hat er mir auf dem Friedhof selbst gesagt."

„Als Sie gemeinsam mit dem Professor auf der Suche nach einer Kassette waren", sagte Charlotte.

„Ja. Und nachdem er den Professor angeschossen hat."

„Wo ist er jetzt?"

„Wer?"

„Dieser Professor."

Susanne ließ die Hände unter den Tisch gleiten.

„Ich hoffe, ihr habt eine gute Erklärung dafür, dass ihr mich mitten in der Nacht durch die Gegend jagt, um in ein Hotel ..." Gabriele brach ab und schluckte heftig, als sie den Professor auf dem Bett liegen sah. „Karl, du bist ja verletzt! Lieber Gott, was ist denn passiert?"

Susanne schloss die Tür hinter ihr. „Wir mussten ein Hotelzimmer nehmen, es ging nicht anders. Er wurde angeschossen, und der, der das getan hat, wusste die ganze Zeit, wo wir uns aufhalten. Deshalb konnten wir nicht zurück."

„Ich hab ... schon hübscher ... ausge...sehen, was?", brachte der Professor schwach hervor.

„Du musst in ein Krankenhaus! Warum seid ihr nicht sofort in ein Krankenhaus gefahren?"

„Weil ich … das … nicht will …“

„Wie bitte? Was soll das heißen, du willst das nicht?“

„Deshalb haben wir Sie angerufen“, sagte Susanne.

Gabriele wandte sich ihr zu. „Weshalb?“

„Du“, sagte der Professor. „Du … musst das … machen.“

„Bist du jetzt völlig verrückt geworden?“ Gabriele trat zum Bett und betrachtete die Wunde. „Weißt du eigentlich, was für ein Glück du hattest? Ein paar Zentimeter weiter unten, dann wäre der Schuss tödlich gewesen. Du musst in ein Krankenhaus, Karl, und dann müsst ihr zur Polizei. Was ihr beide treibt, ist ja lebensgefährlich!“

Susanne legte die Hände wieder auf den Tisch. „Er ist an einem sicheren Ort, den ich Ihnen nicht nennen werde.“

„Frau Grimm …“

„Haben Sie mir gerade nicht zugehört? Diese Kraniche sind überall, auch bei der Polizei, und der Professor ist mein Freund. Ich will ihn nicht auch noch tot sehen.“

Charlotte schwieg einen Moment und gönnte sich für kurze Sekunden den Luxus, die Augen zu schließen. Dann öffnete sie sie wieder und sagte: „Und was ist mit dieser Kassette? Die haben Sie nicht gefunden?“

Susanne sah sie ein paar Sekunden lang an.

„Ich werde zur Polizei gehen. Aber die hier werde ich nicht mitnehmen.“ Susanne griff nach ihrer Handtasche und stellte sie auf den Nachttisch. „Bewahren Sie die bitte auf.“

„Was ist das?“, fragte Gabriele.

„Darin befindet … sich die … Kassette“, sagte der Professor.

„Was soll ich damit anfangen?“

„Sie müssen sie eine Zeit lang aufbewahren“, sagte Susanne. „Gut aufbewahren.“

„Das werde ich ganz bestimmt nicht tun!“, fuhr Gabriele auf. „Karl wäre wegen dem Ding fast gestorben!“

„Ich bin ja noch am Leben“, krächzte er. „Aber du solltest dich … beeilen.“

„Und wie stellst du dir das vor?“, wandte Gabriele sich an ihn. „Soll ich dir die Kugel mit einer Pinzette herausziehen?“

„Wenn es … sein muss.“

„Du hast sie ja wirklich nicht mehr alle!" Gabriele wandte sich wieder an Susanne. „Nehmen Sie die verdammte Kassette mit zur Polizei, oder werfen Sie sie meinetwegen ins Wasser."

„Das wollte ich …", setzte Susanne an.

„Ja, das … wollte sie tats…ächlich. Sie wollte … das Ding ins … Wasser … werfen." Der Professor hustete. „Aber dann … habe ich zu … ihr gesagt, dass wir … die Geschichte jetzt … zu Ende bringen müssen."

„Zu Ende bringen?" Gabriele schnappte nach Luft. „Sag mal, bist du eigentlich noch zu retten?"

„Er hat recht", sagte Susanne. „Die Kassette ist der einzige Weg, um den ganzen Wahnsinn zu beenden. Und das können wir nicht, wenn die Polizei erst einmal davon weiß."

„Ich bitte dich, Gaby …" Der Professor hustete wieder.

„Nein", log Susanne. „Wir haben die Kassette nicht gefunden."

Charlotte kniff die Augen zusammen. „Warum hat Schiller dann geschossen?"

„Weil er ein Mörder ist, verdammte Kacke!"

Eine kurze Weile wurde es still.

Dann sagte Charlotte: „In Ordnung. Mal angenommen, es entspräche alles der Wahrheit, was Sie mir gerade erzählt haben, was erwarten Sie jetzt von mir?"

„Dass Sie Schiller verhaften."

„Mal ganz abgesehen davon, dass man Beweise braucht, um jemanden zu verhaften …"

„Britta Stark hat es klar und deutlich zum Professor gesagt: Schiller wird mein Mörder sein."

„Das wird nicht reichen."

„Schiller hat mir auf dem Friedhof in die Augen gesehen und zugegeben, dass er Walter Wendt erschossen hat."

Charlotte schüttelte den Kopf. „Damit würde sich die Beweislage allein auf Ihre Aussage stützen."

„Reicht das denn nicht für einen Haftbefehl?"

„Nur, wenn Sie mit mir aufs Präsidium kommen, was Sie, wie ich annehme, ablehnen werden. Und selbst wenn Sie es täten, hieße das noch lange nicht, dass die Staatsanwaltschaft sich darauf einließe. Viel wahrscheinlicher wäre, dass Sie sofort verhaftet würden und die Spur *Schiller* gar nicht weiterverfolgt wird."

Susannes Magen krampfte sich zusammen. „Dann müssen wir eine andere Lösung finden. Ich bitte Sie, Frau Gärtner, helfen Sie mir. Da draußen läuft ein Mörder herum. Wir …“

Charlotte machte eine Bewegung mit der Hand. „Selbst wenn ich es wollte … Ich bin nicht mehr bei der Polizei.“

„Wie? Was soll das heißen?“

„Dass ich heute suspendiert worden bin. Wenn ich Glück habe, darf ich künftig noch den Verkehr regeln, aber so wie es aussieht, wird es selbst dafür nicht mehr reichen.“

Susanne beugte sich etwas vor. „Warum?“

„Ich habe Beweise zurückgehalten“, sagte Charlotte ernst. „Ihre Fingerabdrücke, die wir in Britta Starks Haus gefunden haben.“

Ungläubig starrte Susanne sie an. „Wirklich?“ Deshalb wurden die Fingerabdrücke nicht bei der Pressekonferenz erwähnt. „Warum haben Sie das getan?“

Charlotte faltete die Hände wie zum Gebet. „Was soll ich sagen? Sie haben mir bei dem Frauenhändlerring auf die Sprünge geholfen, als Sie noch in Norwegen waren. Roman Vukovic, erinnern Sie sich?“

„Natürlich.“

„Das war sehr mutig von Ihnen.“

Susanne schwieg, und Charlotte fügte hinzu: „Ich weiß, dass Sie keine Mörderin sind, Frau Grimm, ebenso wie ich wusste, dass Sie keine Chance mehr haben, wenn Ihre Fingerabdrücke erst einmal in die Hände der Staatsanwaltschaft gelangen. Deshalb wollte ich Sie zuerst finden und mit Ihnen reden, es ist mir nur leider nicht gelungen. Und jetzt bin ich …“ Sie atmete tief ein, hielt die Luft an und stieß sie dann wieder aus. „Erledigt.“

„Quatsch“, sagte Susanne. „Die wollen Sie ausschalten. Sie fertigmachen.“

„Sie *wollen* mich nicht ausschalten, sie haben es bereits getan.“

„Und jetzt wollen Sie aufgeben?“ Susanne schüttelte den Kopf. „Nein, nein, so läuft das nicht. Jetzt bin ich hier, und ich sage Ihnen: Verhaften Sie Schiller, bringen Sie ihn zu einem Geständnis, und Sie kriegen Ihren Job zurück.“

Als Charlotte nicht darauf antwortete, beugte Susanne sich vor und sah ihr fest in die Augen. „Jetzt passen Sie mal auf: Ich bewege mich seit Monaten – vor allem aber seit zwei Tagen – durch einen verdammt schlechten Film. Aber dieser Film, darauf bestehe ich, hat einen zweiten Teil. Ich werde mich nicht damit abfinden, dass es hier zu Ende ist, und ich werde nicht wieder gehen, ehe wir uns um ein für mich annehmbares Ende gekümmert haben."

„Selbst wenn ich es wollte." Charlotte zuckte mit den Schultern. „Ich kann Ihre Aussage nicht mehr offiziell aufnehmen. Und selbst wenn ich es noch könnte, würden Sie, wie ich bereits sagte, sofort verhaftet werden und dann vermutlich gar nicht mehr rauskommen. Die Staatsanwaltschaft würde sich allein auf Ihre Fingerabdrücke am Tatort konzentrieren und Ihrer Aussage keinen Glauben schenken. Zumal Schiller keine Spuren am Tatort hinterlassen hat, wenn er tatsächlich Britta Starks Mörder ist."

„Er ist es. Schiller ist der Mörder." Die Worte kamen wie ein Zischen aus Susanne heraus.

Charlottes Schweigen darauf war Antwort genug.

„Heißt das, dass Sie überhaupt nichts unternehmen werden? Das darf doch nicht wahr sein!" Susanne erhob sich vom Stuhl und bewegte sich zwei Schritte vom Tisch weg. „Sie wollen aufgeben? Das dürfen Sie nicht! Sie dürfen nicht aufgeben!"

Charlotte schwieg weiter.

„Ich verstehe es nicht." Susanne kam wieder zum Tisch zurück. „Was ist aus der Frau geworden, die ich im letzten Sommer in der Psychiatrie kennengelernt habe? Die Frau, zu deren Eigenschaften niemals Unterwerfung gehörte? Haben Sie keinen Ehrgeiz mehr? Keinen Stolz? Was zum Teufel ist mit Ihnen passiert?"

Charlotte lächelte schwach. „Glauben Sie mir, Frau Grimm, ich kämpfe immer noch gerne. Aber ich habe keine Leute mehr. Ich bin ganz alleine. Meine Handlungen sind in alle Richtungen blockiert."

Sie sahen sich einen Moment lang in die Augen.

„Okay", sagte Susanne dann. „Wenn Sie nichts tun wollen, dann gehe ich eben allein zu Schiller und kümmere mich darum. Ich werde nicht zulassen, dass er davonkommt. Ich ..."

„Das werden Sie nicht tun", unterbrach Charlotte.

„Oh, verlassen Sie sich darauf, dass ich es tue. Ich habe nichts mehr zu verlieren. Das habe ich längst hinter mir."

„Setzen Sie sich wieder hin."

„Nein. Ich werde nicht zulassen, dass Schiller davonkommt. Das können Sie vergessen." Susanne deutete mit dem Finger auf ihre eigene Brust. „Wissen Sie, was ich in den letzten Tagen und Monaten erlebt habe? Wissen Sie, was es mich gekostet hat, bis hierhin durchzuhalten? Ich wurde in den Zeitungen alles Mögliche genannt, Verrückte,

Durchgeknallte, Psychopathin, was schon schlimm genug war, aber ich werde nicht zulassen, dass man mich jetzt auch noch eine Mörderin nennt!" Sie deutete mit dem Finger auf Charlotte. „Und Sie? Was ist denn nur mit Ihnen passiert, um Himmels willen? Wissen Sie, warum ich ausgerechnet Ihnen damals den Tipp mit Roman Vukovic geschickt habe? Weil alle anderen von Ihrem Scheißverein handeln, wie sie laufen, nämlich immer schön vorsichtig. Die machen nur Dienst nach Vorschrift. Sie aber sind anders. Jedenfalls waren Sie das einmal. Ich habe Ihnen vertraut, nur deshalb habe ich mich damals an Sie gewandt. Und nur deshalb bin ich jetzt hier. Meine Güte, Sie haben sich doch noch nie etwas vorschreiben lassen. Ihnen war es immer egal, ob Sie geliebt oder gehasst wurden. Sie haben getan, was Ihnen als richtig erschien. Sie waren eine Rebellin." Susanne atmete tief ein und klappte den Mund zu.

Und wieder trat Stille ein.

Charlotte verschränkte die Arme vor der Brust und starrte auf die Tischplatte.

Es war schwer abzuschätzen, wie lange sie so dasaß.

Doch irgendwann sagte sie, ohne den Blick zu heben: „Wenn ich mich einmische, dann müssen wir strategisch vorgehen."

„Das heißt, Sie wollen sich einmischen?", fragte Susanne erleichtert.

Charlotte hob den Blick und sah sie an. „Wenn ich es tue, dann brauchen wir einen hieb- und stichfesten Plan. Mein Leben liegt schon genug in Scherben. Also bitte, erzählen Sie mir alles, wirklich alles, was Sie über diesen Schiller wissen."

36. KAPITEL

Er sollte tot und begraben sein

Zanders Arm schmerzte, dort, wo man ihm die Nadel ins Fleisch gestochen hatte.

Er öffnete die Augen. Seine Sicht war verschleiert. Er blinzelte, konnte aber nichts deutlich erkennen.

Aber riechen.

Was war das für ein Geruch?

Eben hatte er ihn noch gerochen, jetzt war er schon wieder weg.

Der Schmerz in seinem Kopf bereitete ihm Übelkeit. Als er sich nur ein wenig drehte, hätte er sich beinahe übergeben.

Erst jetzt wurde ihm bewusst, dass er nicht mehr auf der Matratze lag.

Ich liege auf einem Tisch.

Sie hatten ihn in einen anderen Raum gebracht. Wann? Wie? Warum hatte er es nicht bemerkt? Und was hatten sie jetzt vor?

Zander versuchte sich zu bewegen, doch seine Arme waren seitlich am Tisch fixiert.

Von irgendwoher hörte er eine Stimme. Eine flehende Stimme.

Ich bitte Sie, hören Sie mich an! Ich habe Familie!

Keine Antwort.

Wollen Sie Geld? Ich kann Ihnen Geld verschaffen!

Jemand antwortete: „Und was willst du machen? Willst du mir einen Scheck ausstellen?“

Ich bin zwar nicht reich, aber ich könnte Ihnen Geld beschaffen. Ich weiß, wo welches zu holen ist.

Keine Antwort mehr.

Bitte, hören Sie mir zu! Sie können das nicht machen! Sie können doch nicht … Ich flehe Sie an! Ich flehe Sie um mein Leben an! Ich tue alles, was Sie wollen! Alles. Aber bitte, tun Sie das nicht!

Auch darauf gab es keine Antwort mehr.

Ich stehle das Geld! Ich tue alles, nur …

Dann war es plötzlich still.

Zander schloss die Augen wieder und dämmerte für einen kurzen Moment weg.

Bitte, Julia, bitte, gib nicht auf!

Ein Geräusch weckte ihn erneut. Er wandte den Kopf und sah in zwei kalte Augen.

„Bald“, sagte die Stimme, die er bereits kannte.

Zander wollte den Kopf heben, schaffte es aber nicht.

Erneut wurde mit der Nadel zugestoßen.

„Wissen Sie, was das Schönste an der ganzen Sache ist? Dass es dann endgültig zu Ende ist. Für Sie beide.“

„Julia wird …“ Zander konnte nur krächzen. „Sie wird … kommen.“

„Aber nein. Das wird sie nicht. Genießen Sie Ihre letzten Stunden. Vertrauen Sie mir, es werden tatsächlich die letzten sein.“

Die Gestalt verschwand, und Zander schlief wieder ein.

Frankfurt

Papa.

Das war das einzige Wort, das Julias Bewusstsein noch zu erreichen schien.

Im Zimmer nebenan ging irgendetwas zu Bruch. Porzellan, wie es klang.

Da das Wetter sich nicht gebessert hatte, hatten sie Frankfurt noch nicht wieder verlassen. Stattdessen hatten sie sich ein Zimmer gemietet, und jetzt gab es nichts mehr zu tun, als zu denken und zu fühlen. Und sich zu erinnern.

Julia wanderte durchs Zimmer, weil es das Einzige war, was sie tun wollte: herumwandern. In Bewegung bleiben. Der Brief ihres Vaters und Emmy Jabureks Worte hatten sie wie ein Schlag in die Magengrube getroffen. In den letzten Wochen und Monaten hatte sie sich alles Mögliche ausgemalt – aber selbst im Traum hätte sie nicht daran gedacht, dass ihr toter Vater in Form eines Briefes noch einmal auftauchen würde. Niemals damit, dass er sie mit einem Medikament hatte vollpumpen lassen. Niemals damit, dass … Sie blieb stehen, kramte zwei Kopfschmerztabletten aus ihrer Hosentasche, steckte sie in den Mund und schluckte sie trocken hinunter.

Eva, die auf der Couch saß, veränderte die Sitzposition etwas, um sie besser ansehen zu können. „Möchtest du darüber reden?“

„Was soll man dazu sagen? Er ist tot. Er sollte tot sein. Tot und begraben. Fort aus meinem Leben.“

„Aber das ist er nicht. Er ist es nie gewesen.“

„Nein. Er ist es nie gewesen.“ Julia wanderte noch ein paar Sekunden hin und her, dann ließ sie sich erschöpft auf die Couch sinken.

„Ich bin so verdammt wütend auf ihn. Warum hat er das getan? Warum hat er damals nicht einfach zu mir gesagt: Hör zu, Julia, es gibt da etwas, was du wissen solltest …“

Eva legte einen Arm um sie und zog sie an sich. „Du warst noch ein Kind. Du hättest es nicht verkraftet.“

„Mein ganzes Leben lang hab ich ihn zu einem Heiligen gemacht. Mein ganzes Leben lang.“

„Vielleicht hast du ihn etwas zu sehr in den Himmel gehoben. Aber meiner Meinung nach wäre es ein Fehler, ihn jetzt zu verteufeln.“

Julia schwieg, und Eva fügte hinzu: „Er hat dich sehr geliebt. Mehr als alles andere auf der Welt. Du warst sein Ein und Alles. Deshalb hat er es so gemacht, wie er es gemacht hat.“

„Warum ist er nicht mit mir weggegangen, weit weg, wie es zuerst sein Plan war?“

„Du wärst nirgendwo sicher gewesen, und das wusste er.“

Im Nebenzimmer wurde der Fernseher angestellt.

Eva lauschte einen Moment, dann fügte sie hinzu: „Mir geht die ganze Zeit ein Zitat durch den Kopf: ‚Das tiefe, undurchdringliche Dickicht der Wahrheit‘.“

„Und was willst du mir damit sagen?“

„Dass die Wahrheit nicht immer nur schwarz oder weiß ist. Oft liegt sie irgendwo dazwischen, und man muss die ganzen Fakten zusammenfügen, um alles verstehen zu können.“ Eva machte eine Geste mit der Hand. „Und gerade in diesem Fall stelle ich mir die Wahrheit vor wie einen riesigen Ballon, den man kaum mit beiden Händen halten kann. Ich glaube, dass die Wahrheit dich überflutet hätte, wenn du zu früh davon erfahren hättest. Und das ist genau der Grund, warum Jakob Engel sagte: Es muss alles zur rechten Zeit und am rechten Ort geschehen.“

Julia rieb sich über die Augen und schwieg wieder.

„Ich meine, versuchen wir, uns in deinen Vater zu versetzen“, sprach Eva weiter. „Er wusste, dass sein Leben in großer Gefahr war. Ebenso wie er wusste, dass die Kraniche auch dich umbringen würden. Was sollte er tun? Was für Möglichkeiten hatte er?“

Julia schwieg weiter, versuchte, ihre Gedanken zu ordnen.

„Er war fest entschlossen, dich nicht kampflos aufzugeben“, fügte Eva hinzu. „Aber du warst noch ein Kind, gerade mal neun Jahre alt. Was für Möglichkeiten gab es, um dich zu schützen? Nur die, dass du dich an nichts erinnerst.“

„Und das hat ja auch geklappt", sagte Julia. „Weißt du noch, wie wir uns im Schwarzwald darüber unterhalten haben, wie es möglich sein konnte, dass ich jahrelang mit Wolfgang Lange zusammengearbeitet habe, ohne mich daran zu erinnern, dass er mich als Kind entführt hat?"

Eva nickte.

„Und Eric Cirpka, den zweiten Entführer, habe ich auch nicht erkannt", fuhr Julia fort. „Er saß mir direkt gegenüber, hat mit mir gesprochen, mir in die Augen gesehen, aber ich habe ihn nicht erkannt."

Noch einmal nickte Eva. „Und genau das hat dich geschützt. Es war der Deal deines Vaters mit dem Zaren, der dein Leben schützte. Man kann darüber denken, was man will, aber immerhin warst du die letzten Jahre sicher."

„Mein Vater hat ..."

„Ich weiß, was er getan hat." Ernst sah Eva Julia in die Augen. „Und du hast alles Recht der Welt, wütend zu sein, aber andererseits ..."

„Und das war erst Teil eins des Planes meines Vaters", unterbrach Julia. „Der zweite Teil beginnt mit Pastor Jordan und dem Waisenhaus." Kopfschüttelnd saß sie da. „Ich erinnere mich, wie Eric Cirpka im Schwarzwald zu mir sagte, mein Vater hätte vor seinem Tod noch alles dafür getan, dass ich zu Pastor Jordan komme. Warum ausgerechnet zu ihm? Warum war ihm das so wichtig?" Sie gab sich die Antwort selbst: „Weil Jordan ein Teil des Plans war. Weil er mich vorbereiten sollte. All die vielen Stunden, die ich spätabends noch alleine mit ihm in seinem Büro war ... Da hat er mich vorbereitet."

„Ich erinnere mich, dass ich dich immer ein bisschen darum beneidet habe", sagte Eva. „Jordan hat sehr viel Zeit mit dir verbracht, mehr als mit allen anderen Kindern."

Julia griff nach einer Zigarette und zündete sie an, sog tief den Rauch ein. „Mich hat es wahnsinnig gemacht", sagte sie dann. „Aber es hatte offenbar alles seinen Sinn. Er hat mich vorbereitet."

„Aber worauf? Das ist die Frage." Eva brach ab und fügte kurz darauf hinzu: „Erinnerst du dich, wie du mir von deiner ersten Begegnung mit Rabijo erzählt hast? Du sagtest, er hätte mit dir in einer Sprache gesprochen, die du kanntest ..."

„Die Sprache, die Jordan mir beigebracht hat", sagte Julia.

Eva nickte. „Meiner Meinung nach gibt es dafür nur eine Erklärung: Auch Rabijo war ein Teil des Plans. Er hat hier auf dich gewartet und wollte dich testen."

„Das ergibt doch keinen Sinn. Wie hätte er hier auf mich warten sollen?“ Mit beiden Händen fuhr Julia sich durch die Haare. „Woher hätte er wissen sollen, dass ich eine Stelle in Mainz antreten würde? Das kann er nicht gewusst haben. Das kann *niemand* gewusst haben.“

„Ja, das ist tatsächlich schwierig zu verstehen.“ Eva seufzte leise. „Aber offenbar war es doch geplant.“

Julia starrte sie einen endlosen Moment lang an. „Du meinst, ich wurde manipuliert?“

„Möglich. Wie ist das damals abgelaufen?“

„Mein Nachbar in Hannover, Siegmund Kiep. Er hat immer meine Blumen gegossen, wenn ich im Urlaub war – oder irgendwo anders. Er war früher auch bei der Kripo, war zu dem Zeitpunkt aber schon im Ruhestand. Ich habe mit ihm darüber gesprochen.“

„Worüber?“

Julia spürte ein komisches Gefühl, so als würde sich ein Paket, dessen Inhalt sie ahnte, langsam öffnen. Sie schloss für einen Moment die Augen, denn die Erinnerung überfiel sie unversehens. „Ich habe ihm gesagt, dass in Mainz eine Stelle bei der Kripo ausgeschrieben ist. Ich wollte mich eigentlich gar nicht bewerben. Ich meine, ich bin in Hannover groß geworden, bin dort aufgewachsen, und Mainz war verdammt weit weg. Aber ich hatte kurz zuvor eine Frau kennengelernt, die aus Mainz kam.“ Julia brach ab. Wenig später setzte sie wieder an. „Darüber habe ich mit Kiep gesprochen. Ich erinnere mich noch genau, wie wir nebeneinander auf dem Balkon saßen, jeder eine Dose Bier in der Hand …“

Siegmund Kiep lächelte in die untergehende Sonne und sagte: „Warum versuchen Sie es nicht?“

Julia drehte die Dose in ihren Fingern. „Ich bin in Hannover geboren und aufgewachsen. Ich glaube nicht, dass ich irgendwo anders hingehöre.“

Er legte den Kopf schief und sah sie an. „Haben Sie es denn schon einmal versucht?“

„Nein.“

„Hm.“ Kiep trank einen Schluck aus der Dose. „Was ist so falsch daran, an einen anderen Ort zu gehen? Ich sag Ihnen was, das wird vielleicht die größte Sache in Ihrem Leben.“

Als Julia nichts darauf sagte, fügte er hinzu: „Was hält Sie hier? Sie haben keine Familie mehr, aber dort ist eine Frau, mit der Sie vielleicht eine Zukunft haben."

„Wollen Sie mich loswerden?", erkundigte sich Julia.

Er schüttelte den Kopf. „Ich würde meine Seele dafür geben, dass Sie hierbleiben. Aber vielleicht haben Sie dort einen größeren Job zu erfüllen als hier."

„Es tut mir leid, aber ich glaube nicht mehr an Zufälle", sagte Eva. „Zumindest nicht in deinem Leben. Nichts, was dir bisher passiert ist, scheint aus einer reinen Laune des Schicksals heraus geschehen zu sein."

Julia blickte sie aus müden Augen an und schwieg.

„Im Gegenteil – hier hängt tatsächlich alles miteinander zusammen", fügte Eva hinzu. „Eins fügt sich zum anderen. Hast du noch einmal etwas von diesem Kiep gehört, nachdem du nach Mainz gezogen bist?"

„Ich habe noch ein paarmal mit ihm telefoniert, und irgendwann war kein Anschluss mehr unter seiner Nummer."

„Und was wurde aus der Frau, wegen der du hierher wolltest?"

„Wir waren nicht sehr lange zusammen, nicht mal ein Jahr."

„Wo ist sie jetzt?"

„Sie hat einen Job in England angenommen und ist weggezogen." Julia schüttelte den Kopf. „Das ist verrückt, Eva. Mein Vater kann das nicht alles bis ins Detail geplant haben, er war, verdammt noch mal, nicht allwissend. Und gerade sie war viel zu jung, er kann sie nicht mehr gekannt haben."

„Nein, aber er hat vor seinem Tod die ersten Steine gesetzt, und das hat er offenbar verdammt gut getan."

„Was meinst du damit?"

„Ich meine damit, dass es Menschen gab und gibt, die nach seinem Tod weiter ein Auge auf dich hatten."

„Und diese Menschen haben mich manipuliert, meinst du?"

„Sagen wir, sie haben dich geleitet."

Julia verzog das Gesicht und zog an ihrer Zigarette.

Die Atmosphäre im Zimmer war zum Schneiden dick.

„Wir können es drehen und wenden, wie wir wollen", fügte Eva hinzu. „Alles, wirklich alles hat auf diesen Moment hingeführt. Mit dem Medikament, das du bekommen hast, hat dein Vater dir Zeit erkauft. Zeit, die du dringend gebraucht hast. Und auch wenn das Muster noch nicht ganz zu erkennen ist, Julia, wir bewegen uns auf das große Finale zu." Sie hustete kurz und trocken. „Wir haben es mit wirklich gefährlichen Menschen zu tun, das wissen wir ja wohl, und man muss schon sehr clever und sehr mutig sein, um gegen diese Menschen zu bestehen. Vielleicht willst du das jetzt nicht hören, aber ich empfinde Hochachtung für deinen Vater."

„Es gehörte auch eine verdammt große Portion Glück dazu", sagte Julia.

„Stimmt, es gehörte auch verdammt viel Glück dazu. Und das tut es immer noch. Trotzdem bewundere ich, wie geschickt dein Vater das alles eingefädelt hat. Wie er alles offenbar bis ins letzte Detail geplant hat."

„Ja. Mangelnde Kreativität kann man ihm nicht vorwerfen." Eva wollte etwas darauf sagen, doch Julia unterbrach sie mit einer Handbewegung. „Und trotzdem bin ich immer noch verdammt wütend auf ihn." Sie drückte die Zigarette aus und schob den Aschenbecher beiseite. „Und ich weiß noch nicht einmal, ob mich das Ganze wirklich zu Zander führt."

„Das kann ich dir leider auch nicht sagen. Aber etwas anderes weiß ich, und es macht mir gar nichts aus, wenn ich jetzt dramatisch wirke: Jede Minute, die wir hier sitzen, bedeutet Lebensgefahr. Wirklich jede Minute. Für uns alle."

„Ich weiß überhaupt nicht, wo ich als Nächstes ansetzen soll."

„Doch", sagte Eva. „Ich bin mir sicher, dass du es weißt."

Julia legte die Stirn in Falten. „Wie soll ich Antworten finden, wenn ich nicht einmal die richtigen Fragen kenne?"

„Du hast auf jede Frage eine Antwort. Weil du alle Antworten im Kopf hast."

Als Julia daraufhin schwieg, fügte Eva hinzu: „Du hast bis jetzt noch immer Hinweise erhalten. Ich kann mir nicht vorstellen, dass dein Vater dir den Brief ohne Grund hinterlassen hat."

Julia hob den Kopf. „Du meinst, dass er mich damit wieder irgendwohin lenken will?"

„Ja. Lies dir den Brief noch einmal durch. Bitte."

Julia griff nach dem Brief, der auf dem Tisch lag. Ihre Hände zitterten, als sie ihn auseinanderfaltete.

„Lies laut", forderte Eva.

„Liebe Julia, mein hellster Stern. Wenn Du diese Worte liest, bin ich schon lange tot."

Den Rest des Briefes las Julia laut vor, während Eva aufmerksam zuhörte.

„Er hat recht mit dem, was er schreibt", sagte Julia schließlich. „Die Dinge haben eine schlechte Wendung für uns genommen."

„Aber er schreibt auch, dass bisher alles nach Plan verlaufen ist", sagte Eva.

„Nach seinem Plan."

„Ja. Und er entschuldigt sich."

„Ich sehe es. Ich kann lesen."

Eva beugte sich über den Brief und fasste noch einmal zusammen: „Blicke hinter die Fassaden. Das Spiel wird immer zu Ende gespielt. Das habe ich dir doch beigebracht, nicht wahr?" Sie sah auf und Julia an. „Was meint er damit, dass das Spiel immer zu Ende gespielt wird?"

Julia runzelte die Stirn. Mit einem Mal rasten alle möglichen Gedanken, Farben und Schemen durch ihren Kopf. Ohne Vorwarnung entfaltete sich vor ihren Augen ein Bild. Das Pensionszimmer verschwand, und sie sah einen anderen Raum, den sie nicht sofort erkannte. Es handelte sich um ein Wohnzimmer. Vor dem Fenster war es dunkel. Der Vollmond stand tief am Himmel.

„Das hier darfst du niemals vergessen, Julia. Du musst immer hinter die Fassaden blicken. Versprichst du mir das?"

Ein paar Sekunden lang tickte die Uhr an der Wand still vor sich hin.

Julia hatte die Szene mit einer Genauigkeit vor sich gesehen, die sie selbst erstaunte. „Es war unser Geheimnis." Sie richtete sich auf. „Ein Geheimnis nur zwischen meinem Vater und mir. Ein Spiel. Ich hatte es vollkommen vergessen."

Ein plötzliches Krachen ließ sie zusammenfahren. Der Sturm hatte den abgerissenen Ast einer Eiche gegen das Fenster geschleudert.

„Meine Güte!", entfuhr es Eva. Als sie sich wieder an Julia wandte, hielt diese den Brief ihres Vaters in der Hand. „Als ich noch ein kleines Mädchen war", sagte sie, „hat mein Vater mir beigebracht, wie man Geheimnisse auf lange Zeit bewahren kann. Eine dieser Methoden ist die Verwendung von Zitronensaft statt Tinte. Wenn der Saft trocknet, wird er unsichtbar, doch die Säure wirkt derart auf das Papier, dass die Botschaft wieder sichtbar wird, wenn man es über eine Flamme hält."

„Wirklich?" Eva hob fragend die Augenbrauen. „Das funktioniert?"

„Ja." Julia starrte auf den Brief. Sie war sich sicher. Da war noch eine zweite Botschaft unter dieser. Also machte sie sich auf den Weg zur Minibar und holte eine kleine Flasche Cognac heraus. Dann verteilte sie den Alkohol auf der Fensterbank und legte den Brief darauf, damit er ihn aufsaugen konnte. Und dann griff sie nach ihrem Feuerzeug.

Die Hitze verdunkelte das Papier genau an den Stellen, wo die Zitronensäure getrocknet war.

Ein Wort wurde sichtbar.

Suche.

„Es funktioniert", sagte Julia leise.

Eva brachte wie vom Donner gerührt kein Wort heraus.

Das nächste Wort erschien vor ihren Augen: *Johannes.*

„Johannes? Kennst du einen Johannes?"

Julia schüttelte den Kopf. „Da kommt sicher noch was."

Und das tat es. Das dritte Wort war: *Flaus.*

„Wahnsinn!", entfuhr es Eva. „Johannes Flaus. Wir müssen einen Mann mit dem Namen Johannes Flaus finden."

Julia nickte. „Da kommt noch mehr."

„Du solltest das, was wir bis jetzt haben, besser erst mal fotografieren."

„Gleich. Da stehen noch ein paar Zahlen. Das könnte eine Telefonnummer sein."

Eva sah auf und Julia an. „Dann ruf an. Einen Versuch ist es wert."

Julia hatte das Gefühl, ihr Herzschlag würde als lautes Donnern durchs Zimmer hallen, als sie um Punkt 14:30 Uhr die Nummer wählte.

Wenn sie Glück hatte, bekam sie ihn ans Telefon. Wenn sie Pech hatte, war er längst tot.

Es klingelte jedenfalls schon mal verdächtig lange.

Bitte, geh ran. Bitte.

Endlich nahm jemand ab. Die Stimme einer Frau meldete sich. Julia nannte ihren Namen und sagte dann: „Ich würde gerne mit Johannes Flaus sprechen."

„Ich fürchte, das ist nicht möglich", antwortete die Frau.

„Warum nicht?"

„Der Mann ist schon seit fast dreißig Jahren tot."

Julia spürte, wie ihr Herz einen Moment lang aussetzte. All ihre Hoffnungen fielen wie ein Kartenhaus in sich zusammen. „Und wer sind Sie?"

„Theresa Lautenschläger. Wir, mein Mann und ich, haben das Haus damals gekauft, nachdem … Nun ja, niemand wollte es sonst haben, es war günstig, und wir dachten …"

„Warum wollte niemand das Haus haben?", unterbrach Julia.

„Also, wegen … dem Mord."

„Wegen was für einem Mord?"

Ein kurzes Zögern.

Dann: „Johannes Flaus wurde ermordet. In seinem Haus. Furchtbar. Eine Tragödie."

Einen kurzen Moment lang ließ Julia den Kopf und die Schultern hängen. Dann richtete sie sich wieder auf und fragte: „Hatte der Mann Familie?"

„Ja. Er hatte eine Frau und eine Tochter. Die beiden wollten natürlich nicht mehr in dem Haus wohnen, nachdem die Sache … geschehen war, und da dachten wir, mein Mann und ich …"

„Wissen Sie, wohin die beiden gezogen sind?"

„Nach Stuttgart. Frau Flaus ist vor zehn Jahren gestorben, aber die Tochter wohnt immer noch dort."

„Wissen Sie das sicher?"

„Natürlich. Ich habe ihnen jedes Weihnachten eine Karte geschickt und tue es noch. Ab und zu telefonieren wir auch, aber nicht sehr oft, weil …"

„Können Sie mir die Nummer geben?"

„Natürlich."

Julia griff nach Block und Stift, bedankte sich wenig später und legte auf.

Wenn gutes Timing in diesem Fall alles war, dann war ihres dieses Mal katastrophal. Mit dem Handy in der Hand stand Julia da und sah Eva an. „Johannes Flaus ist tot. Er wurde vor fast dreißig Jahren umgebracht."

„Wirklich?" Eva wurde blass. „Und mit wem hast du gerade gesprochen?"

„Mit der Nachbesitzerin des Hauses, in dem er wohnte."

„Tatsächlich? Die sind in ein *Mordhaus* gezogen?"

„Ich schätze, dass es sehr günstig zu erwerben war." Julia blickte auf die Nummer in ihrer Hand. „Nachdem Flaus tot war, sind seine Frau und seine Tochter nach Stuttgart gezogen. Seine Frau ist nicht mehr am Leben, aber seine Tochter wohnt noch dort."

„Dann versuchen wir es dort, oder?"

Noch einmal nickte Julia und wählte die Nummer. Es klingelte fünfmal, dann wurde am anderen Ende abgehoben, und eine Frauenstimme meldete sich.

Julia holte tief Luft und sagte: „Mein Name ist Julia Wagner. Spreche ich mit der Tochter von Johannes Flaus?"

„Ja. Was wollen Sie?"

„Es geht um Ihren Vater."

„Ich möchte lieber nicht über ihn sprechen." Es machte den Anschein, als wolle die Frau am anderen Ende sofort wieder auflegen, deshalb sagte Julia schnell: „Es ist wirklich wichtig. Bitte hören Sie mir zu. Ich weiß, dass Ihr Vater ermordet wurde und …"

„Sind Sie von der Presse?"

„Nein."

„Warum wollen Sie dann darüber sprechen? Das Ganze ist lange her, ich sehe wirklich keine Veranlassung …"

„Ich bin von der Kriminalpolizei."

Hoppla!

Jetzt hatte Julia die volle Aufmerksamkeit.

„Kriminalpolizei?", kam es vom anderen Ende. „Jetzt, nach fast dreißig Jahren, kümmern Sie sich wieder um meinen toten Vater, obwohl es Sie damals überhaupt nicht interessiert hat?"

„Also …"

„Was denn? Mein Vater wurde brutal ermordet. Ihm wurde mit einem Schwert der Kopf abgeschlagen, und der Polizei …"

Julia schluckte. „Mit einem Schwert?"

„… war es nicht möglich, seinen Mörder zu finden! Sagen Sie mir doch bitte, wozu die Polizei gut ist, wenn sie zwar in der Lage ist, einen Handtaschendieb zu überführen, aber nicht in der Lage, einen brutalen Mörder zu finden?" Die Lautstärke am anderen Ende wich abrupt einem leisen Schluchzen. „Ich habe versucht, damit zu leben. Habe mir eingeredet, dass ich es hinkriegen kann, für meine Mutter, die dasselbe versuchte, aber wir konnten es drehen und wenden, wie wir wollten: Unser Leben war zerstört. Ein für alle Mal und endgültig."

Nach einer kurzen Pause sagte Julia: „Es tut mir leid, wirklich."

„Und jetzt wollen Sie den Fall wieder aufrollen? Nach fast dreißig Jahren?“

„Ich … Es gäbe vielleicht eine Möglichkeit, aber dafür müssten Sie mir ein paar Fragen beantworten.“

Die Frau am anderen Ende lachte leise und trocken. „Als hätten wir damals nicht schon genug Fragen beantwortet.“

„Vielleicht wurden damals die falschen Fragen gestellt. Hatten Sie ein gutes Verhältnis zu Ihrem Vater?“

„Ja.“

„Haben Sie sich Geheimnisse anvertraut? Ich meine, hat er etwas zu Ihnen gesagt, in den Tagen, bevor er … starb? Hatte er Angst? Gab er etwas an Sie weiter?“

„Nein. Er hat mir nichts anvertraut.“

„Ihrer Mutter?“

„Nein. Auch nicht. Mein Vater war ein sehr verschlossener Mann. Aber …“

„Aber?“, hakte Julia nach.

„Ich erinnere mich, dass mein Vater sich vor seinem Tod des Öfteren mit einem jungen Mann traf. Von ihm schien er sehr viel zu halten. Und das, obwohl er noch sehr jung war, gerade achtzehn Jahre alt.“

„Erinnern Sie sich an den Namen dieses jungen Mannes?“

„Aber ja. Er hieß Max Laurus.“

„Können Sie mir sagen, wo ich diesen Mann finde?“

„Auf dem Friedhof. Er ist auch nicht mehr am Leben, er ist nur ein paar Tage nach meinem Vater gestorben.“

Julia beugte sich etwas vor und holte tief Luft. Dann richtete sie sich wieder auf. „Wurde er auch umgebracht?“

„Nein, er hatte einen Autounfall.“

„Einen Autounfall? Ein paar Tage, nachdem Ihr Vater ermordet wurde? Und das kam der Po… meinen Kollegen nicht merkwürdig vor?“

„Ihre Kollegen sahen damals keinen Zusammenhang zwischen den beiden Ereignissen. Sie meinten, es wäre wohl Unaufmerksamkeit im Spiel gewesen. Und mit der Erkenntnis haben sie dann auch diesen Fall einfach abgeschlossen.“

Julia schloss für einen Moment die Augen. „Wissen Sie, ob Ihr Vater Notizen gemacht hat?“, fragte sie dann weiter. „Ein Tagebuch geführt? Etwas, was er hinterlassen hat, womit bisher aber noch niemand etwas anfangen konnte.“

„Nein, das hat er nicht. Er hat überhaupt nichts hinterlassen. Hören Sie, werden Sie sich darum kümmern?"

„Ich verspreche Ihnen", sagte Julia, „dass ich alles tun werde, was in meiner Macht steht." Das war immerhin nicht ganz gelogen. „Vielen Dank", fügte sie hinzu, dann legte sie auf und ließ sich auf die Couch sinken. „Das ist nicht gut", murmelte sie. „Das ist gar nicht gut."

Nachdem sie Eva erzählt hatte, was sie von der Frau am Telefon erfahren hatte, sagte diese: „Oh Mann, das ist eine wirklich harte Nuss."

Julia nickte.

Und dann schwiegen sie.

Eine Minute.

Zwei.

Fünf.

Dann sagte Eva: „Vielleicht ist er gar nicht tot."

Julia wandte den Kopf und sah sie an. „Was?"

„Vielleicht ist dieser Max Laurus gar nicht tot." Eva zuckte mit den Schultern. „Tut mir leid, aber wie gesagt, ich glaube inzwischen nicht mehr an Zufälle." Sie setzte sich etwas auf. „Nehmen wir einmal an, Johannes Flaus war tatsächlich im Besitz von irgendetwas, das wirklich wichtig für dich ist, zum Beispiel einem weiteren Schlüssel. Und nehmen wir weiter an, er wusste, dass er in Gefahr war. Und nehmen wir weiter an, er gab in weiser Voraussicht diesen Schlüssel – oder was auch immer – an jemand anderen weiter, ehe er umgebracht wurde."

„Max Laurus?"

„Das wäre doch immerhin möglich, oder nicht? Dann wäre es wiederum Laurus gewesen, der sich in Lebensgefahr befand." Eva atmete tief durch. „Ich gebe zu, es ist weit hergeholt, aber vielleicht hat dieser Max seinen Tod ja überlebt."

„Du meinst, dass damals gar nicht er den Autounfall hatte, sondern jemand anderes?"

„Genau." Eva richtete sich auf. „Lass uns nachschauen, ob wir im Internet etwas darüber finden." Sie griff nach dem Laptop und klappte ihn auf. Das Licht an der Decke ging kurz aus, dann wieder an. „Gott! Sieh nur, wie das Licht flackert", sagte sie. „Der Akku ist fast alle, aber ich werde das Kabel nicht anfassen. Wenn ich ihn an die Steckdose anschließe, riskieren wir einen Festplattenschaden."

„Dann sollten wir uns beeilen", sagte Julia.

Aufmerksam blickte sie wenig später auf den Bildschirm.

Am Mittwoch, den 25. November 1987, kam ein achtzehnjähriger Mann gegen 20:30 Uhr bei einem Autounfall ums Leben. Bei starkem Regen und einer Geschwindigkeit von 110 Stundenkilometern verlor er die Kontrolle über seinen Wagen und raste gegen einen Baum. Das Fahrzeug fing sofort Feuer. Bis zum Eintreffen der Sicherheitskräfte war der Körper bereits bis zur Unkenntlichkeit verbrannt.

Eine Aufnahme zeigte den Unfallort, eine freie Landschaft, in der der ausgebrannte Wagen wie eine schwarze Wunde wirkte.

„Der Tote wurde als Max Laurus identifiziert", sagte Julia.

„Der Tote war ein Mann seines Alters und seiner Größe", gab Eva zurück.

Julia überlegte. „Es wäre eine Möglichkeit", gab sie zu. „Aber auch ein Riesending, ein ziemlich großer Aufwand. Kaum zu bewerkstelligen. Ich meine, es gab auch damals schon Patientenakten von Zahnärzten, um Leichen zu identifizieren."

„Es gab bestimmt eine Möglichkeit", beharrte Eva. „Ich hätte es jedenfalls so gemacht. Wenn ich in echter Todesgefahr gewesen wäre, hätte ich es so gemacht."

Julia deutete auf den Bildschirm. „Wieso gibt es ausgerechnet an der Unfallstelle keine Leitplanke?"

„Hm. Hier wird erwähnt, dass es im Jahr zuvor einen Brand gab, keinen richtigen Waldbrand, nur einen kleinen. Die Feuerwehr hat bei den Löscharbeiten die Leitplanke abgebaut, um besser ranzukommen, und die Straßenbehörde hat sie dann nicht sofort wieder angebracht. Und schon wieder so ein Zufall."

Als zu lange nichts von Julia kam, warf Eva ihr einen Blick zu. „Was hältst du davon?"

„Nehmen wir an, dass es so gewesen ist", sagte Julia. „Dann wissen wir immer noch nicht, wo wir nach Max Laurus suchen sollen. Der Mann könnte überall sein, ganz abgesehen davon, dass er mit Sicherheit seinen Namen geändert hat."

Das Akkulämpchen blinkte.

„Gibt es keine weiteren Informationen?" Julia beugte sich wieder zu Eva hinüber. „Gab es Zeugen bei dem Unfall?"

„Den Unfall selbst hat niemand beobachtet. Hier ist nur der Autofahrer genannt, der zuerst am Unglücksort vorbeifuhr. Er hat die Polizei gerufen. Sein Name ist Josef Polkowski. Vielleicht solltest du ihn anrufen."

„Falls er noch in Mainz wohnt."

„Ja." Julia stieß einen unbestimmten Laut aus. „Es kann aber auch sein, dass wir uns gerade völlig vertun."

Eva zuckte mit den Schultern. „Was haben wir zu verlieren? Es ist die einzige Spur, die wir haben."

„Ja, du hast recht."

Das Akkulämpchen blinkte jetzt ununterbrochen.

Eilig klickte Eva sich ins Telefonbuch. „Es gibt nur acht Polkowskis, die direkt in Mainz wohnen. Oder sagen wir: die im Telefonbuch stehen. Wenn die nichts bringen, müssen wir uns der näheren Umgebung widmen." Sie hob den Kopf und sah Julia an. „Ich schätze, es wird uns nichts anderes übrig bleiben, als alle anzurufen."

Beim ersten Versuch klingelte es nur zweimal, dann meldete sich eine ältere Frauenstimme: „Hallo?" Im Hintergrund lief ein Fernseher so laut, dass sie kaum zu verstehen war.

„Hallo?", sagte Julia.

„Hallo?", wiederholte die Frau am anderen Ende. „Wollen Sie mir etwas verkaufen? Ich kenne mich aus mit Betrügereien am Telefon."

„Nein, nein. Ich möchte Ihnen nichts verkaufen. Könnten Sie bitte den Fernseher etwas leiser stellen? Ich kann Sie kaum verstehen."

„Einen kleinen Moment."

Julia wartete.

Der Fernsehlärm ebbte ab, dann: „Wer sind Sie? Was wollen Sie?"

„Ich versuche, einen Josef Polkowski zu finden. Sagt Ihnen der Name etwas?"

„Wer?"

„Josef Polkowski."

„Ich kenne niemanden, der so heißt."

Julia glaubte der Frau. Sie bedankte sich und beendete das Gespräch.

Bei der zweiten Nummer nahm niemand ab, bei der dritten gab es keinen Anschluss mehr. Daraufhin folgten zwei weitere fruchtlose Anrufe, bei der nächsten hieß es wieder: *Kein Anschluss unter dieser Nummer*. Danach folgte das Werbeband einer Firma für Autoteile.

Schließlich klingelte es bei der achten Nummer.

„Hallo“, sagte Julia, als am anderen Ende abgenommen wurde, der Angerufene sich aber nicht mit dem Namen meldete. „Mit wem spreche ich?“

„Polkowski.“

„Josef Polkowski?“

„Ja. Wer spricht da?“

„Mein Name ist Julia Wagner, ich …“

„Wo sind Sie?“

37. KAPITEL

Der Plan

16:31 Uhr
Hannover

Charlotte hätte es niemals zugegeben, aber tief im Inneren empfand sie eine quälende Unsicherheit. Als sie das La Garda erreichte, parkte sie hinter dem Restaurant in einer eher dunkleren Ecke, schloss den Wagen ab und bewegte sich mit vorsichtigen Schritten über den vereisten und verschneiten Bürgersteig.

Wenig später betrat sie das Restaurant.

Kurz vor der Eingangstür blieb sie einen Moment stehen, die Hände in den Taschen ihrer Jacke, und atmete tief durch. Dann setzte sie sich wieder in Bewegung, betrat das Restaurant und benötigte einen Moment, um sich an das schummrige Licht zu gewöhnen. Es gab ein paar Essensgäste, und sie konnte gemurmelte Unterhaltungen und das Klirren von Gläsern hören. Sie wandte sich nach links, entdeckte einen Barraum und ging hinein.

Gleich darauf setzte sie sich an die Theke, direkt neben Eduard Schiller. Als sie ihn ansah, war sie einen Moment lang tatsächlich fasziniert. George Clooney 2.0, mit Rolex und teurem Armani-Anzug.

Der Barkeeper kam auf sie zu und fragte: „Was kann ich Ihnen bringen?"

„Ein Glas Wasser."

„Sechs fünfzig."

Charlotte blinzelte. „Schwimmt Blattgold auf der Oberfläche?"

Der Barkeeper lächelte leicht, und während er sich an die Arbeit machte, stützte Charlotte die Ellbogen auf die Bar und drehte den Kopf zu Schiller. „Guten Abend."

Er sah sie wenig interessiert an. „Guten Abend." Das war es. Er widmete seine Aufmerksamkeit wieder dem Whisky, der vor ihm stand und der sicher ein Vermögen gekostet hatte.

„Ich würde gerne mit Ihnen reden", setzte Charlotte hinzu.

„Kennen wir uns?"

„Mein Name ist Charlotte Gärtner."

„Aha."

„Und, wie ich gerade sagte, ich würde gerne mit Ihnen reden."

„Worüber?“

„Darüber, dass ich Sie an den Nüssen habe.“

Jetzt wandte Schiller Charlotte das Gesicht zu. „Wie bitte?“

Der Kellner kam und brachte das Wasser, auf dessen Oberfläche kein Blattgold schwamm.

Als sie wieder alleine waren, sagte Charlotte: „Ich weiß, dass Sie wenigstens zwei Morde begangen haben.“

„Sagen Sie mal, geht's Ihnen nicht gut?“

„Britta Stark.“

„Wer soll das sein?“

„Eine Anwältin. Wurde vor zwei Tagen ermordet. Erschossen. Und Sie könnten bestimmt einiges dazu sagen, wenn Sie nur wollten.“

„Kann ich nicht. Und jetzt lassen Sie mich gefälligst in Ruhe, oder ich rufe die Polizei.“

„Oh bitte. Tun Sie das. Es würde mir die Kosten eines Anrufes ersparen. Prepaid ist ja ganz schön teuer heutzutage.“

Schiller griff nach seinem Glas und wollte aufstehen, um sich einen anderen Platz zu suchen.

„Sie sollten sitzen bleiben“, sagte Charlotte schnell.

„Ich denke nicht, dass ich das sollte.“

„Wann kommt eigentlich Ihre Begleitung? Sie sind hier doch sicher mit einer Frau verabredet, oder nicht? Was würde die wohl sagen, wenn ich ihr erzähle, dass sie es mit einem Mörder zu tun hat?“ Charlotte hob immer mehr die Stimme an: „Und all die anderen Gäste hier. Was würden die wohl sagen, wenn ich immer lauter werde und *jeder hier im Raum unser Gespräch mithören kann*?“

„Seien Sie gefälligst still“, zischte Schiller. „Oder Sie kriegen richtig Ärger!“

„Setzen Sie sich wieder hin.“

Hasserfüllt starrte er Charlotte an, nahm aber wieder Platz.

„Walter Wendt“, sagte sie.

„Sagt mir nichts.“

„Das wundert mich, wo Sie ihn doch erschossen haben.“

„Das habe ich ganz bestimmt nicht getan.“

„Es gibt eine Zeugin, vor der Sie die Tat zugegeben haben.“

„Wirklich? Die würde ich gerne treffen.“

„Um sie auch umzubringen?“

„Mann, Sie sind ja lustig.“

„Ja, so sagt man. Sprechen wir über die Kraniche.“

„Über wen?“

„Die Kraniche. So nennt sich die Organisation, für die Sie arbeiten.“ Charlottes Stimme war schneidend. „Und wenn Sie jetzt sagen, dass dieser Name Ihnen ebenfalls nichts sagt, Herr Schiller, dann entlarven Sie sich selbst der Lüge.“

„Und ich weiß trotzdem nicht, wovon Sie reden.“

„Sie sind ein Mörder, Herr Schiller. Sie bekommen Aufträge. Und die bekommen Sie von den Kranichen.“

Schiller beugte sich etwas zu Charlotte hinüber und sagte leise: „Wenn ich tatsächlich ein Mörder wäre, wie Sie sagen, dann sollten Sie es nicht darauf anlegen, mich weiter zu provozieren.“ Mit ruhiger Hand winkte er dem Kellner und verlangte nach der Rechnung. „Ich hab jetzt wirklich keine Lust mehr, noch länger meine Zeit mit Ihnen zu verschwenden.“

Charlotte wusste, dass sich jetzt, in diesem Moment, alles auf des Messers Schneide befand. „Ich verstehe Sie“, sagte sie. „Sie haben im Augenblick die besseren Karten, und das wissen Sie. Sie fühlen sich sicher. Aber genau das ist ein Fehler. Ich habe sehr gute Freunde bei der Polizei, die Ihr Leben von heute an auf den Kopf stellen und Sie schikanieren werden, wo Sie nur können.“

Der Blick, mit dem Schiller sie bedachte, war versengend. „Sie drohen mir?“

„Aber nein, ich sage Ihnen nur, dass wir Ihnen von heute an alle mit dem größten Vergnügen auf die Nerven gehen werden.“ Charlottes Mundwinkel zuckte provozierend. „Meine Freunde von der Polizei und ich. Oh … und habe ich erwähnt, dass ich auch sehr gute Bekannte bei der Presse habe? Ein kleiner Artikel hier, ein kleiner Hinweis dort …“

Ein Muskel in Schillers Wange zuckte. Mit Habichtsaugen starrte er sie an.

„Ich will Sie im Gefängnis sehen, Herr Schiller.“ Charlottes Blick war vollkommen ernst. „Am Boden, wenn Sie so wollen. Und ich verspreche Ihnen, ich werde keine Ruhe geben, bis Sie genau dort sind. Am Boden. Von jetzt an dürfen Sie sich rühmen, der gefragteste Mensch in meinem Leben zu sein.“

„Fahren Sie zur Hölle.“ Er wandte sich ab.

Als er ging, sagte Charlotte in seinen Rücken: „Sie tun mir beinahe leid, Herr Schiller. Aber eben nur beinahe.“ Dann bezahlte sie ihr Wasser und verließ ebenfalls das Restaurant.

Wenig später ging sie mit hochgezogenen Schultern und tief in den Jackentaschen vergrabenen Händen in die Richtung, in der ihr BMW stand.

Zwei junge Männer bewarfen sich gegenseitig mit Schneebällen, und als einer davon nur knapp ihren Kopf verfehlte, zuckte sie zusammen. „Hey! Aufpassen!“, rief sie und ging weiter, bog nach rechts ab. Als sie ihren Wagen erreichte, zog sie den Schlüssel aus der Jackentasche, und gerade als sie ihn ins Schloss gesteckt hatte, griff eine Hand nach ihr und stieß ihren Kopf ohne Vorwarnung mit solcher Wucht nach vorne, dass ihr Gesicht gegen das harte Blech des Autodaches schlug. Wenn dieses nicht mit Schnee bedeckt gewesen wäre, wäre sie vermutlich auf der Stelle ohnmächtig geworden. Dennoch reichte es, dass ihr Mund sich mit Blut füllte. In ihrem Kopf dröhnte laut ein scharfes Knallen. Sie konnte kaum atmen, da ihr Gesicht auf das Autodach gepresst wurde, und rang nach Luft. Dann wurde sie wieder zurückgezogen und umgedreht. Benommen und verwirrt musste sie es mit sich geschehen lassen.

Schiller stand so dicht vor ihr, dass sie das kalte Glitzern in seinen Augen sehen konnte. „Du willst mich fertigmachen, du Fotze, ja?“, zischte er.

Charlotte war nicht reaktionsschnell genug, um das Knie zwischen seinen Beinen landen zu können. Er war schneller, schlug mit der Faust zu. So fest, dass sie umkippte und in den Schnee fiel.

„Steh auf!“, schrie er und trat nach ihr. „Steh auf, du elende Schlampe! Steh auf, verdammte Scheiße!“

Charlotte stöhnte und rollte sich zu einer Kugel zusammen.

Mit den Fäusten prügelte Schiller weiter auf sie ein. „Glaubst du, es macht mir was aus, dir das Maul zu stopfen? Glaubst du das?“

„Ich hab Sie doch längst bei den Eiern“, krächzte Charlotte, während Blut in feinem Nebel über den Schnee spritzte.

„Du bist tot!“, brüllte Schiller. „Tot! Ich schlag dich windelweich! Ich …“

„Lassen Sie sie los, nehmen Sie die Hände hoch und treten Sie zwei Schritte zurück! Sofort!“

Schiller hielt in der Bewegung inne und wandte den Kopf.

Tech kam mit auf ihn gerichteter Pistole durch den Schnee auf sie zu. Noch einmal sagte er: „Lassen Sie sie los und heben Sie die Hände!“

„Wer bist du denn?“, zischte Schiller.

„Polizei. Und Sie sind verhaftet.“

38. KAPITEL

Aufbruch ins Dunkel

Mainz

Noch nie hatten sie ein derartiges Schauspiel gesehen. Der Wind peitschte den Schnee gegen Motorhaube und Windschutzscheibe. Ab und zu mussten sie anhalten, um zu warten, bis das Schneegestöber ein wenig abflaute, was jedoch nur selten geschah. Sturm, Schnee und Dunkelheit machten einander die Welt streitig. Alles um sie herum schien sich aufgelöst zu haben. Als wären sie ganz alleine auf der Welt. In unregelmäßigen Abständen huschten Lichter vorbei, wurden jedoch augenblicklich wieder von dem weißen Schleier verschluckt, kaum dass sie sie gesehen hatten.

Eva hielt das Lenkrad so fest umklammert, dass die Knöchel ihrer Finger weiß hervortraten. „Jesus Christus. Mir ist total schlecht. Oh, verdammt!"

Julia sah auf. „Was ist?"

„Polizei. Da vorne."

Tatsächlich. Etwa zweihundert Meter vor ihnen stand ein Polizeiwagen mit Blaulicht. Daneben ein Beamter, der sie von der Straße winkte.

„Was soll ich jetzt machen?", fragte Eva.

„Wir tun, was sie sagen", gab Julia zurück. „Vielleicht sind wir einfach nur zu schnell gefahren und haben das Blitzlicht nicht bemerkt."

„Zu schnell gefahren? Bei dem Wetter? Daran habe ich meine Zweifel."

„Bleib ganz ruhig, okay?"

„Wirklich, deine Nerven möchte ich haben. Der Wagen ist gestohlen, und ich habe im Schwarzwald einen Menschen erschossen, falls du das vergessen hast."

„Ich auch."

„Prima, dann können wir uns ja eine Zelle teilen, wenn sie uns verhaften."

Julia begann, in ihrem Rucksack zu wühlen.

„Was tust du?", wollte Eva wissen.

„Ich suche meine Pistole."

„Du willst einen Polizisten erschießen?"

„Natürlich nicht.“ Julia fand die Pistole und überprüfte das Magazin. Dann schob sie sie in ihre Jackentasche und sah auf. Ziemlich genau zwei Sekunden, bevor Eva den Wagen anhielt, das Fenster herunterkurbelte und mit einem leichten Zittern in der Stimme sagte: „Guten Abend.“

„Guten Abend“, erwiderte der Polizist. „Dürfte ich erfahren, wohin Sie bei dem Wetter wollen?“

„Nach Hause. *Wegen* dem Wetter.“ Kaum hatte Eva es gesagt, bereute sie es auch schon wieder, als ihr einfiel, dass der Saab ein Freiburger Kennzeichen hatte. „Ich besuche meinen Freund“, fügte sie schnell hinzu. „Er wartet auf mich und …“

„Und deshalb waren Sie so schnell unterwegs, ja? Weil Sie so schnell wie möglich zu Ihrem Freund wollen?“

Eva blinzelte. „Ich dachte eigentlich, ich wäre unterhalb der erlaubten Geschwindigkeit … Aber wenn Sie sagen, dass es mehr war, dann wird es wohl stimmen.“

„Es war ziemlich viel mehr.“

Wieder blinzelte Eva. „Na, dann haben Sie mich wohl erwischt. Es tut mir leid. Ich bezahle die Strafe. Geben Sie mir einfach den Strafzettel und …“

Der Polizist sah zu Julia hinüber und sagte: „Sie bluten.“

Julia legte sich die Finger an die Nase. *Oh, verdammt.* „Ja, ich habe öfter mal … Nasenbluten.“ Sie zog ein Taschentuch aus der Jackentasche, hielt es sich an die Nase und legte den Kopf zurück.

Der Polizist runzelte die Stirn. „Steigen Sie bitte aus. Beide.“

„Warum?“, fragte Eva.

„Ich sagte: Steigen Sie bitte aus.“

„Hören Sie, können wir nicht …“

Der Polizist schlug so hart mit der flachen Hand auf das Autodach, dass Eva und Julia zusammenzuckten. „Ich möchte es nicht noch einmal sagen. Wenn …“ Er verstummte abrupt, dann sagte er plötzlich: „In Ordnung. Fahren Sie weiter. Angenehmen Abend noch.“

Eva reagierte überhaupt nicht, weil sie nicht sicher war, ob er sich nicht einen Scherz erlaubte. Doch er wandte sich ab und ging zum Polizeiwagen zurück.

Zwei Sekunden vergingen.

Fünf.

Dann sagte Eva: „Das verstehe ich jetzt nicht. Wieso lässt er uns plötzlich weiterfahren?“

„Ich habe keine Ahnung", gab Julia zurück, während sie beobachtete, wie der Polizist in seinen Wagen stieg. „Aber wir sollten verschwinden. Und zwar schnell."

Eva nickte und startete den Wagen.

Sie fuhren an dem Polizeiauto vorbei, und als er im Rückspiegel nicht mehr zu sehen war, sagte Eva: „Das war doch merkwürdig, oder nicht?"

„Konntest du sehen, ob er einen Knopf im Ohr hatte?", fragte Julia.

„Nein. Aber ich glaube, das wäre mir aufgefallen, er stand ja direkt neben mir. Aber dass er es sich einfach so anders überlegt hat ..."

„Vielleicht hat ihm jemand ein Handzeichen gegeben."

„Ich habe niemanden sonst gesehen. Du?"

„Nein."

„Ist das nicht ohnehin ungewöhnlich, ein Polizist allein auf Streife?"

„Ja, aber wir wissen ja nicht, ob er alleine war. Bestimmt saß noch einer im Wagen."

Ein paar Sekunden fuhren sie schweigend.

Dann sagte Eva: „Vielleicht haben wir einfach nur Glück gehabt."

„Ja", gab Julia zurück. „Vielleicht war es einfach nur Glück."

Fünfzehn Minuten später ließ Eva erschöpft den Kopf auf das Lenkrad sinken. „Gott sei Dank, wir sind da."

„Alles okay?", fragte Julia.

„Ja ... abgesehen vom Zittern geht es mir gut." Eva hob den Kopf wieder. „Wir sind heil angekommen, das ist das Wichtigste."

Als sie aus dem Wagen stiegen, wurden sie von einer eisigen Böe empfangen. Unwillkürlich zog Julia den Kopf mit der dunklen Strickmütze tiefer in den Kragen ihrer Jacke.

Während sie auf das Haus zugingen, knirschten ihre Stiefel im zentimeterhohen Schnee. Von ferne war das aufgeregte Kläffen eines Hundes zu hören.

Julia drückte auf den Klingelknopf, und wenig später öffnete ihnen ein Mann in einem Rollstuhl.

„Kommen Sie rein", sagte er. „Ich dachte schon, Sie kommen gar nicht mehr."

Josef Polkowski lebte fast im Dunkeln. Die kahle Glühbirne an der Decke verbreitete nur wenig Licht. Julia erahnte einen ausgetretenen

Teppichboden, eine gemusterte Siebzigerjahre-Tapete. Dazu so viel Nippes, dass sie glaubte, er würde ihr von allen vier Wänden zu Leibe rücken. Es herrschte eine geradezu erstickende Hitze, und der Geruch war beinahe unerträglich. Offenbar war hier schon lange nicht mehr gelüftet worden.

Polkowski kauerte in seinem Rollstuhl, auf dem Schoß einen grauen Kater, dem er sanft über die Wirbelsäule strich. Er sah aus, als hätte er das Haus schon lange nicht mehr verlassen. Er war sehr blass und hatte rote Augen, was das Licht der nackten Glühbirne noch unterstrich. „Gut, dass Sie endlich da sind", sagte er.

„Seit wann sitzen Sie im Rollstuhl?", fragte Julia.

„Seit acht Jahren." Polkowski schwieg einen Moment, dann sprach er weiter: „Ein Auto hat mich erwischt und durch die Luft geschleudert. Als ich im Krankenhaus wieder aufgewacht bin, war das eine ganze Zeit lang verdammt hart."

„Das tut mir leid", sagte Julia.

„Inzwischen komme ich damit klar. Ich möchte auch gar nicht so viel darüber reden. Es ändert ja nichts. Lassen Sie uns lieber über Max sprechen."

„Können Sie mich zu ihm bringen?"

„Ich muss es sogar. Aber setzen Sie sich noch einen Moment. Keine Angst, ich beiße nicht."

Julia setzte sich auf die Kante eines Sessels und sah Polkowski abwartend an.

„Max war ein guter Kerl", begann er. „Anständig. Großzügig. Bescheiden. Und er sah richtig gut aus. Kein Mädchen in Mainz, das ihn nicht angehimmelt hätte."

Als Julia nichts darauf sagte, fuhr er fort: „Aber er interessierte sich gar nicht dafür. Wie auch immer, wir waren damals richtig gute Freunde. Und das, obwohl wir aus verschiedenen Schichten kamen, wie man so sagt. Mein Vater war ein einfacher Metallarbeiter, wir hatten nie viel Geld. Bei Max war das anders. Er hatte immer alles, und das hat mich sehr beeindruckt." Polkowski hob den Kopf und sah Julia an. „Ja. Und dann geschah, was geschah."

„Sie haben eine Falschaussage bei der Polizei gemacht", sagte sie.

Er seufzte leise. „Ich hatte damals überhaupt keinen Durchblick und erst viel später verstanden, worum es ging. Dass er gezwungen war, sich zu verstecken."

„Vor wem?"

„Vor dem Bösen, so hat er es genannt. Er meinte, es wäre hinter ihm her, und das machte ihm große Angst. Er ist regelrecht paranoid geworden, hat gefürchtet, dass sein Telefon angezapft worden war. Dass irgendwelche Leute sein Haus beobachteten. Ja, er hat sich sogar eine Pistole gekauft. Er tat mir richtig leid, was sich da in seinem Kopf so abspielte … Tja, am Ende sah er wohl keine andere Möglichkeit mehr, als unterzutauchen."

„Hat er Namen genannt?", wollte Julia wissen. „Hat er gesagt, vor wem er solche Angst hatte?"

Polkowski schüttelte den Kopf. „Namen hat er nicht genannt. Er sagte nur, ein alter Mann hätte ihn darum gebeten, etwas aufzubewahren."

„Johannes Flaus?"

„Ja. Die beiden waren eine Zeit lang ziemlich dick miteinander. Bis der alte Mann umgebracht wurde …" Polkowskis Stimme verklang, als verwehe sie ein unhörbarer Wind.

„Wusste Max, wer ihn umgebracht hat?"

„Er hat den Mord an jenem Abend beobachtet und erzählt, er wäre daraufhin von einem Geist verfolgt worden. Er war überzeugt davon, dass es ein böser Geist war, weil er völlig farblos war."

„Farblos?" Julia richtete sich etwas auf.

Sten Kjaer. Damals schon als Mörder aktiv?

„Max war mein Freund", fuhr Polkowski fort. „Ich weiß, was er von mir erwartet hat, und habe es getan."

„Sie haben geholfen, den Unfall zu inszenieren."

„Ja."

„Wer saß in dem Unfallwagen, wenn es Max nicht war?"

„Eine Leiche."

„Wie bitte?"

„Eine Leiche." Polkowski hob entschuldigend eine Hand. „Ich habe damals in einem Krematorium gearbeitet. Der Mann wäre also so oder so verbrannt worden. Wir mussten nur darauf achten, dass er die richtige Größe und die gleiche Statur hatte."

„Aber das Gebiss …", wandte Julia ein.

„Ich habe Ihnen doch eben gerade erzählt, dass Max sich nicht für Mädchen interessierte. Das tat er deshalb nicht, weil er schwul war. Genau genommen ist er es noch. Na ja, sein damaliger Freund war Zahnarzt, was die Sache erheblich vereinfacht hat."

Evas Stimme bebte vor Zorn und Hilflosigkeit: „Lassen Sie mich los!“

„Hören Sie auf!“ Mit mehr Kraft, als man ihm zutraute, hielt Polkowski sie am Arm fest. „Hören Sie auf sie!“

„Lassen Sie mich los!“

„Beruhigen Sie sich!“

„Sie wird umgebracht werden! Lassen Sie mich los!“

„Nur, wenn Sie sich beruhigen!“

Es dauerte noch einen endlos langen Moment, dann sackte Eva plötzlich in sich zusammen. „Es ist okay, Sie können mich loslassen.“

„Wirklich?“ Polkowski schien nicht überzeugt.

„Ja. Sie können mich loslassen.“

„Ich verlasse mich auf Ihr Wort.“

„Ja.“

Polkowski ließ Evas Arm los, und sie wich einen Schritt zurück.

„Wir sollten etwas trinken“, sagte er und rollte zum Schrank, aus dem er eine Schnapsflasche und zwei Gläser holte. „Anweisung des Arztes. Ich habe gerade mit ihm telefoniert.“

Eva reagierte nicht.

Er rollte zu ihr hin und suchte ihren Blick. „Jetzt passen Sie mal auf. Ich verstehe Sie. Wirklich. Aber es hilft keinem, wenn Sie jetzt überstürzt handeln. Lassen Sie uns etwas trinken, ein bisschen runterkommen, und dann überlegen wir, wie wir weiter vorgehen, okay?“ Er schenkte die beiden Gläser halb voll und reichte ihr eines davon. „Na los. Runter damit. Es wäre das erste Mal, dass das nicht hilft.“

Eva krauste die Stirn, gab dann aber nach und trank einen Schluck. Der Alkohol lief ihr brennend in den Magen. „Haben Sie einen Wagen?“

„Natürlich nicht. Wie sollte ich den fahren?“

„Kennen Sie jemanden, der einen Wagen hat?“

„Nein.“

„Und wenn Sie jemanden wüssten, würden Sie es mir nicht sagen, richtig?“

„Richtig.“

Eva senkte den Kopf.

„Hören Sie, ich weiß, wie Sie sich fühlen“, sagte Polkowski.

„Das glaube ich kaum.“

„Sie haben Angst um sie, und das sollten Sie auch.“

Eva hob den Kopf wieder, blinzelte, wollte etwas sagen, doch plötzlich waren die Worte verschwunden. Sie spürte, wie ihr Atem auf einmal schwerer ging, so, als befände sie sich in einer Art Halbschlaf, diesem Schwebezustand zwischen Wachen und Schlafen. „Was ist …?“

Das Licht der Glühbirne an der Decke begann zu verschwimmen. Gleich darauf war es nicht mehr zu sehen.

Alles war nur noch dunkel.

39. KAPITEL

Das Böse in seiner gesamten Abartigkeit

„Tut mir leid, ich habe mich etwas verspätet“, japste Tech mit einem Blick auf seine Armbanduhr. „Hab Sie ziemlich lange warten lassen, ich weiß, aber die Sache gestaltet sich schwieriger, als wir dachten. Meine Güte, Sie sehen ja furchtbar aus.“

„Glücklicherweise gibt es hier keinen Spiegel“, sagte Charlotte, während sie sich ein nasses Tuch auf die Schwellung in ihrem Gesicht drückte. „Heißt das, Sie haben nichts gefunden?“

„Nein.“ Tech schüttelte den Kopf. „Wir haben Schillers Haus und seinen Laden auf den Kopf gestellt. Nichts. Alles wie geleckt. Keine Pistole. Nirgendwo.“

„Wurde sein Mercedes untersucht?“

„Ja. Auch wie geleckt. Wir haben lediglich eine Art Bauchtasche darin gefunden.“

Erschöpft und voller Verlangen nach irgendetwas Alkoholischem wendete Charlotte das nasse Tuch und legte es dann wieder auf die Schwellung. Selbst das Sprechen ließ sich kaum ohne Schmerzen bewerkstelligen, weshalb sie nur sagte: „Und?“

„Teure Kosmetikprodukte und Rasierwasser, sonst nichts. Teures Rasierwasser.“

„Kann ich mir vorstellen, der Mann stinkt förmlich danach. Hat er gefragt, wonach gesucht wird?“

„Nein. Er hat überhaupt nichts gefragt, er hat es einfach so über sich ergehen lassen.“

„Hm.“ Charlotte ließ den Lappen sinken und warf einen Blick durch die Spiegelscheibe. Im Vernehmungszimmer saß Schiller, völlig entspannt, wie es schien, und wartete. „Dann liegt es jetzt an Ihnen, Herr Tech.“

Tech verzog das Gesicht. „Mir ist überhaupt nicht wohl dabei. Das wird eine harte Nuss. Eine verdammt harte Nuss. Und wenn wir falsch liegen, Frau Gärtner, dann sind wir tot. Alle beide.“

„Darüber hatten wir doch ausführlich gesprochen, oder nicht?“

„Nein, hatten wir nicht. Ich habe mich einmal mehr von Ihnen überreden lassen. Ich …“

„Hören Sie mir zu“, sagte Charlotte. Und dann noch einmal: „Hören Sie mir zu.“

„Nein", wehrte Tech ab. „Ich hätte Sie erst gar nicht in meine Wohnung lassen dürfen, als Sie plötzlich davorgestanden haben. Ich hätte sagen sollen, dass ich mich auf nichts einlasse, und Ihnen die Tür wieder vor der Nase zuschlagen, das hätte ich tun sollen!" Er schüttelte den Kopf. „Wenn wir uns vertun, wenn unsere ach so toll ausgedachte Konstruktion in sich zusammenbricht ... Ich wage es mir überhaupt nicht auszudenken. Allein bei dem Gedanken daran kriege ich einen Hirnschlag! Warum setze ich mich nicht gleich in meinen Wagen und fahre über eine Klippe?"

„Es wird funktionieren. Er wird einbrechen."

„Wirklich? Ich verstehe beim besten Willen nicht, was Sie da so sicher macht!"

„Ich weiß es. Sie müssen einfach nur Ihren Job machen." Charlotte sah Tech fest in die Augen. „Lassen Sie sich auf nichts ein. Halten Sie sich an den Plan."

Er schluckte laut und hart.

„Das ist Ihre Chance, Herr Tech. Wenn Sie das hier gewinnen, dann wird niemand mehr hinter Ihrem Rücken über Sie lächeln. Alle werden Sie mit ganz anderen Augen sehen. Alle werden Sie ernst nehmen."

Eine lange Pause trat ein. In dem kleinen Raum, in dem sie sich befanden, war es still wie in einem Grab.

Schließlich schürzte Tech die Lippen, atmete tief durch und sagte: „Ihr Wort in Gottes Ohr, Frau Gärtner. Ihr Wort in Gottes Ohr."

Durch die Spiegelwand beobachtete Charlotte, wie Tech den Verhörraum betrat. Ein uniformierter Beamter, der mit verschränkten Armen und gleichmütigem Gesicht die Tür von innen bewachte, trat zur Seite, um ihn vorbeizulassen.

In der Mitte des Raumes stand ein einfacher Tisch, dazu zwei Stühle, mehr nicht.

Tech setzte sich Schiller gegenüber und sagte: „Tja, ich würde sagen, jetzt haben wir Sie tatsächlich bei den Nüssen."

„Ihr habt gar nichts", sagte Schiller mit gepresster Stimme. „Die Alte hat mich provoziert."

„Sie wollten Frau Gärtner totprügeln, ich habe selbst gehört, wie Sie es gesagt haben", sprach Tech weiter. „Dafür werden Sie ein paar Jahre ins Gefängnis gehen."

„Fick dich. Ich bin schneller wieder hier raus, als du gucken kannst."

„Wo waren Sie vorgestern Abend zwischen zwanzig Uhr und Mitternacht?"

Schiller lehnte sich zurück und verschränkte die Arme vor der Brust. „Da habe ich mit Freunden gefeiert." Nicht eine Sekunde des Zögerns. „Es ging ziemlich lange, bis nach Mitternacht."

„Gibt es dafür Zeugen?"

„Ja. Meine Freunde. Wir waren zusammen in einer Bar, bis ich nach Hause gegangen bin und mich schlafen gelegt habe."

„Alleine?"

„Ja."

„In Ordnung." Tech richtete sich etwas auf. „Nächste Frage: Sagt Ihnen der Name Walter Wendt etwas?"

„Nein."

„Vielleicht nehmen Sie sich einen Moment Zeit zum Überlegen."

„Ich kenne niemanden, der so heißt."

„Wo waren Sie gestern gegen achtzehn Uhr?"

Schiller beugte sich vor. „Da war ich mit denselben Freunden zusammen wie am Abend zuvor. Wir waren in derselben Bar. Sie können den Barkeeper fragen. Gegen zweiundzwanzig Uhr bin ich nach Hause gegangen."

„Sie sind ja eine ziemlich feierfreudige Gruppe."

„Ich bin Junggeselle. Soll ich den ganzen Abend zu Hause sitzen und Trübsal blasen?" Schiller lehnte sich wieder zurück. „Ihr wollt mir zwei Morde anhängen, das hab ich schon verstanden, aber ich war es nicht. Ihr habt keine Pistole bei mir gefunden, oder? Ihr habt nichts. Also verpiss dich und lass mich in Ruhe."

„Ich glaube, Sie haben den Ernst der Lage noch nicht verstanden, Herr Schiller", sagte Tech milde. „Vielleicht kriegen wir Sie nicht wegen der beiden Morde dran. Aber das macht nichts, weil Sie trotzdem ins Gefängnis gehen werden." Er beugte sich etwas über den Tisch. „Und dort sind Sie dann ganz alleine."

Schiller öffnete den Mund und klappte ihn wieder zu. Was immer er hatte sagen wollen, er behielt es für sich.

„Denn von jetzt an, Herr Schiller, von dieser Sekunde an sind Sie für die Kraniche gestorben, und ..."

„Was für Kraniche? Ich weiß nicht, wovon Sie reden."

„... Sie wissen genau, was das bedeutet."

„Ich weiß gar nichts."

„Wenn Sie die Morde gestehen, dann können wir vielleicht noch etwas für Sie tun." Tech sah Schiller einen Moment abwartend an, dann fügte er hinzu: „Und für Ihre Mutter."

Treffer!

Jetzt sah Schiller auf, und ein Hauch von Unsicherheit zeigte sich auf seinem Gesicht. „Wie zum Teufel kommst du jetzt auf meine Mutter, du Wicht?"

„Sie ist schon sehr alt, nicht wahr? Über achtzig. Lebt in einem Altersheim. Sie besuchen Sie regelmäßig, weil Sie sie lieben. Natürlich. Jeder Mensch liebt seine Mutter. Oder sagen wir: die meisten. Dass Sie ein Mörder sind, ist da kein Widerspruch."

„Red du nicht über meine Mutter. Meine Mutter geht dich gar nichts an, okay?"

„Sie haben recht." Tech machte eine beschwichtigende Handbewegung. „Wir brauchen uns nicht über Ihre Mutter zu unterhalten. Ihr ist so oder so nicht mehr zu helfen."

In Schillers Augen spiegelte sich das Licht der Deckenlampe, sodass sie aussahen, als glühten sie von innen.

„Entweder sie stirbt an gebrochenem Herzen, wenn sie von uns erfährt, dass ihr geliebter Sohn ein Mörder ist", fuhr Tech fort. „Oder die Kraniche bekommen sie in die Finger."

„Was zum Teufel …?" Mit wutverzerrtem Gesicht starrte Schiller ihn an. „Was zum Teufel willst du mir sagen?"

„Nichts, was Sie nicht selbst wüssten." Tech schob seinen Stuhl zurück und streckte die Beine aus. „Aber ich erkläre es Ihnen gerne noch einmal: Die Kraniche sind strenge Menschen, die kein Versagen dulden, und natürlich dulden sie auch keine Verräter."

„Ich hab niemanden verraten."

„Nein, aber das wissen die Vögel da draußen ja nicht. Wir werden das Gerücht auf jeden Fall streuen, und dann schauen wir mal, was passiert."

Schiller wurde kalkweiß. „Das trauen Sie sich nicht."

„Täuschen Sie sich da mal nicht", gab Tech lässig zurück. „Und was wollen Sie dann machen? Die Kraniche werden Sie umbringen, weil sie denken, dass Sie zu einer Gefahr geworden sind. Vermutlich werden sie das sogar schon im Gefängnis erledigen, weil Sie dort nicht ausreichend geschützt sind. Sie wissen selbst, dass sie die besten Möglichkeiten haben. Aber nicht nur das." Er starrte Schiller in die Augen. „Sie werden auch Ihre Mutter töten. Und wenn Sie Glück haben, belassen sie es dabei. Aber vermutlich eher nicht."

„Hören Sie auf zu reden."

„Es ist eher anzunehmen, dass sie keine Gnade kennen werden", fügte Tech hinzu. „Die kannten Sie ja schließlich auch nicht, als Sie deren Aufträge ausgeführt haben. Und deshalb wissen Sie sehr genau, dass Ihre Mutter großes, wirklich großes Glück haben muss, damit es vielleicht ganz schnell geht. Ich würde darauf allerdings nicht wetten wollen. Eher würde ich annehmen, dass sie gefoltert wird."

„Halt die Klappe!"

„Vielleicht werden sie sie sogar vergewaltigen. Mehrfach. Immerhin geht es um den größtmöglichen Schmerz, nicht wahr? Es geht darum, sich an Ihnen für Ihren Verrat zu rächen und Ihnen den größtmöglichen Schmerz zuzufügen." Tech verzog keine Miene, während er sprach. „Die arme alte Frau. Und Sie, Herr Schiller, werden nicht da sein, um sie zu beschützen. Niemand wird da sein, um sie zu beschützen."

„Du sollst die Klappe halten!"

„So oder so, Ihre Mutter wird es nicht überleben, das wissen wir beide, und Sie werden es nicht verhindern können, weil Sie im Gefängnis sitzen, weil Sie vielleicht sogar schon tot sind. Sie werden nichts von alldem verhindern können, was von jetzt an geschieht."

„Halt endlich deine verdammte Fresse!"

Herausfordernd sah Tech Schiller an. „Entscheiden Sie sich. Für die Kraniche, für sich selbst oder für Ihre Mutter. Aber entscheiden Sie sich jetzt."

In Schillers Augen funkelte rasende Wut. „Dafür wirst du krepieren."

„Entscheiden Sie sich", wiederholte Tech ernst. „Ich bin der Einzige, der Ihnen jetzt noch helfen kann. Ich bin aber auch derjenige, der Ihren Untergang bedeutet."

„Du weißt doch überhaupt nicht, mit wem du dich anlegst!"

„Gut." Tech erhob sich vom Stuhl und wandte sich ab. „Sie haben sich offenbar entschieden."

„Du glaubst, dass ich das Gefährlichste bin, was du verhaften kannst?", schrie Schiller in seinem Rücken. „Du hast ja keine Ahnung!"

Tech hatte die Tür erreicht.

„Komm zurück, verdammt!"

Er wandte sich noch einmal um.

„Du musst mich beschützen! Mich und meine Mutter!"

„Warum sollte ich das tun? Sie wollen doch nicht mit mir zusammenarbeiten."

„Ich sag dir, was du wissen willst."

Tech kam zum Tisch zurück und setzte sich noch einmal auf den Stuhl. „Dann fangen Sie mal an."

„Was wird dann aus meiner Mutter?"

„Sie wird an einen sicheren Ort gebracht."

„Kann ich dir vertrauen?"

„So, wie ich das sehe, bleibt Ihnen nichts anderes übrig. Also?"

Sekunden vergingen, in denen Schiller Tech in die Augen starrte. Dann beugte er sich vor. „Es wundert mich offen gestanden, dass ihr auf das Naheliegendste noch gar nicht gekommen seid."

„Und was wäre das Ihrer Meinung nach?"

Und dann sprach Schiller es aus.

Und Charlotte, auf der anderen Seite der Spiegelwand, gefror das Blut in den Adern. In diesem Moment erkannte sie das Böse in seiner gesamten Abartigkeit.

Susanne war für einen kurzen Moment eingeschlafen. Nun erwachte sie abrupt und mit dem alarmierenden Gefühl, nicht zu Hause zu sein, sondern an einem fremden Ort, in einem falschen Bett. Und dann fiel es ihr wieder ein. Sie war in Charlotte Gärtners Haus, und das Bett war eine Couch, die sich zum Schlafen wirklich nicht eignete.

Allerdings wollte Susanne auch gar nicht schlafen, es war überhaupt nicht ihre Absicht gewesen, einzuschlafen.

Sie glaubte, ein Geräusch zu hören, und richtete sich auf. Aber jetzt hörte sie nichts mehr. Sie stellte fest, dass sie vollkommen steif war, die Knochen taten ihr weh, ihre Kehle war trocken und ihre Hände ganz taub.

Leise stöhnend erhob sie sich und schlurfte ins Badezimmer. Dort sah sie kurz in den Spiegel, dann ging sie auf die Toilette. Kurz darauf verließ sie das Badezimmer wieder und blieb nach zwei Schritten unvermittelt stehen. Da war das Geräusch wieder. Hinter ihr. Sie wirbelte herum und sah im Gegenlicht des Flurs die Silhouette einer Gestalt, die eine Pistole mit Schalldämpfer in der Hand hielt.

Susannes Herz zog sich erst zusammen, dann hämmerte es heftig gegen ihre Rippen. Sie konnte nur Umrisse erkennen, aber das reichte vollkommen aus. Ihre Lippen formten sich zu einem ungläubigen: „Was …?" Gleichzeitig stolperte sie rückwärts, fiel um ein Haar hin, fing sich wieder und stürzte zurück ins Badezimmer.

Charlottes BMW flog förmlich über die Straßen. Autos und Straßenschilder huschten wie Farbflecken an ihr vorbei.

Als sie um eine Kurve bog, erblickte sie vor sich zwei rote Bremsleuchten. Ein Schneepflug kroch im Schneckentempo vor ihr die Straße entlang.

Charlotte trat auf die Bremse, der Wagen rutschte und machte keinerlei Anstalten, stehen zu bleiben. Fast hätte sie die Kontrolle verloren. Aber eben nur fast.

Ein paar Zentimeter hinter dem Streufahrzeug kam sie zum Stehen. Es war wirklich verdammt knapp.

Sie setzte ihre Lichthupe ein, doch der Fahrer des Lasters ignorierte sie ebenso wie ihr Hupen und schien aus Trotz nur noch langsamer zu fahren.

Leider hatte Charlotte keine Zeit, ihn aus dem Fahrzeug zu zerren, also fuhr sie weiter mit Lichthupe hinter ihm her und blieb an ihm dran, bis er endlich zur Seite fuhr.

Sie raste an dem Laster vorbei, fuhr weiter, ohne anzuhalten, und ließ das Streufahrzeug hinter sich.

Bitte, dachte sie, lass mich nicht zu spät kommen.

Susanne schlug die Badezimmertür hinter sich zu und suchte nach einem Schüssel im Schloss. Es gab keinen.

Oh, du verdammte Kacke!

Sie umfasste die Türklinke so fest sie konnte und drückte sie nach oben, während sie die Schulter gegen die Tür presste. Sie spürte die Bemühungen ihres Gegners, die Klinke von der anderen Seite nach unten zu drücken, und umklammerte verzweifelt den Türgriff.

Nach einer Weile bewegte sich der Türgriff nicht länger. Susanne jedoch misstraute dem Frieden, vermutete einen Trick und hielt den Griff auch weiterhin fest in den Händen.

„Was wollen Sie von mir?“, schrie sie.

Keine Antwort.

Zeit verstrich.

Susanne war nicht imstande, ihren Griff um die Türklinke zu lockern. Sie starrte auf ihre Hände. Die Knöchel waren blutleer, ihre Finger verkrampft.

Dann hörte sie plötzlich Charlotte Gärtners Stimme: „Lassen Sie die Waffe fallen! Und dann nehmen Sie die Hände hoch. Ganz ruhig und ohne Hektik. Sie können herauskommen, Frau Grimm.“

Erleichtert atmete Susanne durch. Immer noch ängstlich und bereit, bei der kleinsten Bewegung die Tür wieder zuzuschlagen, drückte sie die Klinke nach unten.

Ganz langsam vergrößerte sie die Öffnung. Zwei Zentimeter. Drei. Vier. Und das Bild, das sich ihr dann bot, war … nennen wir es: außergewöhnlich.

Auf der einen Seite stand Charlotte Gärtner, deren Gesicht ziemlich übel zugerichtet war, und zielte mit ihrer Pistole auf eine Frau, die ebenfalls eine Pistole in der Hand hielt und damit wiederum auf sie zielte.

„Lassen Sie die Waffe fallen", sagte Charlotte.

„Wie nett", antwortete die Frau. „Ich wollte gerade dasselbe sagen."

Die Läufe beider Pistolen zeigten unverändert aufeinander.

„Frau Grimm, das ist Diana Venczel."

„Ich freue mich, Sie endlich kennenzulernen, Frau Grimm", sagte die Staatsanwältin, ohne den Blick von Charlotte zu nehmen.

„Ich müsste lügen", bemerkte Susanne gepresst, „wenn ich das Gleiche behaupten wollte." Sie sah zu Charlotte hin. „Warum will sie mich umbringen?"

„Weil ihr Name Diana Stark war."

„Hä?"

„Sie ist Britta Starks Schwester. In jungen Jahren nach Kanada ausgewandert und dann vor ein paar Jahren wieder zurückgekommen. Als Diana Venczel. Inzwischen ist sie natürlich lange wieder geschieden, aber den Namen hat sie behalten."

„Und warum will sie mich umbringen?", wiederholte Susanne ihre Frage.

„Aber ich will Sie doch gar nicht umbringen, Frau Grimm", wandte die Staatsanwältin sich an sie. „Ich bin hier, um Sie zu verhaften. Das ist mein guter Vorsatz. Leider aber geht von nun an alles schief. Sie haben eine flüchtige Psychopathin bei sich aufgenommen, Frau Gärtner, und diese hat sich dafür bedankt, indem sie Sie erschoss. Sie wollte flüchten, ich habe sie überwältigt, ihr die Pistole abgenommen und war dann leider gezwungen, sie zu erschießen."

„Sie haben sie ja nicht mehr alle", stieß Susanne hervor.

„Damit kommen Sie nicht durch", sagte Charlotte.

„Sie haben ja keine Ahnung davon, womit ich durchkomme, wenn ich es will. Ich halte die Tatwaffe in meinen Händen, sehen Sie es nicht?

Die Sportpistole, mit der meine Schwester erschossen wurde. Eine kleine Erinnerung an meinen Exmann, der ein leidenschaftlicher Schütze war. Nun ja, er war Kanadier, und dort schießt man gerne in den weiten Wäldern nach allem, was sich bewegt. Illegal natürlich, weshalb die Waffe nirgendwo registriert ist, ich weiß noch nicht einmal, wo er sie eigentlich herhatte. Aber das ist ja auch völlig egal, nicht wahr?"

Charlotte sagte in Susannes Richtung: „Da hören Sie es. Sie hat Britta Stark umgebracht. Es war nicht Schiller. In dem Fall haben wir den Falschen verdächtigt."

Susanne schluckte. „Heißt das, sie ist ein Kranich?", fragte sie unnötigerweise.

Die Staatsanwältin seufzte und schwieg.

„Waren Sie eigentlich schon immer von Grund auf böse?", fragte Charlotte. „Oder haben die Vögel Sie irgendwann umgepolt? Ich wette, Sie waren immer das dicke, picklige Mädchen, auf dem alle rumgehackt haben. Die Kleine, die niemand ernst nahm und die alle gemobbt haben. Und da dachten Sie sich irgendwann: Scheiß drauf, ich bin clever, ich werde es allen heimzahlen."

„Diese Theorie klingt wirklich interessant", gab Diana Venczel zurück, „aber es ist nichts dran. Lediglich mit meiner Cleverness liegen Sie richtig. Ich verfüge über genügend rationalen Verstand, um zu wissen, welche Decke kuschliger ist, unter der man sich wärmt."

„Decke?" Charlotte verzog das Gesicht zu einem dünnen Lächeln. „Wie nett."

„Ich habe schon sehr bald verstanden, worum es im Leben tatsächlich geht. Um Macht. Um Kontrolle. Um Geld. Nichts anderes zählt."

„Und all das bieten Ihnen die Kraniche?"

„So ist es."

„Nur mit Ihrer Schwester haben Sie nicht gerechnet, stimmt's?"

Diana Venczel nickte. „Das Flittchen. Hat versucht, mich auszutricksen. Ich selbst habe ihr vor ein paar Jahren die nötigen Kontakte verschafft, die es braucht, um in den Kreis der Kraniche aufgenommen zu werden, weil sie mir vorgemacht hat, sie wäre ebenfalls auf den richtigen Pfad gelangt. Was für eine Farce! Sie hat uns reingelegt, ihr wahres Ziel war es, uns zu vernichten. Als das klar war, blieb mir keine andere Wahl. Sind Sie jetzt sehr enttäuscht von mir, Frau Gärtner? Nun, dann, fürchte ich, wird dies nicht die einzige Enttäuschung für Sie bleiben."

„Sie sind tatsächlich eine große Enttäuschung“, gab Charlotte zurück. „Aber da ich Sie von Anfang an nicht leiden konnte, werde ich es verkraften. Wie sind Sie hinter das doppelte Spiel Ihrer Schwester gekommen?“

„Ich habe einen Hinweis erhalten. Von oberster Stelle, sozusagen. Sie hat Fehler gemacht. Zu viele Fehler. Sie wurde unvorsichtig. Das alles machte sie mehr und mehr verdächtig. Als ich den entsprechenden Anruf erhielt, war klar, dass es beendet werden musste. Und das habe ich getan. Es ging ganz schnell. Sie ließ mich ins Haus, ich wartete, bis sie im Sessel saß, dann habe ich geschossen, sie war tot.“

„Dachten Sie“, bemerkte Charlotte. „Sie hätten überprüfen sollen, dass sie auch wirklich tot ist.“

„Ja, das ist richtig“, erwiderte Diana Venczel. „Erst als ich zu Hause war, kamen mir leise Zweifel. Ich wollte aber auch nicht noch einmal in das Haus zurück, also habe ich Schiller angerufen und ihm gesagt, er solle hinfahren und nachsehen. Was er auch getan hat. Wenig später rief er zurück und informierte mich, dass jemand im Haus wäre. Er fragte, was er nun tun solle. Ich habe ihm gesagt, er solle den Eindringling schnappen, was ihm leider nicht gelungen ist. Ich hatte keine Ahnung, um was für ein Vögelchen es sich dabei handelt, ich wusste nur, dass es eine Frau war. Dass diese Frau ausgerechnet Susanne Grimm war, habe ich erst erfahren, als Tech mir davon erzählt hat. Und … nun ja, da ergaben sich für mich natürlich ganz neue Möglichkeiten. Ich dachte mir, das löst all meine Probleme. Die Kleine hätte sich so wunderbar als die Mörderin meiner Schwester geeignet.“

Susanne spürte ein Kribbeln in den Händen – am liebsten hätte sie dieser Schlampe eine … Sie zwang sich, sich zu beherrschen. „Und jetzt wollen Sie mich umbringen?“, fragte sie. „Wo ist denn da die Logik?“

„Nun ja, Schiller wurde verhaftet, und so haben meine Pläne sich geändert“, sagte Diana Venczel in ihre Richtung.

„Woher wussten Sie überhaupt, dass ich hier bin?“

„Ich bitte Sie, Frau Grimm, Sie sollten doch inzwischen verstanden haben, dass wir, egal, was Sie auch tun und versuchen, immer einen Schritt schneller sind. Und cleverer. Schiller wurde von Tech verhaftet. Von Tech! Jeder halbwegs intelligente Mensch weiß, dass Tech niemals den Schneid gehabt hätte, so eine Verhaftung durchzuführen, er ist ein

Weichei, ein Loser. Es musste also noch jemand seine dreckigen Pfoten im Spiel gehabt und ihn dazu angestachelt haben. Und wer könnte das wohl gewesen sein, wenn nicht Charlotte Gärtner? Aber wie ist sie ausgerechnet auf Schiller gekommen? Das war die Frage. Woher hatte sie den Hinweis?“ Diana Venczel lächelte dünn. „Ich wusste zufällig, dass Sie, Frau Grimm, und Ihr Freund auf dem Friedhof eine Begegnung mit Schiller hatten, bei der Sie ihm einmal mehr entwischt sind. Mit diesem Wissen war der Rest nicht mehr schwer zusammenzufügen. Sie sind am Ende des Weges angekommen. Sie haben die Polizei auf dem Hals. Sie haben die Kraniche auf dem Hals. Sie sind nirgendwo mehr sicher, und das wissen Sie. Wo sollten Sie sich also jetzt noch verstecken, wenn nicht bei Ihrer neuen Busenfreundin? Es sei denn bei Ihrem Bruder, aber dort waren Sie nicht, das wurde überprüft.“

Susanne atmete tief durch. „Okay, dann haben Sie wohl gewonnen.“

„Natürlich habe ich das.“

„Aber eben nicht ganz“, fügte Susanne hinzu. „Ich weiß, wo die Kassette ist, nach der Sie doch so dringend suchen …“

„Sie haben die Kassette also doch?!“, warf Charlotte ein.

Susanne achtete nicht auf sie. „Und die bekommen Sie nicht, wenn Sie mich jetzt umbringen“, sprach sie an die Staatsanwältin gewandt weiter. „So nicht. Ihre Aktion ist ein Misserfolg.“

„Allein die Tatsache, dass ich Sie beseitige, Frau Grimm, ist schon ein Erfolg“, versetzte Diana Venczel. „Dann finden wir die Kassette eben etwas später. Besser spät als nie, nicht wahr? Und jetzt habe ich keine Lust mehr auf Spielchen mit Ihnen.“

Noch während sie das sagte, veränderte sich etwas im Blick der Staatsanwältin. Ein Warnsignal, doch Charlotte bemerkte es nicht, und Susanne bemerkte es zu spät. Als es ihr auffiel, wollte sie schnell einen Schritt zurückweichen, doch bereits in der nächsten Sekunde hatte Diana Venczel mit der linken Hand in ihr Haar gefasst und sie an sich gezogen.

Sie zerrte so heftig an Susannes Haar, dass es ihr den Kopf in den Nacken riss und sich ihr Rücken durchbog wie ein Flitzebogen. Dann setzte Diana Venczel den Lauf der Pistole an ihre Halsschlagader. „Legen Sie die Waffe weg, Frau Gärtner.“

Charlotte tat es nicht. „Meine Pistole deutet genau auf Ihre Stirn. Ich drücke ab, und Sie sind tot.“

„Wenn Sie schießen, erschieß ich die Kleine.“

„Tun Sie das."
„Was?", krächzte Susanne.
„Lassen Sie die Pistole fallen oder ich erschieß die Kleine", wiederholte die Staatsanwältin. „Sie haben genau drei Sekunden."
Charlotte bewegte sich immer noch nicht, und die Staatsanwältin zerrte noch rabiater an Susannes Haaren. Die ging in die Knie, umklammerte mit den Händen den Unterarm der Frau und schrie: „Lassen Sie mich los!"
„Na los, erschießen Sie sie", sagte Charlotte. „Und dann? Wollen Sie mich ebenfalls erschießen?"
Diana Venczels Lippen verzogen sich zu einem kleinen Lächeln. Der Lauf ihrer Pistole zielte immer noch auf Susannes Hals. „Wenn Sie schlau sind und aufgeben, überlege ich es mir vielleicht noch anders."
„Was wollen Sie mit alldem erreichen? Eduard Schiller hat ausgepackt – und er ist noch lange nicht fertig."
„Na und?"
„Sie haben verloren, Frau Venczel. Legen Sie jetzt die Waffe weg und machen Sie keinen weiteren Unsinn. Na los!"
„Frau Gärtner, Sie sind eine naive Person, das waren Sie schon immer. Glauben Sie wirklich, ich lasse zu, dass Sie mich vernichten? Einfach so?"
„Tech hat Schillers Aussage längst aufgenommen. Was immer Sie jetzt tun, es ist zu spät."
Die Staatsanwältin lachte trocken auf. „Sie wollen es einfach nicht begreifen, Frau Gärtner."
„Die Kollegen sind längst auf dem Weg hierher."
„Ein Grund mehr, mich zu beeilen."
„Ich werde Sie erschießen."
Noch einmal lachte die Staatsanwältin trocken auf. „Wir wissen doch beide, dass Sie das nicht können."
Als Charlotte nichts darauf erwiderte, fügte sie hinzu: „Sie werden nicht schießen. Sie sind fertig, Frau Gärtner. Am Ende. Ein Wrack. Vielleicht waren Sie ja einmal eine gute Polizistin. Aber wenn, dann sind Sie es schon lange nicht mehr."
Die folgenden Sekunden wurden zur Ewigkeit. Susanne war sich sicher, dass dies die letzten Augenblicke ihres Lebens waren. Sie wartete auf den Schuss, auf die Kugel, die ihren Hals durchbohrte. Als es dann knallte, vermischte sich das Geräusch des Schusses mit dem wi-

derlichen Geräusch splitternder Knochen und platzender Haut. Aber es war nicht ihre Haut, die platzte, und es waren nicht ihre Knochen, die splitterten.

Es war Diana Venczel, die aufschrie. An der Schulter getroffen, lösten sich ihre Finger vom Griff der Pistole. Sie ließ sie fallen und ging in die Knie. Blut schoss aus der Wunde.

Charlotte machte einen Schritt auf sie zu und starrte zufrieden auf sie hinunter. „Das hätten Sie nicht gedacht, was?“

TEIL 3

40. KAPITEL

Ein Regen aus Blut

20:59 Uhr
Mainz

Aus irgendeinem Grund erinnerte die dunkle Nacht Julia an Begräbnisse. Angestrengt blickte sie durch die Frontscheibe und versuchte, etwas zu erkennen.

Das Ausfahrtsschild, das sie dann sah, war durchlöchert und verrostet und stand schief wie ein Betrunkener inmitten von weißen Schneewehen. Die Straße, in die sie abbog, wurde immer schmaler, bis schließlich drei schwer mit Schnee behangene Zweige das Dach des Saab streiften. Kurz darauf schwand auch das letzte Licht.

Um ein Haar wäre sie an der Einfahrt vorbeigefahren. Scharf bog Julia rechts ab, trat auf die Bremse, und der Wagen kam rutschend zum Stehen. Sie beugte sich im Sitz nach vorne und blickte einen Moment lang angestrengt über das Lenkrad. Dann stieg sie aus.

Je mehr sie sich dem Haus näherte, desto mehr spürte Julia das Adrenalin in ihrem Körper und desto mehr verfestigte sich in ihr das Gefühl, dass sie jetzt genau da war, wo sie sein sollte. Sie hatte das Gefühl, sie könne beinahe die Fäden berühren, an denen sie hing und die sie schon seit Jahren steuerten wie eine Marionette.

An der Haustür angekommen, stellte sie fest, dass sie aus Eisen war und es keine Klingel gab. Sie hörte ihr eigenes Herz pochen, während sie mit der Faust ein paarmal dagegenschlug und dann wartete.

Kurz darauf wurde die Tür mit einem Quietschen und Scharren geöffnet.

Was sie dann vor sich sah, konnte Julia nicht sofort einordnen. Einen Mann? Einen jungen? Einen alten? Das Bild flatterte durch die Schneeflocken und schien wieder und wieder zu wechseln.

Dann löste der Mann sich aus dem Schatten. Er schien weder jung noch alt und sehr dünn, sodass er beinahe mädchenhaft aussah.

„Julia Wagner?“, fragte er.

„Ja“, sagte Julia.

Max Laurus’ Augen leuchteten in einem intensiven, funkelnden Blau. Sein blasses Gesicht hellte sich auf. „Kommen Sie herein.“ Er trat einen Schritt zurück, um sie hereinzulassen. „Mein Gott, Sie sind ja klatschnass."

„Das Wetter ..."

„Natürlich. Das Wetter." Laurus wandte sich um. „Kommen Sie."

Die Stille besaß nach dem lauten Geräusch des Windes die ganze Dramatik eines nahenden Donnerschlags. Als Julia den Eingang betrat, kam es ihr so vor, als sei sie taub geworden.

Die Halle war halbdunkel, eisig und feucht. Wände und Decke waren weiß gekalkt, der Fußboden bestand aus Beton.

An der Wand hing ein Schild, auf dem die Worte „Beten, handeln, lieben" standen.

„Sie bemerken sicher, dass es ein wenig muffig riecht", sagte Laurus. „Und feucht. Das liegt daran, dass die Wände, egal, wie oft sie auch gestrichen wurden, trotzdem nichts anderes sind als ein finsteres Gewölbe, weswegen es hier auch niemals richtig hell wird, allen Glühbirnen und Leuchtstrahlern zum Trotz. Folgen Sie mir."

Julia tat es.

Sie stiegen eine Treppe hinauf, gingen dann einen weiteren Flur entlang und zwängten sich schließlich durch eine Tür.

„Hier befinden wir uns im allersichersten Teil des Gebäudes", sagte Laurus. „Die Türen bestehen aus drei Zentimeter dickem Stahl, die Bolzen sind in den Angeln verschweißt."

„Wow", machte Julia, und obwohl sie es nur geflüstert hatte, hallte es von den Wänden wider.

Schließlich blieben sie vor einer weiteren Tür stehen.

„Kommen Sie herein", sagte Laurus und verschwand in dem Zimmer.

Julia trat durch die Tür und wurde von fast vollständiger Dunkelheit verschluckt.

Diese Dunkelheit wurde nur von ein paar Kerzen durchdrungen. Allerdings gab es in dem Zimmer auch nicht viel zu sehen. Lediglich ein schmales Bett, einen Nachttisch und einen Stuhl. Laurus setzte sich auf das Bett und deutete auf den Stuhl. „Bitte setzen Sie sich."

Julia zog sich den Stuhl heran.

„Ich bin froh, dass Sie es bis zu mir geschafft haben", sagte Laurus. „Nun kann ich endlich meine Aufgabe erfüllen."

„Die Aufgabe, die Sie von Johannes Flaus übernommen haben?", fragte Julia.

Er nickte. „Flaus war ein guter Mensch. Ein wirklich guter Mensch. Es war seine Aufgabe, auf Sie zu warten, aber er hat geahnt, dass er es nicht schaffen würde, deshalb hat er die Aufgabe rechtzeitig an mich übertragen."

„Warum ausgerechnet an Sie?"

„Das weiß der Himmel."

„Wie haben Sie ihn kennengelernt?"

„An einem Freitagnachmittag, ich erinnere mich noch genau. Er saß immer auf derselben Bank im Park, unter demselben Baum. Ich ging jeden Tag an ihm vorbei, habe aber nie angehalten; an jenem Tag jedoch habe ich mich neben ihn gesetzt. Wir haben einfach nur dagesessen, ohne viele Worte zu wechseln. Das ist viele Jahre her, aber ich sehe immer noch die Vögel am Himmel fliegen." Ein trockener Husten schüttelte Laurus, und es dauerte einen Moment, ehe er weitersprechen konnte: „Von diesem Tag an trafen wir uns regelmäßig. All die Gespräche, die wir miteinander führten, überzeugten mich schließlich, dass es meine Pflicht sei, das hier zu tun. Wobei ich zugebe, dass ich alles, was er damals gesagt hat, zuerst nicht geglaubt habe. Ich war achtzehn Jahre alt und ein Grünschnabel. Er hingegen war ein alter Mann, und ich dachte oft, dass er sich vieles nur zusammenspinnt. Bis zuletzt habe ich es nicht besonders ernst genommen. Aber dann habe ich beobachtet, wie er ermordet wurde." Laurus hob den Blick und sah Julia an. „Man hat ihm den Kopf abgeschlagen, ich habe es durchs Fenster gesehen." Er brauchte einen Augenblick, um zu schlucken. „Ich weiß noch, welches Entsetzen ich empfand. Es war so grauenhaft anzusehen." Er brach wieder ab, schluckte erneut. „Er hatte es vorausgesagt. Er hat gesagt, dass er durch die Hand von Belial sterben würde. Und so war es. Wissen Sie, was Belial bedeutet?"

„Es ist ein hebräischer Dämonenname. Eines von vielen Pseudonymen für den Teufel, Satan."

Laurus nickte. Dann sprach er weiter: „Ich entging ihm damals selbst nur um ein Haar. Danach habe ich es vorgezogen, zu verschwinden."

„Woher wusste Flaus von mir? Kannte er meinen Vater? Und wenn ja, woher?"

Laurus streckte den Arm aus und öffnete eine Schublade im Nachttisch. Er nahm ein Foto heraus. „Hier", sagte er. „Das habe ich von ihm."

Eine eisige Kälte überkam Julia, als sie sich nun aufrichtete, den Blick wie erstarrt auf das Foto gerichtet. Darauf abgebildet war ein älterer Mann im Anzug, neben ihm stand ein jüngerer Mann mit hellbraunen Haaren, der einen gestrickten Pullover trug.

„Das ist mein Vater", flüsterte sie.

Auf dem Foto lächelte er, ebenso wie der ältere Mann. Gut aussehend war er, mit herausforderndem Blick.

Sie deutete auf das Bild. „Woher kannten die beiden sich?"

„Das weiß ich nicht", sagte Laurus. „Darüber hat er nie gesprochen."

Julia drehte das Foto um. Auf der Rückseite stand das Datum der Entwicklung: 30.02.1987.

„Sieben Monate vor seinem Tod." Julia holte tief Luft. „Mein Vater ist durch die Republik gereist und hat an alle möglichen Menschen Hinweise und Schlüssel verteilt, und ich habe nicht die geringste Ahnung …"

„Ich will es Ihnen so sagen, wie Flaus es mir gesagt hat", unterbrach Laurus sie. „Er sagte: ‚Das hier ist ein Krieg, Max. Und in diesem Krieg sind wir klar in der Unterzahl. Deshalb können wir den Gegner in einem direkten Angriff nicht besiegen. Unser Gefechtsfeld sind die Psychologie und der Überraschungsmoment. Nur damit verunsichern wir sie, und nur so können wir sie schlagen.'" Er brach ab und ließ seine Worte wirken. „Natürlich ergibt das alles noch keinen Sinn für Sie. Das wird sich jedoch schon sehr bald ändern." Er sah Julia in die Augen. „Sie sind die Einzige, die in der Lage ist, die Kraniche zu stellen und auszuschalten. Und das macht Sie so unsagbar wertvoll für uns alle. So wertvoll, dass wir alles tun und alles geben, sogar unser Leben."

„Was schlimm genug ist", sagte Julia. „Davon abgesehen …"

Laurus machte sich daran, sich zu erheben. „Folgen Sie mir."

„Wohin?"

„Zu Ihrer Bestimmung."

Ein paar Minuten später standen sie in einem Büro, das offenbar schon lange nicht mehr genutzt wurde. In der Luft tanzten feinste Staubpartikel. Vor einem vernagelten Fenster stand ein Schreibtisch. Davor befand sich ein einfacher Holzstuhl. Mehr Möbel gab es hier nicht.

Laurus hängte ein Bild ab. Dahinter befand sich ein Tresor. Der Rahmen war aus schwarzem Metall, die Tür selbst aus Messing, das vom Alter grün geworden war. In der Mitte hatte die Tür einen Griff und eine Nummernscheibe. Er tippte eine unendlich lange Ziffernfolge ein und öffnete dann die Tür. Den Umschlag, den er herauszog, reichte er Julia. „Bitte. Das hier ist für Sie."

Sie griff danach und öffnete den Umschlag. Er enthielt einen Schlüssel. Sie fasste ihn nicht an, sondern ließ ihn, wo er war, und steckte den Umschlag in die Tasche ihrer Jacke. „Das ist der dritte. Gibt es noch mehr davon, oder ist das der letzte?", wollte sie wissen.

„Es ist der letzte Schlüssel. Damit können Sie sie öffnen und alles zusammenfügen."

„Was öffnen?"

„Die Kassette."

Julia wartete, erntete jedoch nur Schweigen. „Was für eine Kassette?", fragte sie schließlich. „Und wo ist sie?"

Laurus schüttelte den Kopf. „Das weiß ich nicht. Ich weiß nur, dass Sie sie finden müssen, bevor *sie* sie finden."

„Wer? Die Kraniche?"

„Ja."

„Und wo soll ich anfangen, nach dieser Kassette zu suchen? Norddeutschland? Süddeutschland? Im Osten? Im Westen? In der Mitte?"

„Sie haben bereits angefangen, danach zu suchen", erklärte Laurus schlicht.

Julia atmete tief durch, und er fügte hinzu: „Es gibt zwei Möglichkeiten. Erstens: Die Kraniche haben die Kassette bereits gefunden, was schlimm genug wäre, aber ohne die drei Schlüssel werden sie nichts damit anfangen können. Zweitens: Sie haben die Kassette noch nicht gefunden, dann müssen Sie, Frau Wagner, von jetzt an sehr schnell sein." Laurus brach ab. „Das hier habe ich noch für Sie." Er griff erneut in den Tresor und holte einen weiteren Gegenstand hervor. Ein goldenes Medaillon an einer goldenen Kette.

Zögernd nahm Julia es entgegen. Es war ihr seltsamerweise fremd und gleichzeitig vertraut. Es maß etwa vier Zentimeter und war von verschiedenen Symbolen gesäumt. Kreise, Striche, Kreuze, Punkte. Symbole und Schriftzeichen, die man nicht in der Schule lernte. Sie aber hatte sie alle schon einmal gesehen. Ein Bild trat vor ihr inneres Auge: Pastor Jordan und sie. In seinem Büro.

„Weißt du, was das hier bedeutet?", fragte Jordan und deutete auf einen Kreis in einem zweiten Kreis.

Julia nickte. „Es bedeutet Licht."
„Richtig. Es ist das Zeichen der Engel."

Es war Julia, als führen ihr geisterhafte Fingernägel das Rückgrat entlang und sträubten ihr die Nackenhaare. Sie hob den Blick und sah Laurus an. „Ich kenne diese Zeichen."

„Ich weiß", sagte er.

„Dieses hier bedeutet Turm. Da bin ich mir sicher."

„Und können Sie noch etwas entziffern?"

Julia nickte. „Dieses hier bedeutet Seelen. An die anderen Zeichen erinnere ich mich nicht mehr." Sie drückte auf den Knopf an der Seite des Medaillons, ohne dass etwas geschah.

Laurus beobachtete es und sagte: „Es lässt sich jetzt noch nicht öffnen."

„Wissen Sie, was es enthält?"

„Nein." Laurus richtete sich etwas auf; Lichtreflexe spiegelten sich in seinem Haar. „Ich habe meine Mission hiermit erfüllt. Ich wünsche Ihnen viel Glück, Frau Wagner, und jetzt wird es Zeit, dass Sie wieder aufbrechen."

Das war eindeutig. Er würde nicht mehr sagen. Seine Mission war hier zu Ende.

Doch Julia rührte sich nicht. Ihr Blick lag eine Sekunde zu lange auf dem Medaillon, und das war ihr Fehler.

Als sie das nächste Mal aufsah, stand eine weiße, farblose Gestalt hinter Laurus.

Es dauerte keine zwei Sekunden, bis Julia ihn erkannte. Es war Sten Kjaer – und er hielt ein Schwert in den Händen. „Ich fürchte", sagte er, „dass die Reise hier beendet ist."

Dann trennte er Laurus in einer einzigen Bewegung den Kopf vom Hals.

Julia starrte auf den gänzlich durchtrennten Hals, auf die klaffend rote Wunde, in der weißliche Knorpelenden schimmerten, und spürte, wie es ihr hochkam. Das Bild vor ihren Augen begann zu flimmern, verdunkelte sich, verschwand. Wurde sie ohnmächtig? Wie konnte sie dann noch auf den Beinen stehen? Sie zwang sich, den Blick zu heben und Kjaer anzusehen. Er sah seinem Phantombild unglaublich ähnlich. Und er roch nach Bonbons. Butterscotch. Seine Stimme vibrierte dunkel und verbreitete eine Aura von Vertrautheit. So, als wären sie die besten Freunde und das, was er sagte, überhaupt nicht bedrohlich. „Wer von uns beiden wird das hier überleben? Wer, Prinzessin?“

Julia schluckte zweimal, zwang sich, den Mund zu öffnen und zu sagen: „Nenn mich nicht Prinzessin.“

„Bedauerst du etwa seinen Tod?“ Kjaer deutete mit dem Kinn auf Laurus. „Ich hätte ihm damals schon den Kopf abschlagen sollen.“ Er bewegte den eigenen Kopf etwas ins Licht, sodass sein farbloses Gesicht besser zu sehen war. Und so zeigte sich nun auch der kalte Ausdruck darin. Ein Blick genügte, um zu begreifen, dass dieser Mann jederzeit und überall bereit war, zu töten. Wo bei anderen eine Seele war, brannte bei ihm lediglich eine kalte Flamme in den Augen. „Ihm die Eingeweide aus dem Bauch schneiden und an die Hunde verfüttern“, fügte er hinzu.

Julias Hand bewegte sich ganz langsam in Richtung ihrer Pistole.

„Du solltest nicht einmal daran denken“, sagte Kjaer sofort.

„Ist das dasselbe Schwert, mit dem du damals auch Johannes Flaus den Kopf abgeschlagen hast?“, fragte sie und ließ die Hand, wo sie war.

„Aber ja. Ein Schwert ist eine sehr präzise Waffe, wenn man damit umgehen kann. Kannst du mit einem Schwert umgehen, Julia?“

„Nein.“

„Aber das weiß ich doch. *Das* haben sie dir nicht beigebracht.“ Kjaer hob einen Finger in die Höhe. „Ich hingegen habe es gelernt. Und weißt du auch, wie ich das Kämpfen mit dem Schwert gelernt habe?“

„Ich schätze“, sagte Julia, „du wirst es mir erzählen, ob ich es hören will oder nicht.“

Er lächelte leicht. „Ich war sechzehn, und meine Augen waren verbunden. Es war kein fairer Kampf, du müsstest die Narben sehen, die über meinen ganzen Körper verteilt sind. Ich wusste, wenn ich nicht gewinne, bin ich tot. Also habe ich gewonnen. Schade um meinen Gegner. Pech für ihn. Aber ich war von diesem Tag an nicht mehr aufzuhalten. Ich schätze, jetzt verstehst du, dass du keine Chance gegen mich hast. Ich würde dir auch mit verbundenen Augen noch die Gliedmaßen einzeln abschlagen.“

Schweiß sammelte sich unter Julias Brüsten, rann ihr in Sturzbächen die Haut hinunter. Bemüht, Kjaer auch weiter in die Augen zu sehen, wich sie ganz langsam zurück, bis sie den Holzstuhl in ihrem Rücken spürte. Weiter zurück ging nicht. „Du wirst es nicht schaffen, mich umzubringen."

„Bist du dir da ganz sicher?"

„Woher wusstest du überhaupt, dass ich hier bin?"

„Ich habe dich die ganze Zeit schon beobachtet", sagte Kjaer. „Seit du wieder in Mainz bist, wusste ich zu jeder Sekunde, wo du warst."

„Aber warum hast du mich dann nicht längst ...?" Julia brach ab. Sie hatte das Gefühl, ihr Kopf, ihr Gehirn, alles löse sich in dem Moment auf, in dem sie verstand. „Die Schlüssel. Ihr habt mich die Schlüssel suchen lassen."

„Du bist ein schlaues Mädchen. Und doch gleichzeitig so dumm. Du hättest wachsamer sein sollen."

„Wer hat mich verraten?"

„Du solltest netter zu den Menschen sein, Prinzessin. Deine Arroganz verleitet zu viele dazu, dich nicht zu mögen. Und einige wenige sogar dazu, dich zu hassen."

„Wer?"

Kjaer zuckte mit den Schultern. „Dein alter Polizeifreund Bartosch ließ es sich nicht nehmen, seine Seele dafür zu verkaufen, dass du am Galgen baumelst."

Julia atmete tief durch. „Und warum wolltet ihr mich die ganze Zeit umbringen, wenn ich euch bei den Schlüsseln doch sehr nützlich sein konnte, wie sich nun herausstellt? Wo ist da die Logik?"

Noch einmal zuckte Kjaer gelassen mit den Schultern. „Wenn es nach mir gegangen wäre, hätte ich dir schon als Kind den Kopf abgeschlagen, aber der Zaren war zu weich. Er ließ sich darauf ein, mit deinem Vater zu verhandeln – und wurde prompt hereingelegt. Wir dachten, deine Erinnerungen wären für immer blockiert, aber dein Vater hatte andere Pläne." Er seufzte leise auf. „Wir spielen hier ein Spiel, Prinzessin. Wir spielen Gut gegen Böse. Alle Figuren auf dem Schachbrett sind schon lange aufgestellt. Der Zaren ist der Schachspieler auf der einen Seite, und dein Vater wollte dich zur Spielerin der gegnerischen Seite machen. Dafür hat er dir Zeit gekauft, indem er dich mit etwas vollgepumpt hat, was dich nun langsam verrückt werden lässt. Ist es nicht so?"

Julia schwieg, und er fügte hinzu: „Dieses Risiko ist dein Vater eingegangen, und er hat die restliche Zeit seines Lebens genutzt, um überall um dich herum Schachfiguren zu positionieren. Menschen, die dich leiteten. Menschen, die dich vorbereiteten. Menschen, die so loyal sind, dass sie für dich sterben würden. Und das alles direkt vor unseren Augen."

„Je mehr ich darüber nachdenke", sagte Julia, „desto mehr bewundere ich ihn dafür. Aber meine Frage war eine andere."

Kjaer legte den Kopf etwas schief. „Als klar war, dass wir hereingelegt worden waren und dass deine Erinnerungen nun langsam wieder zurückkehren, hat der Zaren entschieden, dass es jetzt an der Zeit wäre, dich endgültig aus dem Weg zu schaffen. Ein guter Plan, nur leider hat Wolfgang Lange versagt. Es wäre mir ein Leichtes gewesen, dich wenig später in der Psychiatrie umzubringen, aber ich hatte leider nicht den Auftrag dafür. Stattdessen sollte sich Eric Cirpka darum kümmern. Noch ein Versager. Aber immerhin, jetzt war es endlich an der Zeit, dass ich die Sache in die Hand nahm. Doch dann überlegte der Zaren es sich noch einmal anders. Wir sind kurz davor, die Kassette zu bekommen, aber ohne die Schlüssel können wir nichts damit anfangen. Wir wussten, dass sie sich irgendwo hier in der Gegend befinden, aber wir hatten keine Ahnung, wo genau, und dass es drei sind, machte die Sache nicht leichter. Also haben wir beschlossen, dich für uns arbeiten zu lassen. Du solltest den Plan deines Vaters zu Ende führen – mit dem Unterschied, dass wir am Ende gewinnen."

Julia blinzelte sich den Schweiß aus den Augen. „Habt ihr Zander deshalb verschwinden lassen? Damit ich hierher zurückkomme?"

„Aber natürlich. Es war keine Zeit mehr zu verlieren. Die Sache muss jetzt zu Ende gebracht werden, denn die Raunächte stehen an."

„Wer?"

Kjaer lächelte leicht. „Hast du nie darüber nachgedacht, warum du die Schlüssel ausgerechnet jetzt überreicht bekommen hast?"

Julia schwieg. Nein, darüber hatte sie noch nicht nachgedacht.

„Es ist kein Zufall, Prinzessin. Man hätte sie dir schon Jahre vorher geben können, du warst ja schließlich lange genug in Mainz, nicht wahr? Warum, meinst du, hat man es nicht getan? Warum ausgerechnet jetzt?"

Das war eine wirklich gute Frage. „Was hat es mit diesen Raunächten auf sich?"

Natürlich antwortete Kjaer nicht darauf. Er spielte mit Julia, zog an ihren Fäden, als wäre sie eine Marionette. „Wäre es nicht viel interessanter für dich, zu wissen, wo dein Freund Zander ist?"

„Wo ist er?"
„Nicht hier, wie du siehst."
„Ist er noch am Leben?"
„Vielleicht ja, vielleicht nein." Erneut verzog Kjaer die dünnen Lippen zu einem kleinen Lächeln. „Du weißt doch, Prinzessin, dass Teufel gerne spielen."
„Nenn mich, verdammt noch mal, nicht Prinzessin." Julias Ton wurde schärfer; es fiel ihr immer schwerer, ihre Gefühle zu unterdrücken. „Ich dachte, er wäre euch bei seinen Ermittlungen zu nahe gekommen, aber so war es nicht. Ihr habt ihn entführt, weil ihr wolltet, dass ich nach Mainz komme. Aber nicht nur das, ihr habt ihn auch entführt, weil ihr ihn als Faustpfand brauchtet, richtig? Falls ich mit den Schlüsseln entkommen wäre, hättet ihr mit mir verhandelt."
„Schlaues Mädchen."
„Was befindet sich in dieser dämlichen Kassette? Was macht die Schlüssel so verdammt wichtig für euch?"
„Es geht um den Satanspakt."
„Hör auf zu lügen."
„Du behauptest, ich würde lügen?"
„Du kannst andere mit deinem Teufelsscheiß beeindrucken, Kjaer, mich nicht."
„Du glaubst also nicht an den Teufel, nein?"
„Ich glaube an die Macht der Furcht vor dunklen Schatten, und ich glaube an die Macht der Todesangst", fauchte Julia. „Und ich glaube, dass ihr imstande seid, eine Illusion zu erschaffen, die sich auf düstere Legenden stützt, einen kollektiven Wahn, eine Massenhysterie. Aber das alles ist von euch gesteuert. Ihr seid keine Teufel, ihr seid Menschen aus Fleisch und Blut. Böse Menschen, zugegeben. Mehr aber auch nicht."
„Vielleicht hast du mit einem Teil dessen, was du sagst, recht. Aber eben nicht mit allem."
„Was hat es mit den Schlüsseln und der Kassette auf sich? Raus damit."
„Vielleicht hast du …" Kjaer hielt einen Moment inne, setzte dann erneut an. „Vielleicht hast du schon einmal von der Behauptung gehört, dass Hitler sich auf seinem Weg zur Macht mit schwarzer Magie, satanischen Riten und Ähnlichem beschäftigt hat." Er sah Julia an und wartete auf eine Antwort.

Sie tat ihm den Gefallen und sagte: „Wenn ihr ausgerechnet in seine Fußstapfen treten wollt, dann seid ihr noch größere hirnverbrannte Spinner, als ich dachte."

Die Worte hingen einen Moment lang zwischen ihnen.

Dann sagte Kjaer: „Hitlers Pläne für die Herrenrasse basierten auf völkischem Okkultismus. Er versuchte, seine Rasse von den Schwachen und Nichtsnutzigen zu befreien, indem er sie tötete."

„Und nichts anderes tut ihr auch. Willst du das damit sagen?"

„Wir beenden das, was Hitler damals nicht geschafft hat. Dazu setzen wir auch Zeichen, Symbole, Rituale ein, die alle vom Okkultismus benutzt werden, um Macht heraufzubeschwören. Im Prinzip ist es nichts anderes als das, was die Kirche mit Abendmahl und Messe tut, um ihre Macht zu demonstrieren."

„Taschenspielertricks auf beiden Seiten."

„Vielleicht." Kjaer hob den Zeigefinger seiner linken Hand etwas an. „Aber kannst du dir da wirklich ganz sicher sein?"

Julia schluckte und schwieg.

„Tatsache ist, dass sich unsere Gemeinschaft längst über ganz Deutschland erstreckt. Und schon bald über die ganze Welt. Wir haben Geld, Einfluss und Macht, weil wir Satan auf unserer Seite haben. Weil sich alle bösen Mächte dieser und der jenseitigen Welt auf uns konzentrieren."

„Du willst mir also sagen, dass ihr satanistische Nazis seid."

„Es war eine Rückkehr zu den Anfängen nötig", fuhr Kjaer fort, als hätte er den Einwand nicht gehört. „Und darum haben wir uns gekümmert. Seit Jahren bekämpfen wir Stück für Stück die demokratische Regierung, schalten die Schwachen aus. Wir übernehmen immer mehr die Kontrolle über den Staat und die Industrie. Wir saugen das Land aus. Vollkommen. Bis wir es besitzen."

„Größenwahn", zischte Julia.

„Glaubst du?" Ein teuflisches Lächeln legte sich auf Kjaers Lippen. „Du glaubst tatsächlich, dass die von dir gewählte Regierung noch das Land regiert? Du glaubst, das Management führt noch die Industrie? Du glaubst, das Land gehöre noch den Guten, den innerlich Reinen? Mach die Augen auf. Die Guten haben längst verloren. Die Bösen haben gewonnen. Wenn du etwas anderes glaubst, dann bist du ein ahnungsloser Dummkopf, Prinzessin."

„NENN MICH NICHT PRINZESSIN! Und was du da redest, ist EIN HAUFEN MIST!", schrie Julia, die völlig am Ende war. In ihrem Kopf tobte es nur so, und ihre Beine zitterten. Sie hatte Angst, jetzt wirklich ohnmächtig zu werden.

„Nun, wir bilden eine mächtige Organisation, dem stimmst du doch zu, oder nicht?“, sagte Kjaer.

Sie nickte, was sollte sie auch sonst tun? Vielleicht waren die Kraniche verrückt, aber sie verfügten über genügend Macht und Einfluss, um eine Nation beherrschen zu können, wenn man sie gewähren ließ. „Trotzdem seid ihr nicht unbesiegbar.“

„Vermutlich muss dir das so erscheinen. Immerhin hast du schon zwei Mal überlebt. Jetzt aber wirst du sterben. Ich werde dem Zaren dein Herz überreichen. Ich bereite ihm das größte Geschenk, danke ihm für seine Stärke, seine Unterstützung und seine Gnade.“

„Wo wir schon beim Thema sind, sag mir doch bitte, wo ich den Zaren finde, wenn ich dich umgebracht habe.“

Kjaer lachte trocken auf. „Wirklich. Ich mag deinen Humor. Du wirst ihm niemals gegenübertreten, und das weißt du auch. Genug geredet. Wir haben die Schlüssel, und schon bald haben wir auch die Kassette. Wir brauchen dich nicht mehr. Von dieser Sekunde an bist du Geschichte, Julia Wagner.“ Kjaer hob das Schwert etwas an, und Julia zog in Sekundenschnelle ihre Pistole. Der Lauf zeigte genau auf seine Stirn. „Wenn du dich noch einmal bewegst, werde ich dich erschießen.“

Er stand vollkommen still, das Schwert in beiden Händen. „Du denkst immer noch, dass du das hier gewinnen wirst? Was bist du doch für eine Idiotin.“

Mit einer einzigen, gezielten, schnellen und – zugegeben – beeindruckenden Bewegung holte Kjaer aus und schlug ihr mit dem Schwert die Pistole aus der Hand.

Die Waffe fiel polternd zu Boden.

Jetzt war Julia unbewaffnet.

Allmächtiger Gott! durchfuhr es sie. *Nicht das!*

Mit klopfendem Herzen betrachtete Julia das Schwert in Kjaers Händen. Ein Gefühl der Ohnmacht und der Hilflosigkeit machte sich in ihr breit und drohte sie zu überwältigen. Was sollte sie jetzt tun?

„Du hast verloren“, sagte er lächelnd.

Julia schluckte trocken. „In Ordnung. Lass uns einen Deal aushandeln.“

„Versuchst du, Zeit zu schinden?“

„Würde mir das etwas nützen?“

„Vermutlich nicht."

Julia hielt Kjaers Blick stand. „Wenn ich es schaffe, dich zu verletzen, sagst du mir, wo Zander ist."

„Du kannst nicht gegen das Schwert gewinnen."

„Dann hast du ja nichts zu verlieren."

Kjaer hob die farblosen Augenbrauen. „Du bist mutig, Prinzessin, das muss man dir lassen."

Julia wich seinem Blick auch weiterhin nicht aus. In ihr jedoch machte sich immer mehr Angst breit. Ihr Verstand raste. Sie musste jetzt das Richtige sagen und das Richtige tun. Um einen ruhigen Tonfall bemüht, sagte sie: „Vielleicht bist du ja doch nicht so gut, wie du denkst."

„Das werden wir sehen." Bedrohlich bewegte sich die Spitze des Schwertes in ihre Richtung. „Bete darum, dass du einen schnellen Tod erleidest, Prinzessin."

„Beten?" Julia lachte auf, sie konnte nicht anders. „Eine interessante Wortwahl aus deinem Mund."

Er hob das Schwert noch etwas mehr an, und sie wusste, dass das Spiel tatsächlich zu Ende war. Alles, was sie jetzt noch versuchte, war reine Zeitverschwendung. Sie war sich völlig im Klaren darüber, dass ihr jetzt ein Kampf bevorstand, den sie praktisch nicht gewinnen konnte. Genau genommen gab es nur zwei Möglichkeiten, zwischen denen sie wählen konnte: durch das Schwert sterben oder durch das Schwert sterben.

Denn Kjaer würde tun, was er am besten konnte: töten.

Er machte einen Schritt nach vorne, während Julia sich keinen Millimeter bewegte. Dann holte er aus. Die Klinge zischte durch die Luft. Julia griff blindlings nach dem Stuhl hinter sich und hielt ihn schützend vor ihren Körper. Das Holz zerbarst. Kleine Splitter flogen in alle Richtungen durch die Luft.

Hinterher erinnerte Julia sich nicht mehr daran, es getan zu haben. Es war ein reiner Reflex. Ihre Finger lagen um das Stuhlbein, während der Rest des Möbelstücks nicht mehr existierte. „Glaubst du, du kannst mich damit beeindrucken?", zischte sie.

Kjaer erwiderte ihren Blick mühelos. Vielleicht sogar ein wenig beeindruckt, doch genau ausmachen ließ sich das nicht.

Auf jeden Fall war es der reine Wahnsinn.

Er fletschte die Zähne wie ein Matador vor dem Todesstoß, und Julia blieb nun nichts mehr zu ihrer Verteidigung. Nach hinten konnte sie nicht weiter ausweichen, denn dort befand sich der Tisch, und so stand sie nun völlig ohne Deckung im Raum.

Kjaer hob das Schwert erneut an. Die Klinge blitzte, Julia sah sie kommen und drehte den Oberkörper so weit wie möglich nach rechts. Die Klinge fuhr haarscharf an ihrem Bauch vorbei, und sie wusste, wenn sie überhaupt eine Chance hatte, dann war es diese: Ohne noch einmal darüber nachzudenken, stürzte sie mit dem Kopf voran auf ihn zu und traf ihn mit voller Wucht in den Bauch.

Der Angriff kam so schnell, dass Kjaer nicht rechtzeitig reagieren konnte. Sie stürzten gemeinsam zu Boden, und zuerst dachte Julia, sie hätte sich bei dem Aufprall einen Wirbel gebrochen. Fürchterliche Schmerzen pressten ihr die Luft aus den Lungen.

Gut war, dass Kjaer unter ihr gelandet war und so nicht mit dem Schwert nach ihr stoßen konnte. Gegen den Schmerz in ihrer Seite ankämpfend bekam Julia mit reichlich Glück die Hand zu fassen, die den Griff umklammerte. Mit aller Kraft schlug sie sie auf den Boden. Jedoch ließ er nicht los. Mit der freien Hand packte Kjaer nach ihrem Haar und versuchte, ihren Kopf nach hinten zu ziehen. Gleichzeitig gelang es ihm, ein Knie anzuziehen und es ihr dann in den Unterleib zu rammen. Sie fiel aufschreiend zur Seite, er rollte mit ihr herum und nutzte den Schwung, um sie unter sich zu bringen.

Obwohl er so dünn war, war er so schwer, dass es Julia den Atem raubte. Alles verschwamm vor ihren Augen. Sie sah die Spitze des Schwertes, die sich langsam ihrem Hals näherte, und fühlte, dass sie für den Sieg – diesen Sieg – nicht stark genug war. Sie war am Ende ihrer Kräfte. Die Klinge zitterte an ihrer Kehle. Sie umklammerte Kjaers Hände und versuchte, sie zurückzuzwingen, spürte aber, dass ihr die Kraft mehr und mehr schwand. Millimeter für Millimeter drang die Klinge weiter in ihren Hals. Ein Blutstropfen sickerte heraus.

Kjaers Augen leuchteten triumphierend auf. Er war so dicht über ihr, dass sie nur noch das Weiße in seinen Augen sah. „Es ist vorbei, Prinzessin“, zischte er. „Sag deinem Vater liebe Grüße, wenn du ihn triffst.“

Julia zögerte einen winzigen Moment, um neue Kraft zu schöpfen. Dann zischte sie zwischen zusammengebissenen Zähnen: „Fahr zur Hölle, Arschloch.“ Gleichzeitig schoss ihre rechte Faust nach oben und traf Kjaer genau auf der Nase. Es knackte, Blut spritzte, aber er war sofort wieder da. So schnell sie konnte drehte Julia sich von ihm weg und die Klinge fuhr an ihrer Schulter vorbei. Mit dem Ellbogen schlug sie ihm so fest in den Magen, wie sie konnte. Er keuchte auf, und diesen Moment nutzte sie, um sich mit einem lauten Schrei gegen sein Gewicht nach oben zu stemmen und so blitzschnell ihre Richtung zu ändern, dass er nicht schnell genug reagieren konnte.

Und dann war sie wieder über ihm. Mit ihrem ganzen Gewicht drückte Julia ihn nach unten, griff mit beiden Händen nach der Hand, die das Schwert hielt, und schlug sie so fest sie konnte auf den Boden. Einmal, zweimal, dreimal. Mit all ihrer Kraft, all ihrer Verzweiflung und all ihrer Wut. Noch einmal. Und noch einmal. Und dann, endlich, ließ Kjaer den Griff des Schwertes los. Es sank neben ihm auf den Boden und blieb dort liegen. Noch einmal hieb Julia ihren Ellbogen in seinen Magen. Er krümmte sich, war für zwei Sekunden außer Gefecht gesetzt, und diese zwei Sekunden nutzte sie, um auf die Beine zu kommen.

Eilig griff sie nach dem Schwert und hob es auf. Doch noch bevor sie etwas damit anfangen konnte, kam Kjaer mit einem einzigen Satz wieder auf die Füße und traf mit der Faust ihr Gesicht.

In Julias Kopf gab es eine Explosion. Vor ihren Augen verdunkelte sich alles. Sie glaubte, das Bewusstsein zu verlieren. Doch dann wurde es wieder hell. Mit letzter Kraft riss sie die Arme hoch und schlitzte Kjaer mit dem Schwert das linke Auge auf. Er schrie auf. Noch einmal versuchte sie, sein Gesicht zu treffen, doch er zuckte so schnell zur Seite, dass das Schwert an seinem Schädel vorbeizischte. Sie täuschte einen weiteren Hieb an, und keuchend zuckte er erneut zurück.

Und dann, endlich, traf sie ihn. Die Klinge zertrümmerte Kjaers untere Rippen und grub sich tief in seine Lungen. Ungläubig starrte er sie an, während das Blut aus ihm herausspritzte. Endlose Sekunden verstrichen, dann sackte er in sich zusammen.

Gurgelnd, aber noch nicht tot blieb er auf dem Boden liegen.

Noch einmal rammte Julia ihm das Schwert in den Leib. Angetrieben von all ihrem Hass, stieß sie zu und tötete ihn ein für alle Mal und endgültig.

Die Venen an Kjaers Schläfen und auf seiner Stirn traten grausig hervor, dann schien eine zu platzen. Ein gezackter purpurroter Striemen zeigte sich mitten auf seiner Stirn. Seine Lippen bildeten lautlose Worte des Hasses, bis seine Augen in einem leeren Blick erstarrten.

Dann war es totenstill.

Sekunden vergingen.

Minuten.

Hinterher hätte Julia nicht mehr sagen können, wie lange sie dagestanden und auf den toten Albino hinuntergestarrt hatte. Aber sie hörte sich noch selbst, wie sie sagte: „Ich hoffe, du bist soeben zur Hölle gefahren."

Dann sackte sie erschöpft in sich zusammen. „Ich hab es geschafft. Ich hab es tatsächlich geschafft." Sie heulte und lachte gleichzeitig. Erst nach einer ganzen Weile wurde sie sich bewusst, dass sie immer noch das Schwert in der Hand hielt. Einen Moment lang betrachtete sie die blutverschmierte Klinge, dann rappelte sie sich auf, warf noch einen letzten Blick auf Kjaer …

… und ging mit dem Schwert in der Hand davon.

EPILOG

Mainz

„Eva?"

Als Eva mit flatternden Lidern die Augen aufschlug, sah sie Julia, die sich über sie beugte. „Wie geht es dir?"

„Bin ich noch am Leben?"

„Natürlich", sagte Josef Polkowski, der wieder den Kater auf dem Schoß streichelte. „Ich wusste mir nur nicht anders zu helfen, als Sie für kurze Zeit auszuknocken. Es wäre fatal gewesen, wenn Sie Frau Wagner gefolgt wären. Tut mir wirklich leid."

Eva schüttelte den Kopf. „Ich fühle mich wie auf einem kenternden Schiff."

„Warte, ich helfe dir." Julia griff nach ihren Schultern und zog sie in eine sitzende Position. „Geht's?"

„Ja." Eva atmete tief durch und legte die Arme um ihren Hals. „Ich bin froh, dass du noch am Leben bist."

„Und ich erst."

Sie hielten sich einen Moment lang fest.

„Was ist passiert?", fragte Eva dann.

„Er hat auf mich gewartet."

„Wer?"

„Sten Kjaer."

Eva richtete sich etwas auf und schaute sie verwirrt an. „Kjaer?"

Julia nickte. „Sie sind wirklich überall, Eva. Überall."

„Aber er hat es nicht geschafft, dich umzubringen."

„Nein."

„Ist er …?"

„Ja. Aber es ist trotzdem noch nicht vorbei."

Eva nickte schwach. „Was machen wir jetzt?"

„Wir spielen dieses schreckliche Spiel zu Ende." Die Worte kamen Julia nur schwer über die Lippen, und sie hatten einen bitteren Beigeschmack. Sie fragte sich, ob sie es tatsächlich bis zum Ende schaffen würden. Die drei Schlüssel hatte sie in der Tasche. Zusammen mit dem Medaillon. Aber würden sie die Kassette finden, von der Max Laurus gesprochen hatte? Und was würde passieren, wenn sie sie fanden? Und was war mit Zander?

Es waren viel zu viele Fragen, aber es gab jetzt kein Zurück mehr.

Das Spiel musste zu Ende gespielt werden.

„Hier Tech", sagte Tech am anderen Ende der Leitung. „Wir haben es. Wir haben ausreichend Beweismaterial, um nicht nur Schiller, sondern auch Diana Venczel mindestens zweimal hinter Gitter zu bringen."

„Das ist gut", gab Charlotte erleichtert zurück.

„Aber das ist noch lange nicht alles. Das Beste kommt jetzt erst: Schiller hat uns die Nummer eines Schließfaches einer Hannoverschen Bank gegeben, und dort haben wir nicht nur die Pistole gefunden, mit der er Walter Wendt erschossen hat, sondern auch einen Ordner. Er hat jahrelang vorgesorgt. Hat jahrelang Material gesammelt."

„Warum hat er das getan?"

„Keine Ahnung. Vorsorge? Um am Leben zu bleiben, falls es ihm eines Tages selbst an den Kragen gehen sollte? Auf jeden Fall wird das ein riesiger Schlag, das sag ich Ihnen. Ich habe noch nie so viele Namen auf einmal gesehen. Dazu deren Bankverbindungen, Kontostände, Besitztümer. Das ist der reine Wahnsinn! Wir starten jetzt eine Rundumbeschattung. Kontrolle aller Kontakte, aller Telefonate, so lange, bis wir sie einen nach dem anderen im Sack haben. Weihnachten hin oder her, wir ziehen das bis nächstes Jahr durch, wenn es sein muss."

„Das ist gut", sagte Charlotte. „Das ist sehr gut."

„Ach übrigens", meinte Tech, „der Chef will Sie sehen."

Als Charlotte nicht darauf antwortete, fügte er hinzu: „Ich schätze, das ist ein gutes Zeichen."

„Ja", sagte Charlotte. „Vermutlich ist es das …"

„Herzlichen Glückwunsch."

„… aber ich will ihn nicht sehen. Ich bin raus und habe soeben beschlossen, auch draußen zu bleiben."

„Was?"

„Herzlichen Glückwunsch, Herr Tech. Weiter so." Damit legte Charlotte auf.

Bleich wie ein Totenschädel blickte der Professor Susanne an. „Lustig war es nicht."

„Bei mir auch nicht", gab sie zurück.

„Fragt mich mal jemand, wie es für mich war?", warf Gabriele ein, die auf der anderen Seite auf dem Bettrand saß.

„Sie hat es wunderbar gemacht." Der Professor deutete auf den

Verband, der um seine nackte Brust gewickelt war. „Sie sollte wieder in einem Krankenhaus arbeiten."

„Fühlst du dich fiebrig?", fragte Gabriele an ihn gewandt. „Bist du erschöpft? Hast du Kopfschmerzen? Fühlst du dich, als müsstest du dich jeden Moment übergeben?"

„Nein, nein, nein und nein." Der Professor sah Susanne an. „Sie hatten großes Glück, dass Sie nicht verhaftet wurden."

„Ja, ich weiß."

„Diese Kommissarin ..."

„Hat mich verschwinden lassen, nachdem Schiller und die Staatsanwältin verhaftet worden waren."

„Sie wird nichts unversucht lassen, um ihren Kopf aus der Schlinge zu ziehen."

„Die Staatsanwältin? Natürlich wird sie das. Sie ist eine echte Schlampe. Aber was auch immer sie versucht, es wird ihr nichts mehr nützen." Susanne lächelte dünn.

Langsam schüttelte der Professor den Kopf. „Sie sind sehr mutig, Frau Grimm."

„Nicht wirklich."

„Aber natürlich. Ich bin stolz auf Sie. Sie haben vermutlich mein Leben gerettet, als Sie mich vom Friedhof geschafft haben. Ich weiß es, ich war dabei."

„Die hier gehört Ihnen", sagte Gabriele und reichte Susanne die Handtasche mit der Kassette.

„Danke." Sie griff danach und hängte sie sich über die Schulter.

„Und was haben Sie jetzt vor?", wollte der Professor wissen.

„Tja, was soll ich sagen? Im Augenblick weiß ich noch nicht weiter."

„Sie wollen doch nicht etwa aufgeben?"

„Eigentlich nicht." Susanne hob frustriert die Hände. „Aber ich weiß nicht, was ich als Nächstes tun soll."

„Was war die ganze Zeit Ihr primäres Ziel? Denken Sie nach."

Mit unbewegter Miene sah Susanne den Professor an. Schließlich sagte sie: „Zuerst wollte ich meinen Hintern retten ..."

„Und dann?"

„Dann wollte ich Ihren Hintern retten."

„Und dann? Was war dann Ihr Ziel?"

Es dauerte einen Moment, bis Susanne es zugab: „Dann wollte ich Julia helfen."

Der Professor nickte zufrieden. „Dann liegt es doch klar auf der Hand: Sie müssen einen Weg zu ihr finden."

„Ja. Und genau da liegt die Krux. Ich habe keinen Plan, wo ich nach ihr suchen soll."

„Sehen Sie sich Ihren Weg der letzten Tage noch einmal genau an. Es begann mit Britta Stark, führte Sie zu Eduard Schiller – die Erste tot, der Zweite verhaftet. Was kam danach?"

„Die Kassette, die ich jetzt schon wieder mit mir herumtrage."

„Aha."

„Was soll das heißen, aha? Mir fehlen weitere Hinweise."

„Die Schlüssel sind der Schlüssel."

„Sie haben zu viele Medikamente intus, Professor."

„Was ich sagen will, ist: Folgen Sie weiter der Spur. Ich bin mir sicher, dass diese Spur Sie zu Julia Wagner führt."

Susanne atmete tief durch. Die Energie, die vom Professor ausging, ermutigte sie. Irgendwie. Schließlich lächelte sie. „Vielleicht haben Sie recht. Ich bin bis hierher gekommen, jetzt gehe ich auch den Rest des Weges."

Der Professor lächelte zufrieden. „So ist es brav."

„Sonst noch irgendwelche ermunternden Worte, ehe ich wieder aufbreche?"

„Ja. Wenn Sie den Fisch lange genug ohne Erfolg mit der Angel gejagt haben, dann werfen Sie eine Stange Dynamit ins Wasser."

Susanne lachte leise. „Danke. Das wird mir sicher weiterhelfen." Sie beugte sich vor und drückte dem Professor einen Kuss auf die Wange. „Ich werde mich melden. Ich weiß nicht, ob es schon bald möglich ist, aber ich werde mich melden."

„Okay. Passen Sie auf sich auf."

„Wir sehen uns wieder."

„Das will ich doch hoffen."

An der Tür drehte Susanne sich noch einmal um. „Wirklich, Professor, so etwas wie Sie gibt's nur einmal."

Er lächelte. „Das kann ich nur zurückgeben."

Kurz darauf fiel die Tür hinter Susanne zu.

Und so standen sie nun da, alle an ihrem Platz, und bewegten sich auf das große Finale zu. Auf die letzte große Schlacht, während die Welt sich weiterdrehte, ohne von alldem etwas zu ahnen.

Susanne war auf dem Weg, ohne zu wissen, wohin. Und auch Julia war auf dem Weg. Beide kannten sie noch nicht die endgültige Wahrheit. Doch diese Wahrheit war unausweichlich, das Schicksal vorherbestimmt und unerbittlich.

Sie wussten nicht, wann die letzte Schlacht stattfinden würde. Sie wussten nur, dass sie kommen würde. Sie befanden sich zwischen einer noch nicht abgeschlossenen Vergangenheit und einer noch nicht angebrochenen Zukunft, und dazwischen herrschte nichts als Nebel.

Die Kassette in Susannes Tasche war nicht nur ein geheimnisvolles und gefährliches Relikt, das jetzt schon unendlich viel Tod und Verderben gebracht hatte, nein, sie war mehr. Viel mehr. Aber natürlich wusste sie das noch nicht. Woher hätte sie es auch wissen sollen?

Und Julia wusste nicht, was es anrichten würde, wenn die Schlüssel, die sie in der Tasche trug, die Kassette öffneten.

Sie würden es herausfinden, doch bis dahin war es noch ein weiter Weg. Ein gefährlicher Weg, der ihnen alles, wirklich alles abverlangen würde.

Zum Abschluss dieses Buches fällt mir ganz spontan Paulus ein. Glaube, Liebe, Hoffnung. Aber die Liebe ist die größte unter diesen dreien.

Nicht ganz. Wissen Sie, was noch stärker ist? Es ist der Mut. Er lässt uns nach den Sternen greifen und alle Schmerzen und Niederlagen ertragen, um irgendwann unser Ziel zu erreichen.

Wir brauchen Mut, um zu glauben. Wir brauchen Mut, um zu lieben. Und wir brauchen Mut, um niemals die Hoffnung zu verlieren.

Nichts ist größer, als den Mut zu haben, in den richtigen Momenten das Richtige zu tun. Den Mut zu haben, zu handeln.

Glaube, Liebe, Hoffnung. Und Mut.

Also, wenn das nächste Mal Gut und Böse miteinander kämpfen, dann nehmen wir gefälligst all unseren Mut zusammen und stellen uns auf die Seite der Engel.